쉽게 읽는 월인석보 9

月印千江之曲 第九 · 釋譜詳節 第九

지은이 **나찬연**은 1960년에 부산에서 태어났다. 부산대학교 국어국문학과를 나오고(1986), 같은 학교 대학원에서 문학석사(1993)와 문학박사(1997) 학위를 받았다. 지금은 경성대학교 국어국문학과에서 교수로 재직하고 있으면서 국어학, 국어 교육, 한국어 교육 분야의 강의를 맡고 있다.

* 홈페이지: '학교 문법 교실(http://scammar.com)'에서는 이 책의 내용과 관련된 자료를 온라인으로 제공합니다. 본 홈페이지에 개설된 자료실과 문답방에 올려져 있는 다양한 정보를 자유롭게 이용할 수 있고, 이 책의 내용에 대하여 저자의 답변을 받을 수 있습니다.
* 전화번호 : 051-663-4212
* 전자메일 : ncy@ks.ac.kr

주요 논저

우리말 이음에서의 삭제와 생략 연구(1993), 우리말 의미중복 표현의 통어·의미 연구(1997), 우리말 잉여 표현 연구(2004), 옛글 읽기(2011), 벼리 한국어 회화 초급 1, 2(2011), 벼리 한국어 읽기 초급 1, 2(2011), 제2판 언어·국어·문화(2013), 제2판 훈민정음의 이해(2013), 근대 국어 문법의 이해-강독편(2013), 표준 발음법의 이해(2013), 제5판 현대 국어 문법의 이해(2017), 쉽게 읽는 월인석보 서, 1, 2, 4, 7, 8, 9(2017~2020), 쉽게 읽는 석보상절 3, 6, 9, 11, 13, 19(2017~2019), 제2판 학교 문법의 이해 1, 2(2018), 국어 어문 규정의 이해(2019), 현대 국어 의미론의 이해(2019), 국어 교사를 위한 고등학교 문법(2020), 중세 국어의 이해(2020), 중세 근대 국어 강독(2020), 제2판 벼리 국어 어문 규범(2020)

쉽게 읽는 월인석보 9(月印釋譜 第九)

©나찬연, 2020

1판 1쇄 인쇄_2020년 2월 18일
1판 1쇄 발행_2020년 2월 28일

지은이_나찬연
펴낸이_양정섭

펴낸곳_경진출판
　　　　등록_제2010-000004호
　　　　이메일_mykyungjin@daum.net
　　　　사업장주소_서울특별시 금천구 시흥대로 57길(시흥동) 영광빌딩 203호
　　　　전화_070-7550-7776 **팩스**_02-806-7282

값 25,000원

ISBN 978-89-5996-728-5 94810
ISBN 978-89-5996-507-6(set)

쉽게 읽는

월인석보 9

月印千江之曲 第九·釋譜詳節 第九

나찬연

경진출판

『월인석보』는 조선의 제7대 왕인 세조(世祖)가 부왕인 세종(世宗)과 소헌왕후(昭憲王后), 그리고 아들인 의경세자(懿敬世子)를 추모하기 위하여 1549년에 편찬하였다.

『월인석보』에는 석가모니의 행적과 석가모니와 관련된 인물에 관한 여러 일화가 소개되어 있다. 따라서 이 책은 불교를 배우는 이들뿐만 아니라, 국어 학자들이 15세기 국어를 연구하는 데에도 매우 귀중한 자료가 된다. 특히 이 책은 국어 문법 규칙에 맞게 한문 원문을 번역되었기 때문에 문장이 매우 자연스럽다. 따라서 『월인석보』는 훈민정음으로 지은 초기의 문헌임에도 불구하고, 당대에 간행된 그 어떤 문헌보다도 자연스러운 우리말 문장으로 지은 문헌이라고 할 수 있다.

이처럼 『월인석보』가 중세 국어와 국어사 연구에 매우 중요한 역할을 하기 때문에, 일찍부터 이 책은 중세 국어 연구의 대상이 되었고 현대어로 옮기는 작업도 이루어졌다. 그 대표적인 성과가 '세종대왕기념사업회'에서 편찬한 『역주 월인석보』의 모둠책이다. 『역주 월인석보』의 간행 작업에는 허웅 선생님을 비롯한 그 분야의 대학자들이 참여하였기 때문에, 『역주 월인석보』는 그 차제로서 대단한 업적이다. 그러나 이 『역주 월인석보』는 1992년부터 순차적으로 간행되었는데, 간행된 책마다 역주한 이가 달라서 내용의 번역이나 형태소의 분석, 그리고 편집 방법이 통일되지 못한 아쉬움이 있다. 지은이는 이러한 점을 감안하여 15세기의 중세 국어를 익히는 학습자들이 『월인석보』를 쉽게 이해할 수 있도록, 현대어로 옮기는 방식과 형태소 분석 및 편집 형식을 새롭게 바꾸었다. 이러한 편찬 의도를 반영하여 이 책의 제호도 『쉽게 읽는 월인석보』로 정했다.

이 책은 중세 국어 학습자들이 『월인석보』를 쉽게 이해할 수 있는 책을 편찬하겠다는 원래의 취지를 살리기 위하여, 다음과 같은 방법으로 책의 내용과 형식을 구성하였다.

첫째, 현재 남아 있는 『월인석보』의 권 수에 따라서 이들 문헌을 현대어로 옮겼다. 이에 따라서 『월인석보』의 1, 2, 4, 7, 8, 9, 10 등의 순서로 현대어 번역 작업이 이루진다. 둘째, 이 책에서는 『월인석보』의 원문의 영인을 페이지별로 수록하고, 그 영인 바로 아래에 현대어 번역문을 첨부했다. 셋째, 그리고 중세 국어의 문법을 익히는 이들에게 편의를 제공하기 위하여, 원문의 텍스트에 나타나는 어휘를 현대어로 풀이하고 각 어휘에 실현된 문법 형태소를 형태소 단위로 분석하였다. 넷째, 원문 텍스트에 나타나는 불교 용어를 쉽게 풀이함으로써, 불교의 교리를 모르는 일반 국어학자도 『월인석보』의 내용을 이해할 수 있도록 하였다. 다섯째, 책의 말미에 [부록]의 형식으로 [원문과 번역문의 벼리]를 실었다. 여기서는 『월인석보』의 텍스트에서 주문장의 사이에 삽입되어 있는 협주문(夾註文)을 생략하여 본문 내용의 맥락이 끊기지 않게 하였다. 여섯째, 이 책에 쓰인 문법 용어와 약어(略語)의 정의와 예시를 책 머리의 '일러두기'와 [부록]에 수록하여서, 이 책을 통하여 중세 국어를 익히려는 독자에게 도움을 주었다.

이 책에 쓰인 문법 용어는 가급적 『고등학교 문법』(2010)에서 사용되는 문법 용어를 그대로 사용하였다. 다만 일부 문법 용어는 허웅 선생님의 『우리 옛말본』(1975), 고영근 선생님의 『표준중세국어문법론』(2010), 지은이의 『중세 국어의 이해』(2020)에서 사용한 용어를 빌려 썼다. 중세 국어의 어휘 풀이는 대부분 '한글학회'에서 지은 『우리말 큰사전 4-옛말과 이두 편』의 내용을 참조했으며, 일부는 남광우 님의 『교학고어사전』을 참조했다. 각 어휘에 대한 형태소 분석은 지은이가 2010년에 『우리말연구』의 제27집에 발표한 「옛말 문법 교육을 위한 약어와 약호의 체계」의 논문과 『중세 근대 국어의 강독』(2020)에서 사용한 방법을 따랐다.

그리고 불교와 관련된 어휘는 국립국어원의 인터넷판 『표준국어대사전』, 인터넷판의 『두산백과사전』, 인터넷판의 『한국민족문화대백과』, 인터넷판의 『원불교사전』, 한국불교대사전편찬위원회의 『한국불교대사전』, 홍사성 님의 『불교상식백과』, 곽철환 님의 『시공불교사전』, 운허·용하 님의 『불교사전』 등을 참조하여 풀이하였다.

이 책을 간행하는 데에는 여러 사람의 도움이 있었다. 지은이는 2014년 겨울에 대학교 선배이자 독실한 불교 신자인 정안거사(正安居士, 현 동아고등학교의 박진규 교장)을 사석에서 만났다. 그 자리에서 정안거사로부터 국어학자뿐만 아니라 일반 사람들도 부처님의 생애를 쉽게 알 수 있는 책이 필요하다는 당부의 말을 들었는데, 이 일이 계기가 되어서 『쉽게 읽는 월인석보』의 모둠책이 세상에 나오게 되었다. 그리고 고려대학교 교육대학원의 국어교육전공에 재학 중인 나벼리 군은 『월인석보』의 원문의 모습을 디지털 영상으로 제작하고 편집하는 작업을 해 주었다. 이 책을 거친 원고를 수정하여 보기 좋은 책으로 편집·출판해 주신 경진출판의 양정섭께 감사의 뜻을 전한다.

정안거사님의 뜻과 지은이의 바람이 이루어져서, 중세 국어를 익히거나 석가모니 부처의 일을 알고자 하는 일반인들에게 이 책이 조금이나마 도움이 되기를 바란다.

2020년 2월
나찬연

차례

1. 이 책에서 형태소 분석에 사용하는 문법적 단위에 대한 약어는 다음과 같다.

범주	약칭	본디 명칭	범주	약칭	본디 명칭
품사	의명	의존 명사	조사	보조	보격 조사
	인대	인칭 대명사		관조	관형격 조사
	지대	지시 대명사		부조	부사격 조사
	형사	형용사		호조	호격 조사
	보용	보조 용언		접조	접속 조사
	관사	관형사	어말 어미	평종	평서형 종결 어미
	감사	감탄사		의종	의문형 종결 어미
불규칙 용언	ㄷ불	ㄷ 불규칙 용언		명종	명령형 종결 어미
	ㅂ불	ㅂ 불규칙 용언		청종	청유형 종결 어미
	ㅅ불	ㅅ 불규칙 용언		감종	감탄형 종결 어미
어근	불어	불완전(불규칙) 어근		연어	연결 어미
파생 접사	접두	접두사		명전	명사형 전성 어미
	명접	명사 파생 접미사		관전	관형사형 전성 어미
	동접	동사 파생 접미사	선어말 어미	주높	상대 높임의 선어말 어미
	조접	조사 파생 접미사		객높	주체 높임의 선어말 어미
	형접	형용사 파생 접미사		상높	객체 높임의 선어말 어미
	부접	부사 파생 접미사		과시	과거 시제의 선어말 어미
	사접	사동사 파생 접미사		현시	현재 시제의 선어말 어미
	피접	피동사 파생 접미사		미시	미래 시제의 선어말 어미
	강접	강조 접미사		회상	회상 표현의 선어말 어미
	복접	복수 접미사		확인	확인 표현의 선어말 어미
	높접	높임 접미사		원칙	원칙 표현의 선어말 어미
조사	주조	주격 조사		감동	감동 표현의 선어말 어미
	서조	서술격 조사		화자	화자 표현의 선어말 어미
	목조	목적격 조사		대상	대상 표현의 선어말 어미

* 이 책에서 쓰인 '문법 용어'와 '약어(略語)'에 대한 자세한 내용은 [부록]에 첨부된 '문법 용어의 풀이'를 참고하기 바란다.

2. 이 책의 형태소 분석에서 사용되는 약호는 다음과 같다.

부호	기능	용례
#	어절의 경계 표시.	철수가 # 국밥을 # 먹었다.
+	한 어절 내에서의 형태소 경계 표시.	철수+-가 # 먹-+-었-+-다
( )	언어 단위의 문법 명칭과 기능 설명.	먹(먹다)-+-었(과시)-+-다(평종)
[ ]	파생어의 내부 짜임새 표시.	먹이[먹(먹다)-+-이(사접)-]-+-다(평종)
	합성어의 내부 짜임새 표시.	국밥[국(국)+밥(밥)]+-을(목조)
-a	a의 앞에 다른 말이 실현되어야 함.	-다, -냐 ; -은, -을 ; -음, -기 ; -게, -으면
a-	a의 뒤에 다른 말이 실현되어야 함.	먹(먹다)-, 자(자다)-, 예쁘(예쁘다)-
-a-	a의 앞뒤에 다른 말이 실현되어야 함.	-으시-, -었-, -겠-, -더-, -느-
a(←A)	기본 형태 A가 변이 형태 a로 변함.	지(← 짓다, ㅅ불)-+-었(과시)-+-다(평종)
a(⇠A)	A 형태를 a 형태로 잘못 적음(오기)	국빱(⇠ 국밥)+-을(목)
Ø	무형의 형태소나 무형의 변이 형태	예쁘-+-Ø(현시)-+-다(평종)

3. 다음은 중세 국어의 문장을 약어와 약호를 사용하여 어절 단위로 분석한 예이다.

> 불휘 기픈 남ᄀᆞᆫ ᄇᆞᄅᆞ매 아니 뮐씨 곶 됴코 여름 하ᄂᆞ니 [용가 2장]

① 불휘: 불휘(뿌리, 根)+-Ø(←-이: 주조)
② 기픈: 깊(깊다, 深)-+-Ø(현시)-+-은(관전)
③ 남ᄀᆞᆫ: 낡(← 나모: 나무, 木)+-은(-은: 보조사)
④ ᄇᆞᄅᆞ매: ᄇᆞᄅᆞᆷ(바람, 風)+-애(-에: 부조, 이유)
⑤ 아니: 아니(부사, 不)
⑥ 뮐씨: 뮈(움직이다, 動)-+-ㄹ씨(-으므로: 연어)
⑦ 곶: 곶(꽃, 花)
⑧ 됴코: 둏(좋아지다, 좋다, 好)-+-고(연어, 나열)
⑨ 여름: 여름[열매, 實: 열(열다, 結)-+-음(명접)]
⑩ 하ᄂᆞ니: 하(많아지다, 많다, 多)-+-ᄂᆞ(현시)-+-니(평종, 반말)

4. 단, 아래의 경우에는 예외적으로 다음과 같은 방법으로 어절의 짜임새를 분석한다.

    가. 명사, 동사, 형용사는 특별한 경우가 아니면 품사의 명칭을 표시하지 않는다.
       단, 의존 명사와 보조 용언은 예외적으로 각각 '의명'과 '보용'으로 표시한다.

      ① 부톄: 부텨(부처, 佛) + -ㅣ(←-이: 주조)
      ② 괴오쇼셔: 괴오(사랑하다, 愛)- + -쇼셔(-소서: 명종)
      ③ 올ᄒᆞ시이다: 옳(옳다, 是)- + -ᄋᆞ시(주높)- + -이(상높)- + -다(평종)

    나. 한자말로 된 복합어는 더 이상 분석하지 않는다.

      ① 中國에: 中國(중국) + -에(부조, 비교)
      ② 無上涅槃을: 無上涅槃(무상열반) + -을(목조)

    다. 특정한 어미가 다른 어미의 내부에 끼어들어서 실현될 때에는 다음과 같이 표기한
      다. 이때 단일 형태소의 내부가 분리되는 현상은 '…'로 표시한다.

      ① 어리니잇가: 어리(어리석다, 愚: 형사)- + -잇(←-이-: 상높)- + -니…가(의종)
      ② 자거시늘: 자(자다, 宿: 동사)- + -시(주높)- + -거…늘(-거늘: 연어)

    라. 형태가 유표적으로 존재하지 않으면서도 문법적이 있는 '무형의 형태소'는 다음
      과 같이 'Ø'로 표시한다.

      ① 가ᄆᆞ라 비 아니 오는 짜히 잇거든
        •가ᄆᆞ라: [가물다(동사): ᄀᆞ믈(가뭄, 旱: 명사) + -Ø(동접)-]- + -아(연어)
      ② 바ᄅᆞ 自性을 스뭇 아ᄅᆞ샤
        •바ᄅᆞ: [바로(부사): 바ᄅᆞ(바르다, 正: 형사)- + -Ø(부접)]
      ③ 불휘 기픈 남ᄀᆞᆫ
        •불휘(뿌리, 根) + -Ø(←-이: 주조)
      ④ 내 ᄒᆞ마 命終호라
        •命終ᄒᆞ(명종하다: 동사)- + -Ø(과시)- + -오(화자)- + -라(←-다: 평종)

마. 무형의 형태소로 실현되는 시제 표현의 선어말 어미는 다음과 같이 표기한다.

① 동사나 형용사의 종결형과 관형사형에서 나타나는 '과거 시제 표현'의 무형의
   선어말 어미는 '-∅(과시)-'로, '현재 시제 표현'의 무형의 선어말 어미는 '-∅
   (현시)-'로 표시한다.

   ㉠ 아들들히 아비 죽다 듣고
      ·죽다: 죽(죽다, 死: 동사)-+-∅(과시)-+-다(평종)
   ㉡ 엇던 行業을 지어 惡德애 뻐러딘다
      ·뻐러딘다: 뻐러디(떨어지다, 落: 동사)-+-∅(과시)-+-ㄴ다(의종)
   ㉢ 獄은 罪 지은 사름 가도는 짜히니
      ·지은: 짓(짓다, 犯: 동사)-+-∅(과시)-+-ㄴ(관전)
   ㉣ 닐굽 히 너무 오라다
      ·오라(오래다, 久: 형사)-+-∅(현시)-+-다(평종)
   ㉤ 여슷 大臣이 힝뎌기 왼 둘 제 아라
      ·외(외다, 그르다, 誤: 형사)-+-∅(현시)-+-ㄴ(관전)

② 동사나 형용사의 연결형에 나타나는 과거 시제나 현재 시제 표현의 무형의
   선어말 어미는 표시하지 않는다.

   ㉠ 몸앳 필 뫼화 그르세 다마 男女를 내ᅀᆞᆸ니
      ·뫼화: 뫼호(모으다, 集: 동사)-+-아(연어)
   ㉡ 고히 길오 놉고 고ᄃᆞ며
      ·길오: 길(길다, 長: 형사)-+-오(←-고: 연어)
      ·놉고: 놉(높다, 高: 형사)-+-고(연어, 나열)
      ·고ᄃᆞ며: 곧(곧다, 直: 형사)-+-ᄋᆞ며(-으며: 연어)

③ 합성어나 파생어의 내부에서 실현되는 과거 시제나 현재 시제 표현의 무형의
   선어말 어미는 표시하지 않는다.

   ㉠ 왼녁: [왼쪽, 左: 욇(오른쪽이다, 右)-+-은(관전▷관접)+녁(녘, 쪽: 의명)]
   ㉡ 늘그니: [늙은이: 늙(늙다, 老)-+-은(관전)+이(이, 者: 의명)]

『월인석보』의 해제

　세종대왕은 1443년(세종 25년) 음력 12월에 음소 문자(音素文字)인 훈민정음(訓民正音)의 글자를 창제하였다. 훈민정음 글자는 기존의 한자나 한자를 빌어서 우리말을 표기하는 글자인 향찰, 이두, 구결 등과는 전혀 다른 표음 문자인 음소 글자였다. 실로 글자의 역사상 유래를 찾아볼 수 없는 매우 독창적인 글자이면서도, 글자의 수가 28자에 불과하여 아주 배우기 쉬운 글자였다.

　훈민정음을 창제한 이후에 세종은 이 글자를 널리 보급하기 위하여 훈민정음의 제자 원리를 이론화하고 성리학적인 근거를 부여하는 데에 힘을 썼다. 곧, 최만리 등의 상소 사건을 통하여 사대부들이 훈민정음에 대하여 취하였던 부정적인 인식과 태도를 파악하였으므로, 이를 극복하는 적극적인 방법으로 훈민정음 글자에 대한 '종합 해설서'를 발간하기로 하였는데, 이것이 곧 『훈민정음 해례본』이다.

　그리고 새로운 글자를 창제하고 반포하는 데에 그치는 것이 아니라, 실제로 백성들이 널리 사용할 수 있도록 하기 위하여 여러 가지 뒷받침 사업을 진행하였다. 이를 위하여 세종은 새로운 문자인 훈민정음을 이용하여 국어의 입말을 실제로 문장의 단위로 적어서 그 실용성을 시험하는 작업을 수행하였다. 그 첫 번째 노력으로 『용비어천가(龍飛御天歌)』의 노랫말을 훈민정음으로 지어서 간행하였는데, 이로써 훈민정음 글자로써 국어의 입말을 실제로 적을 수 있는 가능성을 보였다. 그리고 소헌왕후 심씨가 사망함에 따라서 세종은 왕후의 명복을 빌기 위하여 아들인 수양대군(首陽大君)으로 하여금 석가모니의 연보(年譜)를 훈민정음으로 번역하여 『석보상절(釋譜詳節)』을 편찬하게 하였다. 이어서 『석보상절』의 내용을 바탕으로 『월인천강지곡(月印千江之曲)』을 직접 지어서 간행하였다. 이로써 국어의 입말을 훈민정음으로써 완벽하게 구현할 수 있음을 보였다. 그리고 한문본인 『훈민정음 해례본』의 내용 중에서 '어제 서(御製 序)'와 예의(例義)를 훈민정음으로 번역한 것도 대략 이 무렵의 일인 것으로 추정된다.

　세종이 승하한 후에 문종(文宗), 단종(端宗)에 이어서 세조(世祖)가 즉위하였는데, 1458년(세조 3년)에 세조의 맏아들인 의경세자(懿敬世子)가 요절하였다. 이에 세조는 1459년(세조 4년)에 부왕인 세종(世宗)과 세종의 정비인 소헌왕후 심씨, 그리고 요절한 의경세자의 명복을 빌기 위하여 『월인석보(月印釋譜)』를 편찬하였다. 그리고 어린 조카 단종을 폐위하고 왕위에 오른 후에, 단종을 비롯하여 자신의 집권에 반기를 든 수많은 신하를 죽인 업보에 대한 인간적인 고뇌를 불법의 힘으로 씻어 보려는 것도 『월인석보』를 편찬한 간접적인 동기였다.

『월인석보』는 세종이 지은『월인천강지곡(月印千江之曲)』의 내용을 본문으로 먼저 싣고, 그에 대응되는『석보상절(釋譜詳節)』의 내용을 붙여 합편하였다. 합편하는 과정에서 책을 구성하는 방법이나 한자어 표기법, 그리고 내용도 원본인『월인천강지곡』이나『석보상절』과 부분적으로 차이를 보인다. 예를 들어서『월인천강지곡』에서는 한자음을 표기할 때 '씨時'처럼 한글을 큰 글자로 제시하고, 한자를 작은 글자로써 한글의 오른쪽에 병기하였다. 반면에『월인석보』에서는 '時씨'처럼 한자를 큰 글자로써 제시하고 한글을 작은 글자로써 한자의 오른쪽에 병기하였다. 그리고 종성이 없는 한자음을 한글로 표기할 때에『월인천강지곡』에서는 '씨時'처럼 종성 글자를 표기하지 않았는데,『월인석보』에서는 '동국정운(東國正韻)식 한자음의 표기법'에 따라서 '時씨'처럼 종성의 자리에 음가가 없는 'ㅇ' 글자를 종성의 위치에 달았다. 이러한 차이는『월인천강지곡』과『석보상절』을 합본하여『월인석보』를 편찬하는 과정에서 어쩔 수 없이 한자음을 표기하는 방법을 통일하였기 때문에 일어났다.

『월인석보』는 원간본인 1, 2, 7, 8, 9, 10, 12, 13, 14, 15, 17, 18, 23권과 중간본(重刊本)인 4, 21, 22권 등이 남아 있다. 그 당시에 발간된 책이 모두 발견된 것은 아니어서, 당초에 전체 몇 권으로 편찬하였는지 알 수가 없다.

『석보상절』,『월인천강지곡』,『월인석보』의 편찬은 세종 말엽에서 세조 초엽까지 약 13년 동안에 이룩된 사업이다. 따라서 그 최종 사업인『월인석보』는 석가모니의 일대기를 기술하는 사업을 완결 짓는 결정판이다. 따라서『월인석보』는『석보상절』,『월인천강지곡』과 더불어 훈민정음(訓民正音)이 창제된 이후 제일 먼저 나온 불경 번역서로서의 가치가 있다. 그리고 세종과 세조 당대에 쓰였던 자연스러운 말과 글의 모습이 잘 반영되어 있어서, 중세 국어나 국어사를 연구하는 데에도 매우 귀중한 가치가 있는 문헌으로 평가받고 있다.

『월인석보 제구』의 해제

　이 책에서 번역한 『월인석보』 권9는 권10과 함께 2권 2책으로 구성되어 있다. 초간본(낙장 있음)이 양주동 가(梁柱東 家)의 구장(舊藏)으로 전하는데, 1957년 연세대학교 동방학연구소에서 영인하였다.

　『월인석보』 권9는 원래 앞서 세종 때에 발간한 『석보상절』 권9의 산문과 『월인천강지곡』의 기251에서 기260의 운문이 실려 있었는데, 『월인천강지곡』의 운문 부분은 대부분 낙장된 상태이다. 『월인석보』 권9의 저본(底本)은 『석보상절』 권9와 마찬가지로 『藥師瑠璃光如來本願功德經』(약사유리광여래본원공덕경)이다. 이 책은 615년에 수(隋)나라의 달마급다(達磨笈多)가 『藥師如來本願經』(약사여래본원경)의 이름으로 처음으로 한문으로 번역하였다. 이 경은 약사여래가 동방에 불국토(佛國土)를 건설하여 정유리국(淨瑠璃國)이라 하고, 교주가 되어 12대원(十二大願)을 세우고, 모든 중생의 질병을 치료하며, 또한 무명(無明)의 고질(痼疾)까지도 치유시키겠다고 한 서원(誓願)을 내용으로 하고 있다.

　약사여래(藥師如來)를 유리광왕(瑠璃光王) 또는 대의왕불(大醫王佛)이라고도 하는데, 중생의 온갖 병고를 치유하고 모든 재난을 제거하며 수명을 연장하는 부처이다. 약사여래는 늘 좌우에 일광보살(日光菩薩)과 월광보살(月光菩薩)을 우두머리로 하는 무수한 보살들을 거느리고 있으면서, 질병에 신음하는 중생들을 구제하고 약사 세계로 왕생(往生)을 인도한다. 『藥師瑠璃光如來本願功德經』에서는 약사여래가 동방세계에 불국토(佛國土)를 건설하여 유리광국(瑠璃光國)이라 하고 그 세계의 교주가 되어 12가지의 큰 서원을 세워 일체 중생의 질병을 치료하며 다시 무명(無明)의 고질적인 병까지도 치료하겠다고 서원하고 있다.

　약사여래가 세운 중생 구제의 12가지 대원은 일상생활의 매우 현실적인 소망을 담고 있어서 약사 신앙은 일반 대중의 요구에 부응하는 신앙 체계로 자리 잡게 되었다. 12대원을 세우고 성불한 약사여래의 불국토는 동쪽으로 무수한 불국토를 지나가면 있는데, 그곳은 땅에 온통 유리와 보석이 깔려 있고, 건물은 보석으로 만들어져 있다고 한다. 그곳에는 여인이 없고 탐욕과 악행, 괴로움도 없다. 나아가 약사여래의 이름을 외우는 사람은 죽을 때에 여덟 명의 보살이 와서 극락세계로 인도해주며, 약사여래상 앞에서 이 경을 읽으면 어떤 소원이든지 다 이룰 수 있다고 부처님은 가르치고 있다.

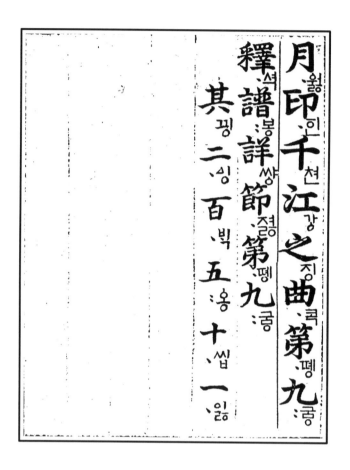

月印千江之曲(월인천강지곡) 第九(제구)

釋譜詳節(석보상절) 第九(제구)

其二百五十一(기이백오십일)

月_윓印_힌千_천江_강之_징曲_콕　第_똉九_굴

釋_셕譜_봉詳_썅節_졇　第_똉九_굴

其_끵二_싱百_빅五_옹十_씹一_잃

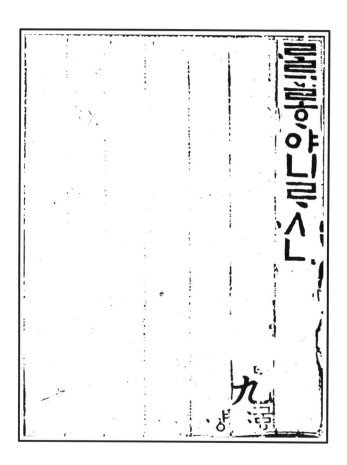

를 가리어 이르셨으니.

룰 굴ᄒᆞ야[1] 니르시니[2]

---

1) 굴ᄒᆞ야: 굴히이(← 굴히다: 가리다, 分)- + -아(연어)
2) 니르시니: 니르(이르다, 曰)- + -시(주높)- + -∅(과시)- + -니(평종, 반말) ※ '니르시니'는 '니
   르시니이다'에서 어미인 '-이다'가 생략된 형태이다.

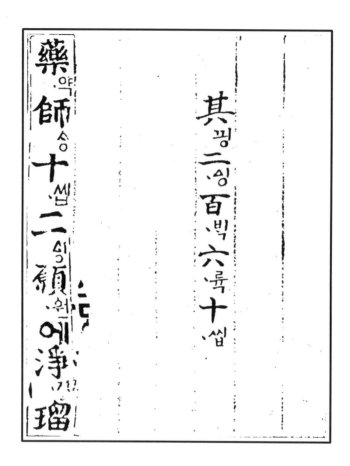

其二百六十(기이백육십)

藥師十二願(약사십이원)에 淨瑠璃(정유리)가

其끵二싱百빅六륙十씹

藥약師ᄉᆞᆼ十씹二싱願원[3]에 淨쪙瑠류ᇢ璃링[4]

3) 藥師十二願: 약사십이원. 약사유리광여래보살(藥師瑠璃光如來菩薩)의 열두 가지 큰 원(願)이다. 곧, 약사유리광여래보살가 도리(道理)를 행하실 적에 세운 열두 가지 대원(大願)이다.

4) 淨瑠璃: 淨瑠璃(정유리) + -Ø(←-이: 주조) ※ 약사 여래(藥師如來)의 정토유리(淨土瑠璃)와 같이 청정(淸淨)한 국토라는 뜻이다.

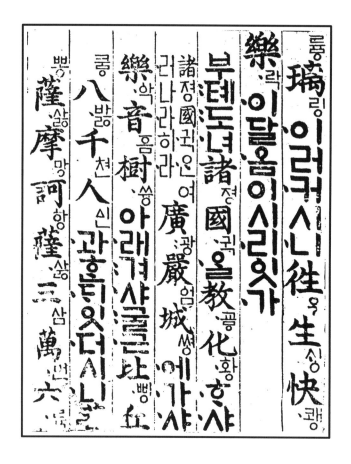

이러하시니, 往生(왕생) 快樂(쾌락)이 다름이 있겠습니까?

부처가 돌아다녀 諸國(제국)을 敎化(교화)하시어【諸國(제국)은 여러 나라
이다. 】, 廣嚴城(광엄성)에 가시어 樂音樹(악음수) 아래에 계시어 큰 比丘
(비구) 八千人(팔천인)과 함께 있으시더니, 菩薩(보살) 摩訶薩(마하살) 三萬
六千(삼만육천)과

이러커시니¹⁾ 往_왕生_싱²⁾ 快_쾡樂_락³⁾이 달옴⁴⁾ 이시리잇가⁵⁾

부톄⁶⁾ 도녀⁷⁾ 諸_정國_귁⁸⁾을 敎_굘化_황ᄒ샤【諸_정國_귁은 여러 나라히라⁹⁾】 廣_광嚴_엄城_쎵¹⁰⁾에 가샤¹¹⁾ 樂_악音_흠樹_쓩¹²⁾ 아래 겨샤¹³⁾ 굴근¹⁴⁾ 比_뼁丘_쿻¹⁵⁾ 八_밣千_쳔 人_{ᅀᅵᆫ}과 ᄒᆞᆫ듸¹⁶⁾ 잇더시니¹⁷⁾ 菩_뽕薩_삻 摩_망訶_항薩_삻¹⁸⁾ 三_삼萬_먼 六_륙千_쳔과

1) 이러커시니: 이렇[← 이러ᄒ다(이러하다, 如是): 이러(이러: 불어) + -ᄒ(형접)-]- + -거(확인)- + -시(주높)- + -니(연어, 설명 계속)
2) 往生: 왕생. 목숨이 다하여 다른 세계에 가서 태어나는 것이다.
3) 快樂: 쾌락. 유쾌하고 즐거움이나 그런 느낌이다.
4) 달옴: 달(← 다ᄅ다: 다르다, 異)- + -옴(명전)
5) 이시리잇가: 이시(있다, 有)- + -리(미시)- + -잇(← 이-: 상높, 아주 높임)- + -가(-냐: 의종, 판정)
6) 부톄: 부텨(부처, 佛) + -ㅣ (←-이: 주조)
7) 도녀: 도니[돌아다니다, 遊: 도(← 돌다: 돌다, 回)- + 니(다니다, 行)-]- + -어(연어)
8) 諸國: 제국. 여러 나라이다.
9) 나라히라: 나라ᄒ(나라, 國) + -이(서조)- + -Ø(현시)- + -라(← -다: 평종)
10) 廣嚴城: 광음성. 바이샬리(Vaisālī)를 한자로 표기한 것이다. 중인도에 있는 지명으로서 지금의 비하르주(州)의 주도(州都)인 파트나 북쪽 갠지스강(江) 중류에 있다. 비사리(毘舍離)라고도 적는다. 석가모니(BC 566~BC 480) 시대에는 인도 6대도시의 하나로 16국의 하나인 바지국(國)을 형성한 리차비족(族)의 주도(主都)이기도 하였다.
11) 가샤: 가(가다, 至)- + -샤(←-시-: 주높)- + -Ø(←-아: 연어)
12) 樂音樹: 악음수. 미풍이 닿으면 나뭇잎이 움직여 우아한 소리가 난다는 데서 이 이름이 붙었다.
13) 겨샤: 겨샤(← 겨시다: 계시다, 住)- + -Ø(←-아: 연어)
14) 굴근: 굵(굵다, 크다, 大)- + -Ø(현시)- + -은(관전)
15) 比丘: 비구. 출가하여 구족계를 받은 남자 승려이다.
16) ᄒᆞᆫ듸: [한데, 한 곳에, 俱(명사): ᄒᆞᆫ(한, 一: 관사, 양수) + 듸(데: 의명)]
17) 잇더시니: 잇(← 이시다: 있다, 在)- + -더(회상)- + -시(주높)- + -니(연어, 설명의 계속)
18) 菩薩 摩訶薩: 보살 마하살. 보살을 아름답게 표현한 것으로, 수많은 보살 중에서 10위 이상의 보살을 높여서 이르는 말이다.

國王(국왕)과 大臣(대신)과 婆羅門(바라문)과 居士(거사)와【居(거)는 사는
것이니 이름난 말을 즐겨 일러 淸淨(청정)으로 제가 사는 것이다. 또 재물을
많이 두고 부유하게사는 사람이다.】天龍(천룡)·夜叉(야차)·人非人(인비인)
等(등), 無量(무량) 大衆(대중)이 恭敬(공경)하여 圍繞(위요)하여 있거늘
【人非人(인비인)은 '사람'과 '사람이 아닌 것과'라고 하는 말이니, 八部(팔부)
를 아울러 일렀니라.】, (부처가 그들을) 위(爲)하여

國_귁王_왕과 大_땡臣_씬과 婆_뼁羅_랑門_몬[19]과 居_겅士_쏭[20]와【居_겅는 살 씨니[21] 일훔난[22] □를[23] 즐겨[24] 닐어[25] 淸_청淨_쪙으로 제[26] 살 씨라[27] 쏘[28] 쳔량[29] 만히[30] 두고 가ᅀᆞ며사ᄂᆞᆫ[31] 사ᄅᆞ미라】 天_텬龍_룡[32] 夜_양叉_창[33] 人_신非_빙人_신 等_등 無_뭉量_량[34] 大_땡衆_즁이 恭_공敬_경ᄒᆞ야 圍_윙繞_{ᅀᅭᆲ}ᄒᆞᅀᆸ뱃거늘[35]【人_신非_빙人_신은 사ᄅᆞᆷ과 사ᄅᆞᆷ 아닌 것과 ᄒᆞ논 마리니 八_밣部_뽕[36]를 어울워[37] 니르니라[38]】위ᄒᆞ야

---

19) 婆羅門: 바라문. 브라만(Brahman)의 음역으로 인도 카스트 제도에서 가장 높은 지위인 승려 계급이다.

20) 居士: 거사. 속세에 있으면서 불교를 믿는 남자(= 우바새)이다.

21) 씨오: 씨(← ᄉᆞ: 것, 者, 의명) + -이(서조)- + -니(연어, 설명 계속)

22) 일훔난: 일훔나[이름나다, 名: 일훔(이름, 名) + 나(나다, 現)-]- + -Ø(현시)- + -ㄴ(관전)

23) □를: 말(말, 言) + -ᄋᆞᆯ(목조) ※ '□를'은 문맥을 고려하여 '마를'로 추정한다.

24) 즐겨: 즐기[즐기다, 歡喜: 즑(즐거워하다, 歡: 자동)- + -이(사접)-]- + -어(연어)

25) 닐어: 닐(← 니르다: 이르다, 曰)- + -어(연어)

26) 제: 저(저, 己: 인대, 재귀칭) + -ㅣ(←-이: 주조)

27) 씨라: 씨(← ᄉᆞ: 것, 者, 의명) + -이(서조)- + -Ø(현시)- + -라(←-다: 평종)

28) 쏘: 또, 又(부사)

29) 쳔량: 재물, 財.

30) 만히: [많이, 多(부사): 만ㅎ(← 만ᄒᆞ다: 많다, 多)- + -이(부접)]

31) 가ᅀᆞ며사ᄂᆞᆫ: 가ᅀᆞ며(← 가ᅀᆞ멸다: 부유하다, 가멸다, 富)- + 사(← 살다: 살다, 生)-]- + -ᄂᆞ(현시)- + -ㄴ(관전)

32) 天龍: 천룡. 불법을 지키는 여덟 신장 가운데 제천(諸天)과 용신(龍神)이다.

33) 夜叉: 야차. 팔부의 하나로서, 사람을 괴롭히거나 해친다는 사나운 귀신이다.

34) 無量: 무량. 정도를 헤아릴 수 없을 만큼 많은 것이다.

35) 圍繞ᄒᆞᅀᆸ뱃거늘[圍繞ᄒᆞ다(위요하다: 圍繞(위요: 명사) + -ᄒᆞ(동접)-]- + -ᅀᆸ(← -ᅀᆸ-: 객높)- + -아(연어) + 잇(← 이시다: 있다, 보용, 완료 지속)- + -거늘(연어, 상황) ※ '圍繞(위요)'는 부처의 둘레를 돌아다니는 일이다.

36) 八部: 팔부(= 八部衆). 불법(佛法)을 지키는 여덟 신장(神將)이다. '천(天), 용(龍), 야차(夜叉), 건달바(乾闥婆), 아수라(阿修羅), 가루라(迦樓羅), 긴나라(緊那羅), 마후라가(摩睺羅迦)'이다.

37) 어울워: 어울우[어우르다, 竝: 어울(어울리다, 합하다, 合: 자동)- + -우(사접)-]- + -어(연어)

38) 니르니라: 니르(이르다, 曰)- + -Ø(과시)- + -니(원칙)- + -라(←-다: 평종)

ᄒᆞ야 說ᅟᆑᇙ 法ᆸ法ᄒᆞ더시니 그쁴 文문 殊쮸
師숭 利링 世솅 尊존이 ᄉᆞᆯᄫᅡ시ᄃᆡ
부텻 일훔과 本본 來ᄙᅵᆼᄉ 큰 願원과 가장
됴ᄒᆞ신 功공 德득을 닐어 니ᄅᆞ샤ᄃᆞᆺ
드를 사ᄅᆞ믜 業업 障쟝이 스러디게 ᄒᆞ야【
障쟝은 마ᄀᆞᆯ씨니 聖셩 道똠와 聖셩
道똠ᄋᆡ 方방 便뼌을 마ᄀᆞᆯ씨니 業업 障쟝과
煩뻔 惱ᄂᆞ 障쟝과 報봉 障쟝괘라 障
障쟝온 五옹 無뭉 間간 業업이니 어
머니를

說(설법)하시더니, 그때에 文殊師利(문수사리)가 世尊(세존)께 사뢰시되 "부처의 이름과 本來(본래)의 큰 願(원)과 가장 좋으신 功德(공덕)을 퍼뜨려 이르시어, (그 말을) 들을 사람의 業障(업장)이 사라지게 하여【障(장)은 막는 것이니, 聖道(성도)와 聖道(성도)의 方便(방편)을 막는 것이니, 業障(업장)과 煩惱障(번뇌장)과 報障(보장)이다. 障(장)은 五無間業(오무간업)이니, 어머니를

說_쎯法_법ㅎ더시니³⁹⁾ 그 삐⁴⁰⁾ 文_문殊_쓩師_숭利_링⁴¹⁾ 世_솅尊_존끠⁴²⁾ 솔ᄫ 샤ᄃ⁴³⁾ 부텻 일훔과⁴⁴⁾ 本_본來_ᄅㅅ 큰 願_원과 ᄀ장⁴⁵⁾ 됴ᄒ신⁴⁶⁾ 功_공德_득⁴⁷⁾을 불어⁴⁸⁾ 니ᄅ샤 듣ᄌᄫ⁴⁹⁾ 사ᄅ미 業_업障_쟝⁵⁰⁾이 스러디게⁵¹⁾ ᄒ야【障_쟝 ᄋ 마ᄀᆯ 씨니⁵²⁾ 聖_셩道_똘⁵³⁾와 聖_셩道_똘 方_방便_뼌⁵⁴⁾을 마ᄀᆯ 씨니 業_업障_쟝□⁵⁵⁾ 煩_뻔惱_놀障_쟝⁵⁶⁾과 報_볼障_쟝괘라⁵⁷⁾ 障_쟝ᄋ 五_옹無_뭉間_간業_업⁵⁸⁾이니 □□⁵⁹⁾

---

39) 說法ㅎ더시니: 說法ㅎ[설법하다: 說法(설법) + −ㅎ(동접)−]− + −더(회상)− + −시(주높)− + −니 (연어, 설명 계속)

40) 삐: ᄡᅥ(← 삔: 때, 時) + −의(−에: 부조, 위치, 시간)

41) 文殊師利: 문수사리. 사보살의 하나로서, 석가모니여래의 왼쪽에 있는 보살이다. 제불(諸佛)의 지혜를 맡은 보살로, 오른쪽에 있는 보현보살과 함께 삼존불(三尊佛)을 이룬다.

42) 世尊끠: 世尊(세존) + −끠(−께: 부조, 상대, 높임) ※ ‘−끠’는 [−ㅅ(−의: 관조) + 긔(거기에, 彼 處: 의명)]의 방식으로 형성된 파생 조사이다.

43) 솔ᄫ 샤ᄃ: 솗(← 숣다, ㅂ불: 사뢰다, 白)− + −ᄋ샤(←−ᄋ시: 주높)− + −ᄃ(←−오ᄃ: −되, 연 어, 설명 계속)

44) 일훔과: 일훔(이름, 名(명) + −과(접조)

45) ᄀ장: 가장, 매우, 殊(부사)

46) 됴ᄒ신: 둏(좋다, 勝)− + −ᄋ시(주높)− + −Ø(현시)− + −ㄴ(관전)

47) 功德: 공덕. 좋은 일을 행한 덕으로 훌륭한 결과를 가져오게 하는 능력이다.

48) 불어: 불(← 브르다: 펴다, 펼치다, 퍼뜨리다, 演)− + −어(연어)

49) 듣ᄌᄫ: 듣(듣다, 聞)− + −ᄌᄫ(←−ᄌᆸ: 객높)− + −ᄋᆶ(관전)

50) 業障: 업장. 삼장(三障)의 하나이다. 말, 동작 또는 마음으로 지은 악업에 의한 장애를 이른다.

51) 스러디게: 스러디[사라지다, 銷除: 슬(스러지게 하다: 타동)− + −어 + 디(지다: 보용, 피동)]− + −게(연어, 사동)

52) 씨니: ᄊ(← ᄉ: 것, 의명) + −이(서조)− + −니(연어, 설명 계속)

53) 聖道: 성도. 이 세상에서 스스로의 힘으로 번뇌를 끊고 성불하는 교법(敎法)이다.

54) 方便: 방편. 십바라밀(十波羅蜜(십바라밀))의 하나로서, 중생을 구제하기 위하여 쓰는 묘한 수 단과 방법이다.

55) 業障□: 業障(업장) + −과(접조)

56) 煩惱障: 번뇌장. 삼장(三障)의 하나로서, 중생의 몸과 마음을 번거롭게 하여 열반을 방해하는 일을 이른다.

57) 報障괘라: 報障(보장) + −과(접조) + −ㅣ (←−이−: 서조)− + −Ø(현시)− + −라(←−다: 평종)

58) 五無間業: 오무간업. 무간지옥(無間地獄)에 떨어질 다섯 가지 큰 죄. 곧 오역죄(五逆罪)를 이른다.

59) 어미: 어머니, 母. ※ 탈각된 부분은 문맥상 ‘어미(母)’로 추정한다.

주·기·거·나·아·비·주·기·거·나·阿항羅랑
漢한ᄋᆞᆯ·주·기·거·나·쥬ᇰ을·헐·어·나·부·텻
모·매·피·내·어·나·ᄒᆞ·욘·業업·이·니·우·흿·둘·흔·恩ᄒᆞᆫ
義ᅙᅴ·ᄅᆞᆯ·背빙叛뺀·혼·젼·ᄎᆞ·오·세·흔·福복田뗜·을
헐·ᄫᆞᆫ·젼·ᄎᆡ·라·煩뻔惱뇨ᇢ障쟝ᄋᆞᆫ·勤끈煩뻔惱뇨ᇢ·와
利링煩뻔惱뇨ᇢ·니·勤끈煩뻔惱뇨ᇢᄂᆞᆫ·ᄌᆞ·조·煩뻔
惱뇨ᇢ·ᄒᆞᆯ·씨·오·利링煩뻔惱뇨ᇢᄂᆞᆫ·더·ᄫᅥ·가·ᄂᆞᆫ·煩뻔惱뇨ᇢ
ㅣ·라·○·報ᄫᅩᇢ障쟝ᄋᆞᆫ·住뜡ᄒᆞᆫ·果광報ᄫᅩᇢ·마·다·聖셔ᇰ
道ᄯᅩᇢᇱ·器킝具꿍ㅣ·아·닗·씨·니·果광報ᄫᅩᇢㅣ·구·즌·젼
ᄎᆡ·라·○·煩뻔惱뇨ᇢ障쟝ᄋᆞᆫ·나·ㅣ·라·ᄒᆞ·ᄂᆞᆫ·고·ᄃᆞᆯ·자
바·뒷·고·所송知딩障쟝ᄋᆞᆫ·法법·이·라·ᄒᆞ·ᄂᆞᆫ·고·ᄃᆞᆯ·자
바·뒷·ᄂᆞ·니·煩뻔惱뇨ᇢ障쟝이·ᄆᆞᅀᆞᆷ·ᄀᆞ·려·ᄆᆞᅀᆞ·미·解갱
脫ᄐᆞᆯ

죽이거나 아버지를 죽이거나 阿羅漢(아라한)을 죽이거나 중(僧)을 해치거나 부처의 몸에 피를 내거나 한 業(업)이다. 위의 둘은 恩義(은의)를 背反(배반)한 까닭이요, 셋은 福田(복전)을 훼손한 까닭이다. 煩惱障(번뇌장)은 勤煩惱((근번뇌)와 利煩惱(이번뇌)이니, 勤煩惱((근번뇌)는 자주 煩惱(번뇌)하는 것이요 利煩惱(이번뇌)는 더하여 가는 煩惱(번뇌)이다. 報障(보장)은 住(주)한 果報(과보)마다 聖道(성도)에 관한 器具(기구)가 아닌 것이니, (이는) 果報(과보)가 궂은 까닭이다. 煩惱障(번뇌장)은 '나(我)'이고 하는 것을 붙잡는 것이요, 所知障(소지장)은 '法(법)'이라고 하는 것을 붙잡는 것이니, 煩惱障(번뇌장)이 마음을 가려서 마음이 解脫(해탈)을

주기기나⁶⁰⁾ 아비 주기기나 阿ᅙᅡᆼ羅랑□⁶¹⁾ 주기거나 즁을 헐어나⁶²⁾ 부텻 모매 피 내어나⁶³⁾ ᄒᆞ욘⁶⁴⁾ 業업이라 웃⁶⁵⁾ 둘흔⁶⁶⁾ 恩ᄒᆞᆫ義ᅙᅴᆼ⁶⁷⁾를 背ᄈᆡᆼ叛빤혼 젼치오⁶⁸⁾ 셰흔 福복田뗜⁶⁹⁾을 허론 젼치라⁷⁰⁾ 煩뻔惱놀障쟝⁷¹⁾은 勤끈煩뻔惱놀와 利링煩뻔惱놀왜니⁷²⁾ 勤끈煩뻔惱놀ᄂᆞᆫ ᄌᆞ조⁷³⁾ 煩뻔惱ᄒᆞᆯ 씨오 利링煩뻔惱놀ᄂᆞᆫ 더어⁷⁴⁾ 가ᄂᆞᆫ 煩뻔惱놀ㅣ라 報ᄫᅮᆯ障쟝⁷⁵⁾은 住뜡혼 果광報ᄫᅮᆯ마다⁷⁶⁾ 聖셩道똫앳 器킝具꿍 아닐 씨니 果광報ᄫᅮᆯㅣ 구즌 젼치라 ○煩뻔惱놀障쟝⁷⁷⁾은 내라⁷⁸⁾ ᄒᆞ몰 자보미오 所송知딩障쟝⁷⁹⁾은 法법이라 ᄒᆞ몰 자볼 씨니 煩뻔惱놀障쟝이 ᄆᆞᅀᆞᄆᆞᆯ⁸⁰⁾ ᄀᆞ려 ᄆᆞᅀᆞ미 解갱脫뙇

---

60) 주기거나: 주기[죽이다, 殺: 죽(죽다, 死)- + -이(사접)-]- + -거나(연어, 선택)

61) 阿羅漢: 아라한. 소승 불교의 수행자 가운데서 가장 높은 경지에 오른 사람이다. 온갖 번뇌를 끊고, 사제(四諦)의 이치를 바로 깨달아 세상 사람들의 존경을 받을 만한 공덕을 갖춘 성자이다.

62) 헐어나: 헐(헐다, 해치다, 毁)- + -어나(←-거나: 연어, 선택)

63) 내어나: 내[내다, 出: 나(나다, 出)- + -ㅣ(←-이-: 사접)-]- + -어나(←-거나: 연어, 선택)

64) ᄒᆞ욘: ᄒᆞ(하다, 爲)- + -요(←-오-: 대상)- + -Ø(과시)- + -ㄴ(관전)

65) 웃: 우-(←우ㅎ: 위, 上) + -ㅅ(-의: 관조)

66) 둘흔: 둘ㅎ(둘, 二: 수사, 양수) + -은(보조사, 주제)

67) 恩義: 은의. 갚아야 할 만한 은혜와 의리이다.

68) 젼치오: 젼ᄎᆞ(까닭, 故) + -Ø(←-이-: 서조)- + -오(←-고: 연어, 나열)

69) 福田: 복전. 복을 거두는 밭으로, 삼보(三寶)와 부모와 가난한 사람을 비유로 이르는 말이다.

70) 젼치라: 젼ᄎᆞ(까닭, 故) + -ㅣ(←-이-: 서조)- + -Ø(현시)- + -라(←-다: 평종)

71) 煩惱障: 번뇌장. 중생의 몸과 마음을 번거롭게 하여 열반을 방해하는 일을 이른다.

72) 利煩惱왜니: 利煩惱(이번뇌) + -와(접조) + -ㅣ(←-이-: 서조)- + -니(연어, 설명 계속)

73) ᄌᆞ조: [자주, 頻(부사): 좇(잦다, 頻: 형사)- + -오(부접)]

74) 더어: 더(←더으다: 더하다, 加)- + -어(연어)

75) 報障: 보장. 악업으로 받은 지옥, 아귀, 축생 따위의 과보(果報) 때문에 불법을 들을 수 없는 장애를 이른다.

76) 果報마다: 果報(과보) + -마다(보조사, 각자) ※ '果報(과보)'는 전생에 지은 선악에 따라 현재의 행과 불행이 있고, 현세에서의 선악의 결과에 따라 내세에서 행과 불행이 있는 일이다.(= 인과응보)

77) 煩惱障: 번뇌장. 중생의 몸과 마음을 번거롭게 하여 열반을 방해하는 일을 이른다.

78) 내라: 나(나, 我: 인대, 1인칭) + -ㅣ(←-이-: 서조)- + -Ø(현시)- + -라(←-다: 평종)

79) 所知障: 소지장. 사물의 참모습을 바로 알지 못하게 하는 장애. 탐욕, 성냄, 어리석음 따위의 번뇌이다.

80) ᄆᆞᅀᆞᄆᆞᆯ: ᄆᆞᅀᆞᆷ(마음, 心) + -ᄋᆞᆯ(목조)

못하여 業(업)을 지어 生(생)을 受(수)하여 다섯 길에 輪廻(윤회)하며, 所知障(소지장)이 慧(혜)를 가려 慧解脫(혜해탈)을 못하여 제 마음을 꿰뚫어서 못 알며, 諸法(제법)의 性相(성상)을 꿰뚫어서 못 알아, 비록 三界(삼계)에 나고도 또 二乘(이승)에 길이 成佛(성불)을 못 하므로 障(장)이라고 하였니라. '나'와 '法(법)'과 두 執著(집착)을 덜면 두 障(장)이 좇아서 그치리라. 】 像法(상법)이 轉(전)할 時節(시절)에【 法(법)이 처음 盛(성)히 行(행)할 적에 사람이 能(능)히 現量(현량)으로 體得(체득)하여 아는 것이 正法(정법)이요, 聖人(성인)이 없어지신 지 오래면 사람이 오직 比量(비량)으로부터 몯ᄒᆞ야 業업을 지ᅀᅥ[81] 生싱ᄋᆞᆯ 受쓯ᄒᆞ야 다ᄉᆞᆺ 길헤[82] 輪륜廻횡[83]ᄒᆞ며 所송知딩障쟝이 慧휑[84]ᄅᆞᆯ ᄀᆞ려 慧휑解갱脫퇋[85] 몯ᄒᆞ야 제 ᄆᆞᅀᆞᄆᆞᆯ ᄉᆞᄆᆞᆺ[86] 몯 알며 諸졍法법의 性셩相샹[87]ᄋᆞᆯ ᄉᆞᄆᆞᆺ 몯 아라 비록 三삼界갱[88]예 나고도 ᄯᅩ[89] 二싱乘씽[90]에 기리 成쎵佛뿛 몯 ᄒᆞᆯᄊᆡ 障쟝이라 ᄒᆞ니라[91] 나와 法법과 두 執집著땩ᄋᆞᆯ 덜면 두 障쟝이 조차[92] 그츠리라[93]】 像썅法법[94]이 轉둰ᄒᆞᇙ 時씽節졇애【法법이 처ᅀᅥᆷ[95] 盛쎵히 行ᅘᅧᇰᄒᆞᇙ 저긔[96] 사ᄅᆞ미 能능히 現현量량[97]ᄋᆞ로 體톙得득ᄒᆞ야 아로미 正졍法법이오 聖셩人신 업거신[98] 디[99] 오라면[1] 사ᄅᆞ미 오직 比빙量량ᄋᆞ로브터[2]

---

81) 지ᅀᅥ: 짓(← 짓다, ㅅ불: 짓다, 作)- + -어(연어)

82) 길헤: 길ㅎ(길, 道) + -에(부조, 위치) ※ '다ᄉᆞᆺ 길'은 '오도(五道)'를 이르는데, 중생이 선악의 업보에 따라 가는 천도, 인도, 축생도, 아귀도, 지옥도이다.

83) 輪廻: 윤회. 수레바퀴가 끊임없이 구르는 것과 같이, 중생이 번뇌와 업에 의하여 삼계 육도(三界六道)의 생사 세계를 그치지 아니하고 돌고 도는 일이다.

84) 慧: 혜. 사리를 분별하고 의심을 끊는 슬기이다.

85) 慧解脫: 혜해탈. 지혜로써 무지를 소멸시켜 그 속박에서 벗어나는 것이다.

86) ᄉᆞᄆᆞᆺ: [관통하여, 꿰뚫어서, 映(부사): ᄉᆞᄆᆞᆺ(← ᄉᆞᄆᆞᆾ다: 사무치다, 꿰뚫다, 貫: 동사)- + -Ø(부접)]

87) 性相: 성상. 만물의 본성과 현상을 아울러 이르는 말이다.

88) 三界: 삼계. 중생이 생사 왕래하는 세 가지 세계로서, 욕계·색계·무색계이다.

89) ᄯᅩ: 또, 又(부사)

90) 二乘: 이승. 대승과 소승, 성문승과 독각승 또는 성문승과 보살승을 통틀어 이르는 말이다.

91) ᄒᆞ니라: ᄒᆞ(하다, 日)- + -Ø(과시)- + -니(원칙)- + -라(← -다: 평종)

92) 조차: 좇(좇다, 따르다, 追)- + -아(연어)

93) 그츠리라: 긏(끊어지다, 그치다, 斷)- + -으리(미시)- + -라(← -다: 평종)

94) 像法: 상법. 삼시법의 하나이다. 정법시 다음의 천 년 동안이다. 이 동안에는 교법이 있기는 하지만 진실한 수행은 이루어지지 않으며, 증과를 얻는 사람도 없다

95) 처ᅀᅥᆷ: [처음, 初: 첫(← 첫: 첫, 관사) + -엄(명접)]

96) 저긔: 적(적, 때, 時) + -의(-에: 부조, 위치)

97) 現量: 현량. 삼량(三量)의 하나. 비판과 분별이 없이 바깥의 사상(事象)을 깨달아 아는 일이다.

98) 업거신: 업(← 없다: 없어지다, 滅)- + -거(확인)- + -시(주높)- + -Ø(과시)- + -ㄴ(관전)

99) 디: ᄃᆞ(ᄃᆞ: 의명, 시간의 동안) + -Ø(← -이: 주조)

1) 오라면: 오라(오래다, 久)- + -면(연어, 조건)

2) 比量ᄋᆞ로브터: 比量(비량) + -ᄋᆞ로(부조, 방편) + -브터(-부터: 보조사, 비롯함) ※ '比量(비량)'은 삼량(三量)의 하나로서, 이미 아는 사실로써 아직 알지 못하는 사실을 추론하는 일이다.

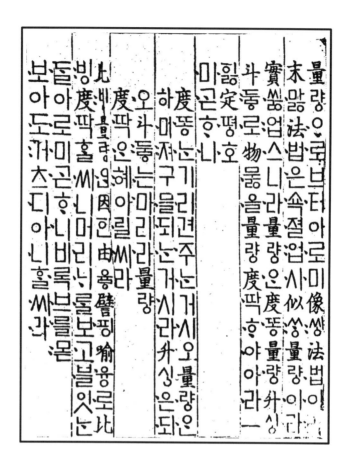

아는 것이 像法(상법)이요, 末法(말법)은 속절없이 似量(사량)이어서 實(실)이 없으니라. 量(량)은 度量(도량)과 升斗(승두)로 物(물)을 量度(양탁)하여 알아서 一定(일정)하는 것과 같으니,

　　度(도)는 미리 견주는 것이요 많으면 적은 것을 되는 것이다. 升(승)은 되이요, 斗(두)는 말이다. 量度(양탁)은 헤아리는 것이다.

比量(비량)은 因由(인유)와 譬喩(비유)로 比度(비탁)하는 것이니, 미리 연기(煙氣)를 보고 불이 있는 것을 아는 것과 같으니, 비록 불을 못 보아도 망령(妄靈)되지 아니하는 것이다.

아로미³⁾ 像_썅法_법이□⁴⁾ 末_맗法_법 ⁵⁾은 쇽절업시⁶⁾ 似_쌍量_량이라⁷⁾ 實_씷 업스니라⁸⁾ 量_량

은 度_똥量_량⁹⁾ 카_싱斗_듛¹⁰⁾로 物_뭃을 量_량度_딱¹¹⁾ᄒᆞ야 아라 一_힗定_뗭호미¹²⁾ ᄀᆞᆮᄒᆞ니¹³⁾

度_똥ᄂᆞᆫ 기릐¹⁴⁾ 견주ᄂᆞᆫ¹⁵⁾ 거시오 量_량ᄋᆞᆫ 하며¹⁶⁾ 져구믈¹⁷⁾ 되ᄂᆞᆫ¹⁸⁾ 거시라 카_싱은

되오¹⁹⁾ 斗_듛ᄂᆞᆫ 마리라 量_량度_딱ᄋᆞᆫ 혜아릴²⁰⁾ 씨라

比_빙量_량ᄋᆞᆫ 因_힌由_윻²¹⁾ 譬_핑喩_융로 比_빙度_딱ᄒᆞᆯ²²⁾ 씨니 미리 니를²³⁾ 보고 블²⁴⁾ 잇ᄂᆞᆫ

들²⁵⁾ 아로미 ᄀᆞᆮᄒᆞ니 비록 브를 몯 보아도 거츠디²⁶⁾ 아니ᄒᆞᆯ 씨라

---

3) 아로미: 알(알다, 知)- + -옴(명전) + -이(주조)

4) 像法이오: 像法(상법) + -이(서조)- + -오(←-고: 연어, 나열)

5) 末法: 말법. 三時法(삼시법)의 하나로서, 정법시와 상법시 다음에 오는 시기로 석가모니가 열반한 뒤 만 년 후에 온다. 이에는 교법만 있고 수행·증과가 없다.

6) 쇽절업시: [쇽절없이(부사): 쇽절(쇽절: 불어) + 없(없다, 無)- + -이(부접)] ※ '쇽절없이'는 '어찌할 도리가 없이'라는 뜻이다.

7) 似量이라: 似量(사량) + -이(서조)- + -라(←-아: 연어) ※ '似量(사량)'은 잘못된 추측이다.

8) 업스니라: 없(없다, 無)- + -Ø(현시)- + -으니(원칙)- + -라(←-다: 평종)

9) 度量: 도량. 길이를 재는 자와 양을 재는 되이다.

10) 카斗: 승두. '되'와 '말'이다.

11) 量度: 양도. 양을 헤아리는 것이다.

12) 一定호미: 一定ᄒᆞ[←一定ᄒᆞ다(일정하다): 一定(일정: 명사) + -ᄒᆞ(동접)-]- + -옴(명전) + -이(부조, 비교)

13) ᄀᆞᆮᄒᆞ니: ᄀᆞᆮᄒᆞ(같다, 如)- + -니(연어, 설명 계속)

14) 기릐: [길이, 長: 길(길다, 長: 형사)- + -의(명접)]

15) 견주ᄂᆞᆫ: 견주(견주다, 비교하다, 比)- + -ᄂᆞ(현시)- + -ㄴ(관전)

16) 하며: 하(많다, 多)- + -며(연어, 나열)

17) 져구믈: 젹(젹다, 少)- + -움(명전) + -을(목조)

18) 되ᄂᆞᆫ: 되(되다, 부피를 측량하다, 升)- + -ᄂᆞ(현시)- + -ㄴ(관전)

19) 되오: 되(되다, 되로 재다, 升)- + -Ø(←-이-: 서조)- + -Ø(현시)- + -라(←-다: 평종)

20) 혜아릴: 혜아리(헤아리다, 測)- + -ㄹ(관전)

21) 因由: 인유. 원인이 비롯되는 것이나, 또는 그 유래이다.

22) 比度ᄒᆞᆯ: 比度ᄒᆞ[비탁하다: 比度(비탁) + -ᄒᆞ(동접)-]- + -ㄹ(관전)

23) 니를: 니(연기, 煙) + -를(목조)

24) 블: 불, 火

25) 들: ᄃᆞ(것, 者: 의명) + -을(목조)

26) 거츠디: 거츠(←거츨다: 허망하다, 妄靈)- + -디(-지: 연어, 부정)

現
因인由융ᄂᆞᆫ 브틀씨라 ᄫᅵ方度땅
現량ᄂᆞᆫ 類링를 가줄벼 혜아
推츙現량量량ᄋᆞᆫ 親친히 ᄌᆞ걔 現
현혜아리라 ᄫᅵ라
量량ᄋᆞᆫ 諸졍經경으로 一定ᄒᆞᆯ씨라
然션히 一定ᄒᆞᆯ씨라 佛ᄲᅮᆯᆯ言언
境경을 證징ᄒᆞ야 名명言언을
似ᄉᆡᆼᄂᆞᆫ 곧 現현ᄒᆞᆯ씨니○現현分분明명은 現
現현은 顯현現현ᄒᆞ야 現현을 得득ᄒᆞ야 現현
法법體톙ᄅᆞᆯ 得득ᄒᆞ야
여흴씨니 후미 現현이아오
나오ᄆᆞᆺ 量량度땅에 量량度땅ᄒᆞᆯ씨 一定ᄒᆞᆯ씨 定ᄒᆞᆯ씨 定똥

因由(인유)는 말미암는 것이다. 比度(비탁)은 類(류)를 비교하여 헤아리는 것이다.

現量(현량)은 親(친)히 자기가 現(현)하여 보여 推尋(추심)하여 헤아리지 아니하여, 自然(자연)히 一定(일정)하는 것이다. 佛言量(불언량)은 諸經(제경)으로 一定(일정)하는 것이다. 似(사)는 같은 것이다. ○ 現量(현량)은 現(현)은 顯現(현현)하는 것이니, 곧 分明(분명)히 境(경)을 證(증)하여, 名言(명언)을 가지지 아니하여 헤아림이 없는 마음으로 親(친)히 法體(법체)를 得(득)하여, 허망한 가림(分別)을 떨쳐내는 것이 이름이 現(현)이요, 量(양)이라고 이르는 것은 量度(양탁)하는 것이 一定(일정)한 □□이니, 마음이 境(경)에 量度(양탁)하여 □□의

因힌由율는 브틀²⁷⁾ 씨라 比빙度똥은 類뤙를 가줄벼²⁸⁾ 헤아릴 씨라

現현量량²⁹⁾은 親친히 제 現현ᄒ야 뵈야³⁰⁾ 推췽尋씸ᄒ야³¹⁾ 헤아리디 아니ᄒ야 自然

션히 一힗定뗭홀 씨라 佛뿛言언量량³²⁾은 諸경經경³³⁾으로 一힗定뗭홀 씨라 似씅ᄂ 근

홀 씨라 ○ 現현量량은 現현은 顯현現현³⁴⁾홀 씨니 곧 分분明명히 境경³⁵⁾을 證징ᄒ

야³⁶⁾ 名명言언³⁷⁾을 가지디 아니ᄒ야 헤아룜 업슨 ᄆᆞ스ᄆᆞ로 親친히 法법體톙³⁸⁾를

得득ᄒ야 거츤³⁹⁾ 굴희욤⁴⁰⁾ 여흴⁴¹⁾ 씨⁴²⁾ 일후미⁴³⁾ 現현이오 量량이라⁴⁴⁾ 닐오ᄆᆞᆫ⁴⁵⁾

量량度똥호미⁴⁶⁾ 一힗定뗭혼 □□니 ᄆᆞᄉ미 境경에 量량度똥ᄒ야 □□의

---

27) 브틀: 븥(붙다, 말미암다, 由)- + -을(관전)

28) 가줄벼: 가줄비(비유하다, 比)- + -어(연어)

29) 現量: 현량. 삼량(三量)의 하나로서, 비판과 분별이 없이 바깥의 사상(事象)을 그대로 깨달아 아는 일을 이른다.

30) 뵈야: 뵈[보이다, 示: 보(보다, 見)- + -ㅣ(←-이-: 사접)-]- + -야(←-아: 연어)

31) 推尋ᄒ야: 推尋ᄒ[추심하다: 推尋(추심) + -ᄒ(동접)-]- + -야(←-아: 연어) ※ '推尋(추심)'은 찾아내어 가지거나 받아 내는 것이다.

32) 佛言量: 불언량. 부처의 말에 근거한 인식으로서, 부처님이나 보살님의 말씀을 의지해서 그것이 최고의 진리라고 믿는 것이다.

33) 諸經: 제경. 여러 경전이다.

34) 顯現: 현현. 물에 비친 달이나 거울 속의 모습 같이, 마음이 대상과 닮은 형상을 본뜨는 작용이다.

35) 境: 경. 산스크리트어 viṣaya를 의역한 말로서 '대상. 인식 대상'이나 '경지'를 뜻한다. 여기서는 '인식의 대상'의 뜻으로 쓰였다.

36) 證ᄒ야: 證ᄒ[증하다, 깨닫다: 證(증: 불어) + -ᄒ(동접)-]- + -야(←-아: 연어)

37) 名言: 명언. 언어로 표현하는 것이나, 일시적으로 붙인 이름이다.

38) 法體: 법체. 우주 만유의 본체이다.

39) 거츤: 거츠(← 거츨다: 허망하다, 虛妄)- + -Ø(현시)- + -ㄴ(관전)

40) 굴희욤: 굴희(가리다, 分別)- + -욤(←-옴: 명전)

41) 여흴: 여희(떨쳐내다, 여의다, 訣別)- + -ㄹ(관전)

42) 씨: ᄊ(← ᄉ: 것, 의명) + -이(주조)

43) 일후미: 일훔(이름, 名) + -이(주조)

44) 量이라: 量(양) + -이(서조)- + -Ø(현시)- + -라(←-다: 평종)

45) 닐오ᄆᆞᆫ: 닐(← 니르다: 이르다, 曰)- + -옴(명전) + -은(보조사, 주제)

46) 量度호미: 量度ᄒ[← 量度ᄒ다(양탁하다): 量度(양탁) + -ᄒ(동접)-]- + -옴(명전) + -이(주조) ※ '量度(양탁)'은 재어서 헤아리는 것이다.

제 相(상)을 一定(일정)하여 그르지 아니하므로, (그) 이름이 量(량)이다. 比量(비량)은 比(비)는 類(류)를 비유하는 것이요 量(량)은 量度(양탁)하는 것이니, 類(류)를 비유하여 量度(양탁)하여 있는 것을 알므로, (그) 이름이 比量(비량)이다. 非量(비량)은 마음이 境(경)을 緣(연)할 적에, 境(경)에 錯亂(착란)하여 허망하게 가려서 正(정)히 알지 못하여, 境(경)이 마음에 맞지 못하는 것이 (그) 이름이 非量(비량)이다. 錯亂(착란)은 어지러운 것이다.】有情(유정)들을 利樂(이락)하게 하고자 합니다. 【利樂(이락)은 좋고 즐거운 것이다. 】世尊(세존)이 이르시되,

제⁴⁷⁾ 相쌍을 一힗定뗭ᄒᆞ야 그르디⁴⁸⁾ 아니홀씨 일후미 量량이라 比삥量량⁴⁹⁾은 比삥
ᄂᆞᆫ 類뤼ᄅᆞᆯ 가줄빌⁵⁰⁾ 씨오 量량ᄋᆞᆫ 量량度뙁ᄒᆞᆯ 씨니 類뤼ᄅᆞᆯ 가줄벼 量량度뙁ᄒᆞ야 잇
ᄂᆞᆫ⁵¹⁾ 들 알씨⁵²⁾ 일후미 比삥量량이라 非삥量량ᄋᆞᆫ ᄆᆞᅀᆞ미 境경을 緣월ᄒᆞᆯ⁵³⁾ 저긔⁵⁴⁾ 境
경에 錯착亂롼ᄒᆞ야 거츠리⁵⁵⁾ 글히야 正정히 아디 몯ᄒᆞ야⁵⁶⁾ 境경이 ᄆᆞᅀᆞ매 맛디⁵⁷⁾
몯홀 씨 일후미 非삥量량이라 錯착亂롼ᄋᆞᆫ 어즈러ᄫᅳᆯ⁵⁸⁾ 씨라⁵⁹⁾】 有ᅌᅮᆸ情쪙ᄃᆞᆯ 홀⁶⁰⁾
利링樂락긔⁶¹⁾ 코져⁶²⁾ ᄒᆞ노이다⁶³⁾【利링樂락ᄋᆞᆫ 됴코⁶⁴⁾ 즐거ᄫᅳᆯ⁶⁵⁾ 씨라】 世솅
尊존⁶⁶⁾이 니ᄅᆞ샤ᄃᆡ⁶⁷⁾

47) 제: 저(저, 자기, 彼: 인대, 재귀칭) + -ㅣ(←-의: 관조)

48) 그르디: 그르(그르다, 非)- + -디(-지: 연어, 부정)

49) 比量: 비량. 삼량(三量)의 하나로서, 이미 아는 사실로 말미암아 아직 알지 못하는 사실을 추론하
는 일을 이른다. 꿀벌과 나비가 있는 것을 보고 그곳에 꽃이 있는 줄을 미루어 아는 것 등이다.

50) 가줄빌: 가줄비(비교하다, 비유하다, 比)- + -ㄹ(관전)

51) 잇ᄂᆞᆫ: 잇(←이시다: 있다, 보용, 완료 지속)- + -ᄂᆞ(현시)- + -ㄴ(관전)

52) 들 알씨: 드(것: 의명) + -ㄹ(목조) # 알(알다, 知)- + -ㄹ씨(-므로: 연어, 이유)

53) 緣ᄒᆞᆯ: 緣ᄒᆞ[연하다, 인지하다, 인식하다: 緣(연: 불어) + -ᄒᆞ(동접)-]- + -ㅭ(관전)

54) 저긔: 적(적, 때, 時: 의명) + -의(-에: 부조, 위치)

55) 거츠리: [허망하게, 虛妄(부사): 그츨(허망하다: 형사)- + -이(부접)]

56) 몯ᄒᆞ야: 몯ᄒᆞ[못하다(보용, 부정): 몯(못, 不能: 부사, 부정) + -ᄒᆞ(동접)-]- + -야(←-아: 연어)

57) 맛디: 맛(←맞다: 맞다, 合)- + -디(-지: 연어, 부정)

58) 어즈러ᄫᅳᆯ: 어즈립[←어지럽다, ㅂ불(어지럽다, 亂): 어즐(어질, 亂: 불어)- + -업(형접)-]- + -
을(관전)

59) 씨라: ㅆ(←ᄉᆞ: 것, 者, 의명) + -이(서조)- + -∅(현시)- + -라(←-다: 평종)

60) 有情ᄃᆞᆯ 홀: 有情ᄃᆞᆯㅎ[유정들, 생명체들, 有情等: 有情(유정) + -ᄃᆞᆯㅎ(-들: 복접)] + -을(목조)

61) 利樂긔: 利樂[←利樂ᄒᆞ다(이락하다): 利樂(이락) + -ᄒᆞ(동접)-]- + -긔(-게: 연어, 사동) ※ '利
樂(이락)'은 내세에서 이익을 얻고 현세에서 안락을 누리는 것이다.

62) 코져: ᄒᆞ(←ᄒᆞ다: 하다, 보용, 사동)- + -고져(-고자: 연어, 의도)

63) ᄒᆞ노이다: ᄒᆞ(하다: 보용, 의도)- + -ㄴ(←-ᄂᆞ-: 현시)- + -오(화자)- + -이(상높, 아주 높임)-
+ -다(평종)

64) 됴코: 둏(좋다, 好)- + -고(연어, 나열)

65) 즐거ᄫᅳᆯ: 즐겁[←즐겁다, ㅂ불(즐겁다, 喜): 즑(즐거워하다, 歡)- + -업(형접)-]- + -을(관전)

66) 世尊: 세존. '석가모니'의 다른 이름이다. 세상에서 가장 존귀한 존재라는 뜻이다.

67) 니ᄅᆞ샤ᄃᆡ: 니ᄅᆞ(이르다, 曰)- + -샤(←-시-: 주높)- + -ᄃᆡ(←-오ᄃᆡ: -되, 연어, 설명 계속)

"좋다. 文殊師利文(문수사리)여. 네가 (나에게) "大悲(대비)로 이르오."라고 請(청)하나니, 子細(자세)히 들어 잘 생각하라. 너를 爲(위)하여 이르리라. 東方(동방)으로 여기에서 떨어진 것이 十恒河沙(십항하사) 等(등)의 佛土(불토)를 지나가 世界(세계)가 있되 이름이 淨瑠璃(정유리)요【淨(정)은 깨끗한 것이다. 】, 부처의 이름은

됴타[68] 文_문殊_쓩師_{ᄉᆞ}利_링여[69] 네[70] 大_땡悲_빙로[71] 니ᄅ고라[72] 請_쳥ᄒᆞᄂᆞ니[73] 子_{ᄌᆞ}細_솅히[74] 드러[75] 이대[76] ᄉᆞ랑ᄒᆞ라[77] 너 爲_윙ᄒᆞ야 닐오리라[78] 東_동方_방ᄋᆞ로[79] 이에셔[80] 버으로미[81] 十_씹恒_{ᅘᅠᅌᆡ}河_ᅘ沙_상[82] 等_{ᄃᆞᆼ} 佛_{ᄬᅳᇙ}土_통[83] 디나가 世_솅界_갱 이쇼ᄃᆡ[84] 일후미[85] 淨_쪙瑠_률璃_링오[86]【淨_쪙은 조ᄒᆞᆯ[87] 씨라[88]】 부텻[89] 일후믄

---

68) 됴타: 둏(좋다, 好)- + -Ø(현시)- + -다(평종)

69) 文殊師利여: 文殊師利(문수사리) + -여(호조, 예사 높임)

70) 네: 너(너, 汝: 인대, 2인칭) + -ㅣ(← -이: 주조)

71) 大悲로: 大悲(대비) + -로(부조, 방편) ※ '大悲(대비)'는 중생의 괴로움을 구제하려는 부처의 큰 자비이다. 그리고 자비(慈悲)는 중생에게 즐거움을 주고 괴로움을 없게 하는 것이다.

72) 니ᄅ고라: 니ᄅ(이르다, 說)- + -고라(명종, 반말)

73) 請ᄒᆞᄂᆞ니: 請ᄒᆞ[청하다: 請(청: 명사) + -ᄒᆞ(동접)-]- + -ᄂᆞ(현시)- + -니(연어, 설명 계속)

74) 子細히: [자세히(부사): 子細(자세: 명사) + -ᄒᆞ(← -ᄒᆞ-: 형접)- + -이(부접)]

75) 드러: 들(← 듣다, ㄷ불: 듣다, 聽)- + -어(연어)

76) 이대: [잘, 善(부사): 읻(좋다, 곱다, 善: 형사)- + -애(부접)]

77) ᄉᆞ랑ᄒᆞ라: ᄉᆞ랑ᄒᆞ[생각하다, 思惟: ᄉᆞ랑(생각, 思) + -ᄒᆞ(동접)-]- + -라(명종, 아주 낮춤)

78) 닐오리라: 닐(← 니ᄅ다: 이르다, 說)- + -오(화자)- + -리(미시)- + -라(← -다: 평종)

79) 東方ᄋᆞ로: 東方(동방) + -ᄋᆞ로(부조, 방향) ※ '東方(동방)'은 동쪽이다.

80) 이에셔: 이에(여기에, 此處: 지대, 정칭) + -셔(-서: 보조사, 위치 강조)

81) 버으로미: 버을(벌어지다, 떨어지다, 過)- + -옴(명전) + -이(주조) ※ '버을다'은 '벌다'의 뜻이나 여기서는 '(거리가) 떨어지다'의 뜻으로 쓰였다.

82) 十恒河沙: 십항하사. '恒河沙(항하사)'는 갠지스강의 모래라는 뜻으로, 무한히 많은 것. 또는 그런 수량을 비유적으로 이르는 말이다. 극(極)의 만 배가 되는 수, 또는 그런 수의. 즉, 10의 52승을 이른다.

83) 佛土: 불토. 부처가 사는 극락. 또는 부처가 교화한 땅이다.

84) 이쇼ᄃᆡ: 이시(있다, 有)- + -오ᄃᆡ(-되: 연어, 설명 계속)

85) 일후미: 일훔(이름, 名) + -이(주조)

86) 淨瑠璃오: 淨瑠璃(정유리) + -Ø(← -이-: 서조)- + -오(← -고: 연어, 나열) ※ '淨瑠璃(정유리)'는 유리와 같이 맑고 깨끗한 국토라는 뜻으로, 약사유리광여래의 정토(淨土)를 이른다.

87) 조ᄒᆞᆯ: 좋(깨끗하다, 맑다, 淨)- + -ᄋᆞᆯ(관전)

88) 씨라: ᄊᆞ(← ᄉᆞ: 것, 의명) + -이(서조)- + -Ø(현시)- + -라(← -다: 평종)

89) 부텻: 부텨(부처, 佛) + -ㅅ(-의: 관조)

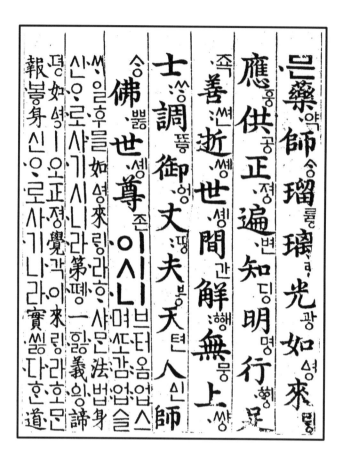

藥師瑠璃光如來(약사유리광여래)·應供(응공)·正遍知(정변지)·明行足(명행족)·善逝(선서)·世間解(세간해)·無上士(무상사)·調御丈夫(조어장부)·天人師(천인사)·佛世尊(불세존)이시니【 (어디서)부터 오는 것이 없으며 (어디로) 또 가는 것이 없으므로, 이름을 '如來(여래)'라고 하시는 것은 法身(법신)으로 풀이하셨니라. 第一義諦(제일의제)가 '如(여)'이요 正覺(정각)이 '來(래)'라고 하는 것은 '報身(보신)'으로 풀이하셨니라. 實(실)과 같은 道(도)를

藥_약師_스瑠_류璃_링光_광如_성來_링⁹⁰⁾ 應_흥供_공⁹¹⁾ 正_정遍_변知_딩⁹²⁾ 明_명行_행足_죡⁹³⁾ 善_썬逝_쏑⁹⁴⁾ 世_솅間_간解_행⁹⁵⁾ 無_뭉上_쌍士_쏭⁹⁶⁾ 調_뜔御_엉丈_땽夫_붕⁹⁷⁾ 天_텬人_신師_스⁹⁸⁾ 佛_뿛世_솅尊_존⁹⁹⁾이시니【브터¹⁾ 옴²⁾ 업스며 쏘 감³⁾ 업슬씨 일후믈 如_셩來_링라⁴⁾ 호샤 문⁵⁾ 法_법身_신⁶⁾으로 사기시니라⁷⁾ 第_뗑一_힗義_읭諦_뎡⁸⁾ 如_셩ㅣ오⁹⁾ 正_정覺_각¹⁰⁾이 來_링라 호문 報_볼身_신¹¹⁾으로 사기니라 實_씷¹²⁾ 다흔¹³⁾ 道_뜔를

---

90) 藥師瑠璃光如來: 약사유리광여래. 열두 가지 서원(誓願)을 세워 중생의 질병 구제, 수명 연장, 재화 소멸, 의식(衣食)의 만족을 이루어 주며, 중생을 바른 길로 인도하여 깨달음을 얻게 하는 부처의 이름이다.

91) 應供: 응공. 여래 십호의 하나이다. 온갖 번뇌를 끊어서 인간과 천상(天上)의 모든 중생으로부터 공양을 받을 만한 사람이라는 뜻으로, '부처'를 달리 이르는 말이다.

92) 正遍知: 정변지. 온 세상의 모든 일을 모르는 것 없이 바로 안다는 뜻이다.

93) 明行足: 명행족. 삼명(三明)의 신통한 지혜와 육도만행(六度萬行)을 갖추었다는 뜻이다.

94) 善逝: 선서. 잘 가신 분이라는 뜻이다. 피안(彼岸)에 가서 다시는 이 세상에 돌아오지 않는다고 하여 이렇게 이른다.

95) 世間解: 세간해. 세상의 모든 것을 안다는 뜻으로, '부처'를 달리 이르는 말이다.

96) 無上士: 무상사. 부처는 정(情)을 가진 존재 가운데 가장 높아서 그 위가 없는 대사라는 뜻이다.

97) 調御丈夫: 조어장부. 중생을 잘 이끌어 가르치는 사람이라는 뜻이다.이다.

98) 天人師: 천인사. 하늘과 인간 세상의 모든 중생들의 스승이라는 뜻이다.

99) 佛世尊: 불세존. 세상에서 가장 존귀하다는 뜻으로, '부처'를 달리 이르는 말이다.

1) 브터: 븥(붙다, 말미암다, 附)-+-어(연어)

2) 옴: 오(오다, 來)-+-ㅁ(←-옴: 명전)

3) 감: 오(가다, 去)-+-ㅁ(←-옴: 명전)

4) 如來라: 如來(여래)+-Ø(←-이-: 서조)-+-Ø(현시)-+-라(←-다: 평종)

5) 호샤문: 호(하다, 謂)-+-샤(←-시-: 주높)-+-ㅁ(←-옴: 명전)-+-은(보조사, 주제)

6) 法身: 법신. 삼신(三身)의 하나로서. 불법의 이치와 일치하는 부처의 몸을 이른다.

7) 사기시니라: 사기(새기다, 풀이하다, 解)-+-시(주높)-+-Ø(과시)-+-니(원칙)-+-라(←-다: 평종)

8) 第一義諦: 第一義諦(제일의제)+-Ø(←-이: 주조) ※ '第一義諦(제일의제)'는 제일의의 진리이다. 열반, 진여, 실상, 중도 따위의 진리를 이른다.

9) 如ㅣ오: 如(여)+-ㅣ(←-이-: 서조)-+-오(←-고: 연어, 나열)

10) 正覺: 정각. 정등각(正等覺), 곧 올바른 깨달음이다.

11) 報身: 보신. 삼신(三身)의 하나로서 선행 공덕을 쌓은 결과로 부처의 공덕이 갖추어진 몸을 이른다.

12) 實: 실. 실체(實體)이다.

13) 다흔: 닿(같다, 如)-+-Ø(현시)-+-은(관전)

뜨·들 드·러·샤·와 正·졍覺·각 일·우·실·ᄊᆡ 如셩來링·라 ᄒᆞ·샤·ᄆᆞᆫ 應·ᅙᆞᆼ身·신·으·로 사·기·니 應·ᅙᆞᆼ·은 對·됭·ᄒᆞᆯ·씨·니 根근機·긩·를 조·ᄎᆞ·샤 서르 다·ᄅᆞ·디 아·니·ᄒᆞ·샤 時·씽節·졄·을 조·ᄎᆞ·시·며 곧·ᄋᆞᆯ 조·ᄎᆞ·시·며 趣·츙·를 조·ᄎᆞ 나·아 現·현·ᄒᆞ·시·ᄂᆞ·니 이 化·황身·신·이·라 ○如·셩·ᄂᆞᆫ 眞진性·셩·을 니르·니 眞진性·셩·을 如·셩·ᄒᆞ·논·ᄃᆞᆫ 불·고·미 無뭉量·량 世·솅界·갱·를 비·취·여 ᄀᆞ·린·ᄃᆡ·업·고 慧·ᅘᆏᆼ 無뭉量·량 劫·겁·의 이·를 ᄉᆞ·ᄆᆞᆺ·처 마·곤·ᄃᆡ·업·서 能능·히 變·변化·황·로 一·ᄒᆞᆶ切·쳉 衆·즁生ᄉᆡᆼ·이 ·외·요·ᄃᆡ 몯·ᄒᆞᆯ·ᄃᆡ·업·수·미 眞진實·ᄊᆞᆯ·로 自·쭝如·셩·ᄒᆞ·미·라 來링·라 ᄒᆞ·논·ᄃᆞᆫ 眞진性·셩·이 能능·히 所·송·ᄅᆞᆯ 조·차·와 現·현·ᄒᆞ·실·ᄊᆡ

타시어 와 正覺(정각)을 이루시므로, 如來(여래)라고 하는 것은 應身(응신)으로 풀이하였니라. 應(응)은 상대하는 것이니, 根機(근기)를 좇아 서로 다르지 아니하시어 時節(시절)을 좇으시며 곳(處)을 좇으시며 趣(취)를 좇아 나서 現(현)하시는 것이니, 이것이 化身(화신)이다. ○ '如(여)'는 眞性(진성)을 이르니, 眞性(진성)을 如(여)라고 하는 것은, 밝음이 無量(무량)한 世界(세계)를 비추어 가린 데가 없고, 慧(혜)가 無量(무량)의 劫(겁)의 일을 꿰뚫어 막은 데가 없어, 能(능)히 變化(변화)로 一切(일체)의 衆生(중생)이 되되, 못 할 데가 없는 것이 眞實(진실)로 自如(자여)하는 것이다. 來(내)라고 하는 것은 眞性(진성)이 能(능)히 所(소)를 좇아와서 現(현)하시므로

트샤¹⁴⁾ 와 正_정覺_각 일우실씨¹⁵⁾ 如_셩來_링 호문 應_흥身_신¹⁶⁾으로 사기니라 應_흥은 맛

글믈¹⁷⁾ 씨니 根_근機_긩¹⁸⁾를 조차¹⁹⁾ 서르²⁰⁾ 다르디²¹⁾ 아니호샤 時_씽節_졇을 조츠시며

고들²²⁾ 조츠시며 趣_츙²³⁾를 조차 나 現_현호실 씨니 이²⁴⁾ 化_황身_신²⁵⁾이라 ○ 如_셩는

眞_진性_셩²⁶⁾을 니르니 眞_진性_셩을 如_셩ㅣ라 호문 불고미 無_뭉量_량 世_솅界_갱를 비취여

フ린²⁷⁾ 디²⁸⁾ 업고 慧_휑 無_뭉量_량 劫_겁 이를 스ᄆ차²⁹⁾ 마근 딕 업서 能_능히 變_변化_황

로 一_잂切_촁 衆_즁生_{ᄉᆡᆼ}이 ᄃᆞ외요딕³⁰⁾ 몯 홀 딕 업수미 眞_진實_씷로 自_쭝如_셩호미라³¹⁾

來_링라 호문 眞_진性_셩이 能_능히 所_송³²⁾를 조차와³³⁾ 現_현호실씨

---

14) 트샤: 트(타다, 乘)- + -샤(←-시-: 주높)- + -Ø(←-아: 연어)

15) 일우실씨: 일우[이루다, 成: 일(이루어지다, 成: 자동)- + -우(사접)-]- + -시(주높)- + -ㄹ씨(-
   ᄆᆞ로: 연어, 이유)

16) 應身: 응신. 삼신(三身)의 하나로서, 과거세에 행한 수행의 과보(果報)로 얻는 몸을 이른다.

17) 맛글믈: 맛글(응하다, 상대하다, 應)- + -을(관전)

18) 根機: 근기. 교법(敎法)을 받을 수 있는 중생의 능력이다.

19) 조차: 좇(좇다, 從)- + -아(연어)

20) 서르: 서로, 相(부사)

21) 다르디: 다르(다르다, 異)- + -디(-지: 연어, 부정)

22) 고들: 곧(곳, 處) + -을(목조)

23) 趣: 취. 중생이 자신이 지은 업인(業因)으로 인하여 이끌리어 가거나, 스스로 찾아 가는 삶의
   상태 또는 그런 세계이다. 오취(五趣), 육취(六趣), 선취(善趣), 악취(惡趣) 따위가 있다.

24) 이: 이(이것, 此) + -Ø(←-이: 주조)

25) 化身: 화신. 부처가 중생을 교화하기 위하여 여러 모습으로 변화하는 일, 또는 그 불신(佛身)
   이다. 좁은 의미에서는 부처의 상호(相好)를 갖추지 않고 범부, 범천, 제석, 마왕 따위의 모습
   을 취하는 것을 뜻한다.

26) 眞性: 진성. 사물이나 현상의 있는 그대로의 성질이다.

27) フ린: フ리(가리다, 蔽)- + -Ø(과시)- + -ㄴ(관전)

28) 딕: 딕(데, 處: 의명) + -Ø(←-이: 주조)

29) 스ᄆ차: 스ᄆᆾ(꿰뚫다, 貫)- + -아(연어)

30) ᄃᆞ외요딕: ᄃᆞ외(되다, 爲)- + -요딕(←-오딕: -되, 설명 계속)

31) 自如호미라: 自如ᄒ[← 自如ᄒ다(自如하다)- + -옴(명전) + -이(서조)- + -Ø(현시)- + -라(←-
   다: 평종) ※ '自如(자여)'는 스스로 그와 같은 것이다.

32) 所: 소. 곳, 장소.

33) 조차와: 조차오[좇차오다, 從來: 좇(좇다, 從)- + -아(연어) + 오(오다, 來)-]- + -아(여어)

ᅙᆞᆯ씨 如來 ᅀᅵ셩 링시며 오미 업스니라 真진如
ᅙᆞ호ᄆᆞᆫ 이 나아 至징 기며 오미 업거늘 真진
비 쇼ᇦ면 싱 感감 ᄒᆞ야 精졍 誠 셩ᅙᆞ 現현ᅙᆞ 실로씨
쳉 衆중 生싱 感감 為윙 應ᅙᆞᆼ ᄒᆞ야 ᄭᅩ고 化황 기 샤미 다 의 來
링ᅙᆞ 시면 色식 身신 올 如ᅀᅧ 성 現현 는 真진 性셩 의
根곤 源원 이 시논 體톙 用용 오 如ᅀᅧ 링 ᄂᆞᆫ 真진 性셩 의
應ᅙᆞᆼ 코니 一ᅙᅵᆶ 切쳉 天텬 地띵 당 ᅙᆞ 衆중 生싱
이 훓 供공 養양 바ᄃᆞᆯ 쌰 미 맛 당ᅙᆞ 시다 ᄒᆞ 혼 ᄠᅲ디
이마 ᅀᅵ라 ○ 法법 이 그른 ᄃᆡ 업수미 正졍 이오
아오 智딩 딕 몰 ᄀᆞ 초 디 업슈미 遍변이오

'如來(여래)'라고 하였니라. 眞如(진여)가 本來(본래) 가며 옴이 없거늘, '來(내)'이라고 하는 것은 여기에 應(응)하여 現(현)하시는 것이니, 아무나 地極(지극)한 精誠(정성)으로 빌면 感興(감흥)이 있으시고, 一切(일체)의 衆生(중생)을 爲(위)하여 敎化(교화)를 펴려 하시면, 色身(색신)을 現(현)하시는 것이 다 '來(내)'이다. 이러면 如如(여여)는 眞性(진성)의 根源(근원)이 되는 體(체)이요, 來(내)는 眞性(진성)이 應(응)하시는 用(용)이다. ○ 應(응)은 마땅한 것이니, 一切(일체)의 天地(천지)의 衆生(중생)의 供養(공양)을 받으시는 것이 마땅하시다고 한 말이다. ○ 法(법)이 그른 데가 없는 것이 正(정)이요, 知(지)을 못 갖추고 있는 데가 없는 것이 遍(변)이요

如ㅤ셩來ㅤ링 ㅎ니라 眞ㅤ진如ㅤ셩 ㅣ34) 本ㅤ본來ㅤ링 가며 오미 업거늘 來ㅤ링라 호ㄴ 이어긔35)
應ㅤ흥ㅎ야 現ㅤ현ㅎ실 씨니36) 아뫼나37) 至ㅤ징極ㅤ끅흔 精ㅤ졍誠ㅤ썽으로 비ㅅ붕면38) 感ㅤ감應ㅤ흥
이 겨시고 一ㅤ힗切ㅤ쳉 衆ㅤ즁生ㅤ싱 爲ㅤ윙ㅎ야 敎ㅤ굘化ㅤ황 펴려 ㅎ시면 色ㅤ식身ㅤ신39)을 現ㅤ현ㅎ
샤미40) 다 來ㅤ링라 이러면 如ㅤ셩如ㅤ셩41)는 眞ㅤ진性ㅤ셩의 根ㅤ근源ㅤ원 體ㅤ톙오42) 來ㅤ링는 眞ㅤ진性ㅤ
셩의 應ㅤ흥ㅎ시논43) 用ㅤ용이라44) ○ 應ㅤ흥은 맛당홀45) 씨니 一ㅤ힗切ㅤ쳉 天ㅤ텬地ㅤ띵 衆ㅤ즁生ㅤ싱
이 供ㅤ공養ㅤ양46) 바ㄷ샤미47) 맛당ㅎ시다 혼48) 마리라 ○ 法ㅤ법이 그른49) 듸 업수미
正ㅤ졍이오 智ㅤ딩 몯 ㄱ존50) 듸 업수미 遍ㅤ변이오51)

---

34) 眞如ㅣ : 眞如(진여) + −ㅣ(←−이: 주조) ※ '眞如(진여)'는 사물의 있는 그대로의 모습이다.

35) 이어긔: 여기, 여기에, 此處(지대, 지시, 정칭)

36) 現ㅎ실 씨니: 現ㅎ[현하다, 드러나다: 現(현: 불어) + −ㅎ(동접)−]− + −시(주높)− + −ㄹ(관전) # 쓰(← ㅅ: 것, 者, 의명) + −ㅣ(←−이−: 서조)− + −니(연어, 설명 계속)

37) 아뫼나: 아모(아무, 某: 인대, 부정칭) + −ㅣ니(←−이나: 보조사, 선택)

38) 비ㅅ붕면: 비(← 빌다: 빌다, 祈)− + −ㅅ(←−ㅅ−: 객높)− + −ㅸ면(연어, 조건)

39) 色身: 색신. 물질적 존재로서 형체가 있는 몸, 곧 육안으로 보이는 몸을 이른다. 특히 석가모니나 보살의 몸을 이른다.

40) 現ㅎ샤미: 現ㅎ[현하다, 나타나다: 現(현: 불어) + −ㅎ(동접)−]− + −샤(←−시−: 주높)− + −ㅁ(←−옴: 명전) + −이(주조)

41) 如如: 여여. 산스크리트어 tathatā. 분별이 끊어져 마음 작용이 일어나지 않는 상태이다. 곧, 분별이 끊어져, 있는 그대로 대상이 파악되는 마음 상태이다.

42) 根源體오: 根源體(근원체) + −∅(←−이−: 서조)− + −오(←−고: 연어, 나열) ※ '體(체)'는 우주 만물이나 일체 차별 현상의 근본으로서 상주불변하는 진리의 본래 모습 또는 진리 그 자체이다.

43) 應ㅎ시논: 應ㅎ[응하다, 호응하다: 應(응: 불어) + −ㅎ(동접)−]− + −시(주높)− + −ㄴ(←−ᄂᆞ−: 현시)− + −오(대상)− + −ㄴ(관전)

44) 用이라: 用(용: 불어) + −이(서조)− + −∅(현시)− + −라(←−다: 평종) ※ '用(용)'은 심신의 작용을 따라 나타난 결과이다.

45) 맛당홀: 맛당ㅎ[마땅하다, 應: 맛(← 맞다: 맞다) + 당(당, 當당)− + −ㅎ(형접)−]− + −ㄹ(관전)

46) 供養: 공양. 불(佛), 법(法), 승(僧)의 삼보(三寶)나 죽은 이의 영혼에게 음식, 꽃 따위를 바치는 일, 또는 그 음식이다.

47) 바ᄃᆞ샤미: 받(받다, 受)− + −ᄋᆞ샤(←−ᄋᆞ시−: 주높)− + −ㅁ(←−옴: 명전) + −이(주조)

48) 혼: ᄒᆞ(← ᄒᆞ다: 하다, 曰)− + −∅(과시)− + −오(대상)− + −ㄴ(관전)

49) 그른: 그르(그르다, 非)− + −∅(현시)− + −ㄴ(관전)

50) ㄱ존: ᄀᆞᆽ(갖추어져 있다, 具: 형사)− + −∅(현시)− + −은(관전)

51) 遍이오: 遍(변) + −이(서조)− + −오(←−고: 연어, 나열) ※ '遍(변)'은 지혜를 두루 갖춘 것이다.

生싱死ᄉᆞᆼ 사메 나미 覺·각ㅣ·이·라 正·졍遍·변知딩·ᄂᆞᆫ 곧 般반若ᅀᅣᆼㅣ·니 眞진諦·뎡·오 應·ᅙᅳᆼ供·공·ᄋᆞᆫ 곧 解·갱脫·퇋ㅣ·니 俗·쓕諦·뎡·오 如셩來ᄙᅵᆼ·ᄂᆞᆫ 곧 法·법身신·인 中듀ᇰ諦·뎡·라 ○ 三삼明명·을 三삼乘쎵·이 비·록 得·득ᄒᆞ·야·도 足·죡디 몯·거니·와 부텨·는 다 足·죡ᄒᆞ시·니라 ○ 萬·먼行ᅘᅧᆼ·이 真진實·씷·로 ᄇᆞᆯ·고미 明명行ᅘᅧᆼ足·죡·이·라 ○ 善·쎤逝·쎼·ᄂᆞᆫ 이·대 갈·씨·니 種·죠ᇰ種·죠ᇰ앳 기·픈 三삼摩망提똉·옛 無뭉量랴ᇰ 智딩慧·ᅘᅨᆼ·시 가·온·ᄃᆡ 가·시·ᄂᆞᆫ 世·솅間간解·갱ᄂᆞᆫ ·두가짓 世·솅間간·올 알·씨·니 ᄒᆞ나·ᄒᆞᆫ 衆·즁生ᄉᆡᇰ·이·오 ᄒᆞ나·ᄒᆞᆫ 非빙衆·즁生ᄉᆡᇰ·과 如셩實·씷相·샹·괘·니 世·솅

生死(생사)의 꿈에 나는 것이 覺(각)이다. 正遍知(정변지)는 곧 般若(반야)이니 眞諦(진체)이요, 應供(응공)은 곧 解脫(해탈)이니 俗諦(속체)이요, 如來(여래)는 곧 法身(법신)인 中諦(중체)라. ○ 三明(삼명)을 三乘(삼승)이 비록 得(득)하여도 足(족)하지 못하거니와 부처는 다 足(족)하시니라. ○ 萬行(만행)이 眞實(진실)로 밝은 것이 明行足(명행족)이다. ○ 善逝(선서)는 좋게 가는 것이니 種種(종종)의 깊은 三摩提(삼마제)의 無量(무량)한 智慧(지혜)의 가운데에 가시는 것이다. 世間解(세간해)는 두 가지의 世間(세간)을 아는 것이니, 하나는 衆生(중생)이요 하나는 非衆生(비중생)과 如實相(여실상)이니, 世間(세간)의 果(과)와

生ᅀᅵᆼ死ᄉᆞᆼㅅ ᄭᅮ메[52] 나미[53] 覺각이라 正졍遍변知딩ᄂᆞᆫ 곧 般반若ᅀᅣᆼㅣ니[54] 眞진諦뎅오[55] 應ᅙᅳᆼ供공ᄋᆞᆫ 곧 解갱脫톼ᇙ이니 俗쑉諦뎅오[56] 如ᅀᅧᆼ來ᄅᆡᆼᄂᆞᆫ 곧 法법身신이니 中듀ᇰ諦뎅라[57] ○ 三삼明명[58]을 三삼乘씽[59]이 비록 得득ᄒᆞ야도 足죡디[60] 몯거니와[61] 부텨는 다 足죡ᄒᆞ시니라 ○ 萬먼行ᅘᅢᇰ이 眞진實씨ᇙ로 ᄇᆞᆯ글[62] 씨[63] 明명行ᅘᅢᇰ足죡이라 ○ 善쎤逝쪵ᄂᆞᆫ 됴히[64] 갈 씨니 種죠ᇰ種죠ᇰ앳[65] 기픈 三삼摩망提뗑[66] 無무ᇰ量랴ᇰ 智딩慧ᅘᅰᆼㅅ 가온ᄃᆡ[67] 가실 씨라 世솅間간解ᅘᅢᇰᄂᆞᆫ 두 가짓 世솅間간ᄋᆞᆯ 알 씨니 ᄒᆞ나ᄒᆞᆫ[68] 衆즁生ᄉᆡᇰ[69]이오 ᄒᆞ나ᄒᆞᆫ 非빙衆즁生ᄉᆡᇰ과 如ᅀᅧᆼ實씨ᇙ相샤ᇰ괘니[70] 世솅間간果광[71]와

---

52) ᄭᅮ메: 꿈[꿈, 夢: ᄭᅮ(꾸다, 夢) + -ㅁ(명접)] + -에(부조, 위치)

53) 나미: 나(나다, 現)- + -ㅁ(← -옴: 명전) + -이(주조)

54) 般若ㅣ니: 般若(반야) + -ㅣ(← -이-: 서조)- + -니(연어, 설명 계속) ※ '般若(반야)'는 대승 불교에서, 만물의 참다운 실상을 깨닫고 불법을 꿰뚫는 지혜이다.

55) 眞諦오: 眞諦(진체) + -Ø(← -이-: 서조)- + -오(← -고: 연어, 나열) ※ '眞諦(진체)'는 가장 뛰어난 진리이다. 곧, 궁극적인 진리이며 가장 깊고 묘한 진리이다.

56) 俗諦: 속제. 삼제(三諦)의 하나로서, 세상에서 일반적으로 인정하는 진리로, 여러 가지 차별이 있는 현실 생활의 이치를 이른다.

57) 中諦라: 中諦(중제) + -Ø(← -이-: 서조)-라 ※ '中諦(중제)'는 삼제(三諦)의 하나로서, 모든 존재의 본체는 유(有)와 공(空), 공(空)과 가(假)를 초월한 중정 절대(中正絶對)이라는 것이다.

58) 三明: 삼명. 아라한이 가지고 있는 세 가지 지혜로서, '숙명명·천안명·누진명'을 이른다.

59) 三乘: 삼승. 중생을 열반에 이르게 하는 세 가지 교법이다. '성문승, 독각승, 보살승'이다

60) 足디: 足[← 足ᄒᆞ다(족하다): 足(족: 불어) + -ᄒᆞ(형접)-] + -디(-지: 연어, 부정)

61) 몯거니와: 몯[← 몯ᄒᆞ다(못하다, 不能): 몯(못: 부사, 부정) + -ᄒᆞ(동접)-] + -거니와(연어, 인정 대조)

62) ᄇᆞᆯ글: 붉(밝다, 明)- + -을(관전)

63) 씨: ᄊᆞ(← ᄉᆞ: 것, 의명) + -이(주조)

64) 됴히: [좋게, 好(부사): 둏(좋다, 好: 형사)- + -이(부접)]

65) 種種앳: 種種(종종) + -애(-에: 부조, 위치) + -ㅅ(-의: 관조)

66) 三摩提: 삼마제. 잡념을 떠나서 오직 하나의 대상에만 정신을 집중하는 경지이다.(= 삼매, 三昧)

67) 가온ᄃᆡ: 가운데, 中.

68) ᄒᆞ나ᄒᆞᆫ: ᄒᆞ나ᄒᆞ(하나, 一: 수사, 양수) + -ᆫ(보조사, 주제)

69) 衆生: 중생. 모든 살아 있는 무리이다.

70) 如實相괘니: 如實相(여실상) + -과(접조) + -ㅣ(← -이-: 서조)- + -니(연어, 설명 계속) ※ '如實相(여실상)'은 있는 그대로의 모습과 같은 것이다.

71) 世間 果: 세간 과. 세간에 나타나 있는 결과이다.

間간果·광와 世·솅間간 因힌과 出·츓世·솅間간 滅·멿와 出·츓世·솅間간 因힌과 道똘·ㄹ을 ·아·ㄹ실·씨·라 ○ 그·츓 거·시 잇ᄂᆞ니는 有:윻上:썅師ᄉᆞᆼ·ㅣ오 그·츓 거·시 업스니는 無뭉上:썅師ᄉᆞᆼ·ㅣ라 ○ 調뚈御·엉는 질드·릴·씨·오 丈·땽夫붕는 남지·니 부·톄 大·땡慈쯩 大·땡智·딩로 보·ᄃᆞ라온 됴·ᄒᆞᆫ 말도 ᄒᆞ시·며 알ᄑᆞᆫ 고·ᄃᆞᆫ 말도 ᄒᆞ시·며 雜·짭말도 ᄒᆞ샤 道·똘理:링·를 일·티 몯·ᄒᆞ게 ᄒᆞ시ᄂᆞ니 부텨·를 女:녕人신이·신 調뚈御·엉師ᄉᆞᆼ·ㅣ시·다 ᄒᆞ면 尊존重·뜡ᄒᆞ시·디 몯ᄒᆞ실·씨 丈·땽夫붕·를 니르·니 一·ᇙ切·촁ㅣ 다 들·리·라 ○ 萬·먼物·ᄝᅳᆯ 敎·굘化·황ᄒᆞ샤·ᄃᆡ 모·디 아·니ᄒᆞ시·며

世間(세간)의 因(인)과 出世間(출세간)의 滅(멸)과 出世間(출세간)의 道(도)를 아실 것이다. ○ 끊을 것이 있는 이는 有上士(유상사)이요 끊을 것이 없는 이는 無上士(무상사)이다. ○ 調御(조어)는 길드리는 것이요 丈夫(장부)는 남자이니, 부처가 大慈(대자) 大智(대지)로 보드라운 좋은 말도 하시며 아프고 곧은 말도 하시며 雜(잡)말도 하시어, 道理(도리)를 잃지 아니하게 하시나니, 부처를 女人(여인)인 調御師(조어사)이시다고 하면 尊重(존중)하지 못하시겠으므로 丈夫(장부)를 이르니, (대장부라는 말에는 남자와 여자의) 一切(일체)가 다 들리라. ○ 萬物(만물)을 敎化(교화)하시되 모질지 아니하시며, 외따로 나시어 굽히지

世_솅間_간 因_힌[72)]과 出_츓世_솅間_간 滅_몛[73)]와 出_츓世_솅間_간 道_뜔롤 아르실[74)] 씨라 ○ 그
츠[75)] 것 잇ᄂᆞ니ᄂᆞᆫ[76)] 有_{ᅇᅮᇢ}上_썅師_{ᄉᆞᆼ}ㅣ오[77)] 그츤 것 업스시니[78)] 無_뭉上_썅師_{ᄉᆞᆼ}ㅣ라[79)] ○
調_뜔御_{ᅌᅥᆼ}는 질드릴[80)] 씨오 丈_땽夫_붕는 남지니니[81)] 부톄 大_땡慈_쭝 大_땡智_딩로 보ᄃᆞ라
ᄫᆞᆫ[82)] 이든[83)] 말도 ᄒᆞ시며 알ᄑᆞᆫ[84)] 고든[85)] 말도 ᄒᆞ시며 雜_짭말도 ᄒᆞ샤 道_뜔理_링를
일티[86)] 아니케 ᄒᆞ시ᄂᆞ니 부텨를 女_녕人_{ᅀᅵᆫ} 調_뜔御_{ᅌᅥᆼ}師_{ᄉᆞᆼ}ㅣ시다 ᄒᆞ면 尊_존重_뜡티 몯
ᄒᆞ시릴씨[87)] 丈_땽夫_붕를 니르니 一_{ᅙᅵᇙ}切_쳉 다 들리라[88)] ○ 萬_먼物_뭃을 敎_곻化_황ᄒᆞ샤
ᄃᆡ[89)] 모디디[90)] 아니ᄒᆞ시며 외ᄠᆞ로[91)] 나샤 구피디

---

72) 因: 인. 어떠한 결과에 대한 직접적인 원인이다.

73) 滅: 멸. 인연으로 생겨서 생멸변화하는 물심(物心)의 현상이 없어지는 것이다.

74) 아르실: 알(알다, 知)- + -ᄋᆞ시(주높)- + -ㄹ(관전)

75) 그츠: 긏(끊다, 斷)- + -우(대상)- + -ᇙ(관전)

76) 잇ᄂᆞ니ᄂᆞᆫ: 잇(← 이시다: 있다, 有)- + -ᄂᆞ(현시)- + -ㄴ(관전) # 이(이, 者: 의명) + -ᄂᆞᆫ(보조사, 주제)

77) 有上師ㅣ오: 有上師(유상사) + -ㅣ(← -이-: 서조)- + -오(← -고: 연어, 나열) ※ '有上師(유상사)'는 자신보다 높은 스승이 있는 것이다.

78) 업스시니: 없(없다, 無)- + -으시(주높)- + -Ø(현시)- + -ㄴ(관전) # 이(이, 者: 의명) + Ø(← -이: 주조)

79) 無上師: 무상사. 자신보다 높은 스승이 없는 것이다.

80) 질드릴: 질드리[길들이다, 調御; 질(길: 명사) + 들(들다, 入)- + -이(사접)-]- + -ㄹ(관전)

81) 남지니니: 남진(남자, 男) + -이(서조)- + -니(연어, 설명 계속)

82) 보ᄃᆞ라ᄫᆞᆫ: 보ᄃᆞ랍[← 보ᄃᆞ랍다, ㅂ불(보드랍다, 柔): 보돌(부들: 불어) + -압(형접)-]- + -Ø(현시)- + -은(관전)

83) 이든: 읻(좋다, 곱다, 麗)- + -Ø(현시)- + -은(현시)

84) 알ᄑᆞᆫ: 알ᄑᆞ[아프다, 痛: 앓(앓다, 痛: 형사)- + -ᄇᆞ(형접)-]- + -Ø(현시)- + -ㄴ(관전)

85) 고든: 곧(곧다, 直)- + -Ø(현시)- + -은(관전) ※ '알ᄑᆞᆫ 고든'은 '아프고 곧은'의로 의역한다.

86) 일티: 잃(잃다, 失)- + -디(-지: 연어, 부정)

87) 몯ᄒᆞ시릴씨: 몯ᄒᆞ[못하다, 不能: 몯(못: 부사, 부정) + ᄒᆞ(동접)-]- + -시(주높)- + -리(미시)- + -ㄹ씨(-므로: 연어, 이유)

88) 들리라: 들(들다, 入)- + -리(미시)- + -라(← -다: 평종)

89) 敎化ᄒᆞ샤ᄃᆡ: 敎化ᄒᆞ[교화하다: 敎化(교화) + -ᄒᆞ(동접)-]- + -샤(← -시-: 주높)- + -ᄃᆡ(← -오ᄃᆡ: -되, 연어, 설명 계속)

90) 모디디: 모디(← 모딜다: 모질다, 猛)- + -디(-지: 연어, 부정)

91) 외ᄠᆞ로: [외따로, 孤(부사): 외(외, 孤: 명사) + ᄠᆞ로(따로, 別: 부사)]

아니ᄒᆞ실ᄊᆡ 調ᄠᅭᆼ御ᅌᅥᆼ丈땽夫붕ᅵ라 ○三삼界갱예 法법이실ᄊᆡ 天텬人ᅀᅵᆫ師ᄉᆞᆼᅵ라 ᄒᆞ니라 ○佛뿌ᇙ은 知딩者쟝ᅵ라 혼 마리니 知딩者쟝ᄂᆞᆫ 아ᄂᆞᆫ 사ᄅᆞᆷ이라 혼 ᄠᅳ디라 ○過광去컹 未밍來링 現현在ᄍᆡᆼ옛 衆즁生ᄉᆡᆼ과 衆즁生ᄉᆡᆼ 아닌 數숭와 有ᅌᅮᆸ常쌍 無뭉常쌍 等ᄃᆡᆼ 一힝切쳉 諸졍法법을 ᄉᆞᄆᆞ차 아ᄅᆞ실ᄊᆡ 佛뿌ᇙ이시다 ᄒᆞ니라 ○佛뿌ᇙ은 覺각이라 혼 마리니 覺각이 세 가짓 ᄠᅳ디 ᄀᆞᄌᆞ니 ᄒᆞ나ᄒᆞᆫ 自ᄍᆞᆼ覺각이니 性셩이 眞진常쌍ᄒᆞᆫ ᄃᆞᆯ 아ᄅᆞ시고 惑ᅘᅬᆨ이 虛헝妄망ᄒᆞᆫ ᄃᆞᆯ 아ᄅᆞ실 씨오 둘흔 覺각他탕ᅵ니 無뭉緣원慈ᄍᆞᆼᄅᆞᆯ 뮈워 有ᅌᅮᆸ情쪙 世솅界갱ᄅᆞᆯ

아니하시는 것이 調御丈夫(조어장부)이다. ○ 三界(삼계)에 있으므로 天人師(천인사)이라고 하였니라. ○ 佛(불)은 知者(지자)라고 한 말이니, 智者(지자)는 아는 사람이라고 한 뜻이다. ○ 過去(과거)·未來(미래)·現在(현재)에 있는 衆生(중생)과 衆生(중생)이 아닌 數(수)와, 有常(유상)과 無常(무상) 等(등) 一切(일체)의 諸法(제법)을 꿰뚫어 아시므로, 佛(불)이시다고 하였니라. ○ 佛(불)은 覺(각)이라고 한 말이니, 覺(각)이 세 가지의 뜻이 갖추어져 있으니, 하나는 自覺(자각)이니 性(성)이 眞常(진상)한 것을 아시고 惑(혹)이 虛妄(허망)한 것을 아시는 것이다. 둘은 覺他(각타)이니 無緣慈(무연자)를 움직여서 有情(유정) 世界(세계)를 아니ᄒᆞ실 씨⁹²⁾ 調ᄄᆛ御ᅌᅥᆼ丈ᄠᅡᆼ夫붕ㅣ라 ○ 三삼界갱예 法법이실ᄊᆡ⁹³⁾ 天텬人ᅀᅵᆫ師ᄉᆞᆼㅣ라

ᄒᆞ니라⁹⁴⁾ ○ 佛뿛은 知딩者쟝ㅣ라 혼⁹⁵⁾ 마리니 知딩者쟝ᄂᆞᆫ 아ᄂᆞᆫ 사ᄅᆞ미라 혼 ᄠᅳ디

라⁹⁶⁾ ○ 過광去컹 未밍來링 現ᅘᅧᆫ在찡엣⁹⁷⁾ 衆즁生ᄉᆡᆼ과 衆즁生ᄉᆡᆼ이 아닌 數숭와 有ᅌᅮᆸ常

쌍⁹⁸⁾과 無뭉常쌍⁹⁹⁾ 等등 一ᅙᅵᆶ切쳉 諸졍法법을 ᄉᆞᄆᆞᆺ¹⁾ 아ᄅᆞ실ᄊᆡ 佛뿛이시다 ᄒᆞ니라 ○

佛뿛은 覺각²⁾이라 혼 마리니 覺각이 세 가짓 ᄠᅳ디 ᄀᆞᄌᆞ니³⁾ ᄒᆞ나흔⁴⁾ 自쫑覺각⁵⁾이

니 性셩이 眞진常쌍⁶⁾ᄒᆞᆫ 들⁷⁾ 아ᄅᆞ시고 惑ᅘᆞᆨ⁸⁾이 虛형妄망ᄒᆞᆫ 들 아ᄅᆞ실 씨라 둘흔 覺

각他탕⁹⁾ㅣ니 無뭉緣원慈쭝¹⁰⁾를 뮈워¹¹⁾ 有ᅌᅮᆸ情쪙 世솅界갱를

---

92) 씨: 씨(← ᄉᆞ: 것, 者, 의명) + -이(주조)

93) 法이실ᄊᆡ: 法(법) + -이(서조)- + -시(주높)- + -ㄹᄊᆡ(-ᄋᆞ므로: 연어, 이유)

94) ᄒᆞ니라: ᄒᆞ(하다, 謂)- + -Ø(과시)- + -니(원칙)- + -라(← -다: 평종)

95) 혼: ᄒᆞ(← ᄒᆞ다: 하다, 謂)- + -Ø(과시)- + -오(대상)- + -ㄴ(관전)

96) ᄠᅳ디라: ᄠᅳᆮ(뜻, 意) + -이(서조)- + -Ø(현시)- + -라(← -다: 평종)

97) 現在엣: 現在(현재) + -예(← -에: 부조, 위치)- + -ㅅ(-의: 관조) ※ '現在엣'은 '현재에 있는'으로 의역하여 옮긴다.

98) 有常: 유상. 진리의 속성을 두 가지로 표현한 것이다. 무상(無常)은 온갖 변화를 일으켜 전개되는 일원의 작용적 측면으로서 인과보응의 진리를 말한다. 반면에 유상은 변함없이 존속되는 진리의 본체적 측면으로 불생불멸(不生不滅)을 나타낸 말이다.

99) 無常: 무상. 상주불변(常住不變)에 대해서 무상전변(無常轉變)의 의미이다. 사람이나 물질에 집착해도 그것은 변화 소멸하는 것이므로 실망할 뿐이다. 이를 제행무상이라고 하며, 이런 이치를 깨닫고 사람과 물건에 대한 집착에서 해탈하면 마음의 안락을 얻을 수 있다고 한다.

1) ᄉᆞᄆᆞᆺ: [관통하여, 꿰뚫어서, 映(부사): ᄉᆞᄆᆞᆺ(← ᄉᆞᄆᆞᆾ다: 사무치다, 꿰뚫다, 貫: 동사)- + -Ø(부접)]

2) 覺: 각. 삼라만상의 실상과 마음의 근본을 깨달아 아는 것으로, 부처의 경지를 이른다.

3) ᄀᆞᄌᆞ니: ᄀᆞᆽ(갖추어져 있다, 備)- + -ᄋᆞ니(연어, 설명 계속)

4) ᄒᆞ나흔: ᄒᆞ낳(하나, 一: 수사, 양수) + -은(보조사, 주제)

5) 自覺: 자각. 삼각(三覺)의 하나로서, 스스로 깨달아 증득(證得)하는 각(覺)을 이른다. 부처의 깨달음을 이른다.

6) 眞常: 진상. 진짜로 상(常)하는 것이다. ※ '常(상)'은 변하지 않는 것이다.

7) 들: ᄃᆞ(것, 者: 의명) + -ㄹ(← -를: 목조)

8) 惑: 혹. 깨달음에 장애가 되는 미망(迷妄)의 번뇌이다.

9) 覺他: 각타. 삼각(三覺)의 하나로서, 스스로 깨달은 바를 말함으로써 다른 사람도 깨닫게 하여 생사의 괴로움에서 벗어나게 하는 각(覺)을 이른다.

10) 無緣慈: 무연자. 부처가 베푸는, 모든 중생에 대한 차별이 없는 절대 평등의 자비(慈悲)이다.

11) 뮈워: 뮈우[움직이다, 使動: 뮈(움직이다: 자동)- + -우-(사접)-]- + -어(연어)

갱롤濟·졍渡·뚱·ᄒᆞ·실·씨·라 세·흔 覺·각行ᅘᆡᇰ
圓윈滿·만·이·니 根군源원·을 다ᄒᆞ·며
미·트·다·라 行ᅘᆡᇰ·이 ᄎᆞ 果·광ㅣ 두·려·ᄫᅳᆯ·씨·라 ○ 一·ᅙᅵᇙ切·촁諸졍法·법性·셔ᇰ·이
無뭉生ᄉᆡᇰ亦·역無뭉滅·멿ᄒᆞ·니 奇끵哉ᄌᆡᆼ
징大·땡導뚱師ᄉᆞᆼㅣ 自쫑覺·각ᄒᆞ·시·고
能ᄂᆞᆼ覺·각他탕ᄒᆞ·시·놋·다
奇끵哉ᄌᆡᆼ·ᄂᆞᆫ 奇끵特·뜩·다 ᄒᆞᆫ 마·리·라
導뚱·ᄂᆞᆫ 길·자ᄇᆞᆯ·씨·니 大·땡導뚱師ᄉᆞᆼ
·ᄂᆞᆫ ·크·신 길 자ᄇᆞ·시·ᄂᆞᆫ 스·ᄉᆞᆼ·이·라 ᄒᆞᆫ 마·리·라
知딩·ᄂᆞᆫ 모·ᄅᆞ·ᄂᆞ·니·를 對·됭ᄒᆞ·야 니ᄅᆞ·고
覺·각·ᄋᆞᆫ 어·리·니·를 對·됭ᄒᆞ·야 니ᄅᆞ·니·라

濟渡(제도)하시는 것이다. 셋은 覺行圓滿(각행원만)이니 根源(근원)을 다하며, 밑에 다달라 行(행)이 차서 果(과)가 원만한 것이다. ○ 一切(일체)의 諸法性(제법성)이 無生亦無滅(무생역무멸)하니, 奇哉(기재)! 大導師(대도사)가 自覺(자각)하시고 能覺他(능각타)하시는구나!

奇哉(기재)는 '奇特(기특)하다.'라고 한 말이다. 道(도)는 길을 잡는 것이니, 大導師(대도사)는 크신, 길을 이끄시는 스승이라고 한 말이다.

知(지)는 모르는 이를 對(대)하여 이르고, 覺(각)은 어리석은 이를 對(대)하여 일렀니라.

濟_젱渡_똥ᄒ실 씨라 세훈¹²⁾ 覺_각行_{ᅘᅢᆼ}圓_원滿_만¹³⁾이니 根_{ᄀᆞᆫ}源_원을 다ᄒ며¹⁴⁾ 미틔¹⁵⁾ 다ᄃ
라¹⁶⁾ 行_{ᅘᅢᆼ}이 차¹⁷⁾ 果_광ㅣ¹⁸⁾ 두려ᄫ실¹⁹⁾ 씨라 ○ 一_힔切_쳉 諸_졍法_법性_셩²⁰⁾이 無_뭉生_{ᄉᆡᆼ}
亦_역無_뭉滅_멿²¹⁾ᄒ니 奇_끵哉_{ᄌᆡᆼ}²²⁾ 大_땡導_똥師_{ᄉᆞᆼ}²³⁾ㅣ 自_{ᄍᆞᆼ}覺_각ᄒ시고 能_능覺_각他_탕ᄒ시ᄂ
다²⁴⁾

　　奇_끵哉_{ᄌᆡᆼ}ᄂ 奇_끵特_뜩다²⁵⁾ ᄒᆞᆫ 마리라 道_똥ᄂ 길 자ᄫᆞᆯ²⁶⁾ 씨니 大_땡導_똥師_{ᄉᆞᆼ}ᄂ 크
　　신 길 앗외시ᄂ²⁷⁾ 스스이라²⁸⁾ ᄒᆞᆫ 마리라
　　知_딩ᄂ 모ᄅᆞᄂ니를²⁹⁾ 對_됭ᄒᆞ야³⁰⁾ 니ᄅ고 覺_각ᄋ 어리니를³¹⁾ 對_됭ᄒᆞ야 니ᄅ니라³²⁾

---

12) 세훈: 세ᄒ(셋, 三: 수사, 양수) + -ᄋᆞᆫ(보조사, 주제)

13) 覺行圓滿: 각행원만. 스스로 깨닫고 자비로 행함에 조금도 결함이나 부족함이 없는 것이다. 근원적 진리인 일원상(一圓相)의 진리를 깨달아 알고 이를 활용하여 육근(六根)의 동작이 원만하게 행해지도록 노력하는 일이다.

14) 다ᄒ며: 다ᄒ[다하다, 盡: 다(다, 悉: 부사) + ᄒ(하다: 동접)-]- + -며(연어, 나열)

15) 미틔: 밑(밑, 下) + -의(-에: 부조, 위치)

16) 다ᄃ라: 다ᄃᆞᆯ[←다ᄃᆞᆮ다, ㄷ불(다다르다, 到: 다(다, 悉: 부사) + ᄃᆞᆮ(닫다, 달리다, 走)-]- + -아(연어)

17) 차: ᄎ(← ᄎᆞᆮ다: 차다, 滿)- + -아(연어)

18) 果ㅣ: 果(과) + -ㅣ(←-이: 주조) ※ '果(과)'는 원인으로 말미암아 생긴 결과이다.

19) 두려ᄫ실: 두렿[← 두렵다, ㅂ불(둥그렇거나 원만하다, 圓): 두리(두르다, 廻)- + -업(형접)-]- + -ᄋᆞ시(주높)- + -ㄹ(관전)

20) 諸法性: 제법성. 우주 만물에 존재하는 모든 본체를 이른다.

21) 無生亦無滅: 무생역무멸. 나는 것 아니고 없어지는 것도 아닌 것이다.

22) 奇哉: 기제. 기이하구나.

23) 大導師: 대도사. '導師(도사)'는 어리석은 중생에게 바른길을 가르쳐서 깨닫는 경지에 들어가게 하는 스승이다. 따라서 '大導師(대도사)'는 큰 스승이다.

24) 能覺他ᄒ시ᄂ다: 能覺他ᄒ[능각타하다: 能覺他(능각타) + -ᄒ(동접)-]- + -시(주높) + -ㄴ(←-ᄂ-)- + -옷(감동)- + -다(평종) ※ '能覺他(능각타)'는 '각타(覺他)할 수 있다'의 뜻으로 쓰였다.

25) 奇特다: 奇特[← 奇特ᄒ다(기특하다): 奇特(기특) + -ᄒ(형접)-]- + -Ø(현시)- + -다(평종)

26) 자ᄫᆞᆯ: 잡(잡다, 執)- + -ᄋᆞᆯ(목조)

27) 앗외시ᄂ: 앗외(이끌다, 인도하다, 導)- + -시(주높)- + -ᄂ(현시)- + -ㄴ(관전)

28) 스스이라: 스승(스승, 師) + -이(서조)- + -Ø(현시)- + -라(←-다: 평조)

29) 모ᄅᆞᄂ니를: 모ᄅᆞ(모르다, 不知)- + -ᄂ(현시)- + -ㄴ(관전) # 이(이, 者: 의명) + -를(목조)

30) 對ᄒᆞ야: 對ᄒ[대하다, 반대하다: 對(대: 불어) + -ᄒ(동접)-]- + -야(←-아: 연어)

31) 어리니를: 어리(어리석다, 愚)- + -Ø(현시)- + -ㄴ(관전) # 이(이, 者: 의명) + -를(목조)

32) 니ᄅ니라: 니ᄅ(이르다, 說)- + -Ø(과시)- + -니(원칙)- + -라(←-다: 평종)

○ 一切智(일체지)와 一切種智(일체종지)가 갖추어져 있으시며

一切智(일체지)는 (지혜를) 모아서 이르고, 一切種智(일체종지)는 (지혜를) 各別(각별)히 일렀니라.

煩惱障(번뇌장)과 所知障(소지장)을 떨쳐내시어 一切(일체)의 法(법)과 一切(일체)의 錘相(종상)에 能(능)히 자기가 아시고, 또 能(능)히 一切(일체)의 有情(유정)을 열어 알게 하신 것이 꿈꾸다가 깨듯하며 蓮(연)꽃이 열듯 하시므로, '佛(불)이시다.'고 하였니라. ○ 佛(불)은 理(이)를 다하며 性(성)을 다하신 大覺(대각)을 사뢰니, 그 道(도)가 비어서 깊어

○ 一힗切쳉智딩³³⁾와 一힗切쳉種죵智딩³⁴⁾ ᄀᆞᄌᆞ시며³⁵⁾

一힗切쳉智딩는 모도아³⁶⁾ 니르고 一힗切쳉種죵智딩는 各각別볋히³⁷⁾ 니르니라³⁸⁾

煩뻔惱놀障쟝³⁹⁾과 所송知딩障쟝⁴⁰⁾을 여희샤⁴¹⁾ 一힗切쳉 法법과 一힗切쳉 種죵相샹⁴²⁾애

能능히 ᄌᆞ개⁴³⁾ 아ᄅᆞ시고 ᄯᅩ⁴⁴⁾ 能능히 一힗切쳉 有ᅀᅮᆸ情쪙을 여러⁴⁵⁾ 알에⁴⁶⁾ ᄒᆞ샤미⁴⁷⁾

ᄭᅮᆷ쑤다가⁴⁸⁾ ᄭᆡᄃᆞᆺ⁴⁹⁾ ᄒᆞ며 蓮련ㅅ고지⁵⁰⁾ 여듯⁵¹⁾ ᄒᆞ실ᄊᆡ 佛뿛이시다 ᄒᆞ니라 ○ 佛뿛

은 理링⁵²⁾를 다ᄒᆞ며 性셩을 다ᄒᆞ신 大땡覺각을 ᄉᆞᆲᄫᅵ⁵³⁾ 그 道똘ㅣ 뷔여⁵⁴⁾ 기퍼

---

33) 一切智: 일체지. 일체 제법의 총상(總相)을 개괄적으로 하는 지혜이다.

34) 一切種智: 一切種智(일체종지) + -∅(←-이: 주조) ※ '一切種智(일체종지)'는 일체 만법의 별상(別相)을 낱낱이 정밀하게 하는 지혜이다.

35) ᄀᆞᄌᆞ시며: ᄀᆞᆽ(갖추어져 있다, 備)- + -ᄋᆞ시(주높)- + -며(연어, 나열)

36) 모도아: 모도[모으다, 集: 몯(모이다, 集)- + -오(사접)-] + -아(연어)

37) 各別히: [각별히(부사): 各別(각별) + -ᄒᆞ(←-ᄒᆞ-: 형접)- + -이(부접)] ※ 어떤 일에 대하여 유달리 특별한 마음가짐이나 자세로.

38) 니르니라: 니르(이르다, 說)- + -∅(과시)- + -니(원칙)- + -라(←-다: 평종)

39) 煩惱障: 번뇌장. 중생의 몸과 마음을 번거롭게 하여 열반을 방해하는 일을 이른다.

40) 所知障: 소지장. 탐(貪)·진(瞋)·치(癡) 등의 번뇌가 소지(所知)의 진상을 그대로 알지 못하게 하는 번뇌이다. 곧 알아야 할 대상을 덮고 바른 지혜가 생하는 것을 막는 번뇌이다.

41) 여희샤: 여희(여의다, 떨쳐내다, 別)- + -샤(←-시-: 주높)- + -∅(←-아: 연어)

42) 種相: 종상. 개개의 특성을 가진 개별적인 대상의 모습이다.

43) ᄌᆞ개: ᄌᆞ가(자기, 己) + -ㅣ(←-이: 주조)

44) ᄯᅩ: 또, 又(부사)

45) 여러: 열(열다, 啓)- + -어(연어)

46) 알에: 알(알다, 知)- + -에(←-게: 연어, 사동)

47) ᄒᆞ샤미: ᄒᆞ(하다: 보용, 사동)- + -샤(←-시-: 주높)- + -ㅁ(←-옴: 명전) + -이(주조)

48) ᄭᅮᆷ쑤다가: ᄭᅮᆷ쑤[꿈꾸다, 夢: 쑤(꾸다, 夢)- + -ㅁ(명접) + 쑤(꾸다, 夢)- + -다가(연어, 전환)]

49) ᄭᆡᄃᆞᆺ: ᄭᆡ(깨다)- + -ᄃᆞᆺ(연어, 흡사)

50) 蓮ㅅ고지: [연꽃: 蓮(연) + -ㅅ(관조, 사잇) + 곶(꽃, 花)] + -이(주조)

51) 여듯: 여(← 열다: 열다, 開)- + -듯(-듯: 연어, 흡사)

52) 理: 이. 경험적인 인식을 초월한 상주불변의 진리이다.

53) ᄉᆞᆲᄫᅵ: ᄉᆞᆲ(← ᄉᆞᆲ다, ㅂ불: 사뢰다, 奏)- + -ᄋᆞ니(연어, 설명 계속)

54) 뷔여: 뷔(비다, 空)- + -여(←-어: 연어)

샹녯 境界(갱)예 微(밍)妙(묭)히 그츨
씨 ᄆᆞ수물 智(딩)로 아디 몯ᄒᆞ며 萬(먼)物(뭉)
이론 ᄆᆞ양ᄋᆞᆯ 像(쌍)ᄋᆞ로 아디 몯ᄒᆞ리로소니 萬(먼)物(뭉)에
ᄒᆞ논 이리 ᄒᆞᆫ가지로ᄃᆡ 아니ᄒᆞᄂᆞᆫ ᄯᅡᄒᆡ 겨시며
말ᄊᆞᆷᄒᆞ며 혜아려 혜논 안해 겨시ᄃᆡ 말ᄊᆞᆷ 업슨 ᄯᅡ해
겨시아 有(ᇢ)ᅵ 아니로ᄃᆡ 無(뭉)ᅵ 아니 ᄃᆡ외시며 無(뭉)ᅵ
아니로ᄃᆡ 有(ᇢ)ᅵ 아니 ᄃᆡ외샤 寂(쩍)寞(막)히 뷔여
萬(먼)物(뭉)이 能(능)히 아디 몯ᄒᆞ야 일홈 지호ᄆᆞᆯ 몰ᄅᆞᆯ씨 구틔여 닐오ᄃᆡ 覺(각)이라 ᄒᆞ니라 ○ 天(텬)上(썅)
이며 人(ᅀᅵᆫ)間(간)이며 모다 尊(존)히 너기
ᅀᆞ볼씨 世(솅)尊(존)
이시다 ᄒᆞ니라 】 뎌 藥(약)師(ᄉᆞ) 瑠(륳)璃(링)

보통의 境界(경계)에 微妙(미묘)히 그치므로, 마음을 智(지)로 알지 못하며 모습을 像(상)으로 알지 못하겠으니, 萬物(만물)에 하는 일이 한가지시되 하지 아니하는 곳에 계시며, 말씀하며 셈(算)을 헤아리는 안에 계시되 말씀이 없는 땅에 계시어, 有(유)가 아니되 無(무)가 아니 되시며 無(무)가 아니되 有(유)가 아니 되시어, 寂寞(적막)히 비어서 萬物(만물)이 能(능)히 알지 못하여 이름을 붙이는 것을 모르므로, 구태여 이르되 "覺(각)이시다."라고 하였니라. ○ 天上(천상)이며 人間(인간)이며 모두 尊(존)히 여기므로, "世尊(세존)이시다."라고 하였니라. 】 저 藥師瑠璃光如來菩薩(약사유리광여래보살)의

샹녯⁵⁵⁾ 境_경界_갱예 微_밍妙_묠히 그츠실씨⁵⁶⁾ ᄆᆞᅀᆞᄆᆞᆯ⁵⁷⁾ 智_딩로 아디 몯ᄒ며 얼구를⁵⁸⁾ 像_썅ᄋᆞ로⁵⁹⁾ 아디 몯ᄒᄉᆞᄫᆞ리니⁶⁰⁾ 萬_먼物_뭀의⁶¹⁾ ᄒᆞ논⁶²⁾ 이리 ᄒᆞᆫ가지샤ᄃᆡ⁶³⁾ ᄒᆞ디 아니ᄒᆞᄂᆞᆫ 싸해⁶⁴⁾ 겨시며 말ᄊᆞᆷᄒᆞ며 혬⁶⁵⁾ 혜ᄂᆞᆫ⁶⁶⁾ 안해⁶⁷⁾ 겨샤ᄃᆡ 말ᄊᆞᆷ⁶⁸⁾ 업슨 싸해 겨샤 有_{ᅌᅮᇢ}ㅣ 아니로ᄃᆡ⁶⁹⁾ 無_뭉ㅣ 아니 ᄃᆞ외시며 無_뭉ㅣ 아니로ᄃᆡ 有_{ᅌᅮᇢ}ㅣ 아니 ᄃᆞ외샤 寂_쪅寞_막히 뷔여 萬_먼物_뭀이 能_능히 아디 몯ᄒᆞ야 일훔 지호ᄆᆞᆯ⁷⁰⁾ 모ᄅᆞᆯ씨 구틔여⁷¹⁾ 닐오ᄃᆡ⁷²⁾ 覺_각이시다 ᄒᆞ니라 ○ 天_텬上_썅이며 人_신間_간이며⁷³⁾ 모다⁷⁴⁾ 尊_존히⁷⁵⁾ 너기ᄉᆞᄫᆞᆯ씨⁷⁶⁾ 世_솅尊_존이시다 ᄒᆞ니라 】 뎌⁷⁷⁾ 藥_약師_{ᄉᆞᆼ}瑠_{류ᇢ}璃_링光_광如_{ᅀᅧᆼ}來_링菩_뽕薩_삻ㅅ

---

55) 샹녯: 샹녜(보통, 常) + -ㅅ(-의: 관조)

56) 그츠실씨: 긏(그치다, 止)- + -으시(주높)- + -ㄹ씨(-므로: 연어, 이유)

57) ᄆᆞᅀᆞᄆᆞᆯ: ᄆᆞᅀᆞᆷ(마음, 心) + -ᄋᆞᆯ(목조)

58) 얼구를: 얼굴(모습, 형상, 樣) + -을(목조)

59) 像ᄋᆞ로: 像(상, 형상) + -ᄋᆞ로(부조, 방편)

60) 몯ᄒᄉᆞᄫᆞ리니: 몯ᄒᆞ[못하다, 不能(보용, 부정): 몯(못, 不能: 부사) + -ᄒᆞ(동접)-]- + -ᅀᆞᆸ(객높)- + -ᄋᆞ리(미시)- + -니(연어, 설명 계속)

61) 萬物의: 萬物(만불) + -의(-에: 부조, 위치)

62) ᄒᆞ논: ᄒᆞ(하다, 爲)- + -ㄴ(←-ᄂᆞ-: 현시)- + -오(대상)- + -ㄴ(관전)

63) ᄒᆞᆫ가지샤ᄃᆡ: ᄒᆞᆫ가지[한가지, 同: ᄒᆞᆫ(한, 一: 관사, 양수) + 가지(가지, 類: 의명)] + -Ø(←-이-: 서조)- + -샤(←-시-: 주높)- + -ᄃᆡ(←-오ᄃᆡ: -되, 연어, 설명 계속)

64) 싸해: 싸ㅎ(땅, 곳, 地, 處) + -애(-에: 부조, 위치)

65) 혬: [셈, 算: 혜(세다, 算)- + -ㅁ(명접)]

66) 혜ᄂᆞᆫ: 혜(헤아리다, 算)- + -ᄂᆞ(현시)- + -ㄴ(관전)

67) 안해: 안ㅎ(안, 內) + -애(-에: 부조, 위치)

68) 말ᄊᆞᆷ: [말씀, 言: 말(말, 言) + -ᄊᆞᆷ(-씀: 접미)]

69) 아니로ᄃᆡ: 아니(아니다, 非)- + -로ᄃᆡ(←-오ᄃᆡ: 연어, 설명 계속)

70) 지호ᄆᆞᆯ: 짛(붙이다, 附)- + -옴(명전) + -ᄋᆞᆯ(목조)

71) 구틔여: [구태여(부사): 구틔(억지로 하다)- + -여(←-어: 연어 ▷부접)]

72) 닐오ᄃᆡ: 닐(←니ᄅᆞ다: 이르다, 說)- + -오ᄃᆡ(-되: 연어, 설명 계속)

73) 人間이며: 人間(인간) + -이며(접조) ※ '人間(인간)'은 사람이 사는 세상을 이른다.

74) 모다: [모두, 皆(부사): 몯(모이다, 集)- + -아(연어 ▷부접)]

75) 尊히: [존하게, 귀하게(부사): 尊(존: 불어) + -ᄒᆞ(←-ᄒᆞ-: 형접)- + -이(부접)]

76) 너기ᄉᆞᄫᆞᆯ씨: 너기(여기다, 念)- + -ᄉᆞᆸ(←-ᅀᆞᆸ-: 객높)- + -ᄋᆞᆯ씨(-므로: 연어, 이유)

77) 뎌: 저, 彼(관사, 지시)

道理(도리)를 行(행)하실 적에 열두 大願(대원)을 하시어, 有情(유정)들이 求(구)하는 일을 다 得(득)하게 하려 하셨니라. 第一(제일)의 大願(대원)은 내가 來世(내세)에【來世(내세)는 오는 세상이다. 】阿耨多羅三藐三菩提(아 뇩다나삼먁삼보리)를 得(득)한 時節(시절)에 내 몸에 있는 光明(광명)이

道_똥理_링 行_헹ᄒᆞ실 쩌긔⁷⁸⁾ 열두 大_땡願_원⁷⁹⁾을 ᄒᆞ샤 有_ᇢ情_쪙들히⁸⁰⁾ 求_꿀ᄒᆞ논⁸¹⁾ 이를⁸²⁾ 다 得_득긔⁸³⁾ 호려⁸⁴⁾ ᄒᆞ시니라⁸⁵⁾ 第_똉一_힗 大_땡願_원은 내 來_{ᄅᆡᆼ}世_솅⁸⁶⁾예【來_{ᄅᆡᆼ}世_솅ᄂᆞᆫ 오ᄂᆞᆫ 뉘라⁸⁷⁾】 阿_{ᅙᅡᆼ}耨_녹多_당羅_랑三_삼藐_먁三_삼菩_뽕提_똉⁸⁸⁾ 得_득ᄒᆞᆫ 時_씽節_젏에 내 모맷⁸⁹⁾ 光_광明_명이

---

78) 쩌긔: 쩍(← 적: 적, 때, 時, 의명) + -의(-에: 부조, 위치, 시간)

79) 大願: 대원. 부처가 중생을 구하고자 하는 서원(誓願)이나, 중생이 부처가 되려는 서원이다. ※ '열두 大願(대원)'은 약사여래(藥師如來)가 과거세에 수행하고 있을 때에 세운 열두 가지 큰 서원(誓願)이다. ※ '誓願(서원)'은 원(願)을 세우고 그것을 이루고자 맹세하는 일이다.

80) 有情들히: 有情들ㅎ[유정들이, 有情等: 有情(유정) + -들ㅎ(-들: 복접)]- + -이(주조) ※ '有情(유정)은 마음을 가진 살아 있는 중생이다.

81) 求ᄒᆞ논: 求ᄒᆞ[구하다: 求(구: 불어) + -ᄒᆞ(동접)-]- + -ㄴ(←-ᄂᆞ-: 현시)- + -오(대상)- + -ㄴ(관전)

82) 이를: 일(일, 事) + -을(목조)

83) 得긔: 得[← 得ᄒᆞ다(득하다, 얻다): 得(득: 불어) + -ᄒᆞ(동접)-]- + -긔(-게: 연어, 사동)

84) 호려: ᄒᆞ(← ᄒᆞ다: 하다, 보용, 사동)- + -오려(-려: 연어, 의도)

85) ᄒᆞ시니라: ᄒᆞ(하다, 爲)- + -시(주높)- + -Ø(과시)- + -니(원칙)- + -라(←-다: 평종)

86) 來世: 내세. 삼세(三世)의 하나이다. 죽은 뒤에 다시 태어나 산다는 미래의 세상을 이른다.

87) 뉘라: 뉘(누리, 세상, 世) + -Ø(←-이-: 서조)- + -Ø(현시)- + -라(←-다: 평종)

88) 阿耨多羅三藐三菩提: 아눅다라삼막삼보리. 가장 완벽한 깨달음을 뜻하는 말인데, 산스크리트어인 '아눗타라 삼먁 삼보디(anuttara-samyak-sambodhi)'를 음역하여 한자로 표현한 말이다. '아눗타라'란 무상(無上)이라는 뜻이며, '삼먁'이란 거짓이 아닌 진실이라는 뜻이며, '삼보디'란 모든 지혜를 널리 깨친다는 정등각(正等覺)의 뜻이다. 번역하면 무상정등정각(無上正等正覺)이라는 뜻으로, 이보다 더 위가 없는 큰 진리를 깨쳤다는 말이다. 모든 무명 번뇌를 벗어 버리고 크게 깨쳐 우주 만유의 진리를 확실히 아는 부처님의 지혜라는 말로서, 삼세의 모든 부처님이 깨치게 되는 최고의 경지를 말한다.

89) 모맷: 몸(몸, 身) + -애(-에: 부조, 위치) + -ㅅ(-의: 관조) ※ '모맷'은 '몸에 있는'으로 의역하여 옮긴다.

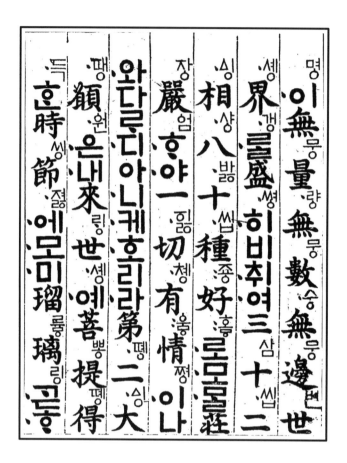

無量(무량)·無數(무수)·無邊(무변)의 世界(세계)를 盛(성)히 비추어, 三十二相(삼십이상)과 八十種好(팔십종호)로 몸을 莊嚴(장엄)하여 一切(일체)의 有情(유정)이 나와 다르지 아니하게 하리라. 第二(제이)의 大願(대원)은 來世(내세)에 菩提(보리)를 得(득)한 時節(시절)에 몸이 瑠璃(유리)와 같아서

無_뭉量_량⁹⁰⁾ 無_뭉數_숭⁹¹⁾ 無_뭉邊_변⁹²⁾ 世_솅界_갱를 盛_셩히⁹³⁾ 비취여⁹⁴⁾ 三_삼 十_씹二_싱相_샹⁹⁵⁾ 八_밣十_씹種_죵好_흫⁹⁶⁾로 모물 莊_장嚴_엄ᄒᆞ야⁹⁷⁾ 一_{ᅙᅵᇙ}切_쳉 有_{ᅌᅮᇢ}情_쪙이 나와 다ᄅᆞ디⁹⁸⁾ 아니케⁹⁹⁾ 호리라¹⁾ 第_똉二_싱 大_땡願_원은 내 來_{ᄅᆡᆼ}世_솅예 菩_뽕提_똉²⁾ 得_득혼 時_씽節_겷에 모미 瑠_륳璃_링³⁾ ᄀᆞᆮᄒᆞ야⁴⁾

---

90) 無量: 무량. 정도를 헤아릴 수 없을 만큼 양이 많은 것이다.

91) 無數: 무수. 헤아릴 수 없이 수가 많은 것이다.

92) 無邊: 무변. 끝이 없이 큰 것이다.

93) 盛히: [성히(부사): 盛(성: 불어) + -ᄒᆞ(←-ᄒᆞ-: 형접) + -이(부접)] ※ '盛히'는 '기운이나 세력이 한창 왕성하게'의 뜻을 나타낸다.

94) 비취여: 비취(비추다, 照)- + -여(←-어: 연어)

95) 三十二相: 삼십이상. 부처의 몸에 갖춘 서른두 가지의 독특한 모양이다. 발바닥이나 손바닥에 수레바퀴 같은 무늬가 있는 모양, 손가락이나 발가락이 가늘고 긴 모양, 정수리에 살이 상투처럼 불룩 나와 있는 모양, 미간에 흰 털이 나와서 오른쪽으로 돌아 뻗은 모양 따위가 있다.

96) 八十種好: 팔십종호. 부처의 몸에 갖추어져 있는 미묘하고 잘생긴 여든 가지 상(相)이다. 팔십종호의 순서나 이름에 대해서는 각기 다른 설명이 있다.

97) 莊嚴ᄒᆞ야: 莊嚴ᄒᆞ[장엄하다: 莊嚴(장엄: 명사) + -ᄒᆞ(형접)-] + -야(←-아: 연어) ※ '莊嚴(장엄)'은 좋고 아름다운 것으로 국토를 꾸미고, 훌륭한 공덕을 쌓아 몸을 장식하고, 향이나 꽃 따위를 부처에게 올려 장식하는 일이다.

98) 다ᄅᆞ디: 다ᄅᆞ(다르다, 異)- + -디(-지: 연어, 부정)

99) 아니케: 아니ᄒᆞ[←아니ᄒᆞ다(아니하다, 無: 보용, 부정): 아니(아니, 不: 부사, 부정) + -ᄒᆞ(형접)-] + -게(연어, 사동)

1) 호리라: ᄒᆞ(←ᄒᆞ다: 하다, 領, 보용, 사동)- + -오(화자)- + -리(미시)- + -라(←-다: 평종)

2) 菩提: 보리. 불교 최고의 이상인 불타 정각의 지혜이다.

3) 瑠璃: 瑠璃(유리) + -∅(←-이: 부조, 비교) ※ '瑠璃(유리)'는 황금색의 작은 점이 군데군데 있고 거무스름한 푸른색을 띤 광물이다.

4) ᄀᆞᆮᄒᆞ야: ᄀᆞᆮᄒᆞ(같다, 如)- + -야(←-아: 연어)

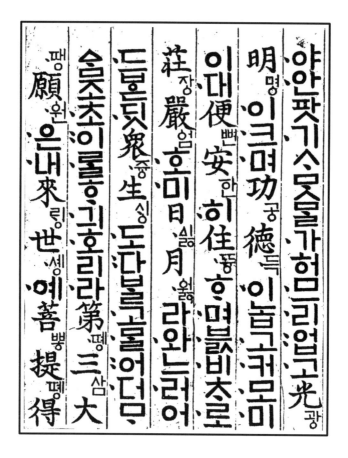

안팎이 사뭇 맑아 허물이 없고, 光名(광명)이 크며 功德(공덕)이 높고 커
몸이 좋게 便安(편안)히 住(주)하며, 불빛으로 莊嚴(장엄)하는 것이 日月
(일월)보다 나아 어두운 데 있는 衆生(중생)도 다 밝음을 얻어 마음대로
일을 하게 하리라. 第三(제삼)의 大願(대원)은 내가 來世(내세)에 菩提(보
리)를 得(득)한

안팟기⁵⁾ ᄉᄆᆺ⁶⁾ ᄆᆞᆰ가⁷⁾ 허므리⁸⁾ 업고 光ᄀᆞᆼ明명이 크며 功ᄀᆞᆼ德득⁹⁾이

놉고 커¹⁰⁾ 이대 便뼌安한히¹¹⁾ 住뜡ᄒᆞ며¹²⁾ 븘비ᄎᆞ로¹³⁾ 莊장嚴엄호미 日

ᅀᅵᆶ月ᅀᅯᇙ라와¹⁴⁾ 느러¹⁵⁾ 어드ᄫᅳᆫ¹⁶⁾ ᄃᆡᆺ¹⁷⁾ 衆즁生ᄉᆡᆼ도 다 ᄇᆞᆯ고ᄆᆞᆯ¹⁸⁾ 어더 ᄆᆞ

ᅀᆞᆷ¹⁹⁾ 조초²⁰⁾ 이ᄅᆞᆯ²¹⁾ ᄒᆞ긔²²⁾ 호리라²³⁾ 第똉三삼 大땡願원은 내 來ᄅᆡᆼ世

솅예 菩뽕提똉 得득ᄒᆞᆫ

---

5) 안팟기: 안팟[안팎, 內外: 안ㅎ(안, 內) + 밧(밖, 外)] + -이(주조)

6) ᄉᄆᆺ: [사뭇, 꿰뚫게, 徹(부사): ᄉᄆᆺ(← ᄉᄆᆾ다: 꿰뚫다, 사무치다, 徹)- + -Ø(부접)]

7) ᄆᆞᆰ가: ᄆᆞᆰ(맑다, 淨)- + -아(연어)

8) 허므리: 허믈(허물, 瑕) + -이(주조)

9) 功德: 공덕. 좋은 일을 행한 덕으로 훌륭한 결과를 가져오게 하는 능력이다. 종교적으로 순수한 것을 진실공덕(眞實功德)이라 이르고, 세속적인 것을 부실공덕(不實功德)이라 한다.

10) 커: ㅋ(← 크다, 大)- + -어(연어)

11) 便安히: [편안히(부사): 便安(편안) + -ᄒᆞ(← -ᄒᆞ-: 형접)- + -이(부접)]

12) 住ᄒᆞ며: 住ᄒᆞ[주하다, 있다: 住(주: 불어) + -ᄒᆞ(동접)-]- + -며(연어, 나열)

13) 븘비ᄎᆞ로: 븘빛[불빛, 焰: 블(불, 火) + -ㅅ(관조, 사잇) + 빛(빛, 光)] + -ᄋᆞ로(부조, 방편)

14) 日月라와: 日月(일월, 해와 달) + -라와(-보다: 부조, 비교)

15) 느러: 늘(낫다, 過)- + -어(연어)

16) 어드ᄫᅳᆫ: 어듭(← 어듭다, ㅂ불: 어둡다, 昏)- + -Ø(현시)- + -은(관전)

17) ᄃᆡᆺ: 듸(데, 곳, 處: 의명) + -ㅅ(-의: 관조) ※ '어드ᄫᅳᆫ ᄃᆡᆺ'은 '어두운 데에 있는'으로 의역하여 옮긴다.

18) ᄇᆞᆯ고ᄆᆞᆯ: ᄇᆞᆰ(밝다, 曉)- + -옴(명전) + -ᄋᆞᆯ(목조)

19) ᄆᆞᅀᆞᆷ: 마음, 心.

20) 조초: [조차, 따라, 隨(부사): 좇(좇다, 따르다, 隨)- + -오(부접)] ※ 'ᄆᆞᅀᆞᆷ 조초(隨意)'는 '마음대로'로 의역하여서 옮긴다.

21) 이ᄅᆞᆯ: 일(일, 事業) + -ᄋᆞᆯ(목조)

22) ᄒᆞ긔: ᄒᆞ(하다, 爲)- + -긔(-게: 연어, 사동)

23) 호리라: ᄒᆞ(← ᄒᆞ다: 하다, 보용, 사동)- + -오(화자)- + -리(미시)- + -라(← -다: 평종)

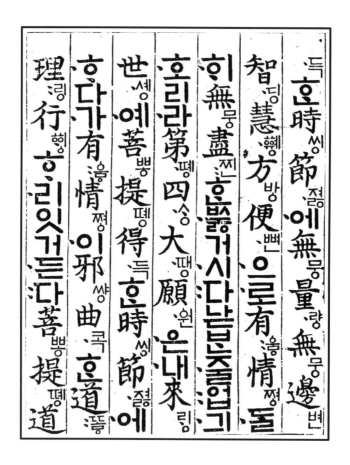

時節(시절)에 無量(무량)·無邊(무변)한 智慧(지혜)와 方便(방편)으로 有情
(유정)들이 無盡(무진)한 쓸 것이 다 부족한 바가 없게 하리라. 第四(제사)
의 大願(대원)은 내가 來世(내세)에 菩提(보리)를 得(득)한 時節(시절)에,
만일 有情(유정)이 邪曲(사곡)한 道理(도리)를 行(행)할 이가 있거든, 다
菩提道(보리도)의

時_씽節_겷에 無_뭉量_량 無_뭉邊_변[24] 智_딩慧_쀙 方_방便_뼌[25]으로 有_울情_쪙들히[26] 無_뭉盡_찐훈 뿛[27] 거시 다 낟븐[28] 줄[29] 업긔[30] 호리라[31] 第_똉四_승 大_땡願_원은 내 來_링世_셍예 菩_뽕提_똉 得_득훈 時_씽節_겷에 ᄒᆞ다가[32] 有_울情_쪙이 邪_썅曲_콕훈[33] 道_똘理_링 行_행ᄒᆞ리[34] 잇거든[35] 다 菩_뽕提_똉道_똘[36]

---

24) 無量無邊: 무량 무변. 헤아릴 수 없고 끝도 없이 많음을 이르는 말이다.

25) 智慧 方便: 지혜 방편. 지혜와 방편이다. '智慧(지혜)'는 제법(諸法)에 환하여 잃고 얻음과 옳고 그름을 가려내는 마음의 작용으로서, 미혹을 소멸하고 보리(菩提)를 성취하는 것이다. 그리고 '方便(방편)'은 십바라밀(十波羅蜜)의 하나로서, 중생을 구제하기 위하여 쓰는 묘한 수단과 방법이다. 곧, 일체를 내려 비추는 깨달음의 상태를 부처의 지혜(能仁海印三昧中)라고 하고, 이 지혜에서 자유자재로 방향을 일러 주는데, 이것이 방편이고 자비이다.

26) 有情들히: 有情들ᄒᆞ[유정들, 諸有情: 有情(유정) + -들ᄒᆞ(-들: 복접)] + -이(관조)

27) 뿛: ㅄ(← 쓰다: 쓰다, 用)- + -우(대상)- + -ᇙ(관전)

28) 낟븐: 낟ㅂ(부족하다, 나쁘다, 慊)- + -Ø(현시)- + -ㄴ(관전)

29) 줄: 줄, 것(의명)

30) 업긔: 업(← 없다: 없다, 無)- + -긔(-게: 연어, 사동)

31) 호리라: ᄒᆞ(← ᄒᆞ다: 하다, 보용, 사동)- + -오(화자)- + -리(미시)- + -라(← -다: 평종)

32) ᄒᆞ다가: 만일, 만약, 若(부사)

33) 邪曲훈: 邪曲ᄒᆞ[사곡하다: 邪曲(사곡) + -ᄒᆞ(형접)-] + -Ø(현시)- + -ㄴ(관전) ※ '邪曲(사곡)'은 요사스럽고 교활한 것이다.

34) 行ᄒᆞ리: 行ᄒᆞ[행하다: 行(행: 불어) + -ᄒᆞ(동접)-] + -ㄹ(관전) # 이(이, 者: 의명) + -Ø(← -이: 주조)

35) 잇거든: 잇(← 이시다: 있다, 有)- + -거든(연어, 조건)

36) 菩提道: 보리도. 불교 최고의 이상인 불타 정각의 지혜가 담긴 도리이다.

中(중)에 便安(편안)히 住(주)하게 하며, 만일 聲聞(성문)과 碧支佛(벽지불)의 乘(승)을 行(행)할 이가 있거든【聲聞(성문)과 辟支佛(벽지불)의 乘(승)은 小乘(소승)과 中乘(중승)이다. 】 다 大乘(대승)으로 便安(편안)히 세우리라. 【大乘(대승)은 菩薩(보살)의 乘(승)이다. 】 第五(제오) 大願(대원)은 내가 來世(내세)에 菩薩(보살)을 得(득)한 時節(시절)에, 만일 無量(무량)

中듕에 便뻔安한히 住뜡킈[37] ᄒ며 ᄒ다가 聲셩聞문[38] 辟벽支징佛뿛[39] 乘씽[40]을 行ᄒᆡᇰ홇 사ᄅᆞ미 잇거든【聲셩聞문 辟벽支징佛뿛 乘씽은 小숗乘씽[41] 中듕乘씽[42]이라】 다 大땡乘씽[43]으로 便뻔安한히[44] 셰요리라[45]【大땡乘씽은 菩뽕薩ㅅ[46] 乘씽이라】 第똉五옹 大땡願원은 내 來ᄅᆡᆼ世솅예 菩뽕提똉 得득흔 時씽節졇에 ᄒ다가 無뭉量량

---

37) 住킈: 住ᄒᆡ[← 住ᄒᆞ다(주하다, 거주하다): 住(주: 불어) + -ᄒᆞ(동접)-]- + -긔(-게: 연어, 사동)

38) 聲聞: 성문. 설법을 듣고 사제(四諦)의 이치를 깨달아 아라한이 되고자 하는 불제자이다.

39) 辟支佛: 벽지불. 부처의 가르침에 기대지 않고 스스로 도를 깨달은 성자(聖者)이다.(= 연각, 緣覺)

40) 乘: 승. 승(乘)은 수레인데, 비유로서 가르침 혹은 수행도(修行道)를 가리킨다. 불교의 교의를 달리 이르는 말이며, 중생을 태워서 생사의 고해를 건너 열반의 세계에 이르게 한다는 뜻이다. '乘(승)'은 大乘(대승)·中乘(중승)·小乘(소승)으로 나뉜다.

41) 小乘: 소승. 수행을 통한 개인의 해탈을 가르치는 교법이다. 석가모니가 죽은 지 약 100년 뒤부터 시작하여 수백 년간 지속된 교법으로 성문승(聲聞乘)과 연각승(緣覺乘, 辟支佛)이 있다. 소극적이고 개인적인 열반만을 중시한 나머지, 자유스럽고 생명력이 넘치는 참된 인간성의 구현을 소홀히 하는 데에 반발하여 대승이 일어났다.

42) 中乘: 중승. 성문승(聲聞乘)·연각승(緣覺乘)·보살승(菩薩乘)의 삼승(三乘)에서, 가운데 위치한 연각승을 말한다.

43) 大乘: 대승. 중생을 제도하여 부처의 경지에 이르게 하는 것을 이상으로 하는 불교이다. 그 교리, 이상, 목적이 모두 크고 깊으며 그것을 받아들이는 중생의 능력도 큰 그릇이라 하여 이렇게 이른다. 소승을 비판하면서 일어난 유파로 한국·중국·일본의 불교가 이에 속한다.

44) 便安히: [편안히(부사): 便安(편안) + -ᄒᆞ(←-ᄒᆞ-: 형접)- + -이(부접)]

45) 셰요리라: 셰[세우다, 立: 셔(서다, 立)- + -ㅣ(←-이-: 사접)-]- + -요(←-오-: 대상)- + -리(미시)- + -라(←-다: 평종)

46) 菩薩ㅅ: 菩薩(보살) + -ㅅ(-의: 관조) ※ '菩薩(보살)'은 위로 보리를 구하고 아래로 중생을 제도하는, 대승 불교의 이상적 수행자상이다.

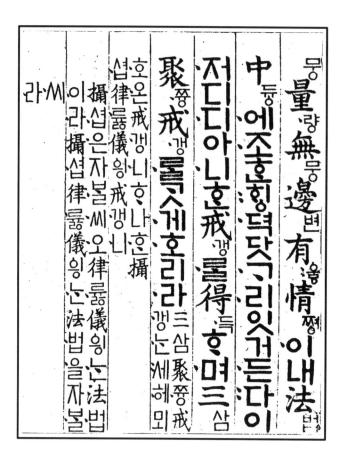

無邊(무변)한 有情(유정)이 나의 法(법) 中(중)에 깨끗한 行績(행적)을 닦을 이가 있거든, 다 이지러지지 아니한 戒(계)를 得(득)하며 三聚戒(삼취계)를 갖추어져 있게 하리라.【三聚戒(삼취계)는 셋에 모은 戒(계)이니, 하나는 攝律儀戒(섭률의계)이니,

攝(섭)은 잡는 것이요 律儀(율의)은 法(법)이다. 攝律儀(섭률의)는 法(법)을 잡는 것이다.

無_뭉邊_변 有_융情_쪙이 내 法_법 中_듕에 조흔 힝뎍⁴⁷⁾ 닷ᄀ리⁴⁸⁾ 잇거든
다 이저디디⁴⁹⁾ 아니흔 戒_갱⁵⁰⁾를 得_득ᄒ며 三_삼聚_쯍戒_갱⁵¹⁾를 ᄀ즈게⁵²⁾ ᄒ
리라【三_삼聚_쯍戒_갱ᄂ 세헤⁵³⁾ 뫼호온⁵⁴⁾ 戒_갱니 ᄒ나흔⁵⁵⁾ 攝_셥律_률儀_읭戒_갱⁵⁶⁾니
攝_셥은 자블⁵⁷⁾ 씨오 律_률儀_읭⁵⁸⁾ᄂ 法_법이라 攝_셥律_률儀_읭ᄂ 法_법을 자블 씨라

---

47) 힝뎍: 행적(行績).

48) 닷ᄀ리: 닦(닦다, 修)- + -을(관조) # 이(것, 者: 의명) + -Ø(← -이: 주조)

49) 이저디디: 이저디[이지러지다, 缺: 잊(이지러지다, 缺))- + -어(연어) + 디(지다: 보용, 피동)-]- + -디(-지: 연어, 부정)

50) 戒: 계. 계율에 공을 들인 힘이다.

51) 三聚戒: 삼취계. 대승보살계의 세 가지 기본적인 개념이다.

52) ᄀ즈게: ᄀ즈(← ᄀ즈다: 갖추어져 있다, 備)- + -게(연어, 사동)

53) 세헤: 세ㅎ(셋, 三: 수사, 양수) + -에(부조, 위치)

54) 뫼호온: 뫼호(모으다, 集)- + -오(대상)- + -Ø(과시)- + -ㄴ(관전)

55) ᄒ나흔: ᄒ나ㅎ(하나, 一: 수사, 양수) + -은(보조사, 주제)

56) 攝律儀戒: 섭률의계. 삼취 정계의 하나로서, 대승보살이 행위, 언어, 뜻을 항상 바르게 하여 모든 악을 없애고 온갖 선을 보존하고 증진하는 계(戒)이다.

57) 자블: 잡(잡다, 執)- + -을(목조)

58) 律儀: 율의. 사람으로서 해서는 안 될 행위에 관한 규제이다. 악행이나 과실에 빠지는 것을 방지하기 위하여 세운 것이다.

殺生(살생)을 아니 하며 盜賊(도적)을 아니 하며 淫亂(음란)을 아니 하며 두 가
지의 말을 아니 하며 모진 말을 아니 하며 거짓말을 아니 하며 綺語(기어)를
아니 하며,

綺(기)는 꾸며 實(실)에서 넘은 正(정)하지 못하는 것이다. 語(어)는 말이다.
貪嫉(탐질)·欺詐(기사)·諂曲(첨곡)·瞋恚(진에)·邪見(사견)을 멀리 떨쳐내는 것
이다.

嫉(질)은 남을 꾀어서 하는 것이요 欺詐(기사)는 속이는 것이요 曲(곡)은 굽
은 것이다.

둘은 攝善法戒(섭선법계)이니 八萬四千(팔만사천)의 法門(법문)이다. 셋은 攝衆
生戒(섭중생계)이니 慈悲喜捨(자비희사)로 有情(유정)을 利益(이익)하게 하는
것이다. 이 戒(계)는

殺_싱生_싱 아니 ㅎ며 도죽⁵⁹⁾ 아니 ㅎ며 婬_음亂_롼 아니 ㅎ며 두 가짓 말 아니 ㅎ며

모딘 말 아니 ㅎ며 거즛말⁶⁰⁾ 아니 ㅎ며 綺_킝語_엉⁶¹⁾ 아니 ㅎ며

　　綺_킝ㄴ 수며⁶²⁾ 實_씷에셔 너믄 正_정티⁶³⁾ 몯홀 씨라 語_엉는 마리라

貪_탐嫉_찙⁶⁴⁾ 欺_킝詐_장⁶⁵⁾ 諂_텸曲_콕⁶⁶⁾ 嗔_친恚_휑⁶⁷⁾ 邪_썅見_견⁶⁸⁾을 머리⁶⁹⁾ 여흴 씨라

　　嫉_찙은 ᄂ믈⁷⁰⁾ 씌여⁷¹⁾ 홀 씨오 欺_킝詐_장는 소길⁷²⁾ 씨오 曲_콕은 고블⁷³⁾ 씨라

둘흔 攝_셥善_쎤法_법戒_갱⁷⁴⁾니 八_밣萬_먼四_{ᄉᆞ}千_쳔 法_법門_몬이라⁷⁵⁾ 세흔 攝_셥衆_즁生_싱戒_갱⁷⁶⁾

니 慈_쭝悲_빙喜_흿捨_샹⁷⁷⁾로 有_읗情_쪙을 利_링樂_락긔⁷⁸⁾ 홀 씨라 이 戒_갱ㄴ

---

59) 도죽: 도적(盜賊)

60) 거즛말: [거짓말, 僞言: 거즛(거짓, 僞) + 말(말, 言)]

61) 綺語: 기어. 교묘하게 꾸며 대는 말이다.

62) 수며: 수미(꾸미다, 飾)- + -어(연어)

63) 正티: 正ㅎ[← 正ㅎ다(정하다, 바르다): 正(정: 명사) + -ㅎ(형접)-]- + -디(-지: 연어, 부정)

64) 貪嫉: 탐질. 탐을 내고 시샘하는 것이다.

65) 欺詐: 기사. 꾀로써 남을 속이는 것이다(= 속임수)

66) 諂曲: 첨곡. 지조를 굽히어 아첨하는 것이다.

67) 嗔恚: 진에. 성을 내는 것이다.

68) 邪見: 사견. 진리를 깨치지 못하여 망녕되고 삿된 생각으로 사물을 그릇되게 판단하는 것이다.

69) 머리: [멀리, 遠(부사): 멀(멀다, 遠: 형사)- + -이(부접)]

70) ᄂ믈: 놈(남, 他) + -ᄋᆞᆯ(목조)

71) 씌여: 씌(꾀다, 誘)- + -여(← -어: 연어)

72) 소길: 소기[속이다, 詐: 속(속다) + -이(사접)-]- + -ㄹ(관전)

73) 고블: 곱(곱다, 曲)- + -을(관전)

74) 攝善法戒: 섭선법계. 삼취 정계(三聚淨戒)의 하나로서, 대승보살(大乘菩薩)이 온갖 선(善)을 닦는 일이다.

75) 法門이라: 法門(법문) + -이(서조)- + -∅(현시)- + -라(← -다: 평종) ※ '法門(법문)'은 중생을 열반에 들게 하는 문이라는 뜻으로, 부처의 교법을 이르는 말이다.

76) 攝衆生戒: 섭중생계. 삼취 정계(三聚淨戒)의 하나로서, 대승보살(大乘菩薩)이 큰 자비심(慈悲心)으로 중생(衆生)을 교화(敎化)하는 것이다.

77) 慈悲喜捨: 자비희사. 자(慈)는 남에게 즐거움을 주려는 마음, 비(悲)는 남의 괴로움을 덜어 주려는 마음, 희(喜)는 남이 괴로움을 떠나 즐거움을 얻으면 기뻐하려는 마음, 사(捨)는 남을 평등하게 대하려는 마음. 한량없는 중생에 대하여 일으키는 마음이므로 사무량심(四無量心)이라 한다.

78) 利樂긔: 利樂[← 利樂ㅎ다(이락하다): 利樂(이락) + -ㅎ(동접)-]- + -긔(-게: 연어, 사동) ※ '利樂(이락)'은 중생을 이롭게 하고 안락하게 하는 것이다.

諸佛(제불)과 菩薩(보살)이 修行(수행)하시는 지름길이다.】비록 (행적이) 헐
어도, 내 이름을 들으면 도로 淸淨(청정)을 得(득)하여 모진 길에 아니 떨
어지게 하리라. 第六(제육)의 大願(대원)은 내가 來世(내세)에 菩提(보리)
를 得(득)한 時節(시절)에, 만일 有情(유정)들이 몸이 사나워서 諸根(제근)
이 갖추어져 있지 못하여 迷惑(미혹)하고

諸_정佛_뿛 菩_뽕薩_삻ㅅ⁷⁹⁾ 修_슣行_행ᄒ시논⁸⁰⁾ 즈릆길히라⁸¹⁾ 】 비록 허러도⁸²⁾ 내 일후믈⁸³⁾ 드르면 도로⁸⁴⁾ 清_쳥淨_쪙을 得_득ᄒ야 모딘⁸⁵⁾ 길헤⁸⁶⁾ 아니 ᄢ러디게⁸⁷⁾ 호리라⁸⁸⁾ 第_똉六_륙 大_땡願_원은 내 來_링世_솅예 菩_뽕提_똉 得_득혼 時_씽節_졇에 ᄒ다가 有_울情_쪙들히 모미 사오나바⁹⁰⁾ 諸_정根_근이⁹¹⁾ ᄀᆞᆺ디⁹²⁾ 몯ᄒ야 迷_몡惑_{ᅙᅷᆨ}ᄒ고⁹³⁾

---

79) 菩薩ㅅ: 菩薩(보살) + -ㅅ(-의: 관조)

80) 修行ᄒ시논: 修行ᄒ[수행하다: 修行(수행) + -ᄒ(동접)-]- + -시(주높)- + -ㄴ(←-ᄂ-: 현시)- + -오(대상)- + -ㄴ(관전)

81) 즈릆길히라: 즈릆길ㅎ[지름길, 捷徑: 즈르(지르다, 捷)- + -ㅁ(명접) + -ㅅ(관조, 사잇) + 길ㅎ(길, 路)] + -이(서조)- + -Ø(현시)- + -라(←-다: 평종)

82) 허러도: 헐(헐다, 毀犯)- + -어도(연어, 양보)

83) 일후믈: 일훔(이름, 名) + -을(목조)

84) 도로: [도로, 環(부사): 돌(돌다, 回)- + -오(부접)]

85) 모딘: 모디(← 모딜다: 모질다, 惡)- + -Ø(현시)- + -ㄴ(관전)

86) 길헤: 길ㅎ(길, 路) + -에(부조) ※ '모딘 길'은 '악취(惡趣)'를 직역한 것인데, '악취'는 악업(惡業)을 지어서 죽은 뒤에 가야 하는 괴로움의 세계이다. 지옥도(地獄道)·축생도(畜生道)·아귀도(餓鬼道) 등이 있다.

87) ᄢ러디게: ᄢ러디[떨어지다, 墮: ᄢ(떨다, 離)- + -어(연어) + 디(지다, 落)-]- + -게(연어, 사동)

88) 호리라: ᄒ(← ᄒ다: 보용, 사동)- + -오(화자)- + -리(미시)- + -라(←-다: 평종)

89) 菩提: 보리. 불교 최고의 이상인 불타 정각(佛陀 正覺)의 지혜이다.

90) 사오나바: 사오낭(← 사오납다, ㅂ불: 사납다, 下劣)- + -아(연어)

91) 諸根: 제근. 모든 근(根)이다. ※ '根(근)'은 어떤 작용을 일으키는 강력한 힘으로, 육근(六根)의 능력을 이른다. '육근(六根)'은 육식(六識)을 낳는 눈, 귀, 코, 혀, 몸, 뜻의 여섯 가지 근원이다.

92) ᄀᆞᆺ디: ᄀᆞᆺ(← ᄀᆞᆽ다: 갖추어져 있다, 具)- + -디(-지: 연어, 부정)

93) 迷惑ᄒ고: 迷惑ᄒ[미혹하다: 迷惑(미혹) + -ᄒ(동접)-]- + -고(연어, 나열) ※ '迷惑(미혹)'은 무엇에 홀려 정신을 차리지 못하는 것이다.

種種(종종)의 受苦(수고)로운 病(병)을 하여 있다가, 내 이름을 들으면 다
端正(단정)하고 智慧(지혜)가 있고 諸根(제근)이 갖추어져 있어 病(병)이
없게 하리라. 第七(제칠)의 大願(대원)은 내가 來世(내세)에 菩提(보리)를
得(득)한 時節(시절)에, 만일 有情(유정)들이 病(병)하여 있어 救(구)할 이
가 없고 갈 데가 없거든,

種죵種죵 受쓯苦콩ᄅᆞᄫᆡᆫ[94] 病뼝 ᄒᆞ얫다가[95] 내 일후믈 드르면 다 端돤正졍ᄒᆞ고 智딩慧ᅘᅰᆼ 잇고 諸졍根근이 ᄀᆞ자 病뼝이 업게 호리라 第똉七치ᇙ 大땡願원은 내 來링世솅예 菩뽕提똉 得득ᄒᆞᆫ 時씽節졇에 ᄒᆞ다가 有웋情쪙ᄃᆞᆯ히 病뼝ᄒᆞ야 이셔 救궇ᄒᆞ리[96] 업고 갏[97] ᄃᆡ[98] 업거든[99]

94) 受苦ᄅᆞᄫᆡᆫ: 受苦ᄅᆞᄫᆡ[수고롭다: 受苦(수고) + -ᄅᆞᄫᆡ(← -ᄅᆞᆸ-: 형접)-]- + -Ø(현시)- + -ㄴ(관전)

95) ᄒᆞ얫다가: ᄒᆞ(하다, 爲)- + -야(← -아: 연어) + 잇(← 이시다: 있다, 보용, 완료 지속)- + -다가(연어, 전환) ※ '病ᄒᆞ얫다가'는 '病ᄒᆞ야 잇다가'가 축약된 형태이다.

96) 救ᄒᆞ리: 救ᄒᆞ[구하다: 救(구: 불어) + -ᄒᆞ(동접)-]- + -ㄹ(관전) # 이(이, 者: 의명) + -Ø(← -이: 주조)

97) 갏: 가(가다, 歸)- + -ᇙ(관전)

98) ᄃᆡ: ᄃᆡ(데, 處: 의명) + -Ø(← -이: 주조)

99) 업거든: 업(← 없다: 없다, 無)- + -거든(연어, 조건)

내 이름을 귀에 한 번 들어도 病(병)이 다 없어지고, 家屬(가속)이며 世間
(세간)에 쓸 것이 갖추어져 있으며, 無上(무상)의 菩提(보리)를 證(증)하는
것에 이르게 하리라. 第八(제팔)의 大願(대원)은 내가 來世(내세)에 菩提
(보리)를 得(득)한 時節(시절)에 만일 여자가 백 가지의 어려운 일이 다그
쳐서 가장 시틋하여

내 일후믈 귀예¹⁾ ᄒ 번 드러도²⁾ 病_뼝이 다³⁾ 업고⁴⁾ 家_강屬_쑉이며⁵⁾ 世_솅間_간애⁶⁾ ᄡᅟᅮᇙ⁷⁾ 거시 ᄀᆞᄌᆞ며 無_뭉上_썅⁸⁾ 菩_뽕提_똉를 證_징호매⁹⁾ 니를의¹⁰⁾ 호리라 第_똉八_밣 大_땡願_원은 내 來_링世_솅예 菩_뽕提_똉 得_득ᄒᆞᆫ 時_씽節_졇에 ᄒᆞ다가 겨지비¹¹⁾ 겨지븨 온¹²⁾ 가짓 어려븐¹³⁾ 이리 다와다¹⁴⁾ ᄀᆞ장¹⁵⁾ 싀틋ᄒᆞ야¹⁶⁾

---

1) 귀예: 귀(귀, 耳) + -예(←-에: 부조, 위치)

2) 드러도: 들(← 듣다, ㄷ불: 듣다, 聞)- + -어도(연어, 양보)

3) 다: [다, 悉(부사): 다(← 다ᄋᆞ다: 다하다, 盡)- + -아(연어▷부접)]

4) 업고: 업(← 없다: 없어지다, 除)- + -고(연어, 나열)

5) 家屬이며: 家屬(가속) + -이며(접조) ※ '家屬(가속)'은 한 집안에 딸린 구성원이다.

6) 世間애: 世間(세간) + -애(-에: 부조, 위치) ※ '世間(세간)'은 세상 일반이다.

7) ᄡᅟᅮᇙ: ㅄ(← 쓰다: 쓰다, 資)- + -우(대상)- + -ㅭ(관전)

8) 無上: 무상. 그 위에 더할 수 없는 것이다.

9) 證호매: 證ᄒᆞ[← 證ᄒᆞ다(증하다, 깨닫다): 證(증: 불어) + -ᄒᆞ(동접)-]- + -옴(명전) + -애(-에: 부조, 위치)

10) 니를의: 니를(이르다, 至)- + -의(←-긔: -게, 연어, 사동)

11) 겨지비: 겨집(여자, 女) + -이(주조)

12) 온: 백, 百(관사, 양수)

13) 어려븐: 어렵(← 어렵다, ㅂ불: 어렵다, 難)- + -Ø(현시)- + -은(관전)

14) 다와다: 다왇(다그치다, 逼)- + -아(연어)

15) ᄀᆞ장: 가장, 매우, 極(부사)

16) 싀틋ᄒᆞ야: 싀틋ᄒᆞ[싀틋하다, 厭: 싀틋(시틋: 불어) + -ᄒᆞ(형접)-]- + -야(←-아: 연어) ※ '싀틋ᄒᆞ다'는 마음이 내키지 아니하여 시들한 것이다.

여자의 몸을 버리고자 하거든, 내가 이름을 들으면 다 남자가 되어 無上
(무상)의 菩提(보리)를 證(증)하는 것에 이르게 하리라. 第九(제구)의 大願
(대원)은 내가 來世(내세)에 菩提(보리)를 得(득)한 時節(시절)에 有情(유정)
들을 魔(마)의 그물에서 내어서, 一切(일체)의 外道(외도)가 얽매는 것을
벗어나게 하겠으니,

겨지비 모물 ᄇ리고져¹⁷⁾ ᄒ거든 내 일후믈 드르면 다 남지니¹⁸⁾ ᄃ외야¹⁹⁾ 無_뭉上_쌍 菩_뽕提_똉를 證_징호매 니를의 호리라 第_똉九_굴 大_땡願_원은 내 來_링世_솅예 菩_뽕提_똉 得_득혼 時_씽節_졇에 有_ᇫ情_쪙들흘 魔_망²⁰⁾ 그므레²¹⁾ 내야²²⁾ 一_잃切_쳉 外_욍道_똘이²³⁾ 얽미요믈²⁴⁾ 버서나게²⁵⁾ 호리니²⁶⁾

---

17) ᄇ리고져: ᄇ리(버리다, 捨)- + -고져(-고자: 연어, 의도)

18) 남지니: 남진(남자, 男) + -이(보조)

19) ᄃ외야: ᄃ외(되다, 成)- + -야(← -아: 연어)

20) 魔: 마. 산스크리트어 māra의 음사인 마라(魔羅)의 준말이다. 살자(殺者)·탈명(奪命)·장애(障礙)라고 번역한다. 첫째, 사람의 목숨을 빼앗고 수행을 방해하는 귀신으로서, 욕계를 지배하는 타화자재천(他化自在天)의 우두머리를 마왕(魔王)이라 한다. 둘째, 수행을 방해하고 중생을 괴롭히는 온갖 번뇌를 이르기도 한다. 여기서는 둘째의 뜻으로 쓰였다.

21) 그므레: 그믈(그물, 網) + -에(부조, 위치)

22) 내야: 내[내다, 나오게 하다, 꺼내다, 出: 나(나다, 나오다, 出)- + -ㅣ(← -이-: 사접)-]- + -야(← -아: 연어)

23) 外道이: 外道(외도) + -이(관조, 의미상 주격) ※ '外道(외도)'는 불교 이외의 종교나, 혹은 불교 이외의 종교를 믿는 사람이다.

24) 얽미요믈: 얽미[얽매다, 纏縛: 얽(얽다, 纏)- + 미(매다, 縛)-]- + -욤(← -옴: 명전) + -을(목조)

25) 버서나게: 벗어나[벗어나다, 解脫: 벗(벗다, 脫)- + -어(연어) + 나(나다, 出)-]- + -게(연어, 사동)

26) 호리니: ᄒ(← ᄒ다: 하다, 보용, 사동)- + -리(미시)- + -니(연어, 설명 계속)

니 호ᄃᆞ가 種(종)種(종) 머즌 보매 ᄠᅥ디옛
ᄭᅥ든 다 혀 거두워 正(졍)ᄒᆞᆫ 보매 두어 漸(쩜)
漸(쩜) 菩(뽕)薩(삻)ᄉᆡᆼ 뎌글 닷가 無(뭉)
上(썅) 正(졍) 等(등) 菩(뽕)提(똉)ᄅᆞᆯ 샐리 證(징)
케 호리라【極(끅)은 至(징)極(끅)ᄒᆞᆯ씨라 果(광)ㅣ 因(힌)을
正(졍)은 中(듕)道(똘)ᄅᆞᆯ 正(졍)히 볼 씨오 等(등)은 正(졍)
은 두 녁 ㄱ 술호ᄢᅵ 비췰 씨니 無(뭉)上(썅)은 理(링)
三(삼)智(딩)라 ○ 無(뭉)上(썅)은 理(링)
正(졍)等(등)智(딩)覺(각)ᅟᆞᆫ 智(딩)니 正(졍)은 正(졍)히

만일 (유정들이) 種種(종종)의 '흉한 봄(惡見)'에 떨어져 있으면 다 끌어당겨 거두어서 '正(정)한 봄(正見)'에 두어서, 漸漸(점점) 菩薩(보살)의 行績(행적)을 닦아 無上(무상) 正等(정등)의 菩提(보리)를 빨리 證(증)하게 하리라.【地極(지극)한 果(과)가 因(인)을 건너뛰므로 無上(무상)이요, 正(정)은 中道(중도)를 正(정)히 보는 것이요, 等(등)은 두 녘의 가(邊)를 함께 비추는 것이니, (무상 정등은) 果(과) 위에 있는 三智(삼지)이다. ○ 無上(무상)은 理(리)이요 正等覺(정등각)은 智(지)이니 正(정)은 正(정)히

ᄒᆞ다가 種_죵種_죵 머즌²⁷⁾ 보매²⁸⁾ ᄢᅥ디옛거든²⁹⁾ 다 혀³⁰⁾ 거두워³¹⁾ 正_졍ᄒᆞᆫ 보매³²⁾ 두어 漸_쪔漸_쪔 菩_뽕薩_삻ㅅ 힝뎌글³³⁾ 닷가³⁴⁾ 無_뭉上_썅 正_졍等_{ᄃᆡᆼ}³⁵⁾ 菩_뽕提_똉ᄅᆞᆯ ᄲᆞᆯ리³⁶⁾ 證_징케 호리라 【至_징極_끅ᄒᆞᆫ 果_광ㅣ³⁷⁾ 因_{ᅙᅵᆫ}을 건내ᄠᅱᆯᄊᆡ³⁸⁾ 無_뭉上_썅이오 正_졍은 中_듕道_뚈³⁹⁾ᄅᆞᆯ 正_졍히 볼 씨오 等_{ᄃᆡᆼ}은 두 녁⁴⁰⁾ ᄀᆞᅀᆞᆯ⁴¹⁾ ᄒᆞᄢᅴ⁴²⁾ 비췰 씨니 果_광 우흿⁴³⁾ 三_삼智_딩라⁴⁴⁾ ○ 無_뭉上_썅은 理_링오 正_졍等_{ᄃᆡᆼ}覺_각은 智_딩니 正_졍은 正_졍히

---

27) 머즌: 멎(흉하다, 惡)- + -Ø(현시)- + -은(관전)

28) 보매: 보(보다, 見)- + -ㅁ(←-옴: 명전) + -애(-에: 부조, 위치) ※ '머즌 봄'는 '惡見(악견)'을 직역한 것이다. 惡見(악견)은 육번뇌(六煩惱)의 하나로서, 모든 법의 진리에 대하여 잘못된 견해를 가지는 번뇌이다.

29) ᄢᅥ디옛거든: ᄢᅥ디[떨어지다, 墮: ㅳ(←ᄯᅳ다: 뜨다, 隔)- + -어(연어) + 디(지다, 落)-]- + -어(연어) # 잇(← 이시다: 보용, 완료 지속)- + -거든(연어, 조건) ※ 'ᄢᅥ디옛거든'은 '더디여 잇거든'의 축약된 형태이다.

30) 혀: 혀(당기다, 끌다, 引)- + -Ø(←-어: 연어)

31) 거두워: 거두우[거두다, 攝: 걷(걷다, 收)- + -우(사접)-]- + -우(화자)- + -어(연어)

32) 正ᄒᆞᆫ 보매: '正ᄒᆞᆫ 봄'은 '正見(정견)'을 직역한 것이다. '正見(정견)'은 팔정도의 하나로서, 사제(四諦)의 이치를 알고, 제법(諸法)의 참된 모습을 바르게 판단하는 지혜이다.

33) 힝뎌글: 힝뎍(행적, 行績) + -을(목조)

34) 닷가: 닭(닦다, 修)- + -아(연어)

35) 正等: 정등(각). 올바른 깨달음. 일체의 참된 모습을 깨달은 더할 나위 없는 지혜이다.

36) ᄲᆞᆯ리: [빨리, 速(부사): ᄲᆞᆯ르(←ᄲᆞᄅᆞ다: 빠르다, 速)- + -이(부접)]

37) 果ㅣ: 果(과) + -ㅣ(←-이: 주조) ※ '果(과)'는 원인에 따라 일어나는 결과이다.

38) 건내ᄠᅱᆯᄊᆡ: 건내ᄠᅱ[건너뛰다, 跳躍: 걷(걷다, 步)- + 나(나다, 出)- + -ㅣ(←-이-: 사접)- + ᄠᅱ(뛰다, 踊)-]- + -ㄹᄊᆡ(-므로: 연어, 이유)

39) 中道: 중도. 치우치지 아니하는 바른 도리이다. 불교의 근본 입장으로, 대승·소승에 걸쳐 중요시되고 있다.

40) 녁: 녘, 쪽, 向.

41) ᄀᆞᅀᆞᆯ: ᄀᆞᇫ(← ᄀᆞᆺ: 가, 邊) + -ᄋᆞᆯ(목조)

42) ᄒᆞᄢᅴ: [함께, 與(부사): ᄒᆞᆫ(한, 一: 관사, 양수) + ᄢᅴ(←ᄢᅵ: 때, 時, 의명) + -의(-에: 부조▷부접)]

43) 우흿: 우ㅎ(위, 上) + -의(-에: 부조, 위치) + -ㅅ(-의: 관조) ※ '우흿'은 '위에 있는'으로 의역하여 옮긴다.

44) 三智라: 三智(삼지) + -Ø(←-이-: 서조)- + -Ø(현시)- + -라(←-다: 평종) ※ '三智(삼지)'는 세 가지 지혜이다. 『능가경』에서는 세간지·출세간지·출세간상상지이고, 『마하반야석론』에서는 일체지·도종지·일체지지이며, 『묘법연화경』에서는 진지·내지·외지이다.

四^{ᄉᆞᆼ}弘^{ᅙᅮᆼ}誓^쎙롤 셰^여 며 佛^뿡像^썅과 비^코 입^과 對^됭ᄒᆞ야 供^공養^양ᄒᆞᄊᆞᄫᅡ 得^득ᄒᆞ야 오라 舉^{ᄒᆡᆼ}ᄒᆞᆫ 뜨들 머거 源^원애 이 혼다 本^본ᄋᆞᆫ 微^밍妙^묠ᄒᆞᆫ 道^{ᄠᅡᆼ}理^링오 衆^즁生^{ᄉᆡᆼ}의 알^씨 라^니 行^{ᅘᆡᆼ}ᄒᆞ논 微^밍妙^묠ᄒᆞᆫ 寂^쪅滅^몷ᄒᆞᆫ 相^썅이라 곧 一^{ᅙᅵᆳ}切^촁種^죵智^딩니 寂^쪅

가운데이니 곧 一切種智(일체종지)니, 寂滅(적멸)한 相(상)이다. 等(등)은 平等(평등)한 것이니, 行(행)이며 相(상)을 事實(사실)대로 아는 것이다. 이것이 諸佛(제불)이 證(증)하신 가장 높은 微妙(미묘)한 道里(도리)요, 衆生(중생)이 모르는 根本(근본)에 있는 微妙(미묘)한 根源(근원)이니, 그러므로 凡夫(범부)가 六道(육도)에 흘러 다니는 것이 菩提心(보리심)을 發(발)하지 아니한 탓이니, 이제 사람의 몸을 得(득)하여 있어 幸(행)한 뜻을 먹고, 모름지기 佛像(불상) 앞에 對(대)하여 香(향)을 피우며 꽃을 흩뿌리며 몸과 입과 뜻을 淸淨(청정)히 하여 供養(공양)하여, 四弘誓(사홍서)를 세워 가온딘니 곧 一_힗切_쳉種_죵智_딩⁴⁵⁾니 寂_쪅滅_몷⁴⁶⁾혼 相_샹이라 等_둥은 平_뼝等_둥홀 씨니 行_혱이며 相_샹이며 實_씷다비⁴⁷⁾ 알 씨라 이 諸_졍佛_뿛ㅅ 證_징ᄒ샨⁴⁸⁾ 뭇⁴⁹⁾ 노픈 微_밍妙_묳 道_똫理_링오 衆_즁生_싱의 모ᄅ논 根_근本_본앳 微_밍妙_묳혼 根_근源_원이니 그럴씨⁵⁰⁾ 凡_뻠夫_붕ㅣ 六_륙道_똫⁵¹⁾애 흘러 돈뇨미⁵²⁾ 菩_뽕提_똉心_심⁵³⁾ 發_벎티 아니혼⁵⁴⁾ 다시니⁵⁵⁾ 이제 사ᄅ미 모ᄆᆞᆯ 得_득ᄒ야 이셔 幸_혱혼⁵⁶⁾ ᄠᅳ들 머거 모로매⁵⁷⁾ 佛_뿛像_썅 알픠⁵⁸⁾ 對_됭ᄒᅀᄫᅡ⁵⁹⁾ 香_향 퓌우며⁶⁰⁾ 곳⁶¹⁾ 비코⁶²⁾ 몸과 입과 ᄠᅳᆮ과 淸_쳥淨_쪙이⁶³⁾ ᄒ야 供_공養_양ᄒᅀᄫᅡ⁶⁴⁾ 四_{ᄉᆞᆼ}弘_삥誓_쎙⁶⁵⁾를 셰여⁶⁶⁾

45) 一切種智: 일체종지. 현상계의 모든 존재의 각기 다른 모습과 그 속에 감추어져 있는 참 모습을 알아내는 부처의 지혜이다.

46) 寂滅: 적멸. 세계를 영원히 벗어나거나, 또는 그런 경지이다.

47) 實다비: [사실대로: 實(실: 사실, 불어) + -다비(-답게, -대로: 접미)]

48) 證ᄒ샨: 證ᄒ[증하다, 깨닫다: 證(증: 불어)-ᄒ(동접)-]- + -샤(←-시-: 주높) + -Ø(←-오-: 대상)- + -Ø(과시)- + -ㄴ(관전)

49) 뭇: 가장, 제일, 最(부사)

50) 그럴씨: [그러므로(부사): 그러(← 그러ᄒ다: 그러하다)- + -ㄹ씨(-므로: 연어 ▷부접)]

51) 六道: 육도. 중생이 선악의 원인에 의하여 윤회하는 여섯 가지의 세계이다. '지옥도·아귀도·축생도·아수라도·인간도·천상도' 등이 있다.

52) 돈뇨미: 돈니[다니다, 行: 돈(달라다, 走)- + -니(가다, 行)-]- + -옴(명전) + -이(주조)

53) 菩提心: 보리심. 불도의 깨달음을 얻고 그 깨달음으로써 널리 중생을 교화하려는 마음이다.

54) 아니혼: 아니ᄒ[← 아니ᄒ다(아니하다: 보용, 부정): 아니(아니, 不: 부사, 부정) + -ᄒ(동접)-]- + -Ø(과시)- + -오(대상)- + -ㄴ(관전)

55) 다시니: 닷(탓: 의명, 이유) + -이(서조)- + -니(연어, 설명 계속)

56) 幸혼: 幸ᄒ[행하다, 행복하다: 幸(행: 불어) + -ᄒ(형접)-]- + -Ø(현시)- + -ㄴ(관전)

57) 모로매: 모름지기, 반드시, 必(부사)

58) 알픠: 앒(앞, 前) + -의(-에: 부조, 위치)

59) 對ᄒᅀᄫᅡ: 對ᄒ[대하다: 對(대: 불어) + -ᄒ(동접)-]- + -ᅀᆞᇦ(객높)- + -아(연어)

60) 퓌우며: 퓌우[피우다, 焚: 푸(← ᄠᅳ다: 피다, 發)- + -우(사접)-]- + -며(연어, 나열)

61) 곳: 곳(← 곶: 꽃, 花)

62) 비코: 빟(흩뿌리다, 散)- + -고(연어, 나열)

63) 淸淨이: [청정히(부사): 淸淨(청정) + -Ø(←-ᄒ-: 형접)- + -이(부접)]

64) 供養ᄒᅀᄫᅡ: 供養ᄒ[공양하다: 供養(공양) + -ᄒ(동접)-]- + -ᅀᆞᇦ(←-ᅀᆞᆸ-: 객높)- + -아(연어)

65) 四弘誓: 사홍서. 모든 부처와 보살(菩薩)에게 공통(共通)된 네 가지 서원(誓願)이다.

66) 셰여: 셰[세우다, 立: 셔(서다, 立)- + -ㅣ(←-이-: 사접)-]- + -여(←-어: 연어)

衆즁生싱 無뭉邊변誓쎙願원度똥
煩뻔惱놀 無뭉數숭誓쎙願원斷돤
法법門몬 無뭉盡찐誓쎙願원學학
佛뿛道똥 無뭉上썅誓쎙願원成쎵
自쫑性셩 衆즁生싱誓쎙願원度똥
自쫑性셩 煩뻔惱놀誓쎙願원斷돤
自쫑性셩 法법門몬誓쎙願원學학
自쫑性셩 佛뿛道똥誓쎙願원成쎵

成쎵佛뿛菩뽕提똉心심을 種죵子중ㅣ라 닐 그럴
씨 菩뽕提똉心심을 種죵子중ㅣ라 ᄒᆞᄂᆞ니
一힗切쳉 諸졍佛뿛法법을
홈ᄒᆞᄂᆞ니니 이 ᄆᆞᅀᆞᆷ 發벓ᄒᆞᆯ 사ᄅᆞ미
잘 낼씨니라
로매 當당體톙를 아라ᅀᅡ ᄒᆞ리니 當당體톙 두 가
지니 當당體톙ᄂᆞᆫ 悲빙心심과 智딩心심과

衆生無邊誓願度(중생무변서원도)   煩惱無數誓願斷(번뇌무수서원단)
法門無盡誓願學(법문무진서원학)   佛道無上誓願成(불도무상서원성)
自性衆生誓願度(자성중생서원도)   自性煩惱誓願斷(자성번뇌서원단)
自性法門誓願學(자성법문서원학)   自性佛道誓願成(자성불도서원성)

性佛(성불)할 마음을 發(발)하는 것이니, 그러므로 菩提心(보리심)을 種子(종자)이라고 이름하나니, 一切(일체)의 諸佛法(제불법)을 잘 내는 것이라. 이 마음을 發(발)하는 사람은 모름지기 體(체)를 알아야 하겠으니, 體(체)가 두 가지이니 當體(당체)는 悲心(비심)과 智心(지심)과

衆生無邊誓願度⁶⁷⁾ 煩惱無數誓願斷⁶⁸⁾

法門無盡誓願學⁷⁰⁾ 佛道無上誓願成⁷¹⁾

自性衆生誓願度⁷³⁾ 自性煩惱誓願斷⁷⁴⁾

自性法門誓願學⁷⁵⁾ 自性佛道誓願成⁷⁶⁾

成佛홀⁷⁷⁾ 무스믈 發홀 디니⁷⁸⁾ 그럴씨 菩提心을 種子ㅣ라⁷⁹⁾ 일훔ᄒ
ᄂ니⁸⁰⁾ 一切 諸佛法을 잘 낼 씨니라⁸¹⁾ 이 무슴 發홀 사르믄 모로매 體
ᄅᆯ 아라ᅀᅡ⁸²⁾ ᄒ리니 體⁸³⁾ 두 가지니 當體⁸⁴⁾는 悲心⁸⁵⁾과 智心⁸⁶⁾과

---

67) 衆生無邊誓願度: 중생무변서원도. 중생이 무변(無邊)하지만 제도하기를 서원합니다.

68) 煩惱無數誓願斷: 번뇌무수서원단. 번뇌가 무수(無數)하지만 끊기를 서원합니다.

69) 法門: 법문. 중생을 열반에 들게 하는 문이라는 뜻으로, 부처의 교법을 이르는 말이다.

70) 法門無盡誓願學: 법문무진서원학. 법문이 무진(無盡)하지만 배우기를 서원합니다.

71) 佛道無上誓願成: 불도무상서원성. 불도가 무상(無上)하지만 이루기를 서원합니다.

72) 自性: 자성. 인간에 갖추어진 본성이라는 의미이다. 이러한 뜻 이외에도, 성품·불성·심지(心地) 등 다양한 표현도 대체로 자성과 상통되는 개념이다.

73) 自性衆生誓願度: 자성중생서원도. 자성의 중생을 (제도하기를) 서원합니다.

74) 自性煩惱誓願斷: 자성번뇌서원단. 자성의 번뇌를 (끊어기를) 서원합니다.

75) 自性法門誓願學: 자성법문서원학. 자성의 법문을 (배우기를) 서원합니다.

76) 自性佛道誓願成: 자성불도서원성. 자성의 불도를 (이루기를) 서원합니다.

77) 成佛홀: 成佛ᄒ[← 成佛ᄒ다(성불하다): 成佛(성불) + -ᄒ(동접)-] + -오(대상)- + -ㄹ(관전) ※ '成佛(성불)'은 부처가 되는 일이다. 보살이 자리(自利)와 이타(利他)의 덕을 완성하여 궁극적인 깨달음의 경지를 실현하는 것을 이른다

78) 디니: ᄃ(← ᄃᆞ: 것, 者, 의명) + -이(서조)- + -니(연어, 설명 계속)

79) 種子ㅣ라: 種子(종자, 씨) + -이(서조)- + -Ø(현시)- + -라(← -다: 평종)

80) 일훔ᄒᄂ니: 일훔ᄒ[이름하다: 일훔(이름, 名) + -ᄒ(동접)-] + -ᄂ(현시)- + -니(연어, 설명 계속)

81) 씨니라: 쓰(← ᄉ: 것, 者, 의명)- + -ㅣ(← -이-: 서조)- + -Ø(현시)- + -니(원칙)- + -라(← -다: 평종)

82) 아라ᅀᅡ: 알(알다, 知)- + -아ᅀᅡ(-아야: 연어, 당위)

83) 體: 體(체) + -Ø(← -이: 주조) ※ 體(체)는 사물의 본체 또는 근본적인 것을 가리키는 말이다. 우주 만물이나 일체 차별 현상의 근본으로서 상주불변하는 진리의 본래 모습 또는 진리이다.

84) 當體: 당체. 직접적으로 그 본체를 가리켜 이르는 말이다.

85) 悲心: 비심. 남의 괴로움을 보고 가엾게 여겨 구제하려는 마음을 비(悲)라 하며, 불(佛)·보살(菩薩)의 마음을 비심이라 한다. 곧, 悲心(비심)은 모든 중생의 괴로움을 없애려는 마음이다.

86) 智心: 지심. 지혜로운 마음이다.

心심과 額원心심괘 오 所송依힁體톙는 自쫑性셩이 淸청淨쪙ᄒᆞ야 두려ᄫᅵ 불고 微밍妙묭ᄒᆞᆫ ᄆᆞᅀᆞ미라 性셩이 제 ᄀᆞ촐씨 號뽕ᄅᆞᆯ 如셩來링藏짱性셩이라 ᄒᆞ고 惑ᅘᅱᆨ이 더러ᄫᅵ디 몯ᄒᆞ며 智딩ᄅᆞᆯ 조히 ᄒᆞᆯ 줄 업서 뷔오 괴외ᄒᆞ며 ᄆᆞᆯ가 眞진實씷ㅅ 覺각이 靈령히 불가 萬먼法법을 잘 내ᄂᆞᆫ 고로 其낑實씷 號뽕ᄅᆞᆯ ᄒᆞᆫ 큰 이리라 ᄒᆞᄂᆞ니라 오직 衆즁生ᄉᆡᆼᄃᆞᆯ히 이 性셩을 오래 몰라 六륙塵띤의 그리메 像썅이 브트믈 아라 잠간 닐며 잠간 사ᄆᆡ 業 업 虛헝妄망호 念념으로 제 ᄆᆞᅀᆞ매 決괋定뗑ᄒᆞ야 迷밍惑ᅘᅱᆨ야 色식身신 안ᄒᆞᆯ 삼고 色식身신이 밧ᄀᆞ로 뫼ᄒᆞ며 ᄆᆞ리며 虛헝空콩 大땡

願心(원심)이요, 所依體(소의체)는 自性(자성)이 淸淨(청정)하여 원만히 밝은 微妙(미묘)한 마음이다. 性(성)이 스스로 갖추어져 있으므로 號(호)를 如來藏(여래장)이라고 하고, 迷惑(미혹)이 더럽히지 못하며 智(지)를 깨끗하게 하는 것이 없어, 비고 고요하고 맑아서 眞實(진실)의 覺(각)이 靈(령)히 밝아 萬法(만법)을 잘 내므로, 號(호)를 '하나의 큰 일'이라고 하느니라. 오직 衆生(중생)들은 이 性(성)을 오래 (동안) 몰라서 六塵(육진)의 그림자가 像(상)에 붙은 것을 알아서, 잠깐 (사이에) 일어나며 잠깐 (사이에) 없어져서 虛妄(허망)한 念(염)으로 제 마음을 삼아 決定(결정)하야, 迷惑(미혹)하여 (그것을) 色身(색신)의 안으로 삼고, 色身(색신)이 밖으로 산이며 물이며 虛空(허공)과 大地(대지)에

願_원心_심괘오⁸⁷⁾ 所_송依_핑體_톙⁸⁸⁾는 自_쭝性_셩이 淸_쳥淨_쩡ᄒᆞ야 두려비⁸⁹⁾ 블ᄀᆞᆫ 微_밍妙_묠ᄒᆞᆫ ᄆᆞᅀᆞ미라 性_셩이 제⁹⁰⁾ ᄀᆞ즐씨⁹¹⁾ 號_{ᅘᅩᇦ}를 如_셩來_링藏_쨩⁹²⁾이라 ᄒᆞ고 惑_{ᅘᅦᆨ}이 더러비디⁹³⁾ 몯ᄒᆞ며 智_딩 조히오미⁹⁴⁾ 업서 뷔오⁹⁵⁾ 괴외코⁹⁶⁾ ᄆᆞᆯ가 眞_진實_{ᅇᅵᇙ}ㅅ 覺_각이 靈_령히 블가 萬_먼法_법을 잘 낼씨 號_{ᅘᅩᇦ}를 ᄒᆞᆫ 큰 이리라 ᄒᆞᄂᆞ니라 오직 衆_즁生_{ᄉᆡᆼ}들ᄒᆞᆫ 이 性_셩을 오래 몰라 六_륙塵_띤⁹⁷⁾의 그리메⁹⁸⁾ 像_썅 브투믈⁹⁹⁾ 아라 잢간¹⁾ 닐며²⁾ 잢간 업서 虛_헝妄_망ᄒᆞᆫ 念_념으로 제 ᄆᆞᅀᆞᄆᆞᆯ 사마 決_궗定_뎡ᄒᆞ야 惑_{ᅘᅦᆨ}ᄒᆞ야 色_{ᄉᆡᆨ}身_신³⁾ 안홀⁴⁾ 삼고 色_{ᄉᆡᆨ}身_신이 밧그로⁵⁾ 뫼히며⁶⁾ 므리며⁷⁾ 虛_헝空_콩 大_땡地_띵예

---

87) 願心괘오: 願心(원심) + −과(접조) + −ㅣ(←−이−: 서조)− + −오(←−고: 연어, 나열) ※ '願心 (원심)'은 '깨달음' 또는 정토왕생(淨土往生)등을 기원하는 마음을 말한다.

88) 所依體: 의소체. 當體(당체)에 의지하는 體(체)이다.

89) 두려비: [원만히, 온전히, 圓(부사): 두렳(← 두렵다, ㅂ불: 둥글다, 圓)− + −이(부접)]

90) 제: 저(저, 己: 인대, 재귀칭) + −ㅣ(←−이: 주조) ※ '제'는 '스스로'로 의역하여 옮긴다.

91) ᄀᆞ즐씨: ᄀᆞᆾ(갖추어져 있다, 具)− + −을씨(−므로: 연어, 이유)

92) 如來藏: 여래장. 여래를 내장(內藏)한다는 비유적인 표현으로, 중생의 청정(淸淨)한 본마음을 가리키는 말이다.

93) 더러비디: 더러비[더럽히다, 汚: 더렇(← 더럽다, ㅂ불: 더럽다, 汚)− + −이(사접)−]− + −디(− 지: 연어, 부정)

94) 조히오미: 조히[깨끗하게 하다, 使淨: 좋(깨끗하다, 淨)− + −ㅣ(←−이−: 사접)−] − + −옴(명 전) + −이(주조)

95) 뷔오: 뷔(비다, 空)− + −오(←−고: 연어, 나열)

96) 괴외코: 괴외ᄒᆞ[← 괴외ᄒᆞ다(고요하다, 寞): 괴외(고요하다, 寞)− + −ᄒᆞ(형접)−]− + −고(연어, 나열)

97) 六塵: 육진. 심성을 더럽히는 육식(六識)의 대상계(對象界)로서 색(色)·성(聲)·향(香)·미(味)·촉 (觸)·법(法)의 육경(六境)을 말한다. 이 육경은 육근을 통하여 몸속에 들어가서 우리들의 정심 (淨心)을 더럽히고, 진성(眞性)을 덮어 흐리게 하므로 진(塵)이라 한다.

98) 그리메: 그리메(그림자, 影) + −∅(←−이: 주조)

99) 브투믈: 븥(붙다, 附) + −움(명전) + −을(목조)

1) 잢간: [잠깐, 暫間: 잠(잠, 暫) + −ㅅ(관조, 사잇) + 간(간, 間)]

2) 닐며: 닐(일어나다, 起)− + −며(연어, 나열)

3) 色身: 색신. 물질적 존재로서 형체가 있는 몸이다. 육안으로 보이는 몸을 이른다.

4) 안홀: 안ᇂ(안, 內) + −올(목조)

5) 밧그로: 밝(밖, 外) + −으로(부조, 방편)

6) 뫼히며: 묗(산, 山) + −이며(접조)

7) 므리며: 믈(물, 水) + −이며(접조)

地띵에 니르리 다 微밍妙묭ᄒᆞ고 ᄇᆞᆯᄀᆞᆫ 眞진實씷ㅅ ᄆᆞᅀᆞᆷ 가온ᄃᆡᆺ 거신 ᄃᆞᆯ 모ᄅᆞ니 이 ᄆᆞᅀᆞᆷ 體톙ᄂᆞᆫ 微밍妙묭ᄒᆞ야 相샹 업서 이쇼미 ᄃᆞ외디 아니ᄒᆞ며 아ᄆᆞ리 ᄡᅥ도 업수미 ᄃᆞ외디 아니ᄒᆞᄂ니라 ○ 菩뽕提똉ᄂᆞᆫ 六륙識식으로 아디 몯ᄒᆞᆯᄊᆡ 形ᅘᅧᆼ相샹이 업고 生ᄉᆡᆼ住뜡異잉滅멿이 업슬ᄊᆡ 홈 업스니라 生ᄉᆡᆼ住뜡異잉滅멿은 나 住뜡ᄒᆞ얫다가 달아 업슬 씨라 ○ 性셩이 一힗萬먼 德득을 머굼고 體톙 一힗百빅 왼 이ᄅᆞᆯ ᄭᅳ처 ᄆᆞᆯ곤 ᄃᆞᆯ이 두려이 이저딘 ᄃᆡ 업숨 ᄀᆞ톤ᄃᆞᆫ 迷뎽惑ᅘᅯᆨᆺ 구루믜 ᄀᆞ리ᅇᅵ요미 ᄃᆞ외야 제 아디 몯ᄒᆞ야

이르도록 다 微妙(미묘)하고 밝은 眞實(진실)의 마음의 가운데의 것인 줄을 모르나니, 이 마음의 體(체)는 微妙(미묘)하여 相(상)이 없어서 있음이 되지 아니하며, 아무리 써도 없음이 되지 아니하느니라. ○ 菩提(보리)는 六識(육식)으로 알지 못하므로 形相(형상)이 없고, 生住異滅(생주이멸)이 없으므로 (인위적으로) 하는 것이 없는 것이다.

生住異滅(생주이멸)은 나서 住(주)하여 있다가 달라져서 없어지는 것이다. ○ 性(성)이 一萬(일만) (가지의) 德(덕)을 머금고 體(체)가 一白(일백) (가지의) 그른 일을 끊어서, 깨끗한 달이 둥그렇게 이지러진 데가 없는 것과 같건마는, 迷惑(미혹)의 구름에 가리는 것이 되어서 자기가 알지 못하나니,

니르리⁸⁾ 다 微_밍妙_묭코⁹⁾ 볼ᄀᆞᆫ 眞_진實_씷ㅅ ᄆᆞᅀᆞᆷ 가온ᄃᆡ 거신¹⁰⁾ 들¹¹⁾ 모ᄅᆞᄂᆞ니 이

ᄆᆞᅀᆞᆷ 體_톙ᄂᆞᆫ 微_밍妙_묭ᄒᆞ야 相_샹 업서 이슈미¹²⁾ ᄃᆞ외디 아니ᄒᆞ며 현마¹³⁾ ᄡᅥ도¹⁴⁾ 업

수미 ᄃᆞ외디 아니ᄒᆞᄂᆞ니라 ○ 菩_뽕提_똉ᄂᆞᆫ 六_륙識_식¹⁵⁾ᅌᆞ로 아디 몯ᄒᆞᆯᄊᆡ 形_{ᅘᅧᆼ}相_샹이

업고 生_{ᄉᆡᆼ}住_뜡異_잉滅_몊¹⁶⁾이 업슬ᄊᆡ ᄒᆞ요미 업슬 씨라

　　生_{ᄉᆡᆼ}住_뜡異_잉滅_몊은 나 住_뜡ᄒᆞ얫다가¹⁷⁾ 달아¹⁸⁾ 업슬¹⁹⁾ 씨라

○ 性_셩이 一_{ᅙᅵᆶ}萬_먼 德_득을 머굼고²⁰⁾ 體_톙 一_{ᅙᅵᆶ}百_{ᄇᆡᆨ} 왼²¹⁾ 이리 그처²²⁾ 조ᄒᆞᆫ ᄃᆞ리²³⁾

두려ᄫᅵ 이즌²⁴⁾ ᄃᆡ²⁵⁾ 업수미 ᄀᆞᆮ건마ᄅᆞᆫ²⁶⁾ 迷_몡惑_{ᅘᅬᆨ} 구루미²⁷⁾ ᄀᆞ료미²⁸⁾ ᄃᆞ외야 제

아디 몯ᄒᆞᄂᆞ니

---

8) 니르리: [이르도록, 至: 니를(이르다, 至)- + -이(부접)]

9) 微妙코: 微妙ᄒ[← 微妙ᄒ다(미묘하다): 微妙(미묘) + -ᄒ(형접)-]- + -고(연어, 나열)

10) 거신: 것(것, 者: 의명) + -이(서조)- + -Ø(현시)- + -ㄴ(관전)

11) 들: ᄃ(것, 者: 의명) + -ㄹ(목조)

12) 이슈미: 이시(있다, 存)- + -움(명전) + -이(주조)

13) 현마: 아무리, 雖(부사)

14) ᄡᅥ도: ᄡ(← 쓰다: 쓰다, 用)- + -어도(연어, 양보)

15) 六識: 육식. 육근(六根)에 의하여 대상을 깨닫는 여섯 가지 작용이다. 안식(眼識), 이식(耳識), 비식(鼻識), 설식(舌識), 신식(身識), 의식(意識)을 이른다.

16) 生住異滅: 생주이멸. 모든 사물이 생기고, 머물고, 변화하고, 소멸함. 또는 그런 현상이다.

17) 住ᄒ얫다가: 住ᄒ[주하다, 머무르다: 住(주: 불어) + -ᄒ(동접)-]- + -야(← -아: 연어) + 잇(← 이시다: 보용, 완료 지속)- + -다가(연어, 전환)

18) 달아: 달(← 다ᄅ다: 달라지다, 異)- + -아(연어)

19) 업슬: 없(없어지다, 滅: 동사)- + -을(관전)

20) 머굼고: 머굼(머금다, 含)- + -고(연어, 나열)

21) 왼: 외(그르다, 非)- + -Ø(현시)- + -ㄴ(관전)

22) 그처: 긏(끊다, 斷)- + -어(연어) ※ '體 一百 왼 이리 그처'는 문맥상 '體가 一百 왼 이를 그처'의 오기로 보인다.

23) ᄃᆞ리: ᄃᆞᆯ(달, 月) + -이(주조)

24) 이즌: 잊(이지러지다, 缺)- + -Ø(현시)- + -은(관전)

25) ᄃᆡ: ᄃᆡ(데, 處: 의명) + -Ø(←-이: 주조)

26) ᄀᆞᆮ건마ᄅᆞᆫ: ᄀᆞᆮ(← ᄀᆞᆮᄒ다: 같다, 如)- + -건마ᄅᆞᆫ(-건마ᄂᆞᆫ: 인정 대조)

27) 구루미: 구룸(구름, 雲) + -의(-에: 부조)

28) ᄀᆞ료미: ᄀᆞ리(가리다, 蔽)- + -옴(명전) + -이(보조)

ㅅ 无망量량感혹이덜면 真진實씷ㅅ
ㅁ 므ᅀᆞ미 本본來링 ᄌᆞ호ᇙ디 眞진實씷이
며 得득을 머ᄆᆞ며 聖셩人ᅀᅵᆫ이라 性셩에
萬먼德득을 머ᄆᆞ샤 聖셩人ᅀᅵᆫ도 得득호미 아
그르나 이 ᄆᆞᅀᆞ믈 發벓호ᇙ 사ᄅᆞ미 非빙 慈ᄍᆞ
心심을 올며 悲빙心심으로 體톙를 百빅非빙 아
心심으로 救굴호ᇙ디 몯ᄒᆞ며 ᄆᆞᅀᆞ믈 發벓호ᇙᄃᆞ론
큰 悲빙心심救굴一힗切촁 衆즁
ᅙᆡ ᄀᆞ지로도 本본來링 호ᇙ世솅間간 一힗切촁 慈ᄍᆞ
萬먼物뭃이 本본來링 生ᅀᅵᆼ死ᄉᆞᆼ ᅵ 업거늘
거늘 妄망量량 ᄇᆞᄅᆞ미 부러 受쑤ᇢ苦콩
ㅅ바다해 ᄌᆞ마 잇ᄂᆞ니 이제 큰 願원을

妄量(망량)의 惑(의혹)이 덜어지면 眞實(진실)의 마음이 本來(본래) 깨끗하니라. 性(성)이 萬德(만덕)을 머금으므로 聖人(성인)도 (性을) 得(득)하는 것이 아니며, 體(체)가 百非(백비)를 끊으므로 凡夫(범부)도 (體를) 잃은 것이 아니니, 그러나 이 (진실의) 마음을 發(발)하는 사람은 慈悲心(자비심)을 움직임으로써 마루(宗)를 삼을 것이니, 큰 悲心(비심)을 發(발)하는 것은 一切(일체)의 衆生(중생)을 널리 救(구)하려 구하려고 하는 것이요, 큰 慈悲(자비)를 發(발)하는 것은 一切(일체)의 世間(세간)을 한가지로 도우려 하는 것이니라. 一切(일체)의 萬物(만물)이 本來(본래) 生死(생사)가 없거늘, 妄量(망량)의 바람이 불어 (일체의 만물이) 受苦(수고)의 바다에 잠기어 있나니, 이제 큰 願(원)을

妄망量량 惑혹 29) 30)이 덜면31) 眞진實씷ㅅ ᄆᅀᆞ미 本본來링 조ᄒᆞ니라32) 性셩이 萬먼德득을 머구믈씨 聖셩人신에 이셔도33) 得득호미 아니며 體톙 百빅非빙 34) 그츨씨35) 凡뻠夫붕에 이셔도 일혼36) 디37) 아니니 그러나 이 ᄆᆞᅀᆞᆷ 發벓훓 사ᄅᆞᄆᆞᆫ 慈쫑悲빙心심 뮈우ᄆᆞ로38) 믈롤39) 사몷40) ᄃᆡ니41) 큰 悲빙心심 發벓호ᄆᆞᆫ 一힗切쳉 衆즁生ᄉᆡᆼ을 너비42) 救굴호려43) 홀 씨오 큰 慈쫑心심 發벓호ᄆᆞᆫ 一힗切쳉 世솅間간을 ᄒᆞᆫ가지로44) 도보려45) 홀 씨니라46) 一힗切쳉 萬먼物뭃이 本본來링 生ᄉᆡᆼ死ᄉᆞᆼㅣ 업거늘 妄망量량 ᄇᆞᄅᆞ미47) 부러 受쓯苦콩ㅅ 바다해48) ᄌᆞ마49) 잇ᄂᆞ니 이제 큰 願원을

---

29) 妄量: 망량. 망량망녕되게 말이나 행동을 함부로 하는 것이다.

30) 惑: 혹. 깨달음에 장애가 되는 미망(迷妄)의 번뇌이다.

31) 덜면: 덜(덜어지다, 제거되다, 減)- + -면(연어, 조건)

32) 조ᄒᆞ니라: 조ᄒᆞ(깨끗하다, 淨)- + -Ø(현시)- + -니(원칙)- + -라(←-다: 평종)

33) 이셔도: 이시(있다, 有)- + -어도(연어, 양보) ※ '聖人'에 이셔도'에서 '에 이셔도'는 주격 조사처럼 기능한다. 따라서 '성인도'로 의역하여 옮긴다.

34) 百非: 백비. 유(有)와 무(無) 등의 모든 개념 하나하나에 비(非)를 붙여, 그것을 부정하는 것을 말한다.

35) 그츨씨: 긏(끊다, 斷)- + -을씨(-므로: 연어, 이유)

36) 일혼: 잃(잃다, 失)- + -Ø(과시)- + -은(관전)

37) 디: ᄃ(← ᄃᆞ: 것, 의명) + -이(보조)

38) 뮈우ᄆᆞ로: 뮈(움직이다, 動)- + -움(명전) + -ᄋᆞ로(부조, 방편)

39) 믈롤: 믈리(← ᄆᆞᄅᆞ: 마루, 宗)- + -ᄋᆞᆯ(목조) ※ 'ᄆᆞᄅᆞ'는 '마루', 곧 어떤 사물의 첫째. 또는 어떤 일의 기준이다.

40) 사몷: 삼(삼다, 爲)- + -오(대상)- + -ㅭ(관전)

41) ᄃᆡ니: ᄃ(← ᄃᆞ: 것, 의명) + -이(서조)- + -니(연어, 설명 계속)

42) 너비: [널리, 廣(부사): 넙(넓다, 廣)- + -이(부접)]

43) 救호려: 救ᄒᆞ다(← 救ᄒᆞ다(구하다): 救(구: 불어) + -ᄒᆞ(동접)-]- + -오려(-려: 연어, 의도)

44) ᄒᆞᆫ가지로: ᄒᆞᆫ가지[한가지, 마찬가지, 一類: ᄒᆞᆫ(한, 一: 관사, 양수) + 가지(가지: 의명)] + -로(부조, 방편)

45) 도보려: 돕(← 돕다, ㅂ불: 돕다, 助)- + -오려(-려: 연어, 의도)

46) 씨니라: 쓰(← ᄊ: 것, 者, 의명) + -ㅣ(←-이-: 서조)- + -니(원칙)- + -라(←-다: 평종)

47) ᄇᆞᄅᆞ미: ᄇᆞᄅᆞᆷ(바람, 風) + -이(주조)

48) 바다해: 바닿(바다, 海) + -애(-에: 부조, 위치)

49) ᄌᆞ마: ᄌᆞᆷ(잠기다, 浸)- + -아(연어)

發(벓)호야 거든믄 石(쎡)壁(벽) 아래 盟(밍)誓(쎙)호ᄃᆡ 볼ᄀᆞᆫ 燈(등)이 ᄃᆞ외오 生(ᄉᆡᆼ)死(ᄉᆞᆼ) 믌겴 가온ᄃᆡ 기리기리 ᄇᆡ ᄃᆞ외요리라 ᄒᆞ리라 一(ᅙᅵᆯ)切(쳉) 凡(뻠)夫(붕) 本(본)性(셩)에 性(셩)조ᅀᆞᆫ 功(공)德(득)이 ᄀᆞᆺ거늘 이제 寶(봏)藏(짱)ᄋᆞᆯ 몰라 艱(간)難(난)ᄒᆞ고 외ᄅᆞ외니 이제 큰 願(원)으로 衆(즁)生(ᄉᆡᆼ)ᄋᆞᆯ 주리라 盟(밍)誓(쎙)호ᄃᆡ ᄒᆞᆫ 衆(즁)生(ᄉᆡᆼ)이 나 成(쎵)佛(뿛) 몯ᄒᆞ야 이시면 乃(냉)終(즁)내 涅(녏)槃(빤) 아니호리라 ᄒᆞ라 ○道(똘)ᅵ 至(징)極(끅)ᄒᆞᆫ 거슬 닐온 菩(뽕)提(똉)니 므스그로 道(똘)ᄅᆞᆯ 사ᄆᆞ료 對(됭)答(답)호ᄃᆡ 諸(정)佛(뿛)이 ᄆᆞᅀᆞ매 브터 解(갱)脫(ᇙ)을 得(득)ᄒᆞ시ᄂᆞ니

發(발)하여 검은 石壁(석벽) 아래 盟誓(맹서)하되, "(내가) 밝은 燈(등)이 되고, 生死(생사) 물결의 가운데에서 길이길이 배(舟)가 되리라."고 할 것이니라. 一切(일체)의 凡夫(범부)의 本性(본성)에 性(성)이 깨끗한 功德(공덕)이 갖추어져 있거늘, "이제 寶藏(보장)을 몰라서 艱難(간난)하고 외로우니, 이제 큰 願(원)으로 衆生(중생)에게 無上(무상)의 佛果(불과)를 주리라"고 盟誓(맹서)하되, "한 衆生(중생)이 나서 成佛(성불)을 못 하여 있으면, (내가) 끝내 涅槃(열반)을 아니 하리라."고 하라. ○"道(도)가 至極(지극)한 것을 이른 것이 菩提(보리)이니, 무엇으로 道(도)를 삼으랴?" 對答(대답)하되, "諸佛(제불)이 마음을 말미암아 解脫(해탈)을 得(득)하시나니,

發벓ᄒᆞ야 거믄[50] 石쎡辟벽 아래 盟몡誓쎼ᄒᆞ되[51] 블근 燈듕이 ᄃᆞ외오 生ᄉᆡᆼ死ᄉᆞᆼ ᄆᆞᆯ
겴[52] 가온ᄃᆡ 기리[53] 비[54] ᄃᆞ외요리라[55] ᄒᇙ[56] 디니라[57] 一힔切쳉 凡뻠夫붕와 本본性
셩에 性셩 조ᄒᆞᆫ 功공德득이 ᄀᆞᆺ거늘[58] 이제 寶봏藏짱[59]을 몰라 艱간難난ᄒᆞ고[60] 외ᄅᆞ
비니[61] 이제 큰 願원으로 衆즁生ᄉᆡᆼ올[62] 無뭉上썅 佛뿛果광[63]를 주리라 盟몡誓쎼ᄒᆞ되
ᄒᆞᆫ 衆즁生ᄉᆡᆼ이 나 成쎵佛뿛 몯 ᄒᆞ야 이시면 乃냉終즁내[64] 涅녎槃빤 아니 호리라 ᄒᆞ
라 ○ 道뚕이 至징極끅ᄒᆞᆫ 거슬 닐온[65] 菩뽕提똉니[66] 므스거스로[67] 道뚕ᄅᆞᆯ 사ᄆᆞ료[68]
對됭答답ᄒᆞ되 諸졍佛뿛이 므ᅀᆞᄆᆞᆯ 브터[69] 解갱脱뢇ᄋᆞᆯ 得득ᄒᆞ시ᄂᆞ니

---

50) 거믄: 검(검다, 黑)- + -Ø(현시)- + -은(관전)

51) 盟誓ᄒᆞ되: 盟誓ᄒᆞ[← 盟誓ᄒᆞ다(맹세하다): 盟誓(맹서) + -ᄒᆞ(동접)-]- + -오되(-되: 연어, 설명 계속)

52) ᄆᆞᆯ겴: [물결, 波: 믈(물, 水) + -ㅅ(관전, 사잇) + 결(결, 紋)] + -ㅅ(-의: 관조)

53) 기리: 기리[길이, 永(부사): 길(길다, 長: 형사)- + -이(부접)] + -Ø(← -이: 주조) ※ '길이'는 '오랜 세월이 지나도록'의 뜻으로 쓰였다.

54) 비: 비(배, 舟) + -Ø(← -이: 보조)

55) ᄃᆞ외요리라: ᄃᆞ외(되다, 爲)- + -요(← -오-: 화자)- + -리(미시)- + -라(← -다: 평종)

56) ᄒᇙ: ᄒᆞ(← ᄒᆞ다: 하다, 說)- + -오(대상)- + -ㅭ(관전)

57) 디니라: ᄃᆞ(← ᄃᆞ: 것, 의명) + -이(서조)- + -Ø(현시)- + -니(원칙)- + -라(← -다: 평종)

58) ᄀᆞᆺ거늘: ᄀᆞᆺ(← ᄀᆞᆺ다: 갖추어져 있다, 具)- + -거늘(연어, 상황)

59) 寶藏: 보장. 부처의 미묘한 교법을 보배 창고에 비유하여 이르는 말이다.

60) 艱難ᄒᆞ고: 艱難ᄒᆞ[간난하다, 어려운 상태이다: 艱難(간난: 명사) + -ᄒᆞ(형접)-]- + -고(연어, 나열)

61) 외ᄅᆞ비니: 외ᄅᆞ비[외롭다, 孤: 외(외, 孤: 관사) + -ᄅᆞ비(← -ᄅᆞᆸ-: 형접)-]- + -니(연어, 설명 계속)

62) 衆生올: 衆生(중생) + -올(목조, 보조사적 용법, 의미상 부사격)

63) 佛果: 불과. 불도를 닦아 이르는 부처의 지위이다.

64) 乃終내: [끝내(부사): 乃終(내종, 끝: 명사) + -내(부접)]

65) 닐온: 닐(← 니ᄅᆞ다: 이르다, 說)- + -Ø(과시)- + -오(대상)- + -ㄴ(관전, 명사적 용법) ※ '닐온' 관형사형 전성 어미의 명사적 용법으로 쓰였으므로, '이른 것이'로 의역하여 옮긴다.

66) 菩提니: 菩提(보리) + -Ø(← -이-: 서조)- + -니(연어, 설명 계속)

67) 므스거스로: 므스것[무엇, 何(지대, 미지칭): 므스(무엇, 何: 관사, 지시) + 것(것, 者: 의명)] + -으로(부조, 방편)

68) 사ᄆᆞ료: 삼(삼다, 爲)- + -ᄋᆞ리(미시)- + -오(-느냐: 의종, 설명)

69) 브터: 븥(붙다, 말미암다, 由)- + -어(연어)

무
슷
이
淸
쳥
淨
쪙
ᄒ
야
일
후
미
無
뭉
垢
궁
ᆯ
ᄊ
ᅵ

無
뭉
垢
궁
ᄂ
ᄂ
ᆫ
ᄠ
ᅢ
업
슬
ᄊ
ᅵ
라

五
ᅌᅩ
道
뚱
ᅵ
조
ᄒ
야
色
ᄉ
ᅵᆨ
ᄋ
ᆯ
受
ᄊ
ᅭ
ᇢ
티
아
니
ᄒ
ᄂ
ᄂ
ᆫ
ᅵ
이
ᄅ
ᆯ
알
면
大
땡
道
똘
ᄅ
ᆯ
일
우
리
니
ᄆ
ᄉ
ᆫ
이
럴
ᄊ
ᅵ
ᄆ
ᄉ
ᄆ
ᄅ
로
大
땡
道
똘
ᄅ
ᆯ
삼
ᄂ
ᄂ
ᆫ
이
라
니
ᄆ
ᅀᆞᄆ
ᄋ
ᆫ
自
ᄍ
ᅙᅵᆼ
性
ᄊ
ᅧᆼ
이
니

그
體
톙
ᄂ
ᆫ
ᄆ
ᆰ
고
寂
젹
寂
젹
ᄒ
고
그
性
ᄊ
ᅧᆼ
ᄋ
ᆫ
靈
령
히
비
취
여
일
훔
업
스
며
相
샹
업
스
며

有
ᅌᅮᇢ
업
스
며
無
뭉
업
서
ᄆ
ᅀᆞ
ᄆ
ᄋ
로
ᄡ
리
ᅀ
ᆯ
ᄆ
ᅩᆮ
ᄒ
며
이
브
로
議
의
論
론
ᄋ
ᆯ
ᄆ
ᅩᆮ
ᄒ
ᄃ
로

第
똉
一
ᅙᅵᇙ
義
ᅌᅴ
諦
뎽
라
일
ᄏ
ᆮ
ᄂ
니
라
〇
무
로
디
菩
뽕
提
똉
ᄂ
ᆫ
모
ᄆ
로
得
득
디
ᄆ
ᅩᆮ
ᄒ
며

마음이 淸淨(청정)하여 이름이 無垢(무구)이므로

　　無垢(무구)는 때가 없는 것이다.

五道(오도)가 깨끗하여 色(색)을 受(수)하지 아니하나니, 이를 알면 大道(대도)를 이루겠으니, 이러므로 道(도)를 삼나니 마음은 自性(자성)이다. 그 體(체)는 맑고 고요하고, 그 性(성)은 靈(영)히 비취어 이름이 없으며 相(상)이 없으며 有(유)가 없으며 無(무)가 없어, 마음으로 생각을 못 하며 입으로 議論(의논)을 못 하되, 기려서 第一義諦(제일의제)이라고 일컫느니라. 묻되 "菩提(보리)는 몸으로 得(득)하지 못하며

ᄆᅀᅳ미[70] 淸_쳥淨_쪙ᄒᆞ야 일후미 無_뭉垢_귷ᆯ씨[71]

　無_뭉垢_귷ᄂᆞᆫ ᄣᅵ[72] 업슬 씨라

五_옹道_똫ㅣ 조ᄒᆞ야[73] 色_식[74]ᄋᆞᆯ 受_쓯티[75] 아니ᄒᆞᄂᆞ니 이ᄅᆞᆯ 알면 大_땡道_똫ᄅᆞᆯ 일우리니[76] 이럴씨[77] ᄆᆞᅀᆞᄆᆞ로 道_똫ᄅᆞᆯ 삼ᄂᆞ니[78] ᄆᆞᅀᆞᆷ 自_쭝性_셩[79] 淸_쳥淨_쪙心_심이라[80] 그 體_텡ᄂᆞᆫ ᄆᆞᆰ고 괴외ᄒᆞ고 그 性_셩은 靈_령히[81] 비취여 일훔 업스며 相_샹 업스며 有_{ᅀᅮᇢ} 업스며 無_뭉 업서 ᄆᆞᅀᆞᄆᆞ로 ᄉᆞ랑[82] 몯 ᄒᆞ며 이브로[83] 議_읭論_론 몯 호ᄃᆡ 기려[84] 第_똉一_{ᅵᇙ}義_읭諦_뎅라[85] 일ᄏᆞᄂᆞ니라[86] 무로ᄃᆡ[87] 菩_뽕提_똉ᄂᆞᆫ 모ᄆᆞ로 得_득디[88] 몯ᄒᆞ며

---

70) ᄆᆞᅀᆞ미: ᄆᆞᅀᆞᆷ(마음, 心) + -이(주조)

71) 無垢ᆯ씨: 無垢(무구) + -ㅣ(← -이-: 서조) + -ㄹ씨(-므로: 연어, 원인) ※ '無垢(무구)'는 때가 없는 것이다.

72) ᄣᅵ: ᄣᅵ(때, 垢, 구) + -∅(← -이: 주조)

73) 조ᄒᆞ야: 조ᄒᆞ(맑다, 깨끗하다, 淨)- + -야(← -아: 연어)

74) 色: 색. 물질적인 형체가 있는 모든 존재이다.

75) 受티: 受ᄒᆞ[← 受ᄒᆞ다(수하다, 받다): 受(수: 불어) + -ᄒᆞ(동접)-]- + -디(-지: 연어, 부정)

76) 일우리니: 일우[이루다, 成: 일(이루어지다, 成: 자동)- + -우(사접)-]- + -리(미시)- + -니(연어, 설명 계속)

77) 이럴씨: [이러므로, 如是(부사): 이러(이러: 불어) + -∅(← -ᄒᆞ-: 형접)- + -ㄹ씨(-므로: 연어 ▷부접)]

78) 삼ᄂᆞ니: 삼(삼다, 爲)- + -ᄂᆞ(현시)- + -니(연어, 설명 계속)

79) 自性: 자성. 모든 법(法)이 갖추고 있는, 변하지 않는 본성이다.

80) 淸淨心이라: 淸淨心(청정심) + -이(서조)- + -라(← -다: 평종) ※ '淸淨心(청정심)'은 망념과 집착을 버린 맑고 깨끗한 마음이다.

81) 靈히: [영히, 신령스럽게(부사): 靈(영) + -ᄒᆞ(← -ᄒᆞ-: 형접)- + -이(부접)]

82) ᄉᆞ랑: 생각, 思.

83) 이브로: 입(입, 口) + -으로(부조, 방편)

84) 기려: 기리(기리다, 稱)- + -어(연어)

85) 第一義諦: 제일의제. 제일의의 진리이다. 涅槃(열반)·眞如(진여)·實相(실상)·中道(중도) 따위의 진리를 이른다.

86) 일ᄏᆞᄂᆞ니라: 일ᄏᆞᆮ(일컫다, 칭찬하다, 稱)- + -ᄂᆞ(현시)- + -니(원칙)- + -라(← -다: 평종)

87) 무로ᄃᆡ: 물(← 묻다, ㄷ불: 묻다, 問)- + -오ᄃᆡ(-되: 연어, 설명 계속)

88) 得디: 得ᄒᆞ[← 得ᄒᆞ다(득하다, 얻다): 得(득: 불어) + -ᄒᆞ(동접)-]- + -디(-지: 연어, 부정)

ᄒᆞ며 ᄆᆞᅀᆞ모로 得득디 몯ᄒᆞ거늘 엇뎨
ᄆᆞᅀᆞ모로 道똠ᄅᆞᆯ 사ᄆᆞ뇨 對됭答답호ᄃᆡ
몸과 ᄆᆞᅀᆞ모로 道똠 아디 몯호ᄆᆞᆫ 나모
플ᄀᆞᆮ티 아로미 업고 ᄆᆞᅀᆞᆷ 섭섭ᄒᆞ야 諸정佛
眞진實씷 아니ᄒᆞ야 眞진實씷 아니ᄒᆞ거니와 그러나 衆즁生싱ᄋᆡ 心심行ᅘᆡᆼ
뽈解갱脫ᇙᄒᆞᆫ 衆즁生싱ᄋᆡ 心심行ᅘᆡᆼ
ᄉᆞ가온ᄃᆡ 求꿀홀디니 ᄎᆞ 버므리고 몰홀 씨라
凡뻠夫붕ㅣ ᄆᆞᅀᆞᆷ 根근源원을 모ᄅᆞᆯ ᄊᆡ
妄망念념을 졷ᄂᆞ니 能능히 妄망念념
에 性셩 뷘ᄃᆞᆯ ᄉᆞᄆᆞᆺ 비취면 大땡道똠 念념
아다 ᄒᆞ리라 ○ 金금色ᄉᆡᆨ女녕ㅣ 文문
殊쓩ㅣ 문ᄌ며 무스기 道똠ㅣ라 ᄒᆞᇿ

마음으로 得(득)하지 못하거늘 어찌 마음으로 道(도)을 삼았느냐?"(고 하니), 對答(대답)하되 "몸과 마음으로 (도를) 못 아는 것은, 몸은 나무와 풀같이 아는 것이 없고 마음은 부실(不實)하여 眞實(진실)하지 못하거니와, 그러나 諸佛(제불)의 解脫(해탈)은 衆生(중생)의 心行(심행)의 가운데에서 求(구)할 것이니, (이것은 마치) 물을 求(구)하되 얼음을 버리고 (구하지) 못하듯 하니, (날씨가) 추워서 물이 얼어 있다가 더우면 녹아 물이 되느니라. 凡夫(범부)가 마음의 根源(근원)을 모르므로 妄念(망념)을 좇나니, 能(능)히 妄念(망념)에 性(성)이 빈 것을 꿰뚫어 비추면 '大道(대도)를 알았다.'고 하리라." ○ 金色女(금색녀)가 文殊(문수)께 묻되, "무엇을 道(도)이라 합니까?"

므스므로 得_득디 몯ᄒ거늘 엇뎨⁸⁹⁾ 므스므로 道_{ᄃᆞᆶ}ᄅᆞᆯ 사ᄆᆞ뇨⁹⁰⁾ 對_됭答_답호ᄃᆡ 몸과 ᄆᆞᅀᆞᆷ과로⁹¹⁾ 몬 아로ᄆᆞᆫ⁹²⁾ 모ᄆᆞᆫ 나모 플⁹³⁾ ᄀᆞ티⁹⁴⁾ 아로미 업고 ᄆᆞᅀᆞᆷ 섭섭ᄒᆞ야⁹⁵⁾ 眞_진實_씷티 몯거니와⁹⁶⁾ 그러나 諸_졍佛_뿛 解_갱脫_ᄒᄋᆞᆫ 衆_즁生_{ᄉᆡᆼ}이 心_심行_{ᅘᅵᆼ}ㅅ⁹⁷⁾ 가온ᄃᆡ 求_꿇호ᇙ⁹⁸⁾ 디니⁹⁹⁾ 므를¹⁾ 求_꿇호ᄃᆡ 어름²⁾ ᄇᆞ리고 몯 ᄒ듯 ᄒᆞ니 치ᄫᅥ³⁾ 므리 어렛다가⁴⁾ 더ᄫᅳ면⁵⁾ 노가 므리 ᄃᆞ외ᄂᆞ니라 凡_뻠夫_붕ㅣ ᄆᆞ슴 根_곤源_원을 모ᄅᆞᆯᄊᆡ 妄_망念_념⁶⁾을 좃ᄂᆞ니⁷⁾ 能_능히 妄_망念_념에 性_셩 뷘 ᄃᆞᆯ⁸⁾ ᄉᆞᄆᆞᆺ 비취면 大_땡道_{ᄃᆞᆶ}ᄅᆞᆯ 아다⁹⁾ ᄒᆞ리라 ○ 金_금色_{ᄉᆡᆨ}女_녕ㅣ 文_문殊_쓩ᄭᅴ¹⁰⁾ 묻ᄌᆞᄫᅩᄃᆡ¹¹⁾ 므스글¹²⁾ 道_{ᄃᆞᆶ}ㅣ라 ᄒᆞᄂᆞ니잇고¹³⁾

---

89) 엇뎨: 어찌, 何(부사)

90) 사ᄆᆞ뇨: 삼(삼다, 爲)- + -Ø(과시)- + -ᄋᆞ뇨(-ᄂᆞ냐: 의종, 설명)

91) ᄆᆞᅀᆞᆷ과로: ᄆᆞᅀᆞᆷ(마음, 心) + -과(접조) + -로(부조, 방편)

92) 아로ᄆᆞᆫ: 알(알다, 知)- + -옴(명전) + -ᄋᆞᆫ(보조사, 주제)

93) 플: 풀, 草.

94) ᄀᆞ티: [같이, 如(부사): ᄀᆞᇀ(← ᄀᆞᇀᄒᆞ다: 같다, 如)- + -이(부접)]

95) 섭섭ᄒᆞ야: 섭섭ᄒᆞ[부실하다, 不實: 섭섭(부실: 불어) + -ᄒᆞ(형접)-]- + -야(←-아: 연어)

96) 몯거니와: 몯[몯ᄒᆞ다(못하다, 不能): 몯(못: 부사, 부정) + -ᄒᆞ(동접)-]- + -거니와(연어, 인정 대조)

97) 心行ㅅ: 心行(심행) + -ㅅ(-의: 관조) ※ '心行(심행)'은 마음의 작용이다.

98) 求호ᇙ: 求ᄒᆞ[← 求ᄒᆞ다(구하다): 求(구: 불어) + -ᄒᆞ(동접)-]- + -오(대상)- + -ᇙ(관전)

99) 디니: ᄃ(← ᄃᆞ: 것, 의명) + -이(서조)- + -니(연어, 설명 계속)

1) 므를: 믈(물, 水) + -을(목조)

2) 어름: [얼음, 氷: 얼(얼다, 氷)- + -음(명접)]

3) 치ᄫᅥ: 칩(← 칩다, ㅂ불: 춥다, 寒)- + -어(연어)

4) 어렛다가: 얼(얼다, 氷)- + -어(연어) + 잇(← 이시다: 보용, 완료 지속)- + -다가(연어, 전환)

5) 더ᄫᅳ면: 덯(← 덥다, ㅂ불: 덥다, 暑)- + -으면(연어, 조건)

6) 妄念: 망념. 이치에 맞지 아니한 망령된 생각을 하는 것이다.

7) 좃ᄂᆞ니: 좃(← 좇다: 좇다, 從)- + -ᄂᆞ(현시)- + -니(연어, 설명 계속)

8) 뷘 ᄃᆞᆯ: 뷔(비다, 空)- + -Ø(현시)- + -ㄴ(관전) # ᄃᆞ(것: 의명) + -ㄹ(목조)

9) 아다: 아(← 알다: 알다, 知)- + -Ø(과시)- + -다(평종)

10) 文殊ᄭᅴ: 文殊(문수) + -ᄭᅴ(-께: 부조, 상대, 높임)

11) 묻ᄌᆞᄫᅩᄃᆡ: 묻(묻다, 問)- + -ᄌᆞᇦ(← -ᄌᆞᆸ-: 객높)- + -오ᄃᆡ(-되: 연어, 설명 계속)

12) 므스글: 므슥(무엇, 何: 지대, 미지칭) + -을(목조)

13) ᄒᆞᄂᆞ니잇고: ᄒᆞ(하다, 謂)- + -ᄂᆞ(현시)- + -잇(←-이-: 상높, 아주 높임)- + -니…고(의종, 설명)

느니잇고 對됭答답ᄒᆞ샤ᄃᆡ 네 곧 道똫ㅣ
라 ᄒᆞ시고 喜횡根곤이 ᄉᆞᆲ오ᄃᆡ 婬음欲욕
이 卽즉 是씽 道똫ㅣ오 恚횡癡팅 亦역
復뽕然ᅀᅧᆫᄒᆞ니 如ᅀᅧ此ᄎᆞ 三삼事쏭 中듕
에 無뭉量량 諸졍佛뿛
道똫ㅣ라 ᄒᆞ니 婬음欲욕이 곧 이
道똫ㅣ오 恚횡癡
라 ᄒᆞ니라 佛뿛ㅅ
道똫ㅣ오 諸졍佛뿛ㅅ
업슨 諸졍佛뿛
道똫ㅣ라 ᄒᆞ니
이제 묻ᄌᆞ보ᄃᆡ 婬음欲욕은 더럽고 佛
道똫ᄂᆞᆫ 조커시니 엇뎨 더러본 일
샤ᄃᆡ 婬음怒농癡팅의 양ᄌᆞᆯ
조ᄒᆞᆫ 道똫ㅣ라 ᄒᆞ리잇고 對됭答답ᄒᆞ

對答(대답)하시되, "네가 곧 道(도)이다." 또 喜根(희근)이 사뢰되 "淫欲(음욕)이 即(즉) 是(시) 道(도)이요 恚(에)·癡(치)가 亦(역) 復然(복연)하니, 如此(여차) 三事(삼사) 中(중)에 無量(무량) 諸佛道(제불도)이라 하니, 淫欲(음욕)이 곧 이 道(도)이요 恚(에)와 癡(치)가 또 그러하니 이 세 일의 가운데에 그지없는 諸佛(제불)의 道(도)이가 있다고 하니, 이제 묻되 淫欲(음욕)은 더럽고 佛道(불도)는 깨끗하시니 어찌 더러운 일을 깨끗한 道(도)이라고 하겠습니까?" (문수가) 對答(대답)하시되 "淫(음)·怒(노)·癡(치)의 모습이 물에 있는 달과 같음을

對됭答답ᄒᆞ샤ᄃᆡ 네[14] 곧 道똘ㅣ라[15] ᄯᅩ[16] 喜힁根ᄀᆞᆫ[17]이 ᄉᆞᆲ보ᄃᆡ[18] 婬음欲욕이 卽즉[19] 是씽[20] 道똘ㅣ오[21] 恚휑[22] 癡팅[23] 亦역 復뿧然션ᄒᆞ니[24] 如셩此충[25] 三삼事ᄊᆞᆼ 中듕에 無뭉量량 諸정佛뿛 道똘ㅣ라 ᄒᆞ니 婬음欲욕이 곧 이 道똘ㅣ오 恚휑 癡팅 ᄯᅩ 그러ᄒᆞ니 이 세 잃 가온ᄃᆡ 그지업슨[26] 諸정佛뿛ㅅ 道똘ㅣ라[27] ᄒᆞ니 이제[28] 묻ᄌᆞᄫᆞᄃᆡ 婬음欲욕은 더럽고 佛뿛道똘ᄂᆞᆫ 조커시니[29] 엇뎨[30] 더러ᄫᆞᆫ 이ᄅᆞᆯ 조ᄒᆞᆫ 道똘ㅣ라 ᄒᆞ리잇고[31] 對됭答답ᄒᆞ샤ᄃᆡ 婬음 怒농 癡팅의 양ᄌᆡ[32] 므렛[33] ᄃᆞᆯ[34] ᄀᆞᆮ호몰[35]

---

14) 네: 너(너, 汝: 인대, 2인칭)- + -ㅣ(←-이: 주조)

15) 道ㅣ라: 道(도) + -ㅣ(←-이-: 서조)- + -Ø(현시)- + -라(←-다: 평종)

16) ᄯᅩ: 또, 又(부사)

17) 喜根: 희근. 인명.

18) ᄉᆞᆲ보ᄃᆡ: 숣(← 숣다, ㅂ불: 사뢰다, 奏)- + -오ᄃᆡ(-되: 연어, 설명 계속)

19) 卽是: 곧(부사)

20) 是: 이(관사, 지시)

21) 道ㅣ오: 道(도) + -ㅣ(←-이-: 서조)- + -오(←-고: 연어, 나열)

22) 恚: 에. '성냄'이다.

23) 癡: 癡(치) + -Ø(←-이: 주조) ※ '癡(치)'는 '어리석음'이다.

24) 復然ᄒᆞ니: 復然ᄒᆞ[복연하다: 復然(복연) + -ᄒᆞ(형접)-]- + -니(연어, 설명 계속) ※ '復然(복연)'은 '다시 그러하다'의 뜻으로 쓰이는 말이다.

25) 如此: 이와 같다.

26) 그지업슨: 그지없[그지업다, 無量: 그지(한다, 限사) + 없(없다, 無)-]- + -Ø(현시)- + -은(관전)

27) 道ㅣ라: 道(도) + -ㅣ(←-이-: 서조)- + -Ø(현시)- + -라(평종) ※ '道ㅣ라'는 문맥을 감안하면 '道ㅣ 이시ᄂᆞ다(도가 있다)'로 표현되어야 한다.

28) 이제: [이제, 今(부사): 이(이, 是: 관사) + 제(제, 때, 時: 의명)] ※ '제'는 [적(적, 時: 의명) + -의(부조, 위치)]의 방식으로 형성된 파생 명사이다.

29) 조커시니: 좋(깨끗하다, 淨)- + -거(확인)- + -시(주높)- + -니(연어, 설명 계속)

30) 엇뎨: 어찌, 何(부사)

31) ᄒᆞ리잇고: ᄒᆞ(하다, 謂)- + -리(미시)- + -잇(←-이-: 상높, 아주 높임)- + -고(-ᄂᆞ냐: 의종)

32) 양ᄌᆡ: 양ᄌᆞ(모습, 樣姿) + -ㅣ(←-이: 주조)

33) 므렛: 믈(물, 水) + -에(부조, 위치) + -ㅅ(-의: 관조) ※ '므렛'은 '물에 있는'으로 의역하여 옮긴다.

34) ᄃᆞᆯ: 달, 月.

35) ᄀᆞᆮ호몰: ᄀᆞᆮᄒᆞ(← ᄀᆞᆮᄒᆞ다: 같다, 如)- + -옴(명전) + -ᄋᆞᆯ(목조)

호물 보아 더러 버며 조호 體뎅性셩이
虛헝空콩 곧호몰 스뭇 아라 順쓘호
물 맛나도 著땨호미 업스며 거스른일
나도 怒농티 아니호야 구즌 境경界갱
예 解갱脱퇋門몬을 得득호야사 非빙
道뚱를 行혱호야도 佛뿛道뚱
達땛호리니 이 일후미 無뭉碍애人신
이라 호 道뚱ㅣ 生싱死ᄉᆡ 나미라
다가 凡뻠夫붕의 보물 니르 와드면 地띵
땅獄옥業업이 이러리니 더본 쇠 곧호야
자브면 반드기 소늘 스리니 이 고티
논 일 업수미 일후미 道뚱人신이라
第똉十씹 大땡願원은 내 來링世솅예

보아 더러우며 깨끗한 體性(체성)이 虛空(허공) 같음을 사뭇 알아서, 順(순)한
일을 만나도 著(착)함이 없으며 거스른 일을 만나도 怒(노)하지 아니하여, 궂은
境界(경계)에 解脫門(해탈문)을 得(득)하여야 非道(비도)를 行(행)하여도 佛道
(불도)에 通達(통달)하겠으니, 이 (경지의) 이름이 無碍人(무애인)이다. (이는)
한 (가지의) 道(도)가 生死(생사)에 난 것이다. 만일 凡夫(범부)가 봄(見)을 일으
키면 地獄業(지옥업)이 이루어지겠으니, (지옥업은) 더운 쇠와 같아서 잡으면
반드시 손을 (불)살겠으니, 이와 같이 하는 일이 없는 것이 이름이 道人(도인)
이다. 】 第十(제십)의 大願(대원)은 내가 來世(내세)에

보아 더러ᄫᅳ며³⁶⁾ 조ᄒᆞᆫ 體ᄐᆘ性ᄉᆞᆼ³⁷⁾이 虛헝空콩 ᄀᆞᆮ호ᄆᆞᆯ ᄉᆞᄆᆞᆺ 아라 順ᄊᆔᆫ호 이를³⁸⁾ 맛

나도³⁹⁾ 著땩홈⁴⁰⁾ 업스며 거슬ᄩᅳᆫ⁴¹⁾ 일 맛나도 怒농티⁴²⁾ 아니ᄒᆞ야 구즌 境경界갱⁴³⁾

예 解갱脱ᄠᅪᆶ門몬⁴⁴⁾을 得득ᄒᆞ야ᅀᅡ⁴⁵⁾ 非빙道ᄯᅟᅬᆼ를 行ᄒᆡᆼᄒᆞ야도 佛뿌ᇙ道ᄯᅟᅬᆼ애 通통達따ᇙᄒᆞ리

니 이 일후미 無뭉碍ᅌᅢᆼ人ᅀᅵᆫ이라⁴⁶⁾ ᄒᆞᆫ 道ᄯᅟᅬᆼㅣ 生ᄉᆡᆼ死ᄉᆞᆼ애 나미라⁴⁷⁾ ᄒᆞ다가 凡뻠夫붕

의 ᄇᆞᄆᆞᆯ 니ᄅᆞ와ᄃᆞ면⁴⁸⁾ 地띵獄옥業업⁴⁹⁾이 일리니⁵⁰⁾ 더블 쇠⁵¹⁾ ᄀᆞᆮᄒᆞ야 자ᄇᆞ면 반ᄃᆞ

기⁵²⁾ 소ᄂᆞᆯ ᄉᆞ리니⁵³⁾ 이⁵⁴⁾ ᄀᆞ티 ᄒᆞᄂᆞᆫ⁵⁵⁾ 일 업수미 일후미 道ᄯᅟᅬᆼ人ᅀᅵᆫ이라 】 第똉十

씹大땡願원은 내 來ᄅᆡᆼ世솅예

---

36) 더러ᄫᅳ며: 더럽(←더럽다, ㅂ불: 더럽다, 汚)-+-으며(연어, 나열)

37) 體性: 체성. 사람이 본디부터 가진 성질이다(= 본성, 本性)

38) 이를: 일(일, 事)+-을(목조)

39) 맛나도: 맛나[만나다, 遇: 맛(←맞다: 맞다, 迎)-+나(나다, 出)-]-+-아도(연어, 양보)

40) 著홈: 著ᄒᆞ[←著ᄒᆞ다(착하다, 붙다): 著(착: 불어)+-ᄒᆞ(동접)-]-+-옴(명전)

41) 거슬ᄩᅳᆫ: 거슬ᄩᅳ[←거슬ᄯᅳ다(거스르다, 逆): 거슬(거슬다: 거스르다, 逆)-+-ᄠᅳ(강접)-]-+-Ø(과시)-+-ㄴ(관전)

42) 怒티: 怒ᄒᆞ[←怒ᄒᆞ다(노하다): 怒(노: 불어)+-ᄒᆞ(동접)-]-+-디(-지: 연어, 부정)

43) 境界: 경계. 인과의 이치에 따라서 일상생활 속에서 부딪치게 되는 모든 일로서, 생로병사·희로애락·빈부귀천·시비이해 등과 같이 나와 관계되는 일체의 대상과 일을 말한다.

44) 解脫門: 해탈문. 열반에 들어가는 문인 세 가지 선정(禪定)을 통틀어 이르는 말이다. 해탈문에는 '공 해탈문, 무상 해탈문, 무작 해탈문'의 세 가지가 있다.

45) 得ᄒᆞ야ᅀᅡ: 得ᄒᆞ[득하다, 얻다: 得(득: 불어)+-ᄒᆞ(동접)-]-+-야ᅀᅡ(←-아ᅀᅡ: -아야, 연어, 필연적 조건)

46) 無碍人이라: 無碍人(무애인)+-이(서조)-+-Ø(현시)-+-라(←-다: 평종) ※ '無碍人(무애인)'은 모든 바깥 경계에 장애되지 않고 자유로운 사람이다. 부처님의 덕호(德號)이기도 하다.

47) 나미라: 나(나다, 出)-+-ㅁ(←-옴: 명전)+-이(서조)-+-Ø(현시)-+-라(←-다: 평종)

48) 니ᄅᆞ와ᄃᆞ면: 니ᄅᆞ완[일으키다, 起: 닐(일다, 일어나다, 起)-+-ᄋᆞ(사접)-+-완(강접)-]-+-ᄋᆞ면(연어, 조건)

49) 地獄業: 지옥업. 지옥에 떨어질 업(業)을 짓은 일이다.

50) 일리니: 일(일다, 이루어지다, 成)-+-리(미시)-+-니(연어, 설명 계속0

51) 쇠: 쇠(쇠, 鐵)+-Ø(←-이: 부조, 비교)

52) 반ᄃᆞ기: [반드시, 必(부사): 반ᄃᆞᆨ(반듯: 불어)+-이(부접)]

53) ᄉᆞ리니: ᄉᆞᆯ(사르다, 燒)-+-리(미시)-+-니(연어, 설명 계속)

54) 이: 이(이, 此: 지대, 정칭)+-Ø(←-이: 부조, 비교)

55) ᄒᆞᄂᆞᆫ: ᄒᆞ(하다, 爲)-+-ㄴ(←-ᄂᆞ-: 현시)-+-오(대상)-+-ㄴ(관전)

菩提(보리)를 得(득)한 時節(시절)에, 만일 有情(유정)이 나라의 法(법)에 잡
히어 매여 매를 맞아 獄(옥)에 가두는 것을 당하거나【獄(옥)은 사람을 가
두는 곳이다. 】罪(죄)를 입을 때이거나 다른 그지없는 어려운 일이 닥치
여 있거든, 내 이름을 들으면 내 福德(복덕)과 威神力(위신력)으로 一切(일
체)의 受苦(수고)를 다 벗어나게

菩_뽕提_똉 得_득혼 時_씽節_졇에 ᄒ다가 有_울情_쪙이 나랏 法_법에 자피여⁵⁶⁾ 미여⁵⁷⁾ 매⁵⁸⁾ 마자 獄_옥애 가도이거나⁵⁹⁾ 【獄_옥은 사ᄅᆞᆷ 가도ᄂᆞᆫ⁶⁰⁾ 싸히라⁶¹⁾】 罪_쬥 니블⁶²⁾ ᄆᆞᄃᆡ어나⁶³⁾ 녀나ᄆᆞᆫ⁶⁴⁾ 그지업슨⁶⁵⁾ 어려ᄫᅳᆫ⁶⁶⁾ 이리 다와댓거든⁶⁷⁾ 내 일후믈 드르면 내 福_복德_득⁶⁸⁾ 威_휭神_씬力_륵⁶⁹⁾으로 一_{ᅙᅵᆶ}切_쳉 受_쓩苦_콩ᄅᆞᆯ 다 버서나긔⁷⁰⁾

---

56) 자피여: 잡피[잡히다, 錄: 잡(잡다, 捕)- + -히(피접)-]- + -여(← -어: 연어)

57) 미여: 미이[매이다, 縛: 미(매다)- + -이(피접)-]- + -어(연어)

58) 매: 매. 鞭撻.

59) 가도이거나: 가도이[가두는 것을 당하다, 閉: 간(걷다, 收)- + -오(사접)- + -이(피접)-]- + -거나(연어, 선택)

60) 가도ᄂᆞᆫ: 가도[가두다, 閉: 간(걷다, 收)- + -오(사접)-]- + -ᄂᆞ(현시)- + -ㄴ(관전)

61) 싸히라: 싸ᅙᅵ(곳, 處)- + -이(서조)- + -Ø(현시)- + -라(← -다: 평종)

62) 니블: 닙(입다, 當)- + -을(관전)

63) ᄆᆞᄃᆡ어나: ᄆᆞᄃᆡ(마디, 때, 時) + -Ø(← -이-: 서조)- + -어나(← -거나: 연어, 선택)

64) 녀나ᄆᆞᆫ: [그 밖의, 다른, 餘(관사): 녀(← 녀느, 他: 관사) + 남(남다, 餘)- + -ᄋᆞᆫ(관전 ▷ 관접)]

65) 그지업슨: 그지없[그지업다, 한없다, 無量: 그지(한도, 量) + 없(없다, 無)-]- + -Ø(현시)- + -은(관전)

66) 어려ᄫᅳᆫ: 어렵(← 어렵다, ㅂ불: 어렵다, 難)- + -Ø(현시)- + -은(관전)

67) 다와댓거든: 다완[(일이) 닥치다, 부딪다, 다그치다, 逼: 다(← 다ᄋ다: 다하다, 盡)- + -완(강접)-]- + -아(연어) + 잇(← 이시다: 있다, 보용, 완료 지속)- + -거든(연어, 조건) ※ '다와댓거든'은 '다와다 잇거든'이 축약된 형태이다.

68) 福德: 복덕. 선행의 과보(果報)로 받는 복스러운 공덕이다.

69) 威神力: 위신력. 불도(佛道)를 닦아 이르는 부처의 지위(地位)에 있는 존엄하고 헤아릴 수가 없는 불가사의한 힘이다.

70) 버서나긔: 버서나[벗어나다, 解脫: 벗(벗다, 脫)- + -어(연어) + 나(나다, 出)-]- + -긔(-게: 연어, 사동)

하리라. 第十一(제십일)의 大願(대원)은 내가 來世(내세)에 菩提(보리)를 得
(득)한 時節(시절)에, 만일 有情(유정)이 굶주려 밥을 얻고자 하여 모진 罪
(죄)를 지을 때에, 내 이름을 들어 잊지 아니하여 지니면 내가 먼저 좋은
飮食(음식)으로 배부르게

호리라⁷¹⁾ 第뗑十씹一힗 大땡願원은 내 來링世솅예 菩뽕提똉 得득혼 時씽節젏에 ᄒᆞ다가 有ᅀᅮᇢ情쪙이 주으려⁷²⁾ 밥 얻고져⁷³⁾ ᄒᆞ야 모딘 業업 지슬⁷⁴⁾ ᄆᆞ디예 내 일후믈 드러 닛디⁷⁵⁾ 아니ᄒᆞ야 디니면⁷⁶⁾ 내 몬져⁷⁷⁾ 됴혼 飮흠食씩ᄋᆞ로【飮흠은 마실 씨라】 빅브르긔⁷⁸⁾ ᄒᆞ고사⁷⁹⁾ 法법味밍⁸⁰⁾로 乃냉終즁⁸¹⁾에

---

71) 호리라: ᄒᆞ(← ᄒᆞ다: 하다, 爲)-+-오(화자)-+-리(미시)-+-라(←-다: 평종)

72) 주으려: 주으리(굶주리다, 飢)-+-어(연어)

73) 얻고져: 얻(얻다, 得)-+-고져(-고자: 연어, 의도)

74) 지슬: 짓(← 짓다, ㅅ불: 짓다, 造)-+-을(관전)

75) 닛디: 닛(← 닞다: 잊다, 忘)-+-디(-지: 연어, 부정)

76) 디니면: 디니(지니다, 持)-+-면(연어, 조건)

77) 몬져: 먼저, 先(부사)

78) 빅브르긔: 빅브르[배부르다, 飽: 빅(배, 腹)+브르(부르다, 飽)-]-+-긔(-게: 연어, 사동)

79) ᄒᆞ고사: ᄒᆞ(하다: 보용, 사동)-+-고(연어, 계기)+-사(보조사, 한정 강조)

80) 法味: 법미. 불법(佛法)의 묘미이다.

81) 乃終: 내중, 나중(명사)

便安(편안)하고 즐겁게 하여 세우리라. 【 法味(법미)는 法(법)의 맛이다. 】
第十二(제십이)의 大願(대원)은 내가 來世(내세)에 菩提(보리)를 得(득)한
時節(시절)에, 만일 有情(유정)이 옷이 없어 모기의 벌레며 더위와 추위로
괴로워하다가 내 이름을 들어 잊지 아니하여 지니면, 자기가 좋아하는
양(樣)으로 種種(종종)의 좋은

便뼌安한코[82] 즐겁긔[83] ᄒ야 셰요리라[84]【法법味밍ᄂᆞᆫ 法법 마시라[85]】 第똉十씹二ᅀᅵᆼ 大땡願원은 내 來ᄅᆡᆼ世솅예 菩뽕提똉 得득ᄒᆞᆫ 時씽節졇에 ᄒ다가 有ᅌᅳᆯ情쪙이 오시[86] 업서 모기[87] 벌에며[88] 더뷔[89] 치뷔로[90] 셜버ᄒ다가[91] 내 일후믈 드러 닛디[92] 아니ᄒ야 디니면[93] 제[94] 맛드논[95] 야ᅌᆞ로[96] 種죵種죵앳[97] 됴ᄒᆞᆫ

---

82) 便安코: 便安ᄒ[← 便安ᄒ다(편안하다): 便安(편안) + −ᄒ(형접)−]− + −고(연어, 나열)

83) 즐겁긔: 즐겁[즐겁다, 樂: 즑(즐거워하다: 동사)− + −업(형접)−]− + −긔(−게: 연어, 사동)

84) 셰요리라: 셰오[세우다. 建立: 셔(서다, 立) + −ㅣ(←−이−: 사접)−]− + −요(←−오−: 화자) + −리(미시)− + −라(←−다: 평종)

85) 마시라: 맛(맛, 味) + −이(서조)− + −Ø(현시) + −라(←−다: 평종)

86) 오시: 옷(옷, 衣服) + −이(주조)

87) 모기: 모기, 蚊.

88) 벌에며: 벌에(벌레, 蟲) + −며(←−이며: 접조)

89) 더뷔: [더위, 熱: 덯(← 덥다, ㅂ불: 덥다, 롬, 형사)− + −위(←−의: 명접)]

90) 치뷔로: 치뷔[추위, 寒: 덯(← 덥다, ㅂ불: 춥다, 限, 형사)− + −위(←−의: 명접)] + −로(조사, 방편, 원인)

91) 셜버ᄒ다가: 셜버ᄒ[서러워하다, 괴로워하다, 惱: 셟(← 셟다, ㅂ불: 서럽다, 哀)− + −어(연어) + ᄒ(하다: 보용)−]− + −다가(연어, 전환) ※ '셜버ᄒ다'는 문맥을 감안하여 '괴로워하다'로 옮긴다.

92) 닛디: 닛(← 잊다: 잊다, 忘)− + 디(−지: 연어, 부정)

93) 디니면: 디니(지니다, 持)− + −면(연어, 조건)

94) 제: 저(저, 자기, 其: 인대, 재귀칭) + −ㅣ(←−의: 관조, 의미상 주격)

95) 맛드논: 맛드(← 맛들다: 좋아하다, 好)− + −ㄴ(←−ᄂᆞ−: 현시)− + −오(대상)− + −ㄴ(관전)

96) 야ᅌᆞ로: 양(양, 모양, 樣: 의명, 흡사) + −ᅌᆞ로(조사, 방편)

97) 種種앳: 種種(종종, 여러 가지: 명사) + −애(−에: 부조, 위치) + −ㅅ(−의: 관조)

옷을 얻으며 또 보배로 꾸민 莊嚴(장엄)이며 花香(화향)과 기악(妓樂)을
마음대로 갖추어서 얻게 하리라."라고 하시더니, 文殊師利(문수사리)여,
저것이 藥師琉璃光如來(약사유리광여래)의 十二(십이)의 微妙(미묘)한 上願
(상원)이시니라. 【 上願(상원)은 으뜸가는 願(원)이다. 】 또 文殊師利(문수사
리)여, 저 藥師琉璃光如來(약사유리광여래)가

보비옛⁹⁸⁾ 莊_쟝嚴_엄이며⁹⁹⁾ 花_황香_향¹⁾ 伎_끵樂_악²⁾을 ᄆᆞᅀᆞᆷ 조초³⁾ ᄀᆞ초⁴⁾ 얼
긔 호리라 ᄒᆞ더시니⁵⁾ 文_문殊_쓩師_{ᄉᆞᆼ}利_링여⁶⁾ 뎌⁷⁾ 藥_약師_{ᄉᆞᆼ}瑠_률璃_링光_광如
_{ᅀᅧᆼ}來_링⁸⁾ㅅ 十_씹二_{ᅀᅵᆼ} 微_밍妙_묠 上_쌍願_원이시니라⁹⁾【上_쌍願_원은 위두ᄒᆞᆫ¹⁰⁾ 願
_원이라】 ᄯᅩ 文_문殊_쓩師_{ᄉᆞᆼ}利_링여 뎌 藥_약師_{ᄉᆞᆼ}瑠_률璃_링光_광如_{ᅀᅧᆼ}來_링¹¹⁾

---

98) 보비옛: 보비(보배, 寶) + -예(←-에: 부조, 위치) + -ㅅ(-의: 관조) ※ '보비옛'는 '보배로 꾸
민'으로 의역하여 옮긴다.

99) 莊嚴: 장엄. 보관(寶冠), 칠보(七寶), 연화(蓮花) 등으로 불도량(佛道場)을 장식하는 일이다.

1) 花香: 화향. 불전(佛殿)에 올리는 꽃과 향이다.

2) 伎樂: 기악. 재주(才)와 풍류를 아울러 이르는 말이다.

3) 조초: [조차, 따라, 從(부사): 좇(좇다, 따르다, 隨: 동사)- + -오(부접)] ※ 'ᄆᆞᅀᆞᆷ 조초'는 '마음
대로'로 의역하여서 옮긴다.

4) ᄀᆞ초: [갖추, 고루 있는 대로, 皆(부사): ᄀᆞᆽ(갖추어져 있다, 具: 형사)- + -호(사접)- + -Ø(부접)]

5) ᄒᆞ더시니: ᄒᆞ(하다, 曰)- + -더(회상)- + -시(주높)- + -니(연어, 설명 계속)

6) 文殊師利여: 文殊師利(문수사리) + -여(호조, 예사 높임) ※ '文殊師利(문수사리, Manjusri)'는
사보살(四菩薩) 중의 하나이다. 제불(諸佛)의 지혜를 맡은 보살로, 부처의 오른쪽에 있는 보현
보살과 함께 삼존불(三尊佛)을 이룬다. 그 모양이 가지각색이나 보통 사자를 타고 오른손에 지
검(智劍), 왼손에 연꽃을 들고 있다.

7) 뎌: 뎌(저, 彼: 지대, 정칭) + -Ø(←-이: 주조) ※ 〈약사유리광여래 본원공덕경〉의 한문본에는
'뎌'가 '是'로 되어 있다. 따라서 석보상절의 '뎌'는 '이'를 오기한 것으로 보인다.

8) 藥師瑠璃光如來: 약사유리광여래. 열두 가지 서원(誓願)을 세워 중생(衆生)의 질병(疾病)을 구
제(驅除)하고 수명(壽命) 연장(延長), 재화(財貨) 소멸(消滅), 의식(儀式)의 만족(滿足)을 준다는
부처이다. 큰 연꽃 위에서 왼손에 약병을 들고, 오른손으로 시무외인(施無畏印)을 맺은 형상
(形狀)을 하고 있다. ※ '시무외인(施無畏印)'은 부처가 중생의 두려움을 없애 주기 위하여 나
타내는 형상이다. 팔을 들고 다섯 손가락을 펴 손바닥을 밖으로 향하여 물건을 주는 시늉을
하고 있다.

9) 上願이시니라: 上願(상원) + -이(서조)- + -시(주높)- + -Ø(현시)- + -니(원칙)- + -라(←-다:
평종) ※ '上願상원'은 '으뜸가는 소원'이다.

10) 위두ᄒᆞᆫ: 위두ᄒᆞ[위두하다, 으뜸가다, 第一: 위두(위두, 으뜸) + -ᄒᆞ(동접)-]- + -Ø(과시)- + -
ㄴ(관전)

11) 藥師瑠璃光如來: 약사유리광여래(藥師瑠璃光如來) + -Ø(←-이: 주조)

發(발)하신 큰 願(원)과 저 부처의 나라에 있는 功德(공덕)과 莊嚴(장엄)을
내가 한 劫(겁)이며 한 劫(겁)이 넘도록 일러도 못다 이르겠거니와, 그러
나 저 부처의 땅이 雜(잡)말이 없이 淸淨(청정)하고, 여자가 없으며, 惡趣
(악취)며 受苦(수고)의

發벓ᄒᆞ산[12] 큰 願원과 뎌 부텻 나라햇[13] 功공德득 莊장嚴엄을 내[14]

ᄒᆞᆫ 劫겁[15]이며 ᄒᆞᆫ 劫겁이 남ᄃᆞ록[16] 닐어도[17] 몯 다 니르리어니와[18]

그러나 뎌 부텻 ᄯᅡ히 雜짭말[19] 업시 淸쳥淨쪙ᄒᆞ고 겨지비 업스며

惡학趣츙ㅣ며[20] 受쓩苦콩ㅅ

---

12) 發ᄒᆞ산: 發ᄒᆞ[발하다, 내다: 發(발: 불어) + −ᄒᆞ(동접)−]− + −샤(←−시−: 주높)− + −Ø(과시)−
    + −Ø(←−오−: 대상)− + −ㄴ(관전)
13) 나라햇: 나라ㅎ(나라, 國) + −애(−에: 부조, 위치) + −ㅅ(−의: 관조) ※ '나라햇'는 '나라에 있는'
    으로 의역하여 옮긴다.
14) 내: 나(나, 我: 인대, 1인칭) + −ㅣ(←−이: 주조)
15) 劫: 겁. 어떤 시간의 단위로도 계산할 수 없는 무한히 긴 시간이다. 하늘과 땅이 한 번 개벽한
    때에서부터 다음 개벽할 때까지의 동안이라는 뜻이다.
16) 남ᄃᆞ록: 남(넘다, 餘)− + −ᄃᆞ록(−도록: 연어, 도달)
17) 닐어도: 닐(←니르다: 이르다, 說)− + −어도(연어, 양보)
18) 니르리어니와: 니르(이르다, 說)− + −리(미시)− + −어니와(←−거니와: 연어, 대조) ※ '−어니
    와'는 앞 절의 사실을 인정하면서 관련된 다른 사실을 이어 주는 연결 어미이다.
19) 雜말: [잡말: 雜(잡: 불어) + 말(말, 言)]
20) 惡趣ㅣ며: 惡趣(악취) + −ㅣ며(←−이며: 접조) ※ '惡趣(악취)'는 악업(惡業)을 지어서 죽은 뒤
    에 가야 하는 괴로움의 세계이다. 악취에는 지옥도(地獄道), 아귀도(餓鬼道), 축생도(畜生道)의
    세 가지가 있다. 여기에 아수라도(阿修羅道)를 포함시키기도 한다.

소리가 없고【惡趣(악취)는 흉한 길이니, 地獄(지옥)·餓鬼(아귀)·畜生(축생)이다.】, 瑠璃(유리)의 땅이 되고, 金(금) 끈으로 늘어뜨려서 (길의) 경계로 삼고, 城(성)이며 집이며 羅網(나망)이 다 七寶(칠보)로 이루어져 있는 것이 또 西方(서방) 極樂世界(극락세계)와 같아서 차이가 없고, 그 나라에

소리 업고【惡_학趣_츙는 머즌²¹⁾ 길히니²²⁾ 地_띵獄_옥 ²³⁾ 餓_앙鬼_귕 ²⁴⁾ 畜_흉生_{ᄉᆡᆼ} ²⁵⁾이라 】

瑠_률璃_링 ᄯᅡ히²⁶⁾ ᄃᆞ외오²⁷⁾ 金_금 노ᅙᆞ로²⁸⁾ 길흘 ᄂᆞ리고²⁹⁾ 城_쎵이며 지

비며 軒_헌窓_창 ³⁰⁾ 羅_랑網_망이【軒_헌은 軒_헌檻_함 ³²⁾이라 】 다 七_칧寶_봏 ³³⁾로

이러³⁴⁾ 이쇼미³⁵⁾ ᄯᅩ 西_솅方_방 極_끅樂_락世_솅界_갱 ³⁶⁾와 ᄀᆞᆮᄒᆞ야³⁷⁾ 功_공德_득 ³⁸⁾

莊_장嚴_엄 ³⁹⁾이 ᄀᆞᆯ히요미⁴⁰⁾ 업고 그 나라해⁴¹⁾

---

21) 머즌: 멎(흉하다, 凶)- + -Ø(현시)- + -은(관전)

22) 길히니: 길ㅎ(길, 路) + -이(서조)- + -니(연어, 설명의 계속)

23) 地獄: 지옥. 죄업을 짓고 매우 심한 괴로움의 세계에 난 중생이나 그런 중생의 세계이다. 섬부
주의 땅 밑, 철위산의 바깥 변두리 어두운 곳에 있다고 한다.

24) 餓鬼: 아귀. 아귀들이 모여 사는 세계이다. 이곳에서 아귀들이 먹으려는 음식은 불로 변하여
늘 굶주리고, 항상 매를 맞는다고 한다.

25) 畜生: 축생. 죄업 때문에 죽은 뒤에 짐승으로 태어나 괴로움을 받는 세계이다.

26) ᄯᅡ히: ᄯᅡㅎ(땅, 地) + -이(보조)

27) ᄃᆞ외오: ᄃᆞ외(되다, 爲)- + -오(←-고: 연어, 나열)

28) 노ᅙᆞ로: 노ᅙᆞ(끈, 繩)- + -ᄋᆞ로(부조, 방편)

29) ᄂᆞ리고: ᄂᆞ리[늘어뜨려서 경계로 삼다, 界: ᄂᆞ느(늘다, 延)- + -이(사접)-]- + -고(연어, 나열)

30) 軒窓: 헌함과 창문이다.

31) 羅網: 나망. 구슬을 꿰어 그물처럼 만들어 불전(佛前)을 장식하는 기구이다.

32) 軒檻: 헌함. 건넌방, 누각 따위의 대청 기둥 밖으로 돌아가며 깐 난간이 있는 좁은 마루이다.

33) 七寶: 칠보. 일곱 가지 주요 보배이다. 무량수경에서는 금·은·유리·파리·마노·거거·산호를 이
르며, 법화경에서는 금·은·마노·유리·거거·진주·매괴를 이른다.

34) 이러: 일(이루어지다, 成)- + -어(연어)

35) 이쇼미: 이시(있다: 보용, 완료 지속)- + -옴(명전) + -이(주조)

36) 極樂世界: 극락세계. 아미타불(阿彌陀佛)이 살고 있는 정토(淨土)로, 괴로움이 없으며 지극히
안락하고 자유로운 세상. 인간 세계에서 서쪽으로 10만억 불토(佛土)를 지난 곳에 있다.

37) ᄀᆞᆮᄒᆞ야: ᄀᆞᆮᄒᆞ(같다, 如)- + -야(←-아: 연어)

38) 功德: 공덕. 좋은 일을 행한 덕으로 훌륭한 결과를 가져오게 하는 능력이다. 종교적으로 순수
한 것을 진실공덕(眞實功德)이라 이르고, 세속적인 것을 부실공덕(不實功德)이라 한다.

39) 莊嚴: 장엄. 좋고 아름다운 것으로 국토를 꾸미고, 훌륭한 공덕을 쌓아 몸을 장식하고, 향이나
꽃 따위를 부처에게 올려 장식하는 일이다.

40) ᄀᆞᆯ히요미: ᄀᆞᆯ히(가리다, 差別)- + -욤(←-옴: 명전) + -이(주조) ※ 'ᄀᆞᆯ히욤이 업고'는 문맥을
감안하여 '차이가 없고'로 의역하여 옮긴다.

41) 나라해: 나라ㅎ(나라, 國) + -애(-에: 부조, 위치)

두 菩薩(보살) 摩訶薩(마하살)이 있되, 한 이름은 日光遍照(일광변조)이요
한 이름은 月光遍照(월광변조)이니, 저 無量無數(무량무수) 菩薩(보살)의
衆(중)에 爲頭(위두)하여 있어, 저 藥師瑠璃光如來(약사유리광여래)의 正法
(정법)과 寶藏(보장)을 다 지니나니, 이러므로 信心(신심)을 두어 있는 善
男子(선남자)와

두 菩_뽕薩_삻 摩_망訶_항薩_삻⁴²⁾이 이쇼디⁴³⁾ 흔 일후믄 日_싏光_광遍_변照_죻ㅣ오⁴⁴⁾ 흔 일후믄 月_윓光_광遍_변照_죻ㅣ니 뎌 無_뭉量_량無_뭉數_숭⁴⁶⁾ 菩_뽕薩_삻衆_즁⁴⁷⁾에 爲_윙頭_뜧ᄒ야⁴⁸⁾ 이셔 뎌 藥_약師_숭瑠_륳璃_링光_광如_셩來_링ㅅ 正_졍法_법⁴⁹⁾ 寶_볼藏_짱⁵⁰⁾을 다 디니ᄂ니⁵¹⁾ 이럴씨⁵²⁾ 信_신心_심⁵³⁾ 뒷ᄂ⁵⁴⁾ 善_쎤男_남子_중⁵⁵⁾

---

42) 菩薩 摩訶薩: 보살 마하살. 보살을 아름답게 표현한 것으로, 수많은 보살 중에서 10위 이상의 보살을 높여서 이르는 말이다.

43) 이쇼디: 이시(있다, 有)- + -오디(-되: 연어, 설명 계속)

44) 日光遍照ㅣ오: 日光遍照(일광변조)- + -ㅣ(←-이-: 서조)- + -오(←-고: 연어, 나열) ※ '日光遍照(일광변조)'는 약사여래(藥師如來)의 왼쪽에 모시는 보살(菩薩)이다. 여래의 밑에 있는 보살 가운데 월광변조(月光遍照)와 더불어 상수(上首)의 지위에 있다. 변조(遍照)는 부처의 빛이 세계와 사람의 마음을 두루 비춘다는 뜻이며 보살을 가리킨다.

45) 月光遍照: 월광변조. 약사여래(藥師如來)의 오른쪽에 모시는 보살(菩薩)이다. 여래의 밑에 있는 보살 가운데 일광변조(日光遍照)와 더불어 상수(上首)의 지위에 있다.

46) 無量無數: 무량무수. 정도를 헤아릴 수 없을 만큼 양이 많고. 헤아릴 수 없을 만큼 수가 많은 것이다.

47) 衆: 중. '무리'이다.

48) 爲頭ᄒ야: 爲頭ᄒ[으뜸가다, 上首: 爲頭(으뜸: 명사) + -ᄒ(동접)-]- + -야(←-아: 연어)

49) 正法: 정법. 바른 교법(敎法)이다.

50) 寶藏: 보장. 부처의 미묘한 교법을 보배 창고에 비유하여 이르는 말이다.

51) 디니ᄂ니: 디니(지니다. 持)- + -ᄂ(현시)- + -니(연어, 설명 계속)

52) 이럴씨: 이러[← 이러ᄒ다(이러하다, 如此): 이러(이러: 불어) + -Ø(←-ᄒ-: 형접)-]- + -ㄹ씨(-므로: 연어, 이유)

53) 信心: 신심. 종교를 믿는 마음이다.

54) 뒷ᄂ: 두(두다, 置)- + -Ø(←-어: 연어) + 잇(← 이시다: 있다, 완료 지속)- + -ᄂ(현시)- + -ㄴ(관전) ※ '뒷ᄂ'은 '두어 잇ᄂ'에서 보조적 연결 어미인 '-어'가 탈락한 뒤에 '두-'와 '잇-'이 한 음절로 축약된 형태이다.

55) 善男子: 선남자. 불교에 귀의한 남자이다.

善女人(선여인)이 저 부처의 世界(세계)에 나고자 發願(발원)하여야 하리
라." 그때에 世尊(세존)이 또 文殊師利(문수사리)더러 이르시되, "文殊師
利(문수사리)여, 衆生(중생)들이 좋으며 궂은 일을 모르고 오직 貪(탐)하며
아까운 마음을 먹어, 布施(보시)하는 것과 布施(보시)하는

善_쎤女_녕人_신⁵⁶⁾이 뎌 부텻 世_솅界_갱예 나고져 發_벓願_원ᄒ야ᅀᅡ⁵⁷⁾ ᄒ리라 그 ᄢᅴ⁵⁸⁾ 世_솅尊_존이 ᄯᅩ 文_문殊_쓩師_{ᄉᆞᆼ}利_링ᄃ려⁵⁹⁾ 니ᄅ샤ᄃᆡ⁶⁰⁾ 文_문殊_쓩師_{ᄉᆞᆼ}利_링여 衆_즁生_{ᄉᆡᆼ}ᄃᆞᆯ히⁶¹⁾ 됴ᄒ며⁶²⁾ 구즌⁶³⁾ 이ᄅᆞᆯ⁶⁴⁾ 모ᄅᆞ고⁶⁵⁾ 오직 貪_탐ᄒ며 앗가ᄫᅡ⁶⁶⁾ ᄆᆞᅀᆞᄆᆞᆯ 머거 布_봉施_싱홈과⁶⁷⁾ 布_봉施_싱ᄒᄂᆫ

---

56) 善女人: 선여인. 불교에 귀의한 여자이다.

57) 發願ᄒ야ᅀᅡ: 發願ᄒ[발원하다: 發願(발원) + -ᄒ(동접)-]- + -야ᅀᅡ(←-아ᅀᅡ: -아야, 연어, 필연적 조건) ※ '發願(발원)'은 신이나 부처에게 소원을 비는 것이나 또는 그 소원이다.

58) 그 ᄢᅴ: 그(그, 彼: 관사, 지시, 정칭) # ᄢᅥ(←ᄢᅴ: 때, 時, 의명) + -의(-에: 부조, 위치, 시간)

59) 文殊師利ᄃ려: 文殊師利(문수사리) + -ᄃ려(-더러, -에게: 부조, 상대)

60) 니ᄅ샤ᄃᆡ: 니ᄅ(이르다, 言)- + -샤(←-시-: 주높)- + -ᄃᆡ(←-오ᄃᆡ: 연어, 설명 계속)

61) 衆生ᄃᆞᆯ히: 衆生ᄃᆞᆯ히[중생들, 衆生等: 衆生(중생) + -ᄃᆞᆯ히(-들: 복접)] + -이(주조)

62) 됴ᄒ며: 둏(좋다, 善)- + -ᄋᆞ며(연어, 나열)

63) 구즌: 궂(궂다, 惡)- + -Ø(현시)- + -은(관전)

64) 이ᄅᆞᆯ: 일(일, 事) + -ᄋᆞᆯ(목조)

65) 모ᄅᆞ고: 모ᄅᆞ(모르다, 不識)- + -고(연어, 나열, 계기)

66) 앗가ᄫᅡ: 앗갑[← 앗갑다, ㅂ불(아깝다, 惜): 앗(← 앗기다: 아끼다, 惜, 동사)- + -압(형접)-]- + -Ø(현시)- + -은(관전)

67) 布施홈과: 布施ᄒ[← 布施ᄒ다(보시하다): 布施(보시) + -ᄒ(동접)-]- + -옴(명전) + -과(접조)) ※ '布施(보시)'는 자비심으로 남에게 재물이나 불법을 베푸는 것이다. 여기서 '報施ᄒ며 報施ᄒᄂᆫ 果報ᄅᆞᆯ 몰라'는 『藥師瑠璃光如來本願功德經』에는 '不知布施及施果報'로 표현되어 있다. '報施하는 것과 報施하는 果報ᄅᆞᆯ 몰라'로 의역하여 옮길 수 있다.

果_광報_뵹를 몰라 迷_몡惑_획고 信_신 根_곤이 업서천량올만히모호아두고 受_쓩苦_콩로비딕히여이셔빌리잇거 든 추어 너겨 모지마라 줄디라도 제 모 맷고기를 바혀내 논 시너겨 며 貪_탐 혼 無_뭉量_량 有_{ᅌᅮᇢ}情_쪙 이쳔량올 모 돈 아두고 제 도 오히려 아니 거

果報(과보)를 몰라 迷惑(미혹)하고, 信根(신근)이 없어, 재물을 많이 모아 두고 受苦(수고)로이 지키어 있어서, (재물을) 빌리는 이가 있거든 惻隱 (측은)히 여겨 마지 못하여 주는 것이라도 자기의 몸에 있는 고기를 베 어 내는 듯이 여기며, 또 貪(탐)한 無量(무량)의 有情(유정)이 재물을 모아 두고 제가 쓰는 것도 오히려 아니 하거니와,

果_광報_봄⁶⁸⁾를 몰라 迷_몡惑_획고⁶⁹⁾ 信_신根_군⁷⁰⁾이 업서 쳔랴을⁷¹⁾ 만히⁷²⁾ 뫼
호아⁷³⁾ 두고 受_쓩苦_콩ㄹ비⁷⁴⁾ 딕희여⁷⁵⁾ 이셔⁷⁶⁾ 빌리⁷⁷⁾ 잇거든 츠기⁷⁸⁾
너겨⁷⁹⁾ 모지마라⁸⁰⁾ 줋⁸¹⁾ 디라도⁸²⁾ 제 모맷⁸³⁾ 고기를 바혀⁸⁴⁾ 내논⁸⁵⁾
ᄃ시⁸⁶⁾ 너겨 ᄒ며 ᄯ 貪_탐ᄒᆫ 無_뭉量_량 有_읗情_쩡이 쳔랴을 모도아⁸⁷⁾
두고 제 ᄡᆞᆷ도⁸⁸⁾ 오히려 아니 ᄒ거니⁸⁹⁾

---

68) 果報: 과보. 인과응보(因果應報). 전생에 지은 선악에 따라 현재의 행과 불행이 있고, 현세에서 의 선악의 결과에 따라 내세에서 행과 불행이 있는 일이다.

69) 迷惑고: 迷惑[← 迷惑ᄒ다(미혹하다): 迷惑(미혹) + -ᄒ(동접)-]- + -고(연어, 나열) ※ '迷惑(미혹)'은 정신이 헷갈리어 갈팡질팡 헤매는 것이다.

70) 信根: 신근. 오근(五根)의 하나로서, 삼보(三寶)와 사제(四諦)의 진리를 믿는 일을 이른다.

71) 쳔랴을: 쳔량(재물, 財) + -을(목조)

72) 만히: [많이, 多(부사): 만ᄒ(← 만ᄒ다: 많다, 多)- + -이(부접)]

73) 뫼호아: 뫼호(모으다, 聚)- + -아(연어)

74) 受苦ㄹ비: [수고로이, 勤(부사): 受苦(명사) + -ᄅ(← -ᄅᆸ-: 형접)- + -이(부접)]

75) 딕희여: 딕희(지키다, 守護)- + -여(← -어: 연어)

76) 이셔: 이시(있다: 보용, 완료 지속)- + -어(연어)

77) 빌리: 빌(빌리다, 乞)- + -ㄹ(관전) # 이(이, 사람, 者) + -Ø(← -이: 주조)

78) 츠기: [측은히, 측은하게, 惜(부사): 惻(측: 불어) + -Ø(← -ᄒ-: 형접)- + -이(부접)]

79) 너겨: 너기(여기다, 思)- + -어(연어)

80) 모지마라: 모지말(마지 못하다, 不喜)- + -아(연어)

81) 줋: 주(주다, 授)- + -ㅭ(관전)

82) 디라도 : ᄃ(← ᄃᆞ: 것, 의명) + -이(서조)- + -라도(← -아도: 연어, 양보)

83) 모맷: 몸(몸, 身) + -애(-에: 부조, 위치) + -ㅅ(-의: 관조) ※ '모맷'은 '몸에 있는'으로 의역하 여 옮긴다.

84) 바혀: 바히[베다, 割: 밯(← 벟다: 베어지다, 斬, 자동)- + -이(사접)-]- + -어(연어)

85) 내논: 내[내다, 生: 나(나다, 生: 자동)- + -ㅣ(← -이-: 사접)-]- + -ㄴ(← -ᄂᆞ-: 현시)- + -ㄴ (관전)

86) ᄃ시: [듯이(의명, 흡사): 둣(듯: 의명, 흡사) + -이(명접)]

87) 모도아: 모도[모으다, 積集: 몯(모이다, 集: 자동)- + -오(사접)-]- + -아(연어)

88) ᄡᆞᆷ도: ㅄ(← 쓰다: 쓰다, 사용하다, 用)- + -움(명전) + -도(보조사, 강조)

89) ᄒ거니: ᄒ(하다, 爲)- + -거(확인)- + -니(연어, 설명 계속)

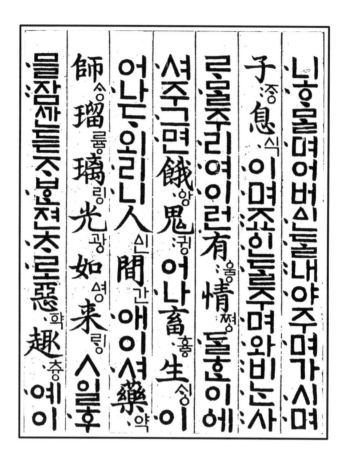

하물며 어버이에겐들 내어 주며, 妻(처)이며 子息(자식)이며 종에겐들 주며, 와서 (재물을) 빌리는 사람에게 주겠느냐? 이런 有情(유정)들은 여기서 죽으면 餓鬼(아귀)거나 畜生(축생)이거나 되겠으니, 人間(인간)에 있어서 藥師瑠璃光如來(약사유리광여래)의 이름을 잠깐 들은 까닭으로, 惡趣(악취)에 있어도

ᄒᆞ믈며[90] 어버ᅀᅵᆫᄃᆞᆯ[91] 내야 주며 가시며[92] 子ᄌᆞᆼ息식이며 죠ᇰ인ᄃᆞᆯ[93] 주며 와 비ᄂᆞᆫ[94] 사ᄅᆞᄆᆞᆯ[95] 주리여[96] 이런 有ᅙᅮᇢ情쪙ᄃᆞᆯᄒᆞᆫ[97] 이에셔[98] 주그면 餓ᅌᅡᆼ鬼궝어나[99] 畜흉生싱이어나[1] ᄃᆞ외리니[2] 人ᅀᅵᆫ間간[3]애 이셔 藥약師ᄉᆞᆼ瑠륳璃링光광如ᅀᅧᆼ來링ㅅ 일후믈 잠ᄭᅡᆫ[4] 듣ᄌᆞᄫᆞᆫ[5] 젼ᄎᆞ로[6] 惡ᅙᅡᆨ趣츙예 이셔도

---

90) ᄒᆞ믈며: 하물며, 況(부사)

91) 어버ᅀᅵᆫᄃᆞᆯ: 어버ᅀᅵ[어버이, 父母: 어버(← 아비: 아버지, 父) + ᅀᅵ(← 어ᅀᅵ: 어머니, 母)] + -ㄴᄃᆞᆯ(← -인ᄃᆞᆯ: -인들, 보조사, 양보) ※ '어버ᅀᅵᆫᄃᆞᆯ'은 '어버인에겐들'로 의역하여 옮긴다.

92) 가시며: 갓(처, 아내, 妻) + -이며(접조)

93) 죠ᇰ인ᄃᆞᆯ: 죵(종, 奴婢) + -인ᄃᆞᆯ(보조사, 양보)

94) 비ᄂᆞᆫ: 비(← 빌다: 빌리다, 乞)- + -ᄂᆞ(현시)- + -ㄴ(관전)

95) 사ᄅᆞᄆᆞᆯ: 사ᄅᆞᆷ(사람, 人) + -ᄋᆞᆯ(목조, 보조사적 용법, 의미상 부사격) ※ 이때의 '-ᄋᆞᆯ'은 보조사적인 용법으로 쓰였는데, 부사격으로 보아서 '사람에게'로 옮길 수 있다.

96) 주리여: 주(주다, 與)- + -리(미시)- + -여(← -아 ← -가: 의종, 판정)

97) 有情ᄃᆞᆯᄒᆞᆫ: 有情ᄃᆞᆯㅎ[유정들: 有情(유정, 생명체: 명사) + -ᄃᆞᆯㅎ(-들: 복접)] + -ᄋᆞᆫ(보조사, 주제)

98) 이에셔: 이에(여기, 此: 지대, 정칭) + -셔(-서: 보조사, 위치 강조)

99) 餓鬼어나: 餓鬼(아귀) + -어나(← -이어나: -이거나, 보조사, 선택) ※ '餓鬼(아귀)'는 팔부의 하나이다. 계율을 어기거나 탐욕을 부려 아귀도에 떨어진 귀신으로, 몸이 앙상하게 마르고 배가 엄청나게 큰데, 목구멍이 바늘구멍 같아서 음식을 먹을 수 없어 늘 굶주림으로 괴로워한다고 한다.

1) 畜生이어나: 畜生(축생) + -이어나(-이거나: 보조사, 선택) ※ '畜生(축생)'은 사람이 기르는 온갖 짐승이다.

2) ᄃᆞ외리니: ᄃᆞ외(되다, 爲)- + -리(미시)- + -니(연어, 설명 계속)

3) 人間: 인간. 사람이 사는 세상이다.

4) 잠ᄭᅡᆫ: [잠깐, 暫間: 잠(잠시, 暫: 불어) + -ㅅ(관조, 사잇) + 間(간)]

5) 듣ᄌᆞᄫᆞᆫ: 듣(듣다, 聞)- + -ᄌᆞᇦ(← -ᄌᆞᆸ-: 객높)- + -Ø(과시)- + -ᄋᆞᆫ(관전)

6) 젼ᄎᆞ로: 젼ᄎᆞ(까닭, 이유, 由: 명사) + -로(부조, 방편)

저 如來(여래)의 이름을 잠깐 생각하면, 즉시 저기(= 惡趣)서 없어져서 도로 人間(인간)에 나서 宿命念(숙명념)을 得(득)하여, 惡趣(악취)의 受苦(수고)를 두려워하여 貪欲(탐욕)을 즐기지 아니하고, 布施(보시)를 즐겨서 가지고 있는 것을 아끼지 아니하여, 漸漸(점점) 머리며 눈이며 손발이며 살이며 몸이라도

뎌 如_셩來_링ㅅ 일후믈 잠싼 싱각ㅎ면⁷⁾ 즉자히⁸⁾ 뎌에셔⁹⁾ 업서¹⁰⁾ 도
로¹¹⁾ 人_신間_간애 나아¹²⁾ 宿_슉命_명念_념¹³⁾을 得_득ㅎ야 惡_학趣_츙의 受_쓩苦_콩
를 저허¹⁴⁾ 貪_탐欲_욕을 즐기디¹⁵⁾ 아니ㅎ고 布_봉施_싱를 즐겨 뒷논¹⁶⁾
거슬 앗기디¹⁷⁾ 아니ㅎ야 漸_쩜漸_쩜 머리며 누니며 손바리며 고기며¹⁸⁾
모미라도¹⁹⁾

---

7) 싱각ㅎ면: 싱각ㅎ[생각하다, 念: 싱각(생각, 念: 명사) + -ㅎ(동접)-]- + -면(연어, 조건)

8) 즉자히: 즉시, 卽(부사)

9) 뎌에셔: 뎌에(저기, 彼: 지대, 정칭) + -셔(-서: 보조사, 위치 강조)

10) 업서: 없(없어지다, 沒: 동사)- + -어(연어)

11) 도로: [도로, 還(부사): 돌(돌다, 回)- + -오(부접)]

12) 나아: 나(나다, 生)- + -아(연어)

13) 宿命念: 숙명념. 숙명력(宿命力)에 관한 생각이다. ※ '숙명(宿命)'은 부처만이 가진 십력(十力)의 하나로서, 중생들의 전생(前生)을 아는 부처의 지혜 힘이다. 그 범위는 일세(一世)로부터 천만세(千萬世)의 전생까지 안다고 한다.

14) 저허: 젛(두려워하다, 畏)- + -어(연어)

15) 즐기디: 즐기[즐기다, 樂: 즑(즐거워하다, 歡: 자동)- + -이(사접)-]- + -디(-지: 연어, 부정)

16) 뒷논: 두(두다, 置)- + -Ø(←-어: 연어) + 잇(← 이시다: 있다, 보용, 완료 지속)- + -ㄴ(←-ᄂ-: 현시)- + -오(대상)- + -ㄴ(관전) ※ '뒷논'은 '두어 잇논'에서 보조적 연결 어미인 '-어'가 탈락한 뒤에 두 어절이 한 어절로 축약된 형태이다. 여기서는 '가지고 있는'으로 의역하여 옮길 수 있다.

17) 앗기디: 앗기(아끼다, 惜)- + -디(-지: 연어, 부정)

18) 고기며: 고기(살, 고기, 肉) + -며(←-이며: 연어, 나열)

19) 모미라도: 몸(몸, 身) + -이(서조)- + -라도(← -아도: 연어, 양보)

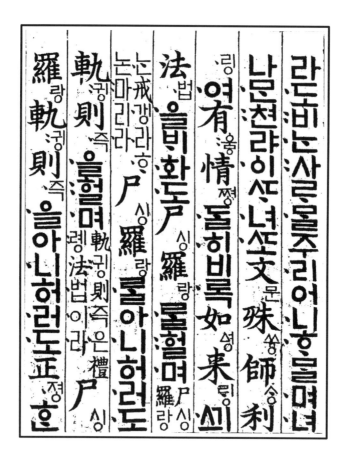

빌리는 사람에게 주겠으니, 하물며 다른 재물이야? 또 文殊師利(문수사
리)여, 모든 有情(유정)들이 비록 如來(여래)께 法(법)을 배우다가도 尸羅
(시라)를 헐며【尸羅(시라)는 戒(계)라 하는 말이다.】, 尸羅(시라)를 아니
헐어도 軌則(궤칙)을 헐며【軌則(궤칙)은 禮法(례법)이라.】, 尸羅(시라)와
軌則(궤칙)을 아니 헐어도 正(정)하게

비는 사르믈 주리어니[20] ᄒᆞ믈며 녀나ᄆᆞᆫ[21] 쳔랴이ᄯᆞ녀[22] ᄯᅩ 文문殊쓩師ᄉᆞ利링여 有ᅌᅮᆯ情쪙들히 비록 如ᅀᅧ來ᇙ씨 法법을 비화[23] 尸싱羅랑ᄅᆞᆯ 헐며[25]【尸싱羅랑ᄂᆞᆫ 戒갱라 ᄒᆞ논 마리라】尸싱羅랑ᄅᆞᆯ 아니 허러도[26] 軌궝則즉을 헐며【軌궝則즉은 禮롕法법이라】尸싱羅랑 軌궝則즉을 아니 허러도 正졍ᄒᆞᆫ

---

20) 주리어니: 주(주다, 授)- + -리(미시)- + -어(확인)- + -니(연어, 설명 계속)

21) 녀나ᄆᆞᆫ: [그 밖의, 다른, 餘(관사): 녀(← 녀느, 他: 관사) + 남(남다, 餘)- + -ᄋᆞᆫ(관전 ▷ 관접)]

22) 쳔랴이ᄯᆞ녀: 쳔량(재물, 財物) + -이ᄯᆞᆫ(보조사, 반어적 강조) + -이(서조)- + -Ø(현시)- + -어(-어 ← -아 ← -가: 의종, 판정)

23) 비화: 비호[배우다, 學: 빟(버릇이 되다, 길들다, 習: 자동)- + -오(사접)-]- + -아(연어)

24) 尸羅: 시라. 산스크리트어 śila 팔리어 sīla의 음사로서, 계(戒)라고 번역한다. 불교에 귀의한 자가 선(善)을 쌓기 위해 지켜야 할 규범이다.

25) 헐며: 헐(헐다, 破)- + -며(연어, 나열)

26) 허러도: 헐(헐다, 破)- + -어도(연어, 양보)

27) 軌則: 궤칙. 본보기. 거동. 규범으로 삼고 배우는 것이다.

보는 것을 헐며, 正(정)하게 보는 것을 아니 헐어도 많이 듣는 것을 버려
서, 부처가 이르신 經(경)에 있는 깊은 뜻을 알지 못하며, 비록 많이 들
어도 增上慢(증상만)하며【增(증)은 더하는 것이요 慢(만)은 남을 소홀히 여
기는 것이니, 못 得(득)한 法(법)을 得(득)하였다 하며 못 證(증)한 道理(도리)를
證(증)하였다 하여, 자기가 實(실)에는 사납되 위사람보다 나은 양하여, 法(법)
을 소홀하게 여기며 사람을 소홀하게 여기는 것이 增上慢(증상만)이다. 】, 增
上慢(증상만)이 마음을

보믈²⁸⁾ 헐며 正정흔 보믈 아니 허러도 해²⁹⁾ 드로믈³⁰⁾ ᄇ려³¹⁾ 부텨

니ᄅ샨³²⁾ 經경엣³³⁾ 기픈 ᄠ들⁴³⁴⁾ 아디 몯ᄒ며 비록 해 드러도 增

증上썅慢만³⁵⁾ᄒ며【增증은 더을³⁶⁾ 씨오 慢만ᄋᆫ 눔³⁷⁾ ᄆᆞ더니³⁸⁾ 너길 씨니 몯 得

득혼 法법을 得득호라³⁹⁾ ᄒ며 몯 證증혼⁴⁰⁾ 道똫理링를 證증호라 ᄒ야 제 實씷엔⁴¹⁾

사오나ᄫᆞᄃᆞ⁴²⁾ 웃사ᄅᆞᆷ두고⁴³⁾ 더은⁴⁴⁾ 양⁴⁵⁾ ᄒ야 法법 ᄆᆞ더니 너기며 사ᄅᆞᆷ ᄆᆞ더니

너길 씨⁴⁶⁾ 增증上썅慢만이라 】增증上썅慢만이 ᄆᆞᅀᆞᆷ

---

28) 보믈: 보(보다, 見)- + -ㅁ(←-옴: 명전) + -을(목조) ※ '正흔 봄'은 '정견(正見)'이다. 팔정도
의 하나로서, 사제(四諦)의 이치를 알고, 제법(諸法)의 참된 모습을 바르게 판단하는 지혜이다.

29) 해: [많이, 多(부사): 하(많다, 크다, 多, 大)- + -ㅣ(←-이: 부접)]

30) 드로믈: 들(← 듣다, ㄷ불: 듣다, 聞)- + -옴(명전) + -을(목조)

31) ᄇ려: ᄇ리(버리다, 棄)- + -어(연어)

32) 니ᄅ샨: 니ᄅ(이르다, 曰)- + -샤(←-시-: 주높)- + -Ø(과시)- + -Ø(←-오-: 대상)- + -ㄴ
(관전)

33) 經엣: 經(경, 經典) + -에(부조, 위치) + -ㅅ(-의: 관조)

34) ᄠ들: ᄠᆮ(뜻, 意) + -을(목조)

35) 增上慢: 증상만. 사만(四慢)의 하나이다. 최상의 교법과 깨달음을 얻지 못하고서 이미 얻은 것
처럼 교만하게 우쭐대는 마음을 이른다.

36) 더을: 더으(더하다, 加)- + -ㄹ(관전)

37) 눔: 남, 他人.

38) ᄆᆞ더니: [소홀하게, 慢, 蔑(부사): ᄆᆞ던(불어) + -Ø(←-ᄒ-: 형접)- + -이(부접)]

39) 得호라: 得ᄒ[← 得ᄒ다(득하다, 얻다): 得(득: 불어) + -ᄒ(동접)-]- + -Ø(과시)- + -오(화자)-
+ -라(←-다: 평종)

40) 證혼: 證ᄒ[證ᄒ다(증하다, 깨닫다): 證(증: 불어) + -ᄒ(동접)-]- + -Ø(과시)- + -오(대상)- +
-ㄴ(관전)

41) 實엔: 實(실, 실제) + -에(부조, 위치) + -ㄴ(←-ᄂᆞᆫ: 보조사, 주제)

42) 사오나ᄫᆞᄃᆞ: 사오낳(← 사오납다, ㅂ불: 사납다, 惡)- + -오ᄃᆞ(-되: 연어, 설명 계속)

43) 웃사ᄅᆞᆷ두고: 웃사ᄅᆞᆷ[윗사람, 上人: 우(← 우ㅎ: 위, 上) + -ㅅ(관조, 사잇) + 사ᄅᆞᆷ(사람, 人)] + -
두고(-보다: 부조, 비교) ※ '웃사람'은 '上人(상인)'을 직역한 말인데, '上人(상인)'은 지혜와
덕을 갖추어 타인의 스승이 될 수 있는 고승(高僧)을 이른다.

44) 더은: 더으(더하다, 낫다, 優)- + -Ø(현시)- + -ㄴ(관전)

45) 양: 양, 樣(의명, 흡사)

46) 씨: ᄊ(← ᄉ: 것, 者, 의명) + -이(주조)

가린 까닭으로 자기가 옳다 하고 남을 그르다 하여, 正法(정법)을 비웃어 魔(마)의 한 黨(당)이 되겠으니, 이러한 어리석은 사람은 자기가 邪曲(사곡)하게 보는 것을 하고, 또 無量(무량)한 有情(유정)이 큰 어려운 구덩이에 떨어지게 하나니, 이런 有情(유정)들이 地獄(지옥)과 餓鬼(아귀)와 畜生(축생)에 그지없이 두루

ᄀᆞ리온⁴⁷⁾ 젼ᄎᆞ로⁴⁸⁾ 제⁴⁹⁾ 올호라⁵⁰⁾ ᄒᆞ고 ᄂᆞ믈⁵¹⁾ 외다⁵²⁾ ᄒᆞ야 正_졍法_법⁵³⁾을 비우ᅀᅥ⁵⁴⁾ 魔_망⁵⁵⁾이 ᄒᆞᆫ 黨_당⁵⁶⁾이 ᄃᆞ외리니⁵⁷⁾ 이런 어린⁵⁸⁾ 사ᄅᆞᆷ 제 邪_썅曲_콕⁵⁹⁾ᄒᆞᆫ 보믈 ᄒᆞ고 ᄯᅩ 無_뭉量_량 有_울情_쪙이 큰 어려ᄫᅳᆫ⁶⁰⁾ 구데⁶¹⁾ ᄣᅥ러디긔⁶²⁾ ᄒᆞᄂᆞ니 이런 有_울情_쪙들히 地_띵獄_옥 餓_앙鬼_귕 畜_흉生_{ᄉᆡᆼ}애 그지업시⁶³⁾ 두루⁶⁴⁾

---

47) ᄀᆞ리온: ᄀᆞ리(가리다, 蔽)- + -Ø(과시)- + -오(대상)- + -ㄴ(관전)

48) 젼ᄎᆞ로: 젼ᄎᆞ(까닭, 故) + -로(부조, 방편)

49) 제: 저(저, 自: 인대, 재귀칭) + -ㅣ(←-이: 주조)

50) 올호라: 옳(옳다, 是)- + -Ø(현시)- + -오(화자)- + -라(←-다: 평종)

51) ᄂᆞ믈: 넘(남, 他) + -을(목조)

52) 외다: 외(그르다, 非)- + -Ø(현시)- + -다(평종)

53) 正法: 정법. 올바른 교법(敎法)이다.

54) 비우ᅀᅥ: 비웃[←비웃다, ㅅ불(비웃다, 嫌謗): 비(접두, 강조)- + 웃(웃다, 笑)-]- + -어(연어)
   ※ '비-'는 '힘껏'의 뜻을 더하는 강조 접두사이다.

55) 魔: 마. 사람의 마음을 홀려 제정신을 차리지 못하게 하고, 불도 수행을 방해하여 악한 길로 유혹하는 나쁜 귀신이다.

56) 黨: 당. 무리. 패거리.

57) ᄃᆞ외리니: ᄃᆞ외(되다, 爲)- + -리(미시)- + -니(연어, 설명 계속)

58) 어린: 어리(어리석다, 愚)- + -Ø(현시)- + -ㄴ(관전)

59) 邪曲: 사곡. 요사스럽고 교활한 것이다. ※ '邪曲ᄒᆞᆫ 봄'은 사견(邪見)을 직역한 말인데, '사견(邪見)'은 십악의 하나이다. 인과(因果)의 도리를 무시하는 그릇된 견해를 이른다.

60) 어려ᄫᅳᆫ: 어렵(←어렵다, ㅂ불: 어렵다, 險)- + -Ø(현시)- + -은(관전)

61) 구데: 굳(구덩이, 坑) + -에(부조, 위치)

62) ᄣᅥ러디긔: ᄣᅥ러디[떨어지다, 墮: ᄣᅥᆯ(떨치다, 離)- + -어(연어) + 디(지다, 落)-]- + -긔(-게: 연어, 사동)

63) 그지업시: [그지없이, 끝없이, 無窮(부사): 그지(끝, 한도, 窮) + 없(없다, 無)- + -이(부접)]

64) 두루: [두루, 轉(부사): 둘(←두르다: 두르다, 廻)- + -우(부접)]

다니다가, 이 藥師瑠璃光如來(약사유리광여래)의 이름을 들으면 모진 행
적(行績)을 버리고 좋은 法(법)을 닦아 惡趣(악취)에 아니 떨어지겠으니,
비록 모진 행적(行績)을 버리고 좋은 法(법)을 닦는 것을 못하여 惡趣(악
취)에 떨어지고도, 저 如來(여래)의 本願(본원)과 威力(위력)으로 앞에 보
이시어 이름을 잠깐

돋니다가[65] 이 藥약師ᄉ瑠률璃링光광如셩來링ㅅ 일후믈 듣ᄌᆞᄫᆞ면[66] 모딘 힝뎌글[67] ᄇᆞ리고 됴ᄒᆞᆫ 法법을 닷가[68] 惡학趣츙예[69] 아니 디리니[70] 비록 모딘 힝뎍 ᄇᆞ리고 됴ᄒᆞᆫ 法법 닷고믈[71] 몯ᄒᆞ야 惡학趣츙예 ᄠᅥ러디고도[72] 뎌 如셩來링ㅅ 本본願원[73] 威휭力륵[74]으로 알ᄑᆡ[75] 뵈사[76] 일후믈

---

65) 돋니다가: 돋니[다니다, 流行: 돋(닫다, 달리다, 走)- + 니(가다, 行)-]- + -다가(연어, 전환)

66) 듣ᄌᆞᄫᆞ면: 듣(듣다, 聞)- + -ᄌᆞᇦ(←-ᄌᆞᆸ-: 객높)- + -ᄋᆞ면(연어, 조건)

67) 힝뎌글: 힝뎍(행적, 行績) + -을(목조)

68) 닷가: 닦(닦다, 修)- + -아(연어)

69) 惡趣예: 惡趣(악취) + -예(←-에: 부조, 위치) ※ '惡趣(악취)'는 악업(惡業)을 지어서 죽은 뒤에 가야 하는 괴로움의 세계이다.

70) 디리니: 디(떨어지다, 墮)- + -리(미시)- + -니(연어, 설명 계속)

71) 닷고믈: 닦(닦다, 修)- + -옴(명전) + -을(목조)

72) ᄠᅥ러디고도: ᄠᅥ러디[떨어지다, 墮: ᄠᅥᆯ(떨치다, 離)- + -어(연어) + 디(지다, 落)-]- + -고도(연어, 불구)

73) 本願: 본원. 부처가 되기 이전, 즉 보살로서 수행할 때에 세운 서원(誓願)이다.

74) 威力: 위력. 상대를 압도할 만큼 강력한 것이나 또는 그런 힘이다.

75) 알ᄑᆡ: 앒(앞, 前) + -ᄋᆡ(-에: 부조, 위치)

76) 뵈샤: 뵈[보이다, 現: 보(보다, 見)- + -ㅣ(←-이-: 사접)-]- + -샤(←-시-: 주높)- + -Ø(←-아: 연어)

듣게 하시면, 거기(= 惡趣)에서 죽어 도로 人間(인간)에 나서 正(정)히 보는 精進(정진)을 得(득)하여 좋은 뜻으로 出家(출가)하여, 正(정)한 봄(= 正見)을 헐지 아니하며, 많이 듣는 것을 헐지 아니하여, 甚(심)히 깊은 뜻을 알며, 增上慢(증상만)을 떠나서 正法(정법)을 비웃지 아니하여 魔(마)의 벗이 아니 되어서, 漸漸(점점)

들이시면⁷⁷⁾ 뎌에서⁷⁸⁾ 주거⁷⁹⁾ 도로⁸⁰⁾ 人_신間_간⁸¹⁾애 나 正_정히 보눈 精_정進_진을 得_득ᄒᆞ야 이든⁸²⁾ ᄠᅳ드로⁸³⁾ 出_츯家_강ᄒᆞ야 正_정ᄒᆞᆫ 봄과 해⁸⁴⁾ 드로믈⁸⁵⁾ 허디⁸⁶⁾ 아니ᄒᆞ야 甚_씸히⁸⁷⁾ 기픈 ᄠᅳ들 알며 增_증上_쌍慢_만을 여희여 正_정法_법⁸⁸⁾을 비웃디 아니ᄒᆞ야 魔_망이⁸⁹⁾ 버디⁹⁰⁾ 아니 ᄃᆞ외야 漸_쪔漸_쪔⁹¹⁾

---

77) 들이시면: 들이[듣게 하다, 令聞: 들(← 듣다, ㄷ불: 듣다, 聞)- + -이(사접)-]- + -시(주높)- + -면(연어, 조건)

78) 뎌에셔: 뎌에(저기, 彼: 지대, 정칭) + -셔(-서: 보조사, 위치 강조) ※ '뎌에'는 원래 '저기'의 뜻으로 쓰이는 장소 지시 대명사인데, 앞에서 제시된 '악취(惡趣)'를 대용한다. 여기서는 문맥을 감안하여 '거기'로 의역하여서 옮긴다.

79) 주거: 죽(죽다, 死)- + -어(연어)

80) 도로: [도로, 還(부사): 돌(돌다, 回)- + -오(부접)]

81) 人間: 인간. 인간이 사는 세상이다.

82) 이든: 읻(좋다, 善)- + -Ø(현시)- + -은(관전)

83) ᄠᅳ드로: ᄠᅳᆮ(뜻, 意) + -으로(부조, 방편)

84) 해: [많이, 多(부사): 하(많다, 多: 형사)- + -ㅣ(← -이: 부접)]

85) 드로믈: 들(← 듣다, ㄷ불: 듣다, 聞)- + -옴(명전) + -올(목조)

86) 허디: 허(← 헐다: 헐다, 毁)- + -디(-지: 연어, 부정)

87) 甚히: [심히, 대단히(부사): 甚(심: 불어) + -ᄒᆞ(← -ᄒᆞ-: 형접)- + -이(부접)]

88) 正法: 정법. 올바른 교법(敎法)이다.

89) 魔이: 魔(마) + -이(-의: 관조) ※ '魔(마)'는 산스크리트어 māra의 음사인 '마라(魔羅)'의 준말이다. 수행을 방해하고 중생을 괴롭히는 온갖 번뇌이다.

90) 버디: 벋(벗, 友) + -이(보조)

91) 漸漸: 점점(부사). 조금씩 더하거나 덜하여지는 모양이다.

菩薩(보살)의 行(행)을 닦아 圓滿(원만)을 빨리 得(득)하리라. 또 文殊師利
(문수사리)여, 모든 有情(유정)이 貪(탐)하고 샘발라서 자기의 몸을 칭찬하
고 남을 헐어, 三惡趣(삼악취)에 떨어져 無量(무량) 千歲(천세)를 受苦(수
고)하다가, 거기(= 三惡趣)서 죽어 人間(인간)에 나고도, 소거나 말이거나
낙타거나

菩_뽕薩_삻ㅅ 行_행을⁹²⁾ 닷가⁹³⁾ 圓_원滿_만⁹⁴⁾을 샐리⁹⁵⁾ 得_득ᄒ리라 ᄯᅩ 文_문殊_쓩師_{ᄉᆞᆼ}利_링여 有_{ᅌᅮᆯ}情_쪙들히 貪_탐ᄒ고⁹⁶⁾ 새옴블라⁹⁷⁾ 제 모믈 기리고⁹⁸⁾ ᄂᆞ믈⁹⁹⁾ 허러 三_삼惡_학趣_츙¹⁾예 ᄢᅥ러디여 無_뭉量_량 千_쳔歲_쉥를 受_쓩苦_콩ᄒ다가²⁾ 뎌에셔 주거 人_신間_간애 나고도 쇠어나³⁾ ᄆᆞ리어나⁴⁾ 약대어나⁵⁾

---

92) 行을; 行(행) + -을(목조) ※ '行(행)'은 승려나 수행자(修行者)가 정하여진 업(業)을 닦는 일이다. 특히 고행(苦行)을 이른다.

93) 닷가: 닭(닦다, 修)- + -아(연어)

94) 圓滿: 원만. 조금도 결함(缺陷)이나 부족(不足)함이 없는 것이다.

95) 샐리: [빨리, 速(부사): 샐ㄹ(← ᄲᆞᄅᆞ다: 빠르다, 速)- + -이(부접)]

96) 貪ᄒ고: ※ '貪(탐)'은 육번뇌(六煩惱)의 하나이다. 자기의 뜻에 잘 맞는 사물에 집착하는 번뇌를 이른다.

97) 새옴블라: 새옴블ㄹ[← 새옴ᄇᆞᄅᆞ다(샘바르다, 嫉妬): 새옴(샘: 명사) + ᄇᆞᄅᆞ(굳다, 되다, 堅)-]- + -아(연어) ※ '새옴ᄇᆞᄅᆞ다(샘바르다)'는 시샘(嫉妬)이 심한 것이다.

98) 기리고: 기리(기리다, 칭찬하다, 讚)- + -고(연어, 나열)

99) ᄂᆞ믈: 눔(남, 他) + -을(목조)

1) 三惡趣: 삼악취. 악인이 죽어서 가는 세 가지의 괴로운 세계(지옥도·축생도·아귀도)이다.

2) 受苦ᄒ다가: 受苦ᄒ[수고하다: 受苦(수고) + -ᄒ(동접)-]- + -다가(연어, 전환)

3) 쇠어나: 쇼(소, 牛) + -ㅣ어나(← -이어나: -이거나, 보조사, 선택)

4) ᄆᆞ리어나: 물(말, 馬) + -이어나(-이거나: 보조사, 선택)

5) 약대어나: 약대(낙타, 駱) + -ㅣ어나(← -이어나: -이거나, 보조사, 선택)

나귀이거나 되어, 長常(장상) 채로 맞고 굶주림과 목마름으로 受苦(수고)
하며, 또 長常(장상) 무거운 것을 져서 길을 쫓아 다니다가, 혹시 사람이
되고도 (신분이) 낮은 남의 종이 되어 남이 시키는 일에 다녀서 늘 自得
(자득)하지 못하겠으니, 만일 예전에 人間(인간)에 있을 적에

라귀어나[6] ᄃᆞ외야 長ᄯᅡᆼ常쌰ᇰ 채[7] 맛고[8] 주으륨과[9] 목ᄆᆞ로ᄆᆞ로[10] 受

쓯苦콩ᄒᆞ며 ᄯᅩ 長ᄯᅡᆼ常쌰ᇰ[11] 므거븐[12] 거슬 지여[13] 길흘 조차 ᄃᆞᆫ니다

가 시혹[14] 사ᄅᆞ미 ᄃᆞ외오도[15] ᄂᆞᆺ가ᄇᆞᆫ[16] ᄂᆞ미[17] 죠ᅌᅵ[18] ᄃᆞ외야[19] ᄂᆞ미

브룐[20] 일 ᄃᆞᆫ녀[21] 샤ᇰ녜[22] 自쫑得득디[23] 몯ᄒᆞ리니 ᄒᆞ다가 아래[24] 人ᅀᅵᆫ

間간애 이싫[25] 저긔[26]

---

6) 라귀어나: 라귀(나귀, 당나귀, 驢) + −어나(←−이어나: −이거나, 보조사, 선택)

7) 채: 채찍. 鞭.

8) 맛고: 맛(← 맞다: 맞다, 被撻)− + −고(연어, 나열)

9) 주으륨과: 주으리(주리다, 飢)− + −움(명전) + −과(접조)

10) 목ᄆᆞ로ᄆᆞ로: 목ᄆᆞᄅ[← 목ᄆᆞᄅ다(목마르다, 渴): 목(목, 喉) + ᄆᆞᄅ(마르다, 乾)−]− + −옴(명전) + −ᄋᆞ로(부조, 방편)

11) 長常: 장상. 항상(부사)

12) 므거븐: ① 므길[← 므겁다, ㅂ불(무겁다, 重): 므기(무겁게 하다)− + −업(형접)−]− + −Ø(현시)− + −은(관전) ② 므길[← 므겁다, ㅂ불(무겁다, 重): *믁(무거워하다: 불어)− + −업(형접)−]− + −Ø(현시)− + −은(관전)

13) 지여: 지(지다, 負)− + −여(←−어: 연어)

14) 시혹 : 혹시, 或(부사)

15) ᄃᆞ외오도: ᄃᆞ외(되다, 爲)− + −오도(←−고도: 연어, 불구)

16) ᄂᆞᆺ가ᄇᆞᆫ: ᄂᆞᆺ굴[← ᄂᆞᆺ갑다, ㅂ불(낮다, 賤): ᄂᆞᆺ(← ᄂᆞᆺ다: 낮아지다, 사그라지다, 低, 동사)− + −갑(형접)−]− + −Ø(현시)− + −은(관전)

17) ᄂᆞ미: ᄂᆞᆷ(남, 他) + −ᄋᆡ(관조, 의미상 주격)

18) 죠ᅌᅵ: 죵(종, 奴婢) + −이(보조)

19) ᄃᆞ외야: ᄃᆞ외(되다, 化)− + −야(←−아: 연어)

20) 브룐: 브리(부리다, 시키다, 驅)− + −Ø(과시)− + −오(대상)− + −ㄴ(관전)

21) ᄃᆞᆫ녀[ᄃᆞᆫ니(다니다, 行: ᄃᆞᆮ(닫다, 달리다, 走)− + 니(가다, 行)−]− + −어(연어)

22) 샤ᇰ녜: 늘, 항상, 恒(부사)

23) 自得디: 自得[← 自得ᄒᆞ다(자득하다, 스스로 얻다): 自得(자득: 명사) + −ᄒᆞ(동접)−]− + −디(−지: 연어, 부정) ※ 自得(자득)은 속박이나 장애가 없이 자유로운 것이다.

24) 아래: 예전, 曾(명사, 부사)

25) 이싫: 이시(있다, 在)− + −ㅭ(관전)

26) 저긔: 적(적, 때, 時: 의명) + −의(−에: 부조, 위치)

藥師瑠璃光如來(약사유리광여래)의 이름을 들었던 것이면, 이 좋은 因緣 (인연)으로 이제 와서 또 생각하여 지극한 마음으로 歸依(귀의)하면, 부처 의 神力(신력)으로 많은 受苦(수고)를 벗어 諸根(제근)이 聰明(총명)하고 날카로워 智慧(지혜)로우며, 많이 들어 長常(장상) 좋은 法(법)을 求(구)하 여 어진

藥_약師_숭瑠_률璃_링光_광如_셩來_링ㅅ 일후믈 듣ᄌᆞᄫᆞᆫ 디면²⁷⁾ 이 됴ᄒᆞᆫ 因_힌緣_원으로 이제²⁸⁾ 와 쏘 싱각ᄒᆞ야 고ᄌᆞᆨᄒᆞᆫ²⁹⁾ ᄆᆞᅀᆞᄆᆞ로³⁰⁾ 歸_귕依_{ᅙᅴᆼ}³¹⁾ᄒᆞ면 부텻 神_씬力_륵³²⁾으로 한³³⁾ 受_쓯苦_콩를 벗어 諸_졍根_군³⁴⁾이 聰_총明_명코³⁵⁾ ᄂᆞᆯ카ᄫᅡ³⁶⁾ 智_딩慧_{ᄬᅨᆼ}ᄅᆞᄫᆡ며³⁷⁾ 해³⁸⁾ 드러 長_{땨ᇰ}常_{쌰ᇰ} 됴ᄒᆞᆫ 法_법을 求_꿀ᄒᆞ야 어딘³⁹⁾

---

27) 듣ᄌᆞᄫᆞᆫ 디면: 듣(듣다, 聞)- + -ᄌᆞᆸ(←-ᄌᆞᆸ-: 객높)- + -아(연어) + 잇(← 이시다: 있다, 보용, 완료 지속)- + -다(←-더-: 회상)- + -Ø(←-오-: 대상)- + -ㄴ(관전) # ᄃ(← ᄃᆞ: 것, 의명) + -이(서조)- + -면(연어, 조건) ※ '듣ᄌᆞᄫᆞᆫ디면'은 '듣ᄌᆞᄫᅡ 잇단 디면'이 축약된 형태이다. 이 형태는 '들어 있던 것이면'으로 직역할 수 있는데, '들었던 것이면'으로 의역하여 옮긴다.

28) 이제: [이제, 이때, 今(명사): 이(이, 此: 관사, 지시, 정칭) + 저(← 적: 적, 때, 時, 의명) + -에(부조, 위치, 시간)]

29) 고ᄌᆞᆨᄒᆞᆫ: 고ᄌᆞᆨᄒᆞ[올곧다, 골똘하다, 지극하다, 至: 고ᄌᆞᆨ(골똘, 至: 불어) + -ᄒᆞ(형접)-]- + -Ø(현시)- + -ㄴ(관전)

30) ᄆᆞᅀᆞᄆᆞ로: ᄆᆞᅀᆞᆷ(마음, 心) + -ᄋᆞ로(부조, 방편) ※ '고ᄌᆞᆨᄒᆞᆫ ᄆᆞᅀᆞᆷ'은 『약사유리광여래 본원공덕경』에 나오는 '至心(지심)'을 우리말로 옮긴 것이다. '至心(지심)'은 더없이 성실한 마음이다.

31) 歸依: 귀의. 부처와 불법(佛法)과 승가(僧伽)로 돌아가 의지하여 구원을 청하는 것이다. 불교 신앙의 근본이 되는 신조이다.

32) 神力: 신력. 신통력(神通力)이다.

33) 한: 하(많다, 衆)- + -Ø(현시)- + -ㄴ(관전)

34) 諸根: 제근. 외계를 인식하는 다섯 가지 기관인 오관(五官: 눈, 귀, 코, 혀, 몸)을 이르는데, 여기서 '근(根)'은 기관·기능·작용·능력·소질을 뜻한다.

35) 聰明코: 聰明ᄒ[← 聰明ᄒᆞ다(총명하다): 聰明(총명: 명사) + -ᄒᆞ(형접)-]- + -고(연어, 나열)

36) ᄂᆞᆯ카ᄫᅡ: ᄂᆞᆯ캅[← ᄂᆞᆯ캅다, ㅂ불(날카롭다, 利): ᄂᆞᆯ ㅎ(날, 칼날, 刃) + -갑(형접)-]- + -아(연어)

37) 智慧ᄅᆞᄫᆡ며: 智慧ᄅᆞᄫᆡ[지혜롭다: 智慧(지혜: 명사) + -ᄅᆞᄫᆡ(형접)-]- + -며(연어, 나열)

38) 해: [많이, 多(부사): 하(많다, 多: 형사)- + -ㅣ(←-이: 부접)]

39) 어딘: 어디(← 어딜다: 어질다, 善)- + -Ø(현시)- + -ㄴ(관전)

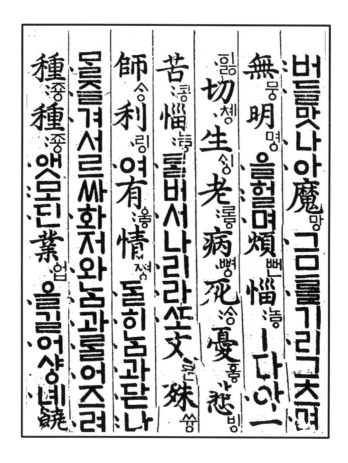

벗을 만나 魔(마)의 그물을 길이 끊으며, 無明(무명)을 헐며 煩惱(번뇌)가
다하여 一切(일체)의 生老病死(생로병사)와 憂悲苦惱(우비고뇌)를 벗어나
리라. 또 文殊師利(문수사리)여, 모든 有情(유정)이 남과 따로 나는 것(=
괴리되는 것)을 즐겨, 서로 싸워 자기와 남을 어지럽혀 種種(종종)의 모진
罪業(죄업)을 길러서, 항상

버들⁴⁰⁾ 맛나아⁴¹⁾ 魔망⁴²⁾ 그므를⁴³⁾ 기리⁴⁴⁾ 그츠며⁴⁵⁾ 無뭉明명⁴⁶⁾을 헐

며 煩뻔惱놀ㅣ 다아⁴⁷⁾ 一잂切쳉 生싱老롤病뼝死숭⁴⁸⁾ 憂흏悲빙苦콩惱놀⁴⁹⁾

를 버서나리라⁵⁰⁾ 쏘⁵¹⁾ 文문殊쓩師숭利링여 有윻情쪙들히 ᄂᆞᆷ과 닫⁵²⁾

나믈⁵³⁾ 즐겨 서르⁵⁴⁾ 싸화⁵⁵⁾ 저와 ᄂᆞᆷ과를⁵⁶⁾ 어즈려⁵⁷⁾ 種죵種죵앳⁵⁸⁾

모딘 罪쬥業업⁵⁹⁾을 길워⁶⁰⁾ ᄉᆞᇰ녜

---

40) 버들: 벋(벗, 友) + -을(목조)

41) 맛나아: 맛나[만나다, 遇: 맛(← 맞다: 맞다, 迎) - + 나(나다, 出) -] - + -아(연어)

42) 魔: 마. 사람의 마음을 홀려 제정신을 차리지 못하게 하고, 불도 수행을 방해하여 악한 길로 유혹하는 나쁜 귀신이다.

43) 그므를: 그믈(그물, 罔) + -을(목조)

44) 기리: [길리, 永(부사): 길(길다, 長) - + -이(부접)]

45) 그츠며: 긏(끊다, 斷) - + -으며(연어, 나열)

46) 無明: 무명. 십이 연기의 하나이다. 무명은 잘못된 의견이나 집착 때문에 진리를 깨닫지 못하는 마음의 상태를 이르는데, 모든 번뇌의 근원이 된다.

47) 다아: 다(← 다ᄋ다: 다하다, 盡) - + -아(연어)

48) 生老病死: 생로병사. 사람이 나고 늙고 병들고 죽는 네 가지 고통이다.

49) 憂悲苦惱: 우비고뇌. 걱정하고 슬퍼하고 괴로워하고 번뇌하는 것이다.

50) 버서나리라: 버서나[벗어나다, 解脫: 벗(벗다, 脫) - + -어(연어) + 나(나다, 出) -] - + -리(미시) - + -라(← -다: 평종)

51) 쏘: 또, 又(부사)

52) 닫: 따로, 別(부사)

53) 나믈: 나(나다, 出) - + -ㅁ(← -옴: 명전) + -을(목조) ※ 'ᄂᆞᆷ과 닫 남'은 다른 사람에게 어깃장을 놓아서 남과 괴리(乖離)되는 것이다.

54) 서르: 서로, 相(부사)

55) 싸화: 싸호(싸우다, 鬪) - + -아(연어)

56) ᄂᆞᆷ과를: ᄂᆞᆷ(남, 他) + -과(접조) + -를(목조)

57) 어즈려: 어즈리[어지럽히다, 亂: 어즐(어질: 불어) + -이(사접) -] - + -어(연어)

58) 種種앳: 種種(종종, 여러 가지) + -애(-에: 부조, 위치) + -ㅅ(-의: 관조)

59) 罪業: 죄업. 자신과 남에게 해가 되는 그릇된 행위와 말과 생각이다.

60) 길워: 길우[기르다, 長: 길(자라다, 長: 자동) - + -우(사접) -] - + -어(연어)

饒益(요익)하지 아니한 일을 하고, 서로 害(해)할 꾀를 하여 산이며 수풀
이며 나무며 무덤에 있는 神靈(신령)에게 이르고, 짐승을 죽여 夜叉(야차)
와 羅刹(나찰) 等(등)을 제사하며, 미운 사람의 이름을 쓰며, (미운 사람의)
형상을 만들어 모진 呪術(주술)로 빌어 厭魅(염매)를 蠱道(고도)하며, 起屍
鬼(기시귀)를 呪(주)하여【 厭魅(염매)는 가위눌리게 하는

有_율益_혁디⁶¹⁾ 아니흔 이를 ᄒ고 서르 害_행홀⁶²⁾ 쇠를⁶³⁾ ᄒ야 뫼히며⁶⁴⁾ 수프리며⁶⁵⁾ 즘게며⁶⁶⁾ 무더멧⁶⁷⁾ 神_씬靈_령둘히 게⁶⁸⁾ 니르고 즁싱⁶⁹⁾ 주겨⁷⁰⁾ 夜_양叉_창⁷¹⁾ 羅_랑利_찷⁷²⁾ 等_등을 이바ᄃ며⁷³⁾ 믜븐⁷⁴⁾ 사ᄅ미 일훔 쓰며 얼구를⁷⁵⁾ 밍ᄀ라⁷⁶⁾ 모딘 呪_즁術_쓟로 비러⁷⁷⁾ 厭_염魅_밍⁷⁸⁾ 蠱_공道_똘⁷⁹⁾ᄒ며 起_킝屍_싱鬼_귕⁸⁰⁾를 呪_즁ᄒ야【厭_염魅_밍ᄂᆞᆫ ᄀᆞ오누르ᄂᆞᆫ⁸¹⁾

---

61) 有益디: 有益[← 有益ᄒ다(유익하다): 有益(유익) + -ᄒ(형접)-] + -디(-지: 연어, 부정)

62) 害홀: 害ᄒ[← 害ᄒ다(해하다): 害(해) + -ᄒ(동접)-] + -오(대상)- + -ㄹㆆ(관전)

63) 쇠를: 쇠(꾀, 謀) + -를(목조)

64) 뫼히며: 뫼ㅎ(산, 山) + -이며(접조)

65) 수프리며: 수플[수풀, 林: 숳(숲, 林) + 플(풀, 草)] + -이며(접조)

66) 즘게며: 즘게(나무, 木) + -며(← -이며: 접조)

67) 무더멧: 무덤[무덤, 塚: 묻(묻다, 埋)- + -엄(명접)] + -에(부조, 위치) + -ㅅ(-의: 관조) ※ '무더멧'은 '무덤에 있는'으로 의역하여 옮긴다.

68) 神靈둘히게: 神靈둘ㅎ[신령들: 神靈(신령) + -둘ㅎ(-들: 복접)] + -이(관조) # 게(거기에: 의명)

69) 즁싱: 짐승, 獸.

70) 주겨: 주기[죽이다, 殺: 죽(죽다, 死: 자동)- + -이(사접)-] + -어(연어)

71) 夜叉: 야차. 팔부중(八部衆)의 하나이다. 사람을 괴롭히거나 해친다는 사나운 귀신이다. 초자연적인 힘을 갖고 있는 귀신이며 불법을 수호한다. 북방다문천왕(北方多聞天王)의 부하이다.

72) 羅利: 나찰. 팔부중(八部衆)의 하나이다. 푸른 눈과 검은 몸, 붉은 머리털을 하고서 사람을 잡아먹으며, 지옥에서 죄인을 못살게 군다고 한다. 나중에 불교의 수호신이 되었다.

73) 이바ᄃ며: 이받(대접하다, 제사하다, 祭祀)- + -ᄋᆞ며(연어, 나열)

74) 믜븐: 믭(← 믭다, ㅂ불: 믭다, 怨)- + -∅(현시)- + -은(관전)

75) 얼구를: 얼굴(모습, 형상, 像) + -을(목조)

76) 밍ᄀ라: 밍골(만들다, 作)- + -아(연어)

77) 비러: 빌(빌다, 呪)- + -어(연어)

78) 厭魅: 염매. 구반다. 팔부(八部)의 하나로서, 사람의 정기를 빨아먹는다는 귀신이다. 사람의 몸에 머리는 말의 모양을 하고 있는 남방 증장천왕의 부하이다.

79) 蠱道: 고도. 뱃속에 기생충이 있게 하는 것이다.

80) 起屍鬼: 기시귀. 산스크리트어 vetala 산스크리트어 vetāḍa의 음사이다. 귀(鬼) 혹은기시귀(起屍鬼)라 번역한다. 시체를 일으켜 원한이 있는 사람을 죽이게 한다는 귀신이다.

81) ᄀᆞ오누르ᄂᆞᆫ: ᄀᆞ오누르[가위를 눌리게 하다: ᄀᆞ오(가위) + 누르(누르다)-] + -ᄂᆞ(현시)- + -ㄴ(관전)

鬼귕神씬이니 鳩귱槃빤茶땅ㅣ라 蠱고
道똥ㅣ 빗 소배 벌에 잇게 홀씨라 起킝尸
싱思ㅣ 근 부톄 주거믈 니ᄅᆞ왇ᄂᆞᆫ 귓거시라 ○ ᄒᆞᆫ
저근 부톄 冥명寧녕國귁 白빅土통邑흡
에 겨시더니 그제 尼닝乾껀子ᄌᆞ 究
羅랑帝뎽라 ᄒᆞ야 일후미
利링養양ᄋᆞᆯ 恭공敬경ᄒᆞ야 일후미 머
두 善쎤宿슉比삥丘쿠ᇢ 城셩
ᄢᅴ 조쫑ᄫᆞ며 다시 바리 가지샤 究랑羅帝뎽尼닝
乾껀子ᄌᆞ 善쎤宿슉 比삥丘쿠ᇢ
셩生間간애 阿항羅랑漢한ᄃᆞᆯ히

鬼神(귀신)이니 鳩槃茶(구반다)이다. 蠱道(고도)는 뱃속에 벌레가 있게 하는 것이다. 起尸鬼(기시귀)는 주검을 일으키는 귀신이다. ○ 한 때는 부처가 冥寧國(명녕국)의 白土邑(백토읍)에 계시더니, 그때 尼乾子(이건자)의 이름이 究羅帝(구라제)라고 하는 이가 白土(백토)에 있더니, 사람이 (구라제를) 恭敬(공경)하여 (구라제의) 이름이 멀리 들리어 利養(이양)을 많이 얻더니, 그때에 부처가 옷을 입으시고 바리를 가지시어 城(성)에 들어 乞食(걸식)하시더니, 善宿(선숙) 比丘(비구)가 부처의 뒤에 쫓아서 가더니 究羅帝(구라제) 尼乾子(이건자)가 똥 무더기의 위에 겨를 (몸이) 굽어져서 핥거늘, 善宿(선숙) 比丘(비구)가 여기되 "世間(세간)에 阿羅漢(아라한)들이

鬼_귕神_씬이니 鳩_굴槃_빤茶_땅ㅣ라⁸²⁾ 蠱_공道_똫는 빈쏘배⁸³⁾ 벌에⁸⁴⁾ 잇게 홀 씨라 起_킝屍_싱鬼_귕는 주검⁸⁵⁾ 니르왇는⁸⁶⁾ 귓거시라⁸⁷⁾ ○ 흔 저근⁸⁸⁾ 부톄 冥_명寧_녕國_귁 白_뻭土_통邑_흡에 겨시더니 그제 尼_닝乾_껀子_중⁸⁹⁾ 일훔 究_귷羅_랑帝_뎅라 호리⁹⁰⁾ 白_뻭土_통애 잇더니 사르미 恭_공敬_경ᄒᆞ야 일후미 머리⁹¹⁾ 들여⁹²⁾ 利_링養_양⁹³⁾을 만히 얻더니 그제 부톄 옷 니브시고 바리⁹⁴⁾ 가지샤 城_쎵의 드러 乞_긇食_씩ᄒᆞ더시니⁹⁵⁾ 善_쎤宿_슉 比_뼁丘_쿻ㅣ 부텻 뒤헤 조쯧바⁹⁶⁾ 가더니 究_귷羅_랑帝_뎅 尼_닝乾_껀子_중ㅣ 똥⁹⁷⁾ 무딧⁹⁸⁾ 우희 겨를⁹⁹⁾ 구버¹⁾ 할커늘²⁾ 보고 善_쎤宿_슉 比_뼁丘_쿻ㅣ 너교ᄃᆡ³⁾ 世_셍間_간애 阿_항羅_랑漢_한들히

82) 鳩槃茶ㅣ라: 鳩槃茶(구반다) + -ㅣ(←-이-: 서조) + -Ø(현시) + -라(←-다: 평종)
83) 빈쏘배: 빗솝[뱃속, 腹腔: 비(배, 腹) + -ㅅ(관조, 사잇) + 솝(속, 內)] + -애(-에: 부조, 위치)
84) 벌에: 벌에(벌레, 蟲) + -Ø(←-이: 주조)
85) 주검: [주검, 屍: 죽(죽다, 死)- + -엄(명접)]
86) 니르왇는: 니르왇[일으키다, 起: 닐(일어나다, 起)- + -으(사접)- + -왇(강접)-]- + -ᄂᆞ(현시)- + -ㄴ(관전)
87) 귓거시라: 귓것[귀신, 鬼: 귀(귀, 鬼) + 것(것, 者: 의명)] + -이(서조) + -Ø(현시) + -라(←-다: 평종)
88) 저근: 적(적, 때, 時: 의명) + -은(보조사, 주제)
89) 尼乾子: 이건자. 인도에 있는 외도(外道)의 일파이다.
90) 호리: ᄒᆞ(← ᄒᆞ다: 하다, 曰)- + -오(대상)- + -ㄹ(관전) # 이(이, 者: 의명) + -Ø(←-이: 주조)
91) 머리: [멀리, 遠(부사): 멀(멀다, 遠)- + -이(부접)]
92) 들여: 들이[들리다, 聞: 들(← 듣다, ㄷ불: 듣다, 聞)- + -이(피접)-]- + -어(연어)
93) 利養: 이양. 재리(財利)를 탐하며 자기를 자양(自養)하려는 것이다.
94) 바리: 절에서 쓰는 승려의 공양 그릇이다.
95) 乞食ᄒᆞ더시니: 乞食ᄒᆞ[걸식하다: 乞食(걸식) + -ᄒᆞ(동접)-]- + -더(회상)- + -시(주높)- + -니(연어, 설명 계속) ※ '乞食(걸식)'은 음식 따위를 빌어먹는 것이다.
96) 조쯧바: 조(← 좇다: 쫓다, 隨)- + -쯉(←-줍-: 객높)- + -아(연어)
97) 똥: 똥, 糞.
98) 무딧: 무디(무더기) + -ㅅ(-의: 관조)
99) 겨를: 겨(쌀의 겨) + -를(목조)
1) 구버: 굽(굽어지다, 曲)- + -어(연어)
2) 할커늘: 핧(핥다, 舐)- + -거늘(연어, 상황)
3) 너교ᄃᆡ: 너기(여기다, 思)- + -오ᄃᆡ(-되: 연어, 설명 계속)

阿羅漢(아라한)의 道(도)를 向(향)할 사람이 여기에 미칠 이가 없으니, 이 尼乾子(이건자)가 道理(도리)가 가장 으뜸값구나. "(그것이) 어째서이냐?"고 한다면, 이 사람이 苦行(고행)하는 것을 能(능)히 이리 하여 憍慢(교만)한 마음을 버려 똥 무더기의 위에 겨를(몸이) 구어져서 홣는구나."라고 하거늘, 그때에 부처가 오른녘으로 도시어 善宿(선숙)더러 이르시되, "네가 뜻이 어리석은 사람이 어찌 네가 釋子(석자)이라고 하는가?

　　부처가 이르시되 "四大河水(사대하수)가 바다에 든 後(후)에 다시 本來(본래)의 이름이 없어 한가지로 이름이 바다이니, 네 가지의 姓(성)인 利利(찰리)·婆羅門(바라문)·長者(장자)·居士(거사)의 種(종)이 如來(여래)에게 머리를 깎아, 세 가지의 法衣(법의)를 입어

阿ᅙᅡᆼ羅랑漢한 道뚈 向향ᅘᅩᆼ 사ᄅᆞ미 이에[4] 미츠리[5] 업스니 이 尼닝乾껀子중ㅣ 道뚈
理링 뭇 爲윙頭뚈ᄒᆞ도다[6] 엇뎨어뇨[7] ᄒᆞ란ᄃᆡ[8] 이 사ᄅᆞ미 苦콩行ᅘᅢᆼ호ᄆᆞᆯ 能ᄂᆞᆼ히 이
리 ᄒᆞ야 憍꾭慢만ᄒᆞᆫ ᄆᆞᅀᆞᆷ ᄇᆞ려 ᄌᆢᇰ 무딋 우희 겨를 구버 할놋다[9] ᄒᆞ거늘 그제 부
톄 올ᄒᆞ녀그로[10] 도ᄅᆞ샤 善쎤宿슉ᄃᆞ려 니ᄅᆞ샤ᄃᆡ 네 ᄠᅳ디 어린[11] 사ᄅᆞ미 엇뎨 네
釋셕子중ㅣ 로라[12] ᄒᆞᄂᆞᆫ다[13]

부톄 니ᄅᆞ샤ᄃᆡ 四ᄉᆞᆼ大땡河ᅘᅡᆼ水ᄉᆔᆼ[14] 바ᄅᆞ래[15] 든 後ᅘᅮᇢ에 ᄂᆞ외야[16] 本본來링ㅅ 일후
미 업서 ᄒᆞᆫ가지로 일후미 바ᄅᆞ리니 네 가짓 姓ᄉᆡᇰ 利칧利링[17] 婆빵羅랑門몬[18] 長땨ᇰ
者쟝[19] 居겅士ᄊᆞᇰ[20] 種죠ᇰ이 如ᅀᅧᆼ來링ㅅ 거긔[21] 머리 갓가 세 가짓 法법衣ᅙᅴᆼ[22] 니버

---

4) 이에: 여기에, 此處((지대, 정칭)
5) 미츠리: 및(미치다, 이르다, 至)- + -을(관전) # 이(이, 者: 의명) + -Ø(←-이: 주조)
6) 爲頭ᄒᆞ도다: 爲頭ᄒᆞ[으뜸가다: 爲頭(위두) + -ᄒᆞ(형접)-]- + -Ø(과시)- + -도(감동) + -다(평종)
7) 엇뎨어뇨: 엇뎨(어째서, 何: 부사) + -Ø(←-이-: 서조)- + -Ø(현시)- + -어(←-거-: 확인)-
   + -뇨(-냐: 의종, 설명)
8) ᄒᆞ란ᄃᆡ: ᄒᆞ(하다, 曰)- + -란ᄃᆡ(-면: 연어, 조건)
9) 할놋다: 할(← 핧다: 핥다)- + -ㄴ(←-ᄂᆞ-: 현시)- + -오(←-옷-: 감동) + -다(평종)
10) 올ᄒᆞ녀그로: 올ᄒᆞ녁[오른쪽, 右向: 옳(옳다, 오른쪽이다, 是, 右)- + -ᄋᆞᆫ(관전) + 녁(녘, 쪽, 向:
    의명)] + -으로(부조, 방향)
11) 어린: 어리(어리석다, 愚)- + -Ø(현시)- + -ㄴ(관전)
12) 釋子ㅣ로라: 釋子(석자, 스님) + -ㅣ(←-이-: 서조)- + -Ø(현시)- + -로(←-오-: 화자)- + -라
    (←-다: 평종)
13) ᄒᆞᄂᆞᆫ다: ᄒᆞ(하다, 曰)- + -ᄂᆞ(현시)- + -ㄴ다(-ㄴ가: 의종, 2인칭)
14) 四大河水: 四大河水(사대하수) + -Ø(←-이: 주조) ※ '四大河(사대하)'는 염부제(閻浮提)에 있
    다는 네 개의 큰 강이다. '긍가(恆伽), 신두(新頭), 바차(婆叉), 사타(斯陀)'의 강을 말한다.
15) 바ᄅᆞ래: 바ᄅᆞᆯ(바다, 海) + -애(-에: 부조, 위치)
16) ᄂᆞ외야: [다시, 거듭하여, 復(부사): ᄂᆞ외(거듭하다: 동사)- + -야(←-아: 연어)]
17) 利利: 찰리. 크샤트리아(Ksatriya). 인도 카스트 제도에서 두 번째 지위인 왕족과 무사 계급이다.
18) 婆羅門: 바라문. 브라만(Brahman). 인도 카스트 제도에서 가장 높은 지위인 승려 계급이다.
19) 長者: 장자. 덕망이 뛰어나고 경험이 많아 세상일에 익숙한 어른이다.
20) 居士: 거사. 속세에 있으면서 불교를 믿는 남자이다.
21) 如來ㅅ 거긔: 如來(여래) + -ㅅ(-의: 관조) # 거긔(거기에: 의명)
22) 法衣: 법의. 승려가 입는 가사나 장삼 따위의 옷이다.

버 出츓家강ᄒ야 道똫理링ᄅᆞᆯ 빈호면ᄂᆞᆫ 와야 本본來링ㅅ 姓셩이 업서 오직 沙 門몬 釋셕迦강子ᄌᆞᆫ 라ᄒᆞ니 그 러혼고ᄃᆞᆫ 如셩來링ㅅ 衆즁은 大땡 곤니고 四승諦뎽ᄂᆞᆫ 四승大땡河행ㅣ 호니고 結겷使승ᄅᆞᆯ 더러 ᄇᆞ려 저품 업슨 涅넗槃빤城쎵에 드ᄂᆞ니라 ○ 부 텨 니ᄅᆞ샤ᄃᆡ 彌밍勒륵이 世솅間간애 나 면 比삥丘쿨 弟똉子ᄌᆞᆯ 히 다 慈쭝子ᄌᆞㅣ 釋셕 라호리니 내 이젯 弟똉子ᄌᆞㅣ 釋셕子ᄌᆞㅣ 라호미 ᄀᆞᆮ니라 善쎤宿슉ㅣ 부텻긔 ᄉᆞ로ᄃᆡ 世솅尊존하 엇 던 젼ᄎᆞ로 나ᄅᆞᆯ 어리다 ᄒᆞ샤 釋셕子ᄌᆞ

出家(출가)하여 道理(도리)를 배우면, 다시 本來(본래)의 姓(성)이 없어져서 오 직 沙門(사문)인 釋迦子(석가자)이라 하나니, 그러한 것은 如來(여래)의 衆(중) 은 大海(대해)와 같고 四諦(사체)는 四大河(사대하)와 같으니, 結使(결사)를 없 애 버려서 두려움이 없는 涅槃城(열반성)에 드느니라. ○ 부처가 이르시되 "彌 勒(미륵)이 世間(세간) 나면 比丘(비구) 弟子(제자)들이 다 慈子(자자)이라고 하 겠으니, 내의 이제의 弟子(제자)가 釋子(석자)이라고 하는 것과 같으니라. 善宿(선숙)이 부처께 사뢰되, "世尊(세존)이시여, 어떤 까닭으로 나를 어리석다고 하시 어서, '(내가) 釋子(석자)이라'고

出_츃家_강ᄒ야 道_똘理_링 ᄇᆡ호면²³⁾ ᄂᆞ외야 本_본來_{ᄅᆡᆼ}ㅅ 姓_셩이 업서 오직 沙_상門_몬²⁴⁾ 釋_셕迦_강子_{ᄌᆞᆼ}ㅣ라²⁵⁾ ᄒᆞᄂᆞ니 그러ᄒᆞᆫ²⁶⁾ 고ᄃᆞᆫ²⁷⁾ 如_셩來_{ᄅᆡᆼ} 衆_즁은 大_땡海_{ᄒᆡᆼ} ᄀᆞᆮ고 四_{ᄉᆞᆼ}諦_뎽²⁸⁾ᄂᆞᆫ 四_{ᄉᆞᆼ}大_땡河_행ㅣ ᄀᆞᆮᄒᆞ니 結_겷使_{ᄉᆞᆼ}²⁹⁾ᄅᆞᆯ 더러³⁰⁾ ᄇ려³¹⁾ 저품³²⁾ 업슨 涅_넗槃_빤城_쎵³³⁾에 드ᄂᆞ니라 ○ 부톄 니ᄅᆞ샤ᄃᆡ 彌_밍勒_륵³⁴⁾이 世_솅間_간애 나면 比_뼁丘_쿨 弟_똉子_{ᄌᆞᆼ}ᄃᆞᆯ히 다 慈_쫑子_{ᄌᆞᆼ}ㅣ라³⁵⁾ ᄒᆞ리니 내 이젯 弟_똉子_{ᄌᆞᆼ}ㅣ 釋_셕子_{ᄌᆞᆼ}ㅣ라 호미³⁶⁾ ᄀᆞᆮᄒᆞ니라

善_쎤宿_슣ㅣ 부텻긔³⁷⁾ ᄉᆞᆲ보ᄃᆡ 世_솅尊_존하³⁸⁾ 엇던 젼ᄎᆞ로 나ᄅᆞᆯ 어리다 ᄒᆞ샤 釋_셕子_{ᄌᆞᆼ}ㅣ로라³⁹⁾

---

23) ᄇᆡ호면: ᄇᆡ호[배우다, 學: 빟(버릇이 되다, 習)- + -오(사접)-]- + -면(연어, 조건)

24) 沙門: 사문. 불문에 들어가서 도를 닦는 사람을 이르는 말이다.

25) 釋迦子ㅣ라: 釋迦子(석가자) + -ㅣ(← -이-: 서조)- + -Ø(현시)- + -라(-다: 평종) ※ '釋迦子(석가자)'는 석가모니의 제자이다.

26) 그러ᄒᆞᆫ: 그러ᄒᆞ[← 그러ᄒᆞ다(그러하다, 如此(여차): 그러(그러: 불어)- + -ᄒᆞ(형접)-]- + -오(대상)- + -ㄴ(관전)

27) 고ᄃᆞᆫ: 곧(것, 者: 의명) + -ᄋᆞᆫ(보조사, 주제)

28) 四諦: 사체. 영원히 변하지 않는 네 가지 성스러운 진리이다. 곧 고제(苦諦)·집제(集諦)·멸제(滅諦)·도제(道諦)를 통틀어 일컫는다.

29) 結使: 결사. 번뇌(煩惱)의 다른 이름이다.

30) 더러: 덜(덜다, 감하다, 減)- + -어(연어)

31) ᄇ려: ᄇ리(버리다: 보용, 완료)- + -어(연어)

32) 저품: 저프[← 저프다(두렵다, 畏): 젛(두려워하다, 懼: 동사)- + -브(형접)-)- + -움(명전)

33) 涅槃城: 열반성. 아미타불이 살고 있는 정토(淨土)로 극락(極樂)을 이른다.

34) 彌勒: 미륵. 내세에 성불하여 사바세계에 나타나서 중생을 제도하리라는 보살이다.

35) 慈子ㅣ라: 慈子(자자) + -ㅣ(← -이-: 서조)- + -Ø(현시)- + -라(← -다: 평종) ※ '慈子(자자)'는 미륵보살(彌勒菩薩)의 제자들을 일컫는 말이다.

36) 호미: ᄒᆞ(← ᄒᆞ다: 하다, 謂)- + -옴(명전) + -이(-과: 부조, 비교)

37) 부텻긔: 부텨(부처, 佛) + -ㅅ긔(-께: 부조, 상대, 높임)

38) 世尊하: 世尊(세존) + -하(-이시여: 호조, 아주 높임)

39) 釋子ㅣ로라: 釋子(석자) + -ㅣ(← -이-: 서조)- + -Ø(현시)- + -로(← -오-: 화자)- + -라(← -다: 평종)

ᄒᆞ논 이를 몯ᄒᆞ리라 ᄒᆞ시ᄂᆞ니잇가 부톄 니ᄅᆞ샤ᄃᆡ 너 ᄀᆞᄐᆞᆫ 어린 사ᄅᆞ미 이 究羅帝 똥 무딧 우희 ᄭᅮ그려 겨ᄅᆞᆯ 구버셔 먹거늘 보고 네 너교ᄃᆡ 世間앳 阿羅漢과 阿羅漢 向ᄒᆞᇙ 사ᄅᆞᄆᆡ게 이 究羅帝 ᄀᆞ장 尊上ᄒᆞ니 엇뎨어뇨 ᄒᆞ면 이 究羅帝 能히 苦行ᄒᆞ야 憍慢ᄋᆞᆯ ᄇᆞ려 똥 무딧 우희 ᄭᅮ그려 겨ᄅᆞᆯ 구버셔 할ᄂᆞᆫ다 네 이 念을 뒷더녀 아니 뒷더녀 對答호ᄃᆡ 眞實로 뒷다ᅌᅵ다 善宿이 ᄯᅩ ᄉᆞᆯ보ᄃᆡ 엇뎨 世尊이 阿羅漢ᄋᆞᆯ 새옴ᄒᆞ시ᄂᆞ니잇고 부톄 니ᄅᆞ샤ᄃᆡ 어린 사ᄅᆞ마 내 엇뎨 阿羅漢ᄋᆞᆯ

하는 것을 못 하리라."라고 하십니까? 부처가 이르시되 "너와 같은 어리석은 사람이, 이 究羅帝(구라제)가 똥 무더기의 위에 쭈그려서 겨를 (몸이) 굽어져서 먹거늘, (그것을) 보고 네가 여기되, '世間(세간)의 阿羅漢(아라한)과 阿羅漢(아라한)을 向(향)할 사람들에게 이 究羅帝(구라제)가 가장 尊上(존상)하니, (그것이) 어째서이냐?'라고 한다면, 이 究羅帝(구라제)가 能(능)히 苦行(고행)하여 憍慢(교만)을 버려서, 똥 무더기의 위에 쭈그려서 겨를 굽어져서 핥는구나. 네가 이 念(염)을 두었던가, 아니 두었던가?"(선숙이) 對答(대답)하되, "眞實(진실)로 두었습니다." 善宿(선숙)이 또 사뢰되 "어찌 世尊(세존)이 阿羅漢(아라한)에게 샘내는 마음을 내십니까?" 부처가 이르시되 "어리석은 사람아. 내가 어찌 阿羅漢(아라한)에게 호물 몯 ᄒ리라 ᄒ시ᄂ니잇고[40] 부톄 니르샤ᄃ 네 어린 사ᄅ미 이 究_굴羅_랑帝_뎡[41] ᄯᅩᆼ 무딧 우희 줏그려셔[42] 겨를 구버 먹거늘 보고 네 너교ᄃ 世_솅間_간 阿_항羅_랑漢_한[43]과 阿_항羅_랑漢_한 向_향ᄒᆞᆫ 사ᄅᆷ들해[44] 이 究_굴羅_랑帝_뎡 믓 尊_존上_쌍ᄒ니[45] 엇뎨어뇨 ᄒ란ᄃ 이 究_굴羅_랑帝_뎡 能_능히 苦_콩行_{ᅘᅡᆼ}ᄒ야 憍_{ᄀᆛ}慢_만ᄋᆞᆯ 브려 ᄯᅩᆼ 무딧 우희 줏그려셔 겨를 구버 할놋다[46] 네 이 念_념을 뒷던다[47] 아니 뒷던다 對_됭答_답ᄒᆞᅀᆞᄫᅩᄃ[48] 實_씷로[49] 뒷다이다[50] 善_쎤宿_슣이 ᄯᅩ 슬ᄫᅩᄃ[51] 엇뎨 世_솅尊_존이 阿_항羅_랑漢_한의 거긔[52] 새옴[53] ᄆᆞᅀᆞᄆᆞᆯ 내시ᄂ니잇고 부톄 니르샤ᄃ 어린 사ᄅ마[54] 내 엇뎨 阿_항羅_랑漢_한이 게[55]

---

40) ᄒ시ᄂ니잇고 : ᄒ(하다, 曰)- + -시(주높)- + -ᄂ(현시)- + -잇(←-이-: 상높, 아주 높임)- + -니…고(-니까: 의종, 설명)

41) 究羅帝: 구라제. 외도(外道)의 인명이다.

42) 줏그려셔: 줏그리(쭈그리다)- + -어(연어) + -셔(-서: 보조사, 강조)

43) 阿羅漢: 아라한. 소승 불교의 수행자 가운데서 가장 높은 경지에 오른 이이다.

44) 사ᄅᆷ들해: 사ᄅᆷ들ᄒ[사람들: 사ᄅᆷ(사람, 人) + -들ᄒ(-들: 복접)] + -애(-에게: 부조, 위치)

45) 尊上ᄒ니: 尊上ᄒ(존상하다: 尊上(존상) + -ᄒ(형접)-]- + -니(연어, 설명 계속) ※ '尊上(존상)' 은 매우 지극히 존경받고 높은 것이다.

46) 할놋다: 할(←핧다: 핥다, 舐)- + -ᄂ(←-ᄂᆞ-: 현시)- + -옷(감동)- + -다(평종)

47) 뒷던다: 두(두다, 置)- + -Ø(←-어: 연어) + 잇(← 이시다: 있다, 보용, 완료 지속)- + -더(회 상)- + -ㄴ다(-ㄴ가: 의종, 2인칭)

48) 對答ᄒᆞᅀᆞᄫᅩᄃ: 對答ᄒ[대답하다: 對答(대답)- + -ᄒ(동접)-]- + -ᅀᆞᆸ(←-ᅀᆞᆸ-: 객높)- + -오ᄃ(- 되: 연어, 설명 계속)

49) 實로: [실로, 진짜로, 정말로(부사): 實(실: 불어) + -로(부조▷부접)]

50) 뒷다이다: 두(두다, 置)- + -Ø(←-어: 연어) + 잇(← 이시다: 있다, 보용, 완료 지속)- + -다(← -더-: 회상)- + -Ø(←-오-: 화자)- + -ㄴ다(-ㄴ가: 의종, 2인칭)

51) 슬ᄫᅩᄃ: 슗(← 슓다, ㅂ불: 사뢰다, 奏)- + -오ᄃ(-되: 연어, 설명 계속)

52) 阿羅漢의 거긔: 阿羅漢(아라한) + -의(←-익: 관조) # 거긔(거기에: 의명) ※ '阿羅漢의 거긔'는 '아라한에게'로 의역하여 옮긴다.

53) 새옴: [샘, 시샘, 嫉: 새오(새우다, 질투하다, 嫉)- + -ㅁ(명접)]

54) 사ᄅ마: 사ᄅᆷ(사람, 人) + -아(호조, 아주 낮춤)

55) 阿羅漢이 게: 阿羅漢의 거긔: 阿羅漢(아라한) + -익(관조) # 게(거기에: 의명)

이게 새 옴 모 ㅅ 몰 흐니 이 게 究쿻羅랑 帝뎅 느리 오 너 ㅣ 이제 어 린 사 ㄹ 미 ㅣ 究쿻 羅랑 帝뎅 를 너 교 디 ㄹ 리 오 너 ㅣ 이 사 ㄹ 미 ㅣ 後薩 이 아 라 과 ㅇ 며 ㄹ 기 이 제 며 ㄹ 기 이 디 어 린 사 ㅁ 미 ㅣ 究쿻 羅랑 漢한 이 라 ㅎ 건 마 론 이 사 ㄹ 미 ㅣ 後薩 ㅅ 닐 웨 예 비 부러 命명 中듕 에 나 命명 終즁 ㅎ 야 起킝 屍시 餓앙 鬼귕 中듕 에 나 샹 녜 주 으 야 命명 終즁 ㅎ 며 ㄴ 주 으리 ㅣ 터 아 디 니 서리 ㄱ 귀 여 뜯 몯 저 어 다 니가 ㄹ 두 의 라 리 後薩 ㅅ 닐 웨 예 론 ㅎ 뮈 붑 ㄴ 마 론 이 뎅 ㅎ 건 마 론 이 뎅 究쿻 羅랑 帝뎅 ㄴ 이 라 ㅎ 샹 녜 주 으 야 命명 終즁 ㅎ 고 命명 終즁 ㅎ 야 起킝 屍시 餓앙 鬼귕 中듕 ㄴ 서리 ㅣ 터 아 디 ㄴ ㅣ 서 재 모 ㅣ 究쿻 羅랑 帝뎅 ㄴ ㅣ 이 라 ㅎ 며 ㄴ 두 ㄴ 골 모 저 ㅣ 사 ㅣ 서 리 에 나 가 두 린 ㄹ 라 ㅎ 너 ㅣ 命명 終즁 ㅎ 야 起킝 屍시 餓앙 鬼귕 中듕 ㅣ 이 라 ㅎ 더 숨 ㅅ 재 ㅣ 沙상 門몬 瞿꿍 曇땀 이 뎅 부 니 善쎤 信신 宿 ㅣ 더 沙상 門몬 瞿꿍 羅랑 帝뎅 네 널 오 디 이 後薩 ㅅ 닐 웨 옷 오 디 더 沙상 門몬 ㄹ 를 ㅣ 命명 ㅎ 나 ㅣ 死 죽 거 든 골 ㅅ 츠 로 미 아 善쎤 信신 宿 ㅅ 닐 웨 예 ㄱ 서 리 에 나 긋 어 다 가 두 리 라 ㅎ 더 로 라 善쎤 信신 宿

샘의 마음을 내리오? 네가 이제 어리석은 사람이 究羅帝(구라제)를 여기되 眞實(진
실)의 阿羅漢(아라한)이라 하건마는, 이 사람이 後(후)의 이레에 배가 불어서 命終
(명종)하여 起屍(기시)와 餓鬼(아귀)의 中(중)에 나서 늘 굶주리는 것을 괴로워하겠
으니, 命終(명종)한 後(후)에 갈대의 새끼로 매어 무덤의 가운데 끌어다가 두리라.
너야 말로 信(신)하지 아니하거든 먼저 가 이르라.”그때에 善宿(선숙)이 즉시 究羅
帝(구라제)에게 가서 이르되,“저 沙門(사문) 瞿曇(구담)이 너에게 이르되 ‘이 後(후)
의 이레에 마땅히 배가 불어 命終(명종)하여 起屍(기시)와 餓鬼(아귀)의 中(중)에
나서 늘 굶주리는 것을 괴로워하겠으니, 命終(명종)한 後(후)에 갈대의 새끼로 매어
무덤의 가운데 끌어다가 두리라.’고 하더라.” 善宿(선숙)이

새옴 ᄆᆞᅀᆞᄆᆞᆯ 내리오⁵⁶⁾ 네 이제 어린 사ᄅᆞ미 究궇羅랑帝뎅를 너교ᄃᆡ 眞진實씷ㅅ
阿ᄒᆞᆼ羅랑漢한이라 ᄒᆞ건마른⁵⁷⁾ 이 사ᄅᆞ미 後ᅘᅮᇢㅅ 닐웨예⁵⁸⁾ ᄇᆡ 부러⁵⁹⁾ 命명終즁ᄒᆞ
야⁶⁰⁾ 起킝屍싱 餓ᅌᅡᆼ鬼귕 中듕에 나 샹녜⁶¹⁾ 주으료ᄆᆞᆯ⁶²⁾ 셜버ᄒᆞ리니⁶³⁾ 命명終즁ᄒᆞᆫ
後ᅘᅮᇢ에 ᄀᆞᆯ⁶⁴⁾ ᄉᆞᄎᆞ로⁶⁵⁾ ᄆᆡ야⁶⁶⁾ 무덦⁶⁷⁾ 서리예⁶⁸⁾ 긋어다가⁶⁹⁾ 두리라 너옷⁷⁰⁾ 信신티
아니커든 몬져⁷¹⁾ 가 니르라 그제 善쎤宿슉ㅣ 즉재⁷²⁾ 究궇羅랑帝뎅의 게 가 닐오
ᄃᆡ 뎌 沙상門몬 瞿꿍曇땀⁷³⁾이 너를 닐오ᄃᆡ 이 後ᅘᅮᇢㅅ 닐웨예 당다이⁷⁴⁾ ᄇᆡ 부러
命명終즁ᄒᆞ야 起킝屍싱 餓ᅌᅡᆼ鬼귕 中듕에 나리니 죽거든 ᄀᆞᆯ ᄉᆞᄎᆞ로 ᄆᆡ야 무덦 서
리예 긋어다가 두리라 ᄒᆞ더라 善쎤宿슉ㅣ

56) 내리오: 내[내다, 出: 나(나다, 出)+-ㅣ(←-이-: 사접)-]-+-리(미시)-+-오(←-고: 의종, 설명)

57) ᄒᆞ건마른: ᄒᆞ(하다, 曰)-+-건마른(-건마는: 연어, 인정 대조)

58) 닐웨예: 닐웨(7일, 七日)+-예(←-에: 부조, 위치)

59) ᄇᆡ 부러: ᄇᆡ(배, 腹)+-Ø(←-이: 주조) # 불(← 붇다, ㄷ불: 붇다, 膨)-+-어(연어)

60) 命終ᄒᆞ야: 命終ᄒᆞ[명종하다, 죽다: 命終(명종)+-ᄒᆞ(동접)-]-+-야(←-아: 연어)

61) 샹녜: 늘. 항상, 常例(부사)

62) 주으료ᄆᆞᆯ: 주으리(굶주리다, 飢)-+-옴(명전)+-ᄋᆞᆯ(목조)

63) 셜버ᄒᆞ리니: 셜버ᄒᆞ[서러워하다, 괴로워하다, 苦: 셟(← 셟다, ㅂ불: 서럽다, 괴롭다, 哀, 苦)-+-어(연어)+ᄒᆞ(하다: 보용)-]-+-리(미시)-+-니(연어)

64) ᄀᆞᆯ: 갈대. 蘆.

65) ᄉᆞᄎᆞ로: 숯(새끼, 繩)+-ᄋᆞ로(부조, 방편)

66) ᄆᆡ야: ᄆᆡ(메다, 結)-+-야(←-아: 연어)

67) 무덦: 무덤[무덤, 墓: 묻(묻다, 埋)-+-엄(명접)]+-ㅅ(-의: 관조)

68) 서리예: 서리(사이, 間)+-예(←-에: 부조, 위치)

69) 긋어다가: 긋(긏다 ← 그스다: 끌다, 引)-+-어(연어)+-다가(보조사, 동작의 유지, 강조)

70) 너옷: 너(너, 汝: 인대, 2인칭)+-옷(←-곳: 보조사, 한정 강조)

71) 몬져: 먼저, 先(부사)

72) 즉재: 즉시, 卽(부사)

73) 瞿曇: 구담. 석가모니 종족의 성씨이다. 도(道)를 이루기 전의 석가모니를 이르는 말이다.

74) 당다이: 마땅히, 必(부사)

숨ㅣ 쏘 닐오ᄃᆡ 네 모로매 밥 조리 머거 뎌
말ㅆㅣ미 올타 아니케 ᄒᆞ라 究ᄀᆔ羅랑帝뎽ᅌᅧ
닐ᅌᅣᆼ 太太 굉 中듕에 부 나려 거늘 주 즉재 起킝屍싱
餓ᅌᅡᆼ鬼귕 中듕 ㅣ 서리예 나다가 두 ᅌᅦ니 예라 그
제졔 善쎤宿슉 ㅣ 손ᄋᆞᆯ 고 펴 날 혜여 닐 웨예
드 제 ㄹ라 善쎤宿슉 中듕 裸랑形ᅘᅧᆼ
형 村촌 村촌ㅣ 즉재 中듕에 裸랑形ᅘᅧᆼ가
붓그룸 업스니 外ᅌᅬᆼ形ᅘᅧᆼ道똘ᅵ 얼구리오
村촌ᄋᆞᆫ 오ᄉᆞᆯ ᄒᆞ나니 外ᅌᅬᆼ道똘ᅵ 옷 밧고
이제 어ᄃᆡ 잇ᄂᆞ뇨 對됭答답호ᄃᆡ 볼ㅆㅓ 命몡
그 무숤ᄉᆞᄅᆞᆷ 드려 무러 究ᄀᆔ羅랑帝뎽

또 이르되 "네가 모름지기 밥을 줄여 먹어 저 말이 옳지 아니하게 하라." 究羅帝(구라제)가 이레가 차거늘, 배가 불어서 죽어 즉시 起屍(기시)와 餓鬼(아귀)의 中(중)에 나거늘, 주검을 갈대의 새끼로 매어 무덤의 사이에 끌어다가 두었니라. 그때에 善宿(선숙)이 손을 꼽아 날을 헤아려 이레에 다달아 즉시 裸形村(나형촌)의 中(중)에 가

裸(나)는 옷을 벗는 것이요 形(형)은 형체요 村(촌)은 마을이니, 外道(외도)가 옷을 벗고 부끄러워함이 없으니, 外道(외도)가 사는 마을이므로 裸形村(나형촌)이라 하였니라.

그 마을의 사람더러 묻되, "究羅帝(구라제)가 이제 어디에 있느냐?"(마을 사람이) 對答(대답)하되, "벌써 命終(명종)하였니라."

쏘 닐오딕 네 모로매[75] 밥 조리[76] 머거 뎌 말ᄊᆞ미[77] 올티[78] 아니케 ᄒᆞ라 究⟨ᄀᆞᆶ⟩羅⟨랑⟩帝⟨뎽⟩ 닐웨 ᄎᆞ거늘[79] 비 부러 주거 즉재 起⟨킝⟩屍⟨싱⟩ 餓⟨앙⟩鬼⟨귕⟩ 中⟨듀ᇰ⟩에 나거늘 주거 믈 ᄀᆞᆯ ᄉᆞ츠로 미야 무덦 서리예 긋어다가 두니라[80] 그제 善⟨쎤⟩宿⟨슉⟩ㅣ 손 고펴[81] 날 혜여[82] 닐웨예 다ᄃᆞ라[83] 즉재 裸⟨량⟩形⟨혀ᇰ⟩村⟨촌⟩ 中⟨듀ᇰ⟩에 가

　　裸⟨량⟩ᄂᆞᆫ 옷 바ᄉᆞᆯ[84] ᄢᅵ오[85] 形⟨혀ᇰ⟩은 얼구리오[86] 村⟨촌⟩ᄋᆞᆫ ᄆᆞᄋᆞᆯ히니[87] 外⟨외ᇰ⟩道⟨뚈⟩ㅣ[88]
　　옷 밧고 붓그류ᇢ[89] 업스니 外⟨외ᇰ⟩道⟨뚈⟩ 사ᄂᆞᆫ ᄆᆞᄋᆞᆯ힐ᄊᆡ[90] 裸⟨량⟩形⟨혀ᇰ⟩村⟨촌⟩이라 ᄒᆞ니라

그 ᄆᆞᅀᆞᆳ 사ᄅᆞᆷᄃᆞ려 무로딕 究⟨ᄀᆞᆶ⟩羅⟨랑⟩帝⟨뎽⟩ 이제 어듸[91] 잇ᄂᆞ뇨[92] 對⟨뒝⟩答⟨답⟩호딕 ᄇᆞᆯ쎠[93] 命⟨며ᇰ⟩終⟨쥬ᇰ⟩ᄒᆞ니라[94]

---

75) 모로매: 모름지기, 반드시, 必(부사)

76) 조리: [줄여, 縮(부사): 졸(줄다, 縮)- + -이(부접)]

77) 말ᄊᆞ미: 말ᄊᆞᆷ[말, 言: 말(말, 言) + -ᄊᆞᆷ(-ᄊᆞᆷ: 명접)] + -이(주조)

78) 올티: 옳(옳다, 是)- + -디(-지: 연어, 부정)

79) ᄎᆞ거늘: ᄎᆞ(차다, 滿)- + -거늘(연어, 상황)

80) 두니라: 두(두다, 置)- + -Ø(과시)- + -니(원칙)- + -라(← -다: 평종)

81) 고펴: 고펴[곱히다, 꿈다, 曲): 곱(곱다, 굽다, 曲)- + -히(사접)-] + -어(연어)

82) 혜여: 혜(혜아리다, 세다, 算)- + -여(← -어: 연어)

83) 다ᄃᆞ라: 다ᄃᆞᆯ[← 다ᄃᆞᆮ다, ᄃᆞ붇(다닫다, 到): 다(다, 悉: 부사) + ᄃᆞᆮ(닫다: 달리다, 走)-] + -아(연어)

84) 바ᄉᆞᆯ: 밧(벗다, 脫)- + -ᄋᆞᆯ(관전)

85) ᄢᅵ오: ᄢᅵ(← ᄉᆞ: 것, 者, 의명) + -이(서조)- + -오(← -고: 연어, 나열)

86) 얼구리오: 얼굴(형체, 모습, 貌) + -이(서조)- + -오(← -고: 연어, 나열)

87) ᄆᆞᄋᆞᆯ히니: ᄆᆞᄋᆞᆯㅎ(마을, 村) + -이(서조)- + -니(연어, 설명 계속)

88) 外道ㅣ: 外道(외도) + -ㅣ(← -이: 주조) ※ '外道(외도)'는 불교 이외의 종교를 받드는 이이다.

89) 붓그류ᇢ: 붓그리(부끄러워하다, 恥)- + -움(명전)

90) ᄆᆞᄋᆞᆯ힐ᄊᆡ: ᄆᆞᄋᆞᆯㅎ(마을, 村) + -이(서조)- + -ㄹᄊᆡ(-므로: 연어, 이유)

91) 어듸: 어디, 何處(지대, 미지칭)

92) 잇ᄂᆞ뇨: 잇(← 이시다: 있다, 在)- + -ᄂᆞ(현시)- + -뇨(-느냐: 의종, 설명)

93) ᄇᆞᆯ쎠: 벌써, 既(부사)

94) 命終ᄒᆞ니라: 命終ᄒᆞ[명종하다, 죽다: 命終(명종) + -ᄒᆞ(동접)-] + -Ø(과시)- + -니(원칙)- + -라(← -다: 평종)

(선숙이) 묻되, 무슨 病(병)으로 命終(명종)하였느냐?"(마을 사람이) 對答(대답)하
되 "배가 불었니라."(선숙이) 묻되 "어찌 送葬(송장)하였느냐?"(마을 사람이) 對答
(대답)하되 "갈대 새끼로 매어 무덤의 사이에 끌어다가 두었니라." 善宿(선숙)이 즉
시 무덤의 사이에 가서 곧 다다를 적에, 저 주검이 무릎이며 발이며 다 놀려서 문득
쭈그려 앉거늘, 善宿(선숙)이 나아가 이르되 "究羅帝(구라제)여. 네가 命終(명종)하
였는가?" 주검이 이르되 "내가 이미 命終(명종)하였다."(선숙이) 묻되 "무슨 病(병)
으로 命終(명종)하였는가?" 주검이 이르되 "瞿曇(구담)이 나에게 이르되 '이레 後
(후)에 배가 불어 命終(명종)하리라.'라고 하더니, 내가 그 말과 같이 이레가 차거늘
배가 불어 命終(명종)하였다." 善宿(선숙)이 또 묻되

무로딕 므슴⁹⁵⁾ 病_뼝으로 命_명終_즁ᄒ뇨 對_됭答_답호딕 빅 부르니라⁹⁶⁾ 무로딕 엇뎨

送_숑葬_장ᄒ뇨⁹⁷⁾ 對_됭答_답호딕 굴 스츠로 미야 무덦 서리예 긋어다가 두니라⁹⁸⁾

善_쎤宿_슉ㅣ 즉재 무덦 서리예 가 ᄒ마⁹⁹⁾ 다ᄃᆞᆷ 저긔¹⁾ 뎌 주거미 무루피며²⁾ 바

리며³⁾ 다 놀여⁴⁾ 믄득⁵⁾ 줏그리⁶⁾ 앉거늘⁷⁾ 善_쎤宿_슉ㅣ 나ᅀㅏ가⁸⁾ 닐오딕 究_귤羅_랑帝

_뎽여⁹⁾ 네 命_명終_즁ᄒ다 주거미 닐오딕 내 ᄒ마 命_명終_즁호라¹⁰⁾ 무로딕 므슴 病_뼝

으로 命_명終_즁ᄒ다¹¹⁾ 주거미 닐오딕 瞿_꿍曇_땀¹²⁾이 나ᄅᆞᆯ¹³⁾ 닐오딕 닐웨 後_ᅘ에 빅

부러 命_명終_즁ᄒ리라 ᄒ더니 내 그 말 ᄀᆞ티¹⁴⁾ 닐웨 츠거늘 빅 부러 命_명終_즁호

라 善_쎤宿_슉ㅣ ᄯㅗ 무로딕

---

95) 므슴: 무슨, 何(관사, 미지칭)

96) 부르니라: 불(← 붇다, ㄷ불: 붇다, 膨)- + -Ø(과시)- + -으니(원칙)- + -라(← -다: 평종)

97) 送葬ᄒ뇨: 送葬ᄒ[송장하다: 送葬(송장) + -ᄒ(동접)-]- + -Ø(과시)- + -뇨(-느냐: 의종, 설명)
　　※ '送葬(송장)'은 죽은 이를 장사 지내어 보내는 것이다.

98) 두니라: 두(두다, 置)- + -Ø(과시)- + -니(원칙)- + -라(← -다: 평종)

99) ᄒ마: 곧, 이제 막(부사) ※ 'ᄒ마'는 문맥에 따라서 '곧'과 '이미'의 두 가지 뜻으로 쓰인다.

 1) 저긔: 적(적, 때, 時: 의명) + -의(-에: 부조, 위치)

 2) 무루피며: 무룹(무릎, 膝) + -이며(접조)

 3) 바리며: 발(발, 足) + -이며(접조)

 4) 놀여: 놀이[놀리다, 動: 놀(놀다, 움직이다, 動)- + -이(사접)-]- + -어(연어)

 5) 믄득: 문득, 별안간, 忽然(부사)

 6) 줏그리: 줏그리[쭈그려, 坐(부사): 줏그리(쭈그리다, 坐)- + -Ø(부접)]

 7) 앉거늘: 앉(← 앉다: 앉다, 坐)- + -거늘(연어, 상황)

 8) 나ᅀㅏ가: 나ᅀㅏ가[나아가다, 進: 났(← 낫다, ㅅ불: 나가다)- + -아(연어) + 가(가다)-]- + -아(연어)

 9) 究羅帝여: 究羅帝(구라제) + -여(호조, 예사 높임)

10) 命終호라: 命終ᄒ[← 命終ᄒ다(명종하다, 죽다): 命終(명종) + -ᄒ(동접)-]- + -Ø(과시)- + -오
　　(화자)- + -라(← -다: 평종)

11) 命終ᄒ다: 命終ᄒ[← 命終ᄒ다(명종하다, 죽다): 命終(명종) + -ᄒ(동접)-]- + -Ø(과시)- + -ㄴ
　　다(의종, 2인칭)

12) 瞿曇: 구담. 석가모니 종족의 성씨이다. 여기서는 도(道)를 이루기 전의 석가모니를 이른다.

13) 나ᄅᆞᆯ: 나(나, 我: 인대, 1인칭) + -ᄅᆞᆯ(-에게: 목조, 보조사적 용법, 의미상 부사격)

14) ᄀᆞ티: [같이, 如(부사): ᄀᆞᇀ(← ᄀᆞᇀᄒ다: 같다, 如)- + -이(부접)]

"네가 어느 곳에 났는가?" 주검이 이르되 "저 瞿曇(구담)이 이른 말에 起屍(기시)와 餓鬼(아귀)의 中(중)에 나리라." 하더니, 내가 오늘 起屍(기시)와 餓鬼(아귀) 中(중)에 나 있다. 善宿(선숙)이 묻되 "네가 命終(명종)할 적에 어찌 送葬(송장)하더냐?" 對答(대답)하되 "瞿曇(구담)이 이른 말에 '갈대의 새끼로 매어 무덤의 사이에 끌어다가 두리라.'라고 하더니, 眞實(진실)로 저 말과 같이 갈대의 새끼로 매어 무덤의 사이에 끌어다가 두었느니라." 그때에 주검이 善宿(선숙)더러 이르되 "네가 비록 出家(출가)하여도 善利(선리)를 得(득)하지 못하나니, 瞿曇(구담) 沙門(사문)이 이런 일을 이르거늘, 네가 항상 信(신)하지 아니하느니라." 하고 주검이 도로 누웠느니라. 그때에 善宿(선숙) 比丘(비구)가 부처께 네 어느 고대[15] 난다[16] 주거미 닐오딕 뎌 瞿_꿍曇_땀의[17] 닐오매[18] 起_킝屍_싱 餓_앙鬼_귕 中_듕에 나리라 ᄒ더니 내 오늘 起_킝屍_싱 餓_앙鬼_귕 中_듕에 냇노라[19] 善_쎤宿_슣ㅣ 무로딕 네 命_명終_즁홇 제 엇뎨 送_송葬_장ᄒ더뇨 對_됭答_답호딕 瞿_꿍曇_땀이 닐오매 굴 스츠로 미야 무덦 서리예 긋어다가[20] 두리라 ᄒ더니 眞_진實_씷로 뎌 말 ᄀ티 굴 스츠로 미야 무덦 서리예 긋어다가 두니라 그 제[21] 주거미 善_쎤宿_슣ᄃ려 닐오딕 네 비록 出_츓家_강ᄒ야도[22] 善_쎤利_링를[23] 得_득디[24] 몯ᄒᄂ니 瞿_꿍曇_땀 沙_상門_몬이 이런 이를 니르거늘 네 샹녜[25] 信_신티[26] 아니ᄒᄂ니라 ᄒ고 주거미 도로[27] 누ᄫ니라[28] 그제 善_쎤宿_슣 比_삥丘_쿻ㅣ 부텻긔[29]

---

15) 고대: 곧(곳, 處: 의명) + -애(-에: 부조, 위치)

16) 난다: 나(나다, 生)- + -∅(과시)- + -ㄴ다(-는가: 의종, 2인칭)

17) 瞿曇의: 瞿曇(구담) + -의(관조, 의미상 주격)

18) 닐오매: 닐(← 니르다: 이르다, 曰)- + -옴(명전) + -애(-에: 부조, 위치) ※ '瞿曇의 닐옴매'는 '구담이 이른 말에'로 의역하여 옮긴다.

19) 냇노라: 나(나다, 生)- + -아(연어) + 잇(← 이시다: 있다, 보용, 완료 지속)- + -ㄴ(← -ᄂᆞ-: 현시)- + -오(화자)- + -라(← -다: 평종)

20) 긋어다가: 긋(끌다, 引)- + -어(연어) + -다가(보조사, 동작의 유지)

21) 그 제: 그(그, 彼: 관사, 정칭) # 제(제, 때, 時: 의명) ※ '제'는 [적(적, 때, 時: 의명) + -의(부조, 위치)]의 방식으로 짜인 의존 명사이다.

22) 出家ᄒ야도: 出家ᄒ[출가하다: 出家(출가) + -ᄒ(동접)-]- + -야도(← -아도: 연어, 양보)

23) 善利: 선리. 뛰어난 이익이나 수행을 하여 얻게 되는 계위(階位)를 이른다.

24) 得디: 得[← 得ᄒ다(득하다): 得(득: 불어) + -ᄒ(동접)-]- + -디(-지: 연어, 부정)

25) 샹녜: 늘, 항상, 常(부사)

26) 信티: 信ᄒ[← 信ᄒ다(신하다, 믿다): 信(신: 불어) + -ᄒ(동접)-]- + -디(-지: 연어, 부정)

27) 도로: [도로, 還(부사): 돌(돌다, 廻: 동사)- + -오(부접)]

28) 누ᄫ니라: 눕(← 눕다, ㅂ불: 눕다, 臥)- + -∅(과시)- + -으니(원칙)- + -라(← -다: 평종)

29) 부텻긔: 부텨(부처, 佛) + -끠(-께: 부조, 상대, 높임)

와 머리를 조아려 禮數(예수)하고 한 面(면)에 앉고 이 일을 아니 사뢰거늘, 부처가 이르시되 "내가 이르던 究羅帝(구라제)가 眞實(진실)로 그러하더냐? 아니하더냐?" 對答(대답)하되 "實(실)로 世尊(세존)의 말과 같더이다."】 저(= 미운 사람)의 목숨을 끊게 하면, 이 有情(유정)들이 약사유리광여래(藥師瑠璃光如來)의 이름을 들으면, 저런 모진 일이 (사람들을) 害(해)하지 못하며, 서로 慈悲心(자비심)을 내어 미운 마음이 없어지고, 各各(각각) 기뻐하여 서로

와 머리 조아³⁰⁾ 禮_롕數_숭ᄒ습고³¹⁾ ᄒ 面_면에 앉고 이 이ᄅᆯ³²⁾ 아니 ᄉᆞᆲ거늘³³⁾ 부톄

니ᄅᆞ샤ᄃᆡ 내 니ᄅᆞ던 究_귤羅_랑帝_뎽 眞_진實_씷로 그러터녀³⁴⁾ 아니터녀³⁵⁾ 對_됭答_답ᄒ

ᅀᆞᆸ보ᄃᆡ³⁶⁾ 實_씷로 世_솅尊_존 말 ᄀᆞᆮ더이다³⁷⁾ 】 뎌의³⁸⁾ 목수믈³⁹⁾ 긋긔⁴⁰⁾ ᄒ거든

이 有_{ᅙᅳᆯ}情_쪙들히 藥_약師_숭瑠_륳璃_링光_광如_셩來_링ㅅ 일후믈 듣ᄌᆞᇦ면⁴¹⁾

뎌 모딘 이리 害_{ᅘᅢᆼ}티⁴²⁾ 몯ᄒ며 서르⁴³⁾ 慈_쭝心_심⁴⁴⁾을 내야 믜븐⁴⁵⁾

ᄆᆞᅀᆞ미 업고⁴⁶⁾ 各_각各_각 깃거⁴⁷⁾ 서르

---

30) 조아: 좋(← 좃다, ㅅ불: 조아리다, 頓)- + -아(연어)

31) 禮數ᄒ습고: 禮數ᄒ[예수하다: 禮數(예수) + -ᄒ(동접)-]- + -습(객높)- + -고(연어, 나열) ※ '禮數(예수)'는 명성이나 지위에 알맞은 예의와 대우나 혹은 그렇게 하는 행동이다.

32) 이ᄅᆯ: 일(일, 事) + -ᄋᆯ(목조)

33) ᄉᆞᆲ거늘: ᄉᆞᆲ(사뢰다, 奏)- + -거늘(연어, 상황)]

34) 그러터녀: 그러ᄒ[← 그러ᄒ다(그러ᄒ다, 如彼): 그러(그러: 불어) + -ᄒ(형접)-]- + -더(회상)- + -녀(-냐: 의종, 판정)

35) 아니터녀: 아니ᄒ[← 아니ᄒ다(아니ᄒ다, 如彼): 아니(아니, 不: 부사) + -ᄒ(형접)-]- + -더(회상)- + -녀(-냐: 의종, 판정)

36) 對答ᄒᅀᆞᆸ보ᄃᆡ: 對答ᄒ[대답하다: 對答(대답) + -ᄒ(동접)-]- + -ᅀᆞᆸ(← -습-: 객높)- + -오ᄃᆡ(-되: 연어, 설명 계속)

37) ᄀᆞᆮ더이다: ᄀᆞᆮ(같다, 如)- + -더(회상)- + -이(상높, 아주 높임)- + -다(평종)

38) 뎌의: 뎌(저, 저 사람, 彼: 인대, 정칭) + -의(관조)

39) 목수믈: 목숨[목숨, 壽: 목(목, 喉) + 숨(숨, 息)] + -을(목조)

40) 긋긔: 긋(← 긏다: 끊어지다, 斷)- + -긔(-게: 연어, 사동)

41) 듣ᄌᆞᇦ면: 듣(듣다, 聞)- + -ᄌᆞᇦ(← -ᄌᆞᆸ-: 객높)- + -ᄋᆞ면(연어, 조건)

42) 害티: 害ᄒ[← 害ᄒ다(해하다, 해치다): 害(해) + -ᄒ(동접)-] + -디(-지: 연어, 부정)

43) 서르: 서로, 相(부사)

44) 慈心: 자심. 중생을 사랑하고 가엾게 여기는 마음이다.

45) 믜븐: 믭(← 믭다, ㅂ불: 밉다, 憎)- + -Ø(현시)- + -은(관전)

46) 업고: 업(← 없다: 없다, 無)- + -고(연어, 나열)

47) 깃거: 깄(기뻐하다, 歡)- + -어(연어)

饒益(요익)하게 하리라. 또 文殊師利(문수사리)여, 만일 比丘(비구)·比丘尼
(비구니)·優婆塞(우바새)·優婆夷(우바이)며 다른 淨信(정신)한 善男子(선남
자)와 善女人(선여인)이 八分齋戒(팔분재계)를 지녀서【八分齋(팔분재)는 八
支齋(팔지재)이다.】, 한 해가 지나거나 석 달만큼 하거나 하여, 이 좋은
根源(근원)으로

饒_육益_혁긔⁴⁸⁾ ᄒᆞ리라 ᄯᅩ 文_문殊_쓩師_{ᄉᆞᆼ}利_링여 ᄒᆞ다가⁴⁹⁾ 比_삥丘_쿨⁵⁰⁾ 比_삥丘_쿨尼_닝⁵¹⁾ 優_{ᄒᆞᆯ}婆_뺑塞_{ᄉᆡᆨ}⁵²⁾ 優_{ᄒᆞᆯ}婆_뺑夷_잉⁵³⁾며 녀나ᄆᆞᆫ⁵⁴⁾ 淨_쪙信_신⁵⁵⁾ᄒᆞᆫ 善_쎤男_남子_{ᄌᆞ}⁵⁶⁾ 善_쎤女_녕人_{ᅀᅵᆫ}⁵⁷⁾이 八_밣分_뿐齊_쟁戒_갱⁵⁸⁾ᄅᆞᆯ 디녀⁵⁹⁾ 【八_밣分_뿐齊_쟁戒_갱ᄂᆞᆫ 八_밣支_징齋_쟁라】ᄒᆞᆫ ᄒᆡ⁶⁰⁾ 디나거나⁶¹⁾ 석 ᄃᆞᆯ 만⁶²⁾ ᄒᆞ거나 ᄒᆞ야 이 됴ᄒᆞᆫ 根_군源_원⁶³⁾으로

---

48) 饒益긔: 饒益[← 饒益ᄒᆞ다(요익하다): 饒益(요익) + -ᄒᆞ(동접)-]- + -긔(-게: 연어, 사동) ※ '饒益(요익)'은 자비로운 마음으로 중생에게 넉넉하게 이익을 주는 것이다.

49) ᄒᆞ다가: 만일, 若(부사)

50) 比丘: 비구. 출가하여 구족계(具足戒)를 받은 남자 승려이다. ※ '具足戒(구족계)'는 비구와 비구니가 지켜야 할 계율이다. 비구에게는 250계, 비구니에게는 348계가 있다.

51) 比丘尼: 비구니. 출가하여 구족계(具足戒)를 받은 여자 승려이다.

52) 優婆塞: 우바새. 불교를 믿고 삼귀(三歸), 오계(五戒)를 받은 세속의 남자이다.

53) 優婆夷: 우바이. 불교를 믿고 삼귀(三歸), 오계(五戒)를 받은 세속의 여자이다.

54) 녀나ᄆᆞᆫ: [그 밖의, 다른, 餘(관사): 녀(← 녀느, 他: 관사) + 남(남다, 餘)- + -ᄋᆞᆫ(관전▷관접)]

55) 淨信: 정신. 참되고 올바르게 믿는 마음이다.

56) 善男子: 선남자. 불법(佛法)에 귀의한 남자이다.

57) 善女人: 선여인. 불법(佛法)에 귀의한 여자이다.

58) 八分齊戒: 팔분재계. 집에서 불도를 닦는 우바새(優婆塞) 및 우바니(優婆尼)가 육재일(六齋日)에 그날 하루 밤낮 동안 지키는 여덟 계행(戒行)이다.(= 八分齋) 중생을 죽이지 말 것, 훔치지 말 것, 음행(淫行)하지 말 것, 거짓말하지 말 것, 술 먹지 말 것, 꽃다발을 쓰거나 몸에 향을 바르고 구슬로 된 장식물을 하지 말며 노래하고 춤추지 말 것, 높고 넓으며 잘 꾸민 평상에 앉지 말 것, 때가 아니면 먹지 말 것이다.

59) 디녀: 디니(지니다, 持)- + -어(연어)

60) ᄒᆡ: ᄒᆡ(해, 年) + -Ø(← -이: 주조)

61) 디나거나: 디나(지나다, 經)- + -거나(연어, 선택)

62) 만: 만, 만큼(의명, 비교)

63) 根源: 근원. 사물이 비롯되는 근본이나 원인이다.

西方(서방) 極樂世界(극락세계)의 無量壽佛(무량수불)께 나서 正法(정법)을 듣고자 發願(발원)하되 一定(일정)을 못 하여 있어, 藥師瑠璃光如來(약사유리광여래)의 이름을 들으면 命終(명종)할 적에 여듧 菩薩(보살)이 虛空(허공)을 타서 와서【여듧 菩薩(보살)은 觀世音菩薩(관세음보살)·彌勒菩薩(미륵보살)·虛空藏菩薩(허공장보살)

西_셍方_방 極_끅樂_락世_솅界_갱 無_뭉量_량壽_쓩佛_뿛씌[64] 나 正_졍法_법[65] 듣줍고져
發_벓願_원호딕 一_힗定_뗭[66] 몯 ᄒᆞ야 이셔 藥_약師_{ᄉᆞᆼ}瑠_륳璃_링光_광如_셩來_링ㅅ
일후믈 듣ᄌᆞᄫᅵ면 命_명終_즁[67]홀 쩌긔[68] 여듧 菩_뽕薩_삻이 虛_헝空_콩 타[69]
와【여듧 菩_뽕薩_삻은 觀_관世_솅音_흠菩_뽕薩_삻[70] 彌_밍勒_륵菩_뽕薩_삻[71] 虛_헝空_콩藏_짱
菩_뽕薩_삻[72]

---

64) 無量壽佛씌: 無量壽佛(무량수불) + -씌(-께: 부조, 상대, 높임) ※ '無量壽佛(무량수불)'은 '아미타불'을 달리 이르는 말이다. 수명이 한없다 하여 이렇게 이른다.

65) 正法: 정법. 올바른 교법(教法)이다.

66) 一定: 일정. 어떤 것의 크기, 모양, 범위, 시간 따위가 정하여져 있는 것이다. '一定 몯 ᄒᆞ야 이셔'는 문맥상 '(西方 極樂 世界에 나는 發願을) 이루지 못하고 있어서'로 의역할 수 있다.

67) 命終: 명종. 목숨이 다하는 것, 곧 죽는 것이다.

68) 쩌긔: 쩍(←적: 적, 때, 의명) + -의(-에: 부조, 위치)

69) 타: ᄐ(←ᄐᆞ다: 타다, 乘)- + -아(연어)

70) 觀世音菩薩: 관세음보살. 아미타불의 왼편에서 교화를 돕는 보살이다. 사보살의 하나이다. 세상의 소리를 들어 알 수 있는 보살이므로 중생이 고통 가운데 열심히 이 이름을 외면 도움을 받게 된다.

71) 彌勒菩薩: 미륵보살. 내세에 성불하여 사바세계에 나타나서 중생을 제도하리라는 보살이다. 사보살의 하나이다. 인도 파라나국의 브라만 집안의 출긴으로 석가모니로부터 미래에 부처가 될 수기(受記)를 받고 도솔천에 올라갔다.

72) 虛空藏菩薩: 허공장보살. 허공과 같이 무한히 크고 넓은 지혜와 자비로 중생의 여러 바람을 이루어 준다고 하는 보살.

普賢菩薩(보현보살)·金剛藏菩薩(금강지장보살)·文殊師利菩薩(문수사리보살)·除
障碍菩薩(제장애보살)·地藏王菩薩(지장왕보살)이다. 】길을 가르쳐서, 즉시
저 나라의 種種(종종) 雜色(잡색)의 衆(중) 寶花(보화) 中(중)에 自然(자연)
히 化(화)하여 나며, 이로부터 天上(천상)에 날 이도 있겠으니, 비록 하늘
에 나고도 本來(본래) 좋은 根源(근원)이

普_퐁賢_현菩_뽕薩_삻⁷³⁾ 金_금剛_강藏_짱菩_뽕薩_삻⁷⁴⁾ 文_문殊_쓩師_승利_링菩_뽕薩_삻⁷⁵⁾ 除_떵障_쟝碍_앵菩_뽕薩_삻⁷⁶⁾ 地_띵藏_짱王_왕菩_뽕薩_삻왜라⁷⁷⁾ 】 길흘 ᄀᆞᄅ쳐 즉자히⁷⁸⁾ 뎌 나랏 種_죵種_죵 雜_짭色_식⁷⁹⁾ 衆_즁⁸⁰⁾ 寶_봏花_황⁸¹⁾ 中_듕에 自_쫑然_션히 化_황ᄒᆞ야 나며 일로브터⁸²⁾ 天_텬上_썅애 나리도⁸³⁾ 이시리니⁸⁴⁾ 비록 하ᄂᆞ해⁸⁵⁾ 나고도 本_본來_{ᄅᆡᆼ} 됴ᄒᆞᆫ 根_근源_원⁸⁶⁾이

---

73) 普賢菩薩: 보현보살. 사보살(四菩薩)의 하나. 석가모니 여래의 오른쪽에 있는 보살로, 형상은 크게 흰 코끼리를 탄 모양과 연화대에 앉은 모양 두 가지가 있다. 불교의 진리와 수행의 덕을 맡았으며, 왼쪽의 문수보살과 함께 모든 보살의 으뜸이 되어 언제나 여래의 중생 제도를 돕는다.

74) 金剛藏菩薩: 금강장보살. 금강계보살 가운데 상수보살로, 현겁 16대 보살 중 한 명이다. 산스크리트로는 바즈라가르바(Vajra-Garbha)이며, 금강태보살(金剛胎菩薩)이라고도 한다. 밀교의 금강계 만다라 미세회·공양회 등에서 모시는 73존 중 하나이며, 위치는 외원방단(外院方壇)의 북방(오른쪽) 4존 중 제3위에 해당한다.

75) 文殊師利菩薩: 문수사리보살. 석가모니여래의 왼쪽에 있는 보살이다. 사보살(四菩薩)의 하나이다. 제불(諸佛)의 지혜를 맡은 보살로, 오른쪽에 있는 보현보살과 함께 삼존불(三尊佛)을 이룬다. 그 모양이 가지각색이나 보통 사자를 타고 오른손에 지검(智劍), 왼손에 연꽃을 들고 있다.

76) 除障碍菩薩: 제장애보살. 온갖 장애와 번뇌를 제거해 주는 보살로, 왼손에는 연꽃 봉우리 또는 왼손에 여의(如意)를 들고 오른손은 손가락으로 무엇인가를 가르키고 있다.

77) 地藏王菩薩왜시니라: 地藏王菩薩(지장왕보살) + -와(접조) + -ㅣ(←-이-: 서조)- + -시(주높)- + -Ø(현시)- + -니(원칙)- + -라(←-다: 평종) ※ '彌勒菩薩(미륵보살)'은 육도(六道)의 중생을 구원하는 대비의 보살로 초기-스님의 머리모양, 후기 두건을 쓰고, 구슬과 석장(錫杖)을 쓰고 있다.

78) 즉자히: 즉시로, 곧, 即(부사)

79) 雜色: 잡색. 여러 가지 색이 뒤섞인 색이다.

80) 衆: 중. 무리져 있는, 많은.

81) 寶花: 보화. 칠보(七寶) 연화(蓮花, 蓮華)이다.

82) 일로브터: 일(← 이: 이, 此, 지대, 정칭) + -로(부조) + -브터(-부터: 보조사, 비롯함)

83) 나리도: 나(나다, 生)- + -ㄹ(관전) # 이(이, 사람, 者: 의명) + -도(보조사, 첨가)

84) 이시리니: 이시(있다, 有)- + -리(미시)- + -니(연어, 설명 계속)

85) 하ᄂᆞ해: 하ᄂᆞㅎ(하늘, 天) + -애(-에: 부조, 위치)

86) 根源: 근원. 사물이 비롯되는 근본이나 원인이다. ※ '됴ᄒᆞᆫ 根源'은 〈藥師瑠璃光如來 本願功德經〉에는 '善根(선근)'으로 되어 있는데, '善根'은 좋은 과보를 낳게 하는 착한 일이다. 욕심부리지 않음, 성내지 않음, 어리석지 않음 따위이다.

다하지 아니하므로 다른 惡趣(악취)에 다시 나지 아니하여, 하늘의 목숨
이 다하면 도로 人間(인간)에 나서 輪王(윤왕)이 되어 四天下(사천하)를
거느려 威嚴(위엄)과 德(덕)이 自在(자재)하여, 無量(무량)한 百千(백천)의
有情(유정)을 十善(십선)의 道(도)에 便安(편안)하게 할 이도 있으며, 利帝
利(찰제리)·

다ᄋ디⁸⁷⁾ 아니홀씨 녀나ᄆᆫ⁸⁸⁾ 惡_학趣_츙⁸⁹⁾예 다시 나디 아니ᄒᆞ야 하ᄂᆞᆳ 목수미⁹⁰⁾ 다ᄋ면 도로 人_신間_간애 나아⁹¹⁾ 輪_륜王_왕⁹²⁾이 ᄃᆞ외야 四_{ᄉᆞᆼ}天_텬下_{ᄒᆡᆼ}⁹³⁾를 거느려 威_{ᅙᅱᆼ}嚴_엄⁹⁴⁾과 德_득과 自_쫑在_찡⁹⁵⁾ᄒᆞ야 無_뭉量_량 百_{ᄇᆡᆨ}千_쳔 有_{ᅌᅮᇦ}情_쪙을 十_씹善_쎤⁹⁶⁾ 道_{ᄠᅩᇂ}애 便_뼌安_한킈⁹⁷⁾ ᄒᆞ리도⁹⁸⁾ 이시며 利_찷帝_뎽利_링⁹⁹⁾

---

87) 다ᄋ디: 다ᄋ(다하다, 盡)- + -디(-지: 연어, 부정)

88) 녀나ᄆᆫ: [그 밖의, 다른, 餘(관사): 녀(← 녀느, 他: 관사) + 남(남다, 餘)- + -ᄋᆫ(관전)]

89) 惡趣예: 惡趣(악취) + -예(← -에: 부조, 위치) ※ '악취(惡趣)'는 악업(惡業)을 지어서 죽은 뒤에 가야 하는 괴로움의 세계이다. 악취에는 지옥도(地獄道), 아귀도(餓鬼道), 축생도(畜生道)의 세 가지가 있다. 여기에 아수라도(阿修羅道)를 포함시키기도 한다.

90) 목수미: 목숨[목숨, 壽: 목(목, 喉) + 숨(숨, 息)] + -이(주조)

91) 나아: 나(나다, 生)- + -아(연어)

92) 輪王: 윤왕. 인도 신화 속의 임금. 정법(正法)으로 온 세계를 통솔한다고 한다. 여래의 32상(相)을 갖추고 칠보(七寶)를 가지고 있으며 하늘로부터 금, 은, 동, 철의 네 윤보(輪寶)를 얻어 이를 굴리면서 사방을 위엄으로 굴복시킨다.

93) 四天下: 사천하. 수미산(須彌山)을 중심으로 한 사방의 세계이다. 남쪽의 섬부주(贍部洲), 동쪽의 승신주(勝神洲), 서쪽의 우화주(牛貨洲), 북쪽의 구로주(俱盧洲)이다.

94) 威嚴: 위엄. 존경할 만한 위세가 있어 점잖고 엄숙함. 또는 그런 태도나 기세이다.

95) 自在: 자재. 저절로 갖추어져 있는 것이다. 혹은 속박이나 장애가 없이 마음대로인 것이다.

96) 十善: 십선. 십악(十惡)을 행하지 않는 것이다. 불살생(不殺生), 불투도(不偸盜), 불사음(不邪淫), 불망어(不妄語), 불기어(不綺語), 불악구(不惡口), 불양설(不兩舌), 불탐욕(不貪慾), 불진에(不瞋恚), 불사견(不邪見)을 지키는 것을 이른다.

97) 便安킈: 便安ᄒᆞ[← 便安ᄒᆞ다(편안하다): 便安(편안: 명사) + -ᄒᆞ(형접)-]- + -긔(-게: 연어, 사동)

98) ᄒᆞ리도: ᄒᆞ(하다: 보용, 사동)- + -ㄹ(관전) # 이(이, 사람, 者: 의명) + -도(보조사, 첨가)

99) 利帝利: 찰제리(= 利利). 산스크리트어로 크사트리아(Ksatriya)이다. 인도 카스트 제도에서 두 번째 지위인 왕족과 무사 계급이다.

婆羅門(바라문)·居士(거사)의 큰 집에 나아【利帝利(찰제리)는 王(왕)의 姓
(성)이다. 】재물이 有餘(유여)하고 倉庫(창고)가 가득히 넘치고【倉(창)은
갈무리하는 것이니, 낟(穀)을 갈무리하는 것이다. 庫(고)는 재물을 간직하여 두
어 있는 집이다. 】 모습이 端正(단정)하고 眷屬(권속)이 갖추어져 있으며,
聰明(총명)하며 智慧(지혜)로우며 勇猛(용맹)하고 웅건(雄健)함이 큰 力士
(역사)와 같은 이도

婆_뻥羅_랑門_몬¹⁾ 居_겅士_쏭²⁾ㅣ 큰 지븨 나아【利_링帝_뎅利_링ᄂᆞᆫ 王_왕ㄱ³⁾ 姓_셩이라】 쳔랴이⁴⁾ 有_{ᅌᅮᇢ}餘_영ᄒᆞ고⁵⁾ 倉_창庫_콩ㅣ ᄀᆞᄃᆞ기⁶⁾ 넘씨고⁷⁾【倉_창ᄋᆞᆫ 갈물⁸⁾ 씨니 나ᄃᆞᆯ⁹⁾ 갈물 씨라 庫_콩ᄂᆞᆫ 쳔량 ᄀᆞ초아¹⁰⁾ 뒷ᄂᆞᆫ¹¹⁾ 지비라】 양ᄌᆡ¹²⁾ 端_돤正_졍ᄒᆞ고 眷_권屬_쑉¹³⁾이 ᄀᆞᄌᆞ며¹⁴⁾ 聰_총明_명ᄒᆞ며 智_딩慧_{ᅘᆌᆼ}ᄅᆞ빙며¹⁵⁾ 勇_용猛_밍코¹⁶⁾ 게여ᄫᆞ미¹⁷⁾ 큰 力_륵士_쏭 ᄀᆞᄐᆞ니도¹⁸⁾

---

1) 婆羅門: 바라문. 산스크리트어로 브라만(Brahman)이다. 인도 카스트 제도에서 가장 높은 지위인 승려 계급이다.

2) 居士: 거사. 우바새(優婆塞). 속세에 있으면서 불교를 믿는 남자이다.

3) 王ㄱ: 王(왕, 임금) + -ㄱ(-의: 관조)

4) 쳔랴이: 쳔량(재물, 財寶) + -이(주조)

5) 有餘ᄒᆞ고: 有餘ᄒᆞ[유여하다, 여유가 있다: 有餘(유여)- + -ᄒᆞ(형접)-]- + -고(연어, 나열)

6) ᄀᆞᄃᆞ기: [가득이, 盈(부사): ᄀᆞ득(가득, 盈: 부사) + -이(부접)]

7) 넘씨고: 넘씨(← 넘ᄢᅵ다[넘치다, 溢]: 넘(넘다, 越)- + -ᄣᅵ(강접)-]- + -고(연어, 나열)

8) 갈물: 갊(갈무리하다, 저장하다, 감추다, 藏)- + -울(관전)

9) 나ᄃᆞᆯ: 낟(곡식, 穀) + -ᄋᆞᆯ(목조)

10) ᄀᆞ초아: ᄀᆞ초[간직하다, 감추다, 藏: ᄀᆞ줓(갖추어져 있다, 備: 형사)- + -호(사접)-]- + -아(연어)

11) 뒷ᄂᆞᆫ: 두(두다, 置: 보용, 완료 유지)- + -Ø(←-어: 연어) + 잇(← 이시다: 있다, 보용, 완료 지속)- + -ᄂᆞ(현시)- + -ㄴ(관전) ※ '뒷ᄂᆞᆫ'은 '두어 잇ᄂᆞᆫ'이 축약된 형태이다.

12) 양ᄌᆡ: 양ᄌᆞ(양자, 모습, 용모, 樣子, 形相) + -ㅣ(←-이: 주조)

13) 眷屬: 권속. 한집에 거느리고 사는 식구이다.

14) ᄀᆞᄌᆞ며: ᄀᆞᆽ(갖추어져 있다, 具)- + -ᄋᆞ며(연어, 나열)

15) 智慧ᄅᆞ빙며: 智慧ᄅᆞ빙[지혜롭다: 智慧(지혜: 명사) + -ᄅᆞ빙(형접)-]- + -며(연어, 나열)

16) 勇猛코: 勇猛ᄒᆞ[← 勇猛ᄒᆞ다(용맹하다): 勇猛(용맹: 명사) + -ᄒᆞ(형접)-]- + -고(연어, 나열)

17) 게여ᄫᆞ미: 게여(← 게엽다, ㅂ불: 웅건하다, 雄健)- + -음(←-움: 명전) + -이(주조)

18) ᄀᆞᄐᆞ니도: ᄀᆞᇀ(← ᄀᆞᇀᄒᆞ다: 같다, 如)- + -Ø(현시)- + -은(관전) # 이(이, 者: 의명) + -도(보조사, 첨가)

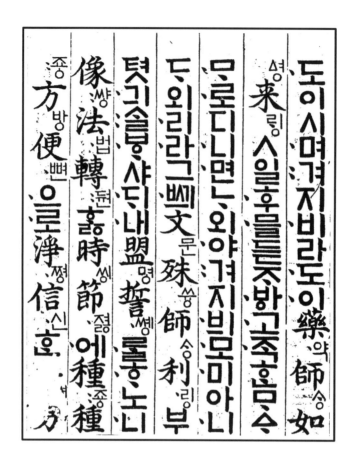

있으며, 여자라도 이 藥師如來(약사여래)의 이름을 들어 지극한 마음으로
지니면 다시 여자의 몸이 아니 되리라. 그때에 文殊師利(문수사리)가 부
처께 사뢰시되 "내가 盟誓(맹서)를 하니, 像法(상법)을 轉(전)할 時節(시절)
에 種種(종종)의 方便(방편)으로 淨信(정신)한 善男子(선남자)·

이시며 겨지비라도¹⁹⁾ 이 藥_약師_숭如_셩來_링ㅅ 일후믈 듣ᄌᆞᄫᅡ²⁰⁾ 고즉

혼²¹⁾ ᄆᆞᅀᆞᄆᆞ로²²⁾ 디니면²³⁾ ᄂᆞ외야²⁴⁾ 겨지븨²⁵⁾ 모미 아니 ᄃᆞ외리라

그 ᄢᅴ 文_문殊_쓩師_숭利_링 부텻긔²⁶⁾ ᄉᆞᆲᄫᅡ샤ᄃᆡ²⁷⁾ 내 盟_명誓_쎙를 ᄒᆞ노

니²⁸⁾ 像_썅法_법²⁹⁾ 轉_둰홀³⁰⁾ 時_씽節_졇에 種_죵種_죵 方_방便_뼌³¹⁾으로 淨_쪙信_신혼³²⁾ 善_썬男_남子_증

---

19) 겨지비라도: 겨집(여자, 女) + -이(서조)- + -라도(←-아도: 연어, 이유)

20) 듣ᄌᆞᄫᅡ: 듣(듣다, 聞)- + -ᄌᆞᇦ(←-ᄌᆞᆸ-: 객높)- + -아(연어)

21) 고즉혼: 고즉ᄒᆞ[지극하다. 골똘하다, 至: 고즉(고작: 불어) + -ᄒᆞ(형접)-]- + -Ø(현시)- + -ㄴ(관전)

22) ᄆᆞᅀᆞᄆᆞ로: ᄆᆞᅀᆞᆷ(마음, 心) + -ᄋᆞ로(부조, 방편)

23) 디니면: 디니(지니다, 持)- + -면(연어, 조건)

24) ᄂᆞ외야: [다시, 거듭하여, 複(부사): ᄂᆞ외(거듭하다: 동사)- + -야(←-아: 연어)]

25) 겨지븨: 겨집(여자, 女) + -의(관조)

26) 부텻긔: 부텨(부처, 佛) + -ㅅ긔(-께: 부조, 상대)

27) ᄉᆞᆲᄫᅡ샤ᄃᆡ: ᄉᆞᆲ(←ᄉᆞᆲ다, ㅂ불: 사뢰다, 아뢰다, 白言)- + -ᄋᆞ샤(←-ᄋᆞ시-: 주높)- + -ᄃᆡ(←-오ᄃᆡ: -되, 연어, 설명 계속)

28) ᄒᆞ노니: ᄒᆞ(하다, 爲)- + -ㄴ(←-ᄂᆞ-: 현시)- + -오(화자)- + -니(연어, 설명 계속)

29) 像法: 상법. 삼시법(三時法)의 하나이다. 정법시(正法時) 다음의 천 년 동안이다. 이 동안에는 교법이 있기는 하지만 믿음이 형식으로만 흘러 사찰과 탑을 세우는 데에만 힘쓰고 진실한 수행은 이루어지지 않으며, 증과(證果)를 얻는 사람도 없다.

30) 轉홀: 轉ᄒᆞ[전하다, 널리 퍼지다: 轉(전: 불어) + -ᄒᆞ(동접)-]- + -ㅭ(관전)

31) 方便: 방편. 십바라밀(十波羅蜜)의 하나이다. 중생을 구제하기 위하여 쓰는 묘한 수단과 방법이다.

32) 淨信혼: 淨信ᄒᆞ[정신하다: 淨信(정신) + -ᄒᆞ(동접)-]- + -Ø(현시)- + -ㄴ(관전) ※ '淨信(정신)'은 불법(佛法)을 믿는 것이다.

善女人(선여인)들이 이 藥師瑠璃光如來(약사유리광여래)의 이름을 듣게 하며, 졸 적이라도 이 부처의 이름으로 듣게 하여 깨닫게 하겠습니다. 世尊(세존)이시여. 아무나 이 經(경)을 지녀 읽어 외우며, 남더러 퍼뜨려 일러서, (경을) 열어 보이거나, 제가 쓰거나 남을 시켜서 쓰거나 하고, (경을) 恭敬(공경)하며

善_쎤女_녕人_신들히 이 藥_약師_숭瑠_륳璃_링光_광如_셩來_링ㅅ 일후믈 듣줍긔³³⁾ ᄒ며 ᄌᆞᇙ³⁴⁾ 저기라도³⁵⁾ 이 부텻 일후므로³⁶⁾ 들여³⁷⁾ ᄭᆡᄃᆞᆮ긔³⁸⁾ 호리이다³⁹⁾ 世_솅尊_존하⁴⁰⁾ 아뫼나⁴¹⁾ 이 經_경을 디녀⁴²⁾ 닐거 외오며⁴³⁾ 노ᇝ드려⁴⁴⁾ 불어⁴⁵⁾ 닐어⁴⁶⁾ 여러⁴⁷⁾ 뵈어나⁴⁸⁾ 제⁴⁹⁾ 쓰거나 ᄂᆞᆷ 히여⁵⁰⁾ 쓰거나 ᄒ고 恭_공敬_경ᄒ며

---

33) 듣ᄌᆞᆸ긔: 듣(듣다, 聞)- + -ᄌᆞᆸ(객높)- + -긔(-게: 연어, 사동)

34) ᄌᆞᇙ: ᄌᆞᆯ(졸다, 垂)- + -ㅭ(관전)

35) 저기라도: 적(적, 때, 時: 의명) + -이(서조)- + -라도(←-아도: 연어, 양보, 불구)

36) 일후므로: 일훔(이름, 名) + -으로(부조, 방편)

37) 들여: 들이[듣게 하다: 들(← 듣다, ㄷ불: 듣다, 聞)- + -이(사접)-]- + -어(연어)

38) ᄭᆡᄃᆞᆮ긔: ᄭᆡᄃᆞᆮ[깨닫다, 覺悟: ᄭᆡ(깨다, 覺)- + ᄃᆞᆮ(닫다, 달리다, 走)-]- + -긔(-게: 연어, 사동)

39) 호리이다: ᄒ(← ᄒ다: 보용, 사동)- + -오(화자)- + -리(미시)- + -이(상높, 아주 높임)- + -다(평종)

40) 世尊하: 世尊(세존) + -하(-이시여: 호조, 아주 높임)

41) 아뫼나: 아모(아무, 某: 인대, 부정칭) + -ㅣ나(←-이나: 보조사, 선택)

42) 디녀: 디니(지니다, 持)- + -어(연어)

43) 외오며: 외오(외우다, 誦)- + -며(연어, 나열, 계기)

44) 노ᇝ드려: ᄂᆞᆷ(남, 他人) + -드려(-더러, -에게: 부조, 상대)

45) 불어: 불(← 부르다: 퍼뜨리다, 펼치다, 演)- + -어(연어)

46) 닐어: 닐(← 니르다: 이르다, 說)- + -어(연어)

47) 여러: 열(열다, 開)- + -어(연어)

48) 뵈어나: 뵈[보이다, 示: 보(보다, 見)- + -ㅣ(←-이-: 사접)-]- + -어나(←-거나: 연어, 선택)

49) 제: 저(저, 자기, 自: 인대, 재귀칭) + -ㅣ(←-이: 주조)

50) 히여: 히[시키다, 敎: ᄒ(하다, 爲)- + -ㅣ(← -이-: 사접)-]- + -여(←-어: 연어)

尊重(존중)히 여겨 種種(종종)의 花香(화향)과 瓔珞(영락)과 幡(번)과 蓋(개)와 풍류로 供養(공양)하고, 五色(오색) 비단으로 향주머니를 만들어 (경을) 넣어, 깨끗한 땅에 물을 뿌려 쓸고 높은 座(좌)를 만들고 (경을) 얹으면, 그때에 四天王(사천왕)이 眷屬(권속)과 無量(무량)한 百千(백천)의 天衆(천중)을 데리고 다 그 곳에 가서

尊_존重_뜡히⁵¹⁾ 너겨⁵²⁾ 種_죵種_죵 花_황香_향⁵³⁾과 瓔_형珞_락⁵⁴⁾과 幡_펀⁵⁵⁾과 蓋_갱⁵⁶⁾와 풍류로⁵⁷⁾ 供_공養_양ᄒ고 五_옹色_식 기비로⁵⁸⁾ ᄂᆞᆷᆺ⁵⁹⁾ 밍ᄀ라⁶⁰⁾ 녀허⁶¹⁾ 조ᄒᆫ⁶²⁾ 싸ᄒᆞᆯ⁶³⁾ 믈 ᄲᅳ려⁶⁴⁾ ᄡᅳ오⁶⁵⁾ 노ᄑᆞᆫ 座_쫭 밍ᄀᆞᆯ오 연ᄌ면⁶⁶⁾ 그 ᄢᅴ 四_{ᄉᆞᆼ}天_텬王_왕⁶⁷⁾이 眷_권屬_쑉과 無_뭉量_량⁶⁸⁾ 百_빅千_쳔 天_텬衆_즁⁶⁹⁾ ᄃᆞ리고⁷⁰⁾ 다 그 고대⁷¹⁾ 가

---

51) 尊重히: [존중히, 높고 귀하게(부사): 尊重(존중: 명사) + -ᄒ(←-ᄒᆞ-: 동접)- + -이(부접)]

52) 너겨: 너기(여기다, 思)- + -어(연어)

53) 花香: 화향. 불전에 올리는 꽃과 향이다.

54) 瓔珞: 영락. 구슬을 꿰어 만든 장신구. 목이나 팔 따위에 두른다.

55) 幡: 번. 법요(法要)를 설법(說法)할 때에 절 안에 세우는 깃대이다. 대가리에 비단(緋緞)이나 종이 같은 것을 가늘게 오려서 단다.

56) 蓋: 개. 천장에서 불상(佛像)이나 예반(禮盤) 따위를 덮는 나무나 쇠붙이로 만든 불구(佛具)이다.

57) 풍류로: 풍류(풍류, 伎樂) + -로(부조, 방편)

58) 기비로: 깁(비단, 綵) + -으로(부조, 방편)

59) ᄂᆞᆷᆺ: 향낭(香囊). 향주머니. 향을 넣어 몸에 차는 주머니이다.

60) 밍ᄀ라: 밍ᄀᆞᆯ(만들다, 作)- + -아(연어)

61) 녀허: 넣(넣다, 盛)- + -어(연어)

62) 조ᄒᆫ: 좋(깨끗하다, 淨)- + -Ø(현시)- + -은(관전)

63) 싸ᄒᆞᆯ: 싸ᄒᆞ(곳, 處: 의명) + -ᄋᆞᆯ(목조)

64) ᄲᅳ려: ᄲᅳ리(뿌리다, 灑)- + -어(연어)

65) ᄡᅳ오: ᄡᅳᆯ(쓸다, 掃)- + -오(←-고: 연어, 나열, 계기)

66) 연ᄌ면: 엱(얹다, 處)- + -ᄋᆞ면(연어, 조건)

67) 四天王: 사천왕. 사왕천(四王天)의 주신(主神)으로 사방을 진호(鎭護)하며 국가를 수호하는 네 신. 동쪽의 지국천왕, 남쪽의 증장천왕, 서쪽의 광목천왕, 북쪽의 다문천왕이다. 위로는 제석천을 섬기고 아래로는 팔부중(八部衆)을 지배하여 불법에 귀의한 중생을 보호한다.

68) 無量: 무량. 헤아릴 수 없이 많은 것이다.

69) 天衆: 천중. 욕계(欲界), 색계(色界), 무색계(無色界)에 살고 있는 하늘의 모든 유정(有情)이다.

70) ᄃᆞ리고: ᄃᆞ리(데리다, 與)- + -고(연어, 계기)

71) 고대: 곧(곳, 所: 의명, 위치) + -애(-에: 부조, 위치)

供養(공양)하며 지키겠습니다. 世尊(세존)이시여. 이 經(경)이 流行(유행)하
는 곳에【流(유)는 물이 흐르는 것이요 行(행)은 가는 것이니, 法(법)이 퍼지
어 가는 것이 물이 흘러 가는 것과 같으므로 流行(유행)이라고 하였니라. 】저
藥師瑠璃光如來(약사유리광여래)의 本願(본원)의 功德(공덕)을 지니며 이름
을 들으면 마땅히 이 곳에서 橫死(횡사)하는 것이 없으며【橫(횡)은 비
뚠 것이니, 橫死(횡사)는 제 命(명)이 아닌 일로

供_공養_양ᄒ며⁷²⁾ 디킈리이다⁷³⁾ 世_솅尊_존하 이 經_경 流_륳行_{ᅘᅵᇰ}홇⁷⁴⁾ 싸해⁷⁵⁾

【 流_륳는 믈⁷⁶⁾ 흐를 씨오⁷⁷⁾ 行_{ᅘᅵᇰ}ᄋᆫ 녈⁷⁸⁾ 씨니 法_법이 펴디여⁷⁹⁾ 가미⁸⁰⁾ 믈 흘러

녀미⁸¹⁾ ᄀᆞᄐᆞᆯ씨⁸²⁾ 流_륳行_{ᅘᅵᇰ}이라 ᄒᆞ니라 】 뎌 藥_약師_{ᄉᆞᆼ}瑠_륳璃_링光_광如_셩來_{ᄅᆡᆼ}ㅅ

本_본願_원⁸³⁾ 功_공德_득⁸⁴⁾을 디니며 일후믈 듣ᄌᆞᄫᅳ면⁸⁵⁾ 당다이⁸⁶⁾ 이

싸해 橫_{ᅘᅯᇰ}死_{ᄉᆞᆼ}홇⁸⁷⁾ 주리⁸⁸⁾ 업스며【 橫_{ᅘᅯᇰ}ᄋᆫ 빗글⁸⁹⁾ 씨니 橫_{ᅘᅯᇰ}死_{ᄉᆞᆼ}ᄂᆞᆫ 제 命_명 아닌 일로

---

72) 供養ᄒ며: 供養ᄒ[공양하다: 供養(공양) + -ᄒ(동접)-]- + -며(연어, 나열) ※ '供養(공양)'은 불(佛), 법(法), 승(僧)의 삼보(三寶)나 죽은 이의 영혼에게 음식, 꽃 따위를 바치는 일이다. 또는 그 음식을 이른다.

73) 디킈리이다: 디킈(← 딕희다: 지키다, 守護)- + -리(미시)- + -이(상높, 아주 높임)- + -다(평종)

74) 流行홇: 流行ᄒ[유행하다: 流行(유행) + -ᄒ(동접)-]- + -ᇙ(관전) ※ '流行(유행)'은 널리 퍼져서 돌아다니는 것이다.

75) 싸해: 싸ᄒ(땅, 處) + -애(-에: 부조, 위치)

76) 믈: 물, 水.

77) 씨오: ᄡ(← ᄉ: 것, 者, 의명) + -이(서조)- + -오(← -고: 연어, 나열)

78) 녈: 녀(가다, 다니다, 行)- + -ㄹ(관전)

79) 펴디여: 펴디[펴지다, 流行: 펴(펴다, 發)- + -어(연어) + 디(지다: 보용, 피동)-]- + -여(← -어: 연어)

80) 가미: 가(가다: 보용, 진행) + -ㅁ(← -옴: 명전) + -이(주조)

81) 녀미: 녀(가다, 다니다: 行)- + -ㅁ(← -옴: 명전) + -이(-과: 부조, 비교)

82) ᄀᆞᄐᆞᆯ씨: ᄀᆞᇀ(← ᄀᆞᆮᄒᆞ다: 같다, 如)- + -ᄋᆞᆯ씨(-으므로: 연어, 이유)

83) 本願: 본원. 부처가 되기 이전, 즉 보살로서 수행할 때에 세운 서원(誓願)이다.

84) 功德: 공덕. 좋은 일을 행한 덕으로 훌륭한 결과를 가져오게 하는 능력이다. 종교적으로 순수한 것을 진실공덕(眞實功德)이라 이르고, 세속적인 것을 부실공덕(不實功德)이라 한다.

85) 듣ᄌᆞᄫᅳ면: 듣(듣다, 聞)- + -ᄌᆞᇦ(← -ᄌᆞᆸ-: 객높)- + -ᄋᆞ면(연어, 조건)

86) 당다이: [마땅히, 반드시, 當(부사): 당당(당당: 불어) + -Ø(← -ᄒᆞ-: 형접)- + -이(부접)]

87) 橫死홇: 橫死ᄒ[← 橫死ᄒᆞ다(횡사하다): 橫死(횡사: 명사) + -ᄒ(하다: 동접)-]- + -오(대상)- + -ᇙ(관전) ※ '橫死(횡사)'는 뜻밖의 재앙으로 죽는 것이다.

88) 주리: 줄(줄, 일, 것, 者: 의명) + -이(주조)

89) 빗글: 빗(비뚫다, 橫)- + -을(관전)

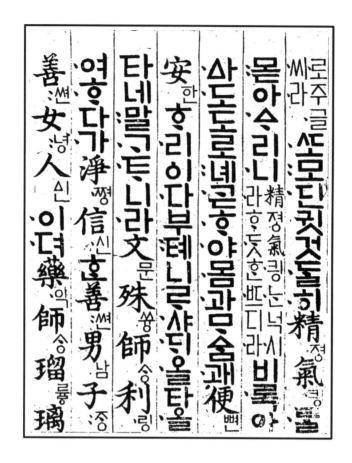

죽는 것이다. 】 또 모진 귀신들이 精氣(정기)를 못 빼앗겠으니【精氣(정기)는 '넋'이라 하듯 한 뜻이다. 】, 비록 빼앗아도 도로 옛날과 같아서 몸과 마음이 便安(편안)하겠습니다. 부처가 이르시되 "옳다. 옳다. 네 말과 같으니라. 文殊師利(문수사리)여, 만일 淨信(정신)한 善男子(선남자)·善女人(선여인)이 저 藥師瑠璃光如來(약사유리광여래)를

주글 씨라】 또 모딘 귓것들히⁹⁰⁾ 精_졍氣_킝⁹¹⁾를 몯 아ᅀᆞ리니⁹²⁾【精_졍

氣_킝는 넉시라⁹³⁾ ᄒᆞ듯⁹⁴⁾ ᄒᆞᆫ 뜨디라⁹⁵⁾】 비록 아ᅀᅡ도⁹⁶⁾ 도로⁹⁷⁾ 녜⁹⁸⁾ ᄀᆞᆮᄒᆞ

야⁹⁹⁾ ᄆᆞᅀᅵ미 便_뼌安_한ᄒᆞ리이다¹⁾ 부톄 니ᄅᆞ샤ᄃᆡ 올타²⁾ 올타 네

말 ᄀᆞᆮ니라³⁾ 文_문殊_쓩師_승利_링여⁴⁾ ᄒᆞ다가⁵⁾ 淨_쪙信_신⁶⁾ᄒᆞᆫ 善_썬男_남子_중

善_썬女_녕人_{ᅀᅵᆫ}이 뎌 藥_약師_승瑠_륳璃_링光_광如_셩來_링를

---

90) 귓것들히: 귓것들ㅎ[귀신들, 諸鬼: 귀(귀신, 鬼) + -ㅅ(관조, 사잇) + 것(것: 의명) + -들ㅎ(-들: 복접)] + -이(주조)

91) 精氣: 정기. 사물에 들어 있는 순수한 기운이다.

92) 아ᅀᆞ리니: 앗[←앗다, ㅅ불: 앗다, 빼앗다, 奪]- + -ᄋᆞ리(미시)- + -니(연어, 설명 계속)

93) 넉시라: 넋(넋, 마음, 魂) + -이(서조)- + -Ø(현시)- + -라(←-다: 평종)

94) ᄒᆞ듯: ᄒᆞ(하다, 曰)- + -듯(-듯: 연어, 흡사)

95) 뜨디라: 뜯(뜻, 意) + -이(서조)- + -Ø(현시)- + -라(←-다: 평종)

96) 아ᅀᅡ도: 앗[←앗다, ㅅ불: 앗다, 빼앗다, 奪]- + -아도(연어, 양보)

97) 도로: [도로, 還(부사): 돌(돌다, 回: 동사)- + -오(부접)]

98) 녜: 녜(옛날, 예전, 故) + -Ø(←-이: 부접, 비교)

99) ᄀᆞᆮᄒᆞ야: ᄀᆞᆮᄒᆞ(같다, 如)- + -야(←-아: 연어)

1) 便安ᄒᆞ리이다: 便安ᄒᆞ[편안하다: 便安(편안) + -ᄒᆞ(형접)-]- + -리(미시)- + -이(상높, 아주 높임)- + -다(평종)

2) 올타: 옳(옳다, 是)- + -Ø(현시)- + -다(평종)

3) ᄀᆞᆮ니라: 곹(← ᄀᆞᆮᄒᆞ다: 같다, 如)- + -Ø(현시)- + -ᄋᆞ니(원칙)- + -라(←-다: 평종)

4) 文殊師利여: 文殊師利(문수사리) + -여(호조, 예사 높임)

5) ᄒᆞ다가: 만일, 若(부사)

6) 淨信: 정신. 불법(佛法)을 믿는 것이다.

供養(공양)하고자 하거든, 먼저 저 부처의 像(상)을 만들어 깨끗한 座(좌)에 놓고, 種種(종종)의 꽃을 흩뿌리고 種種(종종)의 香(향)을 피우고 種種(종종)의 幢幡(당번)으로 그 곳을 莊嚴(장엄)하고, 밤낮 이레를 八分齋戒(팔분재계)를 지녀, 깨끗한 밥을 먹고 沐浴(목욕)을 감아

供_공養_양코져⁷⁾ ᄒ거든 몬져⁸⁾ 뎌 부텻 像_썅⁹⁾을 밍ᄀ라¹⁰⁾ 조ᄒᆫ¹¹⁾ 座_쫭애 便_뼌安_한히 노쑵고¹²⁾ 種_종種_종ㄱ¹³⁾ 곳¹⁴⁾ 비코¹⁵⁾ 種_종種_종ㄱ 香_향 퓌우고¹⁶⁾ 種_종種_종ㄱ 幢_똥幡_펀¹⁷⁾으로 그 ᄯᅡ홀 莊_장嚴_엄¹⁸⁾ᄒ고 밤낫¹⁹⁾ 닐웨를²⁰⁾ 八_밣分_뿐齋_쟁戒_갱²¹⁾를 디녀 조ᄒᆫ 밥 먹고 沐_목浴_욕 ᄀ마²²⁾

---

7) 供養코져: 供養ᄒ[供養ᄒ다(공양하다): 供養(공양) + -ᄒ(동접)-]- + -고져(-고자: 연어, 의도)

8) 몬져: 먼저, 先(부사)

9) 像: 상. 조각이나 그림을 나타내는 말이다.

10) 밍ᄀ라: 밍글(만들다, 造)- + -아(연어)

11) 조ᄒᆫ: 좋(깨끗하다, 淸淨)- + -Ø(현시)- + -은(관전)

12) 노쑵고: 놓(놓다, 立)- + -ᅀᆸ(객높)- + -고(연어, 나열, 계기)

13) 種種ㄱ: 種種(종종, 여러 가지) + -ㄱ(-의: 관조)

14) 곳: 곳(← 곶: 꽃, 花)

15) 비코: 빟(흩뿌리다, 散)- + -고(연어, 나열, 계기)

16) 퓌우고: 퓌우[피우다, 發: 푸(← ᄑ다: 피다, 發, 자동)- + -ㅣ(← -이-: 사접)- + -우(사접)-]- + -고(연어, 나열, 계기) ※ '픠우-'가 '퓌우-'로 바뀐 것은 원순 모음화가 적용된 초기의 예로 볼 수 있다.

17) 幢幡: 당과 번이다. 혹은 당과 번을 겹쳐 만든 기(旗)이다. '幢(당)'은 법회 따위의 의식이 있을 때에, 절의 문 앞에 세우는 기. 장대 끝에 용머리를 만들고, 깃발에 불화(佛畫)를 그려 불보살의 위엄을 나타내는 장식 도구이다. 그리고 '幡(번)'은 부처와 보살의 성덕(盛德)을 나타내는 깃발. 꼭대기에 종이나 비단 따위를 가늘게 오려서 단다.

18) 莊嚴: 장엄. 보관(寶冠), 칠보(七寶), 연화(蓮花) 등으로 불도량(佛道場)을 장식하는 일이다.

19) 밤낫: [밤낮, 日夜: 밤(밤, 夜) + 낫(← 낮: 낮, 日)]

20) 닐웨를: 닐웨(이레, 七日) + -를(목조)

21) 八分齋戒: 팔분재계. 집에서 불도를 닦는 우바새(優婆塞) 및 우바니(優婆尼)가 육재일(六齋日)에 그날 하루 밤낮 동안 지키는 여덟 계행(戒行)이다.(= 八分齋) ※ '육재일(六齋日)'은 한 달 가운데서 몸을 조심하고 마음을 깨끗이 하여 재계(齋戒)하는 여섯 날. 음력 8·14·15·23·29·30일로, 이날에는 사천왕이 천하를 돌아다니며 사람의 선악을 살피는 날이라고 한다.

22) ᄀ마: 금(감다, 浴)- + -아(연어)

때가 없는 마음과 瞋心(진심)이 없는 마음을 내어, 一切(일체)의 有情(유
정)에 利益(이익)하며 安樂(안락)하며【安樂(안락)은 便安(편안)하고 즐거운
것이다.】慈悲(자비)·喜捨(희사)·平等(평등)한 마음을 일으켜【慈(자)는 衆
生(중생)을 애틋이 사랑하여, 念(염)하여 便安(편안)하고 즐거운 일로 饒益(요
익)하게 하고자 하는 마음이요, 悲(비)는 衆生(중생)을 불쌍히 여겨 念(염)하여
여러 가지의 苦惱(고뇌)를 受(수)하거든, 受苦(수고)에서 빼고자

띠²³⁾ 업슨 ᄆᆞᅀᆞᆷ과 嗔친心심²⁴⁾ 업슨 ᄆᆞᅀᆞᆷ을 내야 一ᅙᅵᇙ切쳉 有ᅌᅮᇢ情쪙에 利링益혁ᄒᆞ며²⁵⁾ 安한樂락ᄒᆞ며²⁶⁾【安한樂락ᄋᆞᆫ 便뼌安한코²⁷⁾ 즐거ᄫᅳᆯ²⁸⁾ 씨라 】慈쭝悲빙²⁹⁾ 喜힝捨샹³⁰⁾ 平뼝等ᄃᆞᆼ혼 ᄆᆞᅀᆞᆷ을 니르와다³¹⁾【慈쭝ᄂᆞᆫ 衆즁生ᅀᅵᆼ을 ᄃᆞ사³²⁾ 念념ᄒᆞ야 便뼌安한코 즐거ᄫᆞᆫ 일로 饒ᅀᅲᇢ益혁게³³⁾ 코져³⁴⁾ ᄒᆞᄂᆞᆫ³⁵⁾ ᄆᆞᅀᆞᄆᆡ오 悲빙ᄂᆞᆫ 衆즁生ᅀᅵᆼ을 어엿비³⁶⁾ 너겨 念념ᄒᆞ야 여러 가짓 苦콩惱놀ᄅᆞᆯ 受쓔ᇢᄒᆞ거든 受쓔ᇢ苦콩애 ᄲᅢᅘᅧ고져³⁷⁾】

---

23) 띠: 띠(때, 垢) + -Ø(←-이: 주조)

24) 嗔心: 진심. 왈칵 성내는 마음이다.

25) 利益ᄒᆞ며: 利益ᄒᆞ[이익되다: 利益(이익: 명사) + -ᄒᆞ(동접)-]- + -며(연어, 나열)

26) 安樂ᄒᆞ며: 安樂ᄒᆞ[안락하다: 安樂(안락: 명사) + -ᄒᆞ(동접)-]- + -며(연어, 나열)

27) 便安코: 便安ᄒᆞ[← 便安ᄒᆞ다(편안하다): 便安(편안) + -ᄒᆞ(형접)-]- + -고(연어, 나열)

28) 즐거ᄫᆞᆯ: 즐겁[즐겁다, ㅂ불, 喜: 즑(즐거워하다, 歡: 불어)- + -업(형접)-]- + -을(관전)

29) 慈悲: 자비. 중생에게 즐거움을 주고 괴로움을 없게 하는 것이다.

30) 喜捨: 희사. 어떤 목적을 위하여 기꺼이 돈이나 물건을 내놓는 것이다.

31) 니르와다: 니르완[일으키다, 起: 닐(일어나다, 起: 자동)- + -으(사접)- + -왇(강접)-]- + -아 (연어)

32) ᄃᆞ사: ᄃᆞᆺ[← ᄃᆞᆺ다, ㅅ불: 애틋히 사랑하다, 愛)- + -아(연어)

33) 饒益게: 饒益[← 饒益ᄒᆞ다(요익하다): 饒益(요익) + -ᄒᆞ(동접)-]- + -게(연어, 사동) ※ '饒益(요익)'은 자비로운 마음으로 중생에게 넉넉하게 이익을 주는 것이다.

34) 코져 : ᄒᆞ(← ᄒᆞ다: 보용, 사동)- + -고져(-고자: 연어, 의도)

35) ᄒᆞᄂᆞᆫ: ᄒᆞ(ᄒᆞ다: 보용, 사동)- + -ᄂᆞ(←-ᄂᆞ-: 현시)- + -오(대상)- + -ㄴ(관전)

36) 어엿비: [불쌍히, 悲(부사): 어엿ㅂ(← 어엿브다: 불쌍하다, 憫)- + -이(부접)]

37) ᄲᅢᅘᅧ고져: ᄲᅢᅘᅧ(빼다, 拔)- + -고져(-고자: 연어, 의도)

하는 마음이요, 喜(희)는 기뻐하는 것이니 衆生(중생)을 念(염)하되 즐거운 일을 좇아 즐거하는 것을 得(득)하고자 하여 恭敬(공경)하여 慰勞(위로)하는 마음이요, 捨(사)는 버리는 것이니 衆生(중생)을 念(염)하되 미워하지 아니하며 애틋히 사랑하지 아니하여 平等(평등)한 마음이다. 또 慈(자)는 嗔心(진심)이 없는 것이 體(체)이요, 즐거운 일을 주는 것이 用(용)이다. 悲(비)는 害(해)하지 아니하는 것이 體(체)이요, 受苦(수고)에서 빼어 내는 것이 用(용)이다. 喜(희)는 저(彼, 남)를 즐겨 기뻐하게 하는 것이요, 捨(사)는 내 念(염)을 떨치는 것이니 떨치는 것이 捨(사)이다. 】 풍류와 노래로 讚嘆(찬탄)하여 佛像(불상)의

ᄒᆞ논 ᄆᆞᅀᆞ미오 喜휭ᄂᆞᆫ 깃글³⁸⁾ 씨니³⁹⁾ 衆즁生ᄉᆡᆼ을 念념ᄒᆞ딕 즐거ᄫᅳᆫ 이를 조차⁴⁰⁾

즐겨⁴¹⁾ ᄒᆞᄆᆞᆯ 得득과뎌⁴²⁾ ᄒᆞ야 恭공敬경ᄒᆞ야 慰휭勞롱ᄒᆞᄂᆞᆫ ᄆᆞᅀᆞ미오 捨샹ᄂᆞᆫ ᄇᆞ

릴⁴³⁾ 씨니 衆즁生ᄉᆡᆼ을 念념ᄒᆞ딕 믜디⁴⁴⁾ 아니ᄒᆞ며 둣디 아니ᄒᆞ야 平뼝等둥ᄒᆞᆫ ᄆᆞ

ᅀᆞ미라 ᄯᅩ⁴⁵⁾ 慈쭝ᄂᆞᆫ 嗔친心심 업수미 體톙오⁴⁶⁾ 즐거ᄫᅳᆫ 일 주미⁴⁷⁾ 用용이라 悲빙

ᄂᆞᆫ 害ᄒᆡᆼ티 아니호미 體톙오 受쓩苦콩애 ᄲᅢ혀⁴⁸⁾ 내요미⁴⁹⁾ 用용이라 喜휭ᄂᆞᆫ 뎌를⁵⁰⁾

즐겨 깃게 홀 씨오 捨샹ᄂᆞᆫ 내 念념을 여흴⁵¹⁾ 씨니 여희유미⁵²⁾ 捨샹ㅣ라⁵³⁾ 】 풍

류⁵⁴⁾와 놀애로⁵⁵⁾ 讚잔嘆탄ᄒᆞᅀᆞᄫᅡ⁵⁶⁾ 佛뿛像썅

---

38) 깃글: 깄(기뻐하다, 歡)- + -을(관전)

39) 씨니: 씨(← ᄉᆞ: 것, 者, 의명) + -이(서조)- + -니(연어, 설명 계속)

40) 조차: 좇(좇다, 隨)- + -아(연어)

41) 즐겨: 즐기[즐기다, 樂: 즑(즐거워하다, 歡)- + -이(사접)-]- + -어(연어)

42) 得과뎌: 得[← 得ᄒᆞ다(득하다, 얻다): 得(득: 불어) + -ᄒᆞ(동접)-]- + -과뎌(-고자: 연어, 의도)

43) ᄇᆞ릴: ᄇᆞ리(버리다, 捨)- + -ㄹ(관전)

44) 믜디: 믜(미워하다, 憎)- + -디(-지: 연어, 부정)

45) ᄯᅩ: 또, 又(부사)

46) 體오: 體(체) + -∅(← -이-: 서조)- + -오(← -고: 연어, 나열) ※ '體(체)'는 사물의 본체 또는 근본적인 것을 가리키는 말이다. 반면에 '용(用)'이란 사물의 작용 또는 현상, 파생적인 것을 가리키는 개념으로 사용된다. 이처럼 진리와 사물을 체와 용의 두 측면으로 나누어 각각의 의미와 상호 연관성 속에서 사물을 이해하는 사고방식을 체용론(體用論)이라 한다.

47) 주미: 주(주다, 授)- + -ㅁ(← -움: 명전) + -이(주조)

48) ᄲᅢ혀: ᄲᅡ혀(빼다, 拔)- + -어 (연어)

49) 내요미: 내[내다, 出: 나(나다, 出)- + -ㅣ(← -이-: 사접)-]- + -욤(← -움: 명전) + -이(주조)

50) 뎌를: 뎌(저, 저것, 彼, 지대) + -를(목조) ※ '뎌'는 '남'이나 '타인(他人)'을 뜻한다.

51) 여흴: 여희(여의다, 떨치다, 別)- + -ㄹ(관전)

52) 여희유미: 여희(여의다, 떨치다, 別)- + -윰(← -움: 명전) + -이(주조)

53) 捨ㅣ라: 捨(사) + -ㅣ(← -이-: 서조)- + -∅(현시)- + -라(← -다: 평종)

54) 풍류: 풍류, 伎.

55) 놀애로: 놀애[노래, 歌: 놀(놀다, 遊: 동사)- + -애(명접)] + -로(부조, 방편)

56) 讚嘆ᄒᆞᅀᆞᄫᅡ: 讚嘆ᄒᆞ[찬탄하다: 讚嘆(찬탄: 명사) + -ᄒᆞ(동접)-]- + -ᅀᆞᆸ(← -ᅀᆞᆸ-: 객높)- + -아(연어) ※ '讚嘆(찬탄)'은 칭찬하며 감탄하는 것이다.

오ᄅᆞᆫ녀ᄀᆞ로 갏도숩고 뎌 如ᅀퟛᆼ來� ㅣ

本본願원功공德득을 ᄯᅩ 念념ᄒᆞ야 이

經ᄀ�酈ᆼ을 닐거 외오며 ᄠᅳ들 ᄉᆞ랑ᄒᆞ야 불

어 닐어 ᄲᅥ면 一힗切쳉願원이ᄯ다

이러 長땨ᇰ壽쓩ᄅᆞᆯ 求꾤ᄒᆞ면 長땨ᇰ壽쓩

ᄅᆞᆯ 得득ᄒᆞ고 가ᅀᆞ며로 求꾤ᄒᆞ면 가

ᅀᆞ며로 得득ᄒᆞ고 벼ᄉᆞᆯ 求꾤ᄒᆞ면

오른쪽으로 감돌고, 저 如來(여래)의 本願(본원) 功德(공덕)을 또 念(염)하여, 이 經(경)을 읽어 외우며 그 뜻을 생각하여 퍼뜨려 일러서 열어서 보이면, 一切(일체)의 願(원)이 다 이루어져, 長壽(장수)를 求(구)하면 長壽(장수)를 得(득)하고, 부유함을 求(구)하면 부유함을 得(득)하고, 벼슬을 求(구)하면

올ᄒᆞ녀그로⁵⁷⁾ 값도ᇦ고⁵⁸⁾ 뎌 如ᇮ來ᇰㅅ 本본願원⁵⁹⁾ 功공德득을 ᄯᅩ 念념ᄒᆞ야⁶⁰⁾ 이 經경을 닐거 외오며 그 ᄠᅳ들⁶¹⁾ ᄉᆞ랑ᄒᆞ야⁶²⁾ 불어⁶³⁾ 닐어⁶⁴⁾ 여러⁶⁵⁾ 뵈면⁶⁶⁾ 一ᅙᅵᆶ切쳉 願원이 다 이러⁶⁷⁾ 長땅壽쓔ᇢ를 求꾸ᇢᄒᆞ면 長땅壽쓔ᇢ를 得득ᄒᆞ고 가ᅀᆞ며로ᄆᆞᆯ⁶⁸⁾ 求꾸ᇢᄒᆞ면 가ᅀᆞ며로ᄆᆞᆯ 得득ᄒᆞ고 벼스를⁶⁹⁾ 求꾸ᇢᄒᆞ면

---

57) 올ᄒᆞ녀그로: 올ᄒᆞ녁[오른쪽: 옳(옳다, 오른쪽이다, 右: 형사)- + -은(관전) + 녁(녁, 쪽, 便: 의명)] + -으로(부조, 방향)

58) 값도ᇦ고: 값도[← 값돌다(감돌다, 감아서 돌다, 繞): 값(← 감다: 감다)- + 돌다(돌다, 回)-]- + -ᇦ(객높)- + -고(연어, 계기)

59) 本願: 본원. 부처가 되기 이전, 즉 보살로서 수행할 때에 세운 서원(誓願)이다.

60) 念ᄒᆞ야: 念ᄒᆞ[염하다, 생각하다: 念(염) + -ᄒᆞ(동접)-] + -야(← -아: 연어)

61) ᄠᅳ들: ᄠᅳᆮ(뜻, 義) + -을(목조)

62) ᄉᆞ랑ᄒᆞ야: ᄉᆞ랑ᄒᆞ[생각하다, 思: ᄉᆞ랑(생각, 思) + -ᄒᆞ(동접)-] + -야(← -아: 연어)

63) 불어: 불(← 부르다: 펴뜨리다, 펼치다, 演)- + -어(연어)

64) 닐어: 닐(← 니르다: 이르다, 說)- + -어(연어)

65) 여러: 열(열다, 開)- + -어(연어)

66) 뵈면: 뵈[보이다, 示: 보(보다, 見: 타동)- + -ㅣ(← -이-: 사동)-]- + -면(연어, 조건)

67) 이러: 일(이루어지다, 成)- + -어(연어)

68) 가ᅀᆞ며로ᄆᆞᆯ: 가ᅀᆞ멸(부유하다, 가멸다, 富)- + -옴(명전) + -ᄋᆞᆯ(목조)

69) 벼스를: 벼슬(벼슬, 官位) + -을(목조)

벼슬을 得(득)하고, 아들딸을 求(구)하면 아들딸을 得(득)하리라. 아무나
또 사람이 모진 꿈을 얻어, 궂은 相(상)을 보거나 妖怪(요괴)스러운 새
(鳥)가 오거나【妖怪(요괴)는 常例(상례)롭지 아니한 荒唐(황당)한 일이다. 】
(자기가) 있는 곳에 온갖 妖怪(요괴)가 보이거나 하거든, 이 사람이 種種
(종종)의 貴(귀)한 것으로 저 약사유리광여래(藥師瑠璃光如來)를

벼스를 得_득ᄒ고 아ᄃᆞᆯᄯᆞᄅᆞᆯ⁷⁰⁾ 求_꿀ᄒ면 아ᄃᆞᆯᄯᆞᄅᆞᆯ 得_득ᄒ리라 아뫼

나⁷¹⁾ ᄯᅩ 사ᄅᆞ미 모딘⁷²⁾ ᄭᅮ믈⁷³⁾ 어더 구즌⁷⁴⁾ 相_샹ᄋᆞᆯ 보거나 妖_욭

怪_괭ᄅᆞ빙⁷⁶⁾ 새⁷⁷⁾ 오거나【妖_욭怪_괭ᄂᆞᆫ 常_쌍例_롕룹디⁷⁸⁾ 아니ᄒᆞᆫ 荒_황唐_땅ᄒᆞᆫ⁷⁹⁾

이리라】잇논⁸⁰⁾ ᄯᅡ해 온가짓⁸¹⁾ 妖_욭怪_괭 뵈어나⁸²⁾ ᄒᆞ거든 이 사ᄅᆞ

미 種_죵種_죵 貴_귕ᄒᆞᆫ 거스로⁸³⁾ ᄢᅥ 藥_약師_{ᄉᆞᆼ}瑠_률璃_링光_광如_{ᅀᅧ}來_링ᄅᆞᆯ

---

70) 아ᄃᆞᆯᄯᆞᄅᆞᆯ: 아ᄃᆞᆯᄯᆞᆯ[아들딸, 男女: 아ᄃᆞᆯ(아들, 男) + ᄯᆞᆯ(딸, 女)] + -ᄋᆞᆯ(목조)

71) 아뫼나: 아모(아무, 某: 인대, 부정칭) + -ㅣ나(← -이나: 보조사, 선택)

72) 모딘: 모디(← 모딜다: 모질다, 毒)- + -Ø(현시)- + -ㄴ(관전)

73) ᄭᅮ믈: ᄭᅮᆷ(꿈, 夢) + -을(목조)

74) 구즌: 궂(궂다, 惡)- + -Ø(현시)- + -ㄴ(관전)

75) 相: 상. 볼 수 있고, 알 수 있는 모습이다.

76) 妖怪ᄅᆞ빙: 妖怪ᄅᆞ빙[요괴스럽다: 妖怪(요괴: 명사) + -ᄅᆞᆸ(-롭-: 형접)-]- + -Ø(현시)- + -ㄴ (관전) ※ '妖怪(요괴)'는 요사스럽고 괴이한 것이다.

77) 새: 새(새, 鳥) + -Ø(← -이: 주조)

78) 常例룹디: 常例룹[상례롭다: 常例(상례: 명사) + -룹(형접)-]- + -디(-지: 연어, 부정) ※ '常例 (상례)'는 보통 있는 일이다.

79) 荒唐: 황당. 말이나 행동 따위가 참되지 않고 터무니없는 것이다.

80) 잇논: 잇(← 이시다: 있다, 住)- + -ㄴ(← -ᄂᆞ-: 현시)- + -오(대상)- + -ㄴ(관전) ※ '잇논 ᄯᅡ ᄒ'는 『약사유리광여래본원공덕경』에는 '住處'로 기술되어 있으므로 '살고 있는 곳'으로 의역 하여 옮긴다.

81) 온가짓: 온가지[온갖 종류, 가지가지, 百種: 온(백, 百) + 가지(가지, 種: 의명)] + -ㅅ(-의: 관조)

82) 뵈어나: 뵈[보이다, 出現: 보(보다, 見: 타동)- + -ㅣ(← -이-: 피접)-]- + -거나(보조사, 선택)

83) 거스로: 것(것, 資具: 의명) + -으로(부조, 방편) ※ '資具(자구)'는 집 안이나 사무실에서 쓰는 온갖 기구이다.(= 집물, 什物)

恭敬(공경)하여 供養(공양)하면, 흉(凶)한 꿈이며 모든 좋지 못한 일이 다 없어져서 걱정이 아니되며, 물과 불과 칼과 毒(독)과 어려운 石壁(석벽)과【石(석)은 돌이요 壁(벽)은 벼랑(壁)이니 벼랑같이 선 바위를 石壁(석벽)이라고 하느니라.】모딘 象(상, 코끼리)와 獅子(사자)와 범과 이리와 곰과 모진 뱀과 지네와

恭공敬경ᄒᆞ야 供공養양ᄒᆞᅀᆞᄫᆞ면 머즌[84] 꾸미며 믈읫[85] 됴티 몯혼 이
리 다 업서[86] 분벼리[87] 아니 ᄃᆞ외며 믈와[88] 블[89]와 갈콰[90] 毒독과
어려ᄫᅳᆫ[91] 石쎡壁벽과【石쎡은 돌히오[92] 壁벽은 ᄇᆞ르미니[93] ᄇᆞ룸 ᄀᆞ티[94] 션[95]
바회를[96] 石쎡壁벽이라 ᄒᆞᄂᆞ니라】 모딘 象썅[97]과 獅ᄉᆞᆼ子중와 범과 일히
와[98] 곰과 모딘 ᄇᆞ얌과[99] 지네와 이

---

84) 머즌: 멎(흉하다, 凶, 惡)- + -∅(현시)- + -ㄴ(관전)

85) 믈읫: 모든, 諸(관사)

86) 업서: 없(없어지다, 沒: 자동)- + -어(연어)

87) 분벼리: 분별(걱정, 患) + -이(보조)

88) 믈와: 믈(물, 水) + -와(접조)

89) 블: 불, 火.

90) 갈콰: 갈ㅎ(칼, 刀) + -과(접조)

91) 어려ᄫᅳᆫ: 어렵(← 어렵다, ㅂ불: 어렵다, 難)- + -∅(현시)- + -은(관전)

92) 돌히오: 돌ㅎ(돌, 石) + -이(서조)- + -오(← -고: 연어, 나열)

93) ᄇᆞ르미니: ᄇᆞ룸(벼랑, 벽, 壁) + -이(서조)- + -니(연어, 설명 계속)

94) ᄀᆞ티: [같이, 如(부사): ᄀᇀ(← ᄀᆞᆮᄒᆞ다: 같다, 如, 형사)- + -이(부접)]

95) 션: 셔(서다, 立)- + -∅(과시)- + -ㄴ(관전)

96) 바회를: 바회(바위, 巖) + -를(목조)

97) 象: 상, 코끼리.

98) 일히와: 일히(이리, 狼) + -와(← -과: 접조)

99) ᄇᆞ얌과: ᄇᆞ얌(뱀, 蛇) + -과(접조)

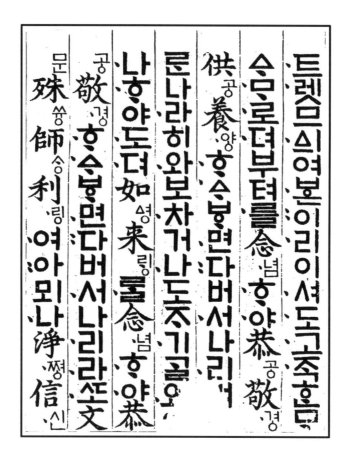

따위의 무서운 일이 있어도, 지극한 마음으로 저 부처를 念(염)하여 恭敬
(공경)하면 다 벗어나겠으며, 다른 나라가 와 침입하거나 도적이 괴롭히
거나 하여도 저 如來(여래)를 念(염)하여 恭敬(공경)하면 다 벗어나리라.
또 文殊師利(문수사리)여, 아무나 淨信(정신)한

트렛¹⁾ 므싀여본²⁾ 이리 이셔도³⁾ 고즉훈⁴⁾ 드스므로 뎌 부텨를 念_념

ᄒᆞ야 恭_공敬_경ᄒᆞᅀᆞᆸ면 다 버서나리어며⁵⁾ 다른⁶⁾ 나라히⁷⁾ 와 보차거

나⁸⁾ 도ᄌᆞ기⁹⁾ 글외어나¹⁰⁾ ᄒᆞ야도 뎌 如_셩來_링를 念_념ᄒᆞ야 恭_공敬_경ᄒᆞ

ᅀᆞᆸ면¹¹⁾ 다 버서나리라 ᄯᅩ 文_문殊_쓩師_{ᄉᆞᆼ}利_링여 아뫼나¹²⁾ 淨_쪙信_신훈

---

1) 트렛: 틀(부류, 따위, 等) + -에(부조, 위치) + -ㅅ(-의: 관조) ※ '트렛'은 '따위의'로 의역하여 옮긴다.

2) 므싀여본: 므싀엽[← 므싀엽다, ㅂ불(무섭다, 怖): 므싀(무서워하다, 畏: 자동)- + -엽(← -업-: 형접)-] + -Ø(현시)- + -은(관전)

3) 이셔도: 이시(있다, 有)- + -어도(연어, 양보)

4) 고즉훈: 고즉ᄒᆞ[지극하다, 골똘하다, 至: 고즉(불어) + -ᄒᆞ(형접)-] + -Ø(현시)- + -ㄴ(관전)

5) 버서나리어며: 버서나[벗어나다, 解脫: 벗(벗다, 脫)- + -어(연어) + 나(나다, 出)-]- + -리(미시)- + -어(← -거-: 확인)- + -며(연어, 나열)

6) 다른: [다른, 他(관사): 다른(다르다, 異)- + -ㄴ(관전▷관접)]

7) 나라히: 나라ㅎ(나라, 國) + -이(주조)

8) 보차거나: 보차(침입하다, 侵擾)- + -거나(연어, 선택)

9) 도ᄌᆞ기: 도즉(도적, 賊) + -이(주조)

10) 글외어나: 글외(침범하여 괴롭히다, 反亂)- + -어나(← -거나: 연어, 선택)

11) 恭敬ᄒᆞᅀᆞᆸ면: 恭敬ᄒᆞ[공경하다: 恭敬(공경: 명사) + -ᄒᆞ(동접)-] + -ᅀᆞᆸ(← -ᅀᆞᆸ-: 객높)- + -ᄋᆞ면(연어, 조건)

12) 아뫼나: 아모(아무, 某: 인대, 부정칭) + -ㅣ나(← -이나: 보조사, 선택)

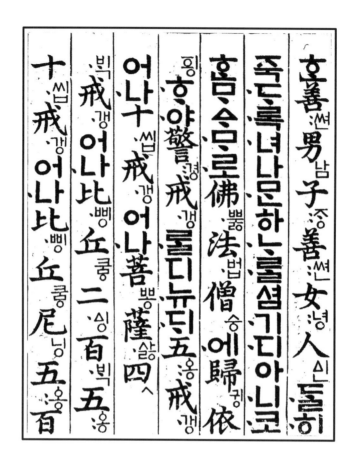

善男子(선남자)·善女人(선여인)들이 죽도록 다른 하늘을 섬기지 아니하고, 한 마음으로 佛法僧(불법승)에 歸依(귀의)하여 警戒(경계)를 지니되, 五戒(오계)이거나 十戒(십계)이거나 菩薩(보살)의 四百戒(사백계)이거나 比丘(비구)의 二百五十戒(이백오십계)이거나 比丘尼(비구니)의 五百戒(오백계)이거나

善_쎤男_남子_{ᄌᆞᆼ} 善_쎤女_녕人_{ᅀᅵᆫ}들히 죽ᄃᆞ록¹³⁾ 녀나ᄆᆞᆫ¹⁴⁾ 하ᄂᆞ를¹⁵⁾ 셤기디¹⁶⁾ 아니코¹⁷⁾ ᄒᆞᆫ ᄆᆞᅀᆞᄆᆞ로 佛_뿛法_법僧_승¹⁸⁾에 歸_귕依_{ᅙᅴᆼ}¹⁹⁾ᄒᆞ야 警_경戒_갱²⁰⁾를 디뉴ᄃᆡ²¹⁾ 五_{ᅌᅩᆼ}戒_갱어나²²⁾ 十_씹戒_갱²³⁾어나 菩_뽕薩_삶 四_{ᄉᆞᆼ}百_{ᄇᆡᆨ}戒_갱²⁴⁾어나 比_뼁丘_쿨 二_{ᅀᅵᆼ}百_{ᄇᆡᆨ}五_{ᅌᅩᆼ}十_씹 戒_갱어나 比_뼁丘_쿨尼_닝 五_{ᅌᅩᆼ}百_{ᄇᆡᆨ} 戒_갱어나

---

13) 죽ᄃᆞ록: 죽(죽다, 死)- + -ᄃᆞ록(-도록: 연어, 도달)

14) 녀나ᄆᆞᆫ: [그 밖의, 다른, 餘(관사): 녀(← 녀느, 他: 관사) + 남(남다, 餘)- + -ᄋᆞᆫ(관전 ▷ 관접)]

15) 하ᄂᆞ를: 하ᄂᆞᆯ(← 하ᄂᆞᆶ: 하늘, 天) + -을(목조) ※ 15세기 국어에서는 일반적으로 '하ᄂᆞᆯ히'로 표기되었다.

16) 셤기디: 셤기(셤기다, 事)- + -디(-지: 연어, 부정)

17) 아니코: 아니ᄒᆞ[← 아니ᄒᆞ다(아니하다: 보용, 부정): 아니(아니, 不: 부사, 부정) + -ᄒᆞ(동접)-]- + -고(연어, 나열)

18) 佛法僧: 불법승. 삼보(三寶)인 부처(佛), 교법(法), 승려(僧)를 아울러 이르는 말이다.

19) 歸依: 귀의. 부처와 불법(佛法)과 승가(僧伽)로 돌아가 의지하여 구원을 청하는 것이다. 불교 신앙의 근본이 되는 신조이다.

20) 警戒: 경계. 옳지 않은 일이나 잘못된 일들을 하지 않도록 타일러서 주의하게 하는 것이다.

21) 디뉴ᄃᆡ: 디니(지니다, 持)- + -우ᄃᆡ(-되: 연어, 설명 계속)

22) 五戒어나: 五戒(오계) + -Ø(←-이-: 서조)- + -어나(연어, 선택) ※ '五戒(오계)'는 속세에 있는 신자(信者)들이 지켜야 할 다섯 가지 계율. 살생하지 말라, 훔치지 말라, 음행(淫行)하지 말라, 거짓말하지 말라, 술 마시지 말라이다.

23) 十戒: 십계. 사미와 사미니가 지켜야 할 열 가지 계율이다. 오계(五戒) 외에, 꽃다발을 쓰거나 향을 바르지 말 것, 노래하고 춤추고 풍류를 즐기지 말 것, 높고 큰 평상에 앉지 말 것, 제때 가 아니면 먹지 말 것, 재물을 모으지 말 것이다.

24) 菩薩四百戒: 보살사백계. 보살이 지켜야 할 사백 가지 계율이다.

지니다가 헐고, 惡趣(악취)에 떨어지는 것을 두려워하여 저 부처의 이름을 골똘하게 念(염)하여 恭敬(공경)하여 供養(공양)하면, 마땅히 三惡趣(삼악취)에 나지 아니하겠으며, 아무나 여자가 아기를 낳을 時節(시절)을 當(당)하여 至極(지극)한 受苦(수고)할 적에, 지극한 마음으로

디니다가²⁵⁾ 헐오²⁶⁾ 惡ᆞᆨ趣ᄎᆃ예 ᄠᅥ러듀믈²⁷⁾ 두리여²⁸⁾ 뎌 부텻 일후믈

고ᄌᆞ기²⁹⁾ 念념ᄒᆞ야 恭공敬경ᄒᆞ야 供공養양ᄒᆞᅀᄫᆞ면 당다이³⁰⁾ 三삼惡ᆞᆨ

趣ᄎᆃ³¹⁾예 나디 아니ᄒᆞ리어며³²⁾ 아뫼나 겨지비 아기 나ᄒᆞᇙ³³⁾ 時씽節졇

을 當당ᄒᆞ야 至징極끅ᄒᆞᆫ 受쓩苦콩ᄒᆞᆯ 쩌긔³⁴⁾ 고ᄌᆞᆨᄒᆞᆫ ᄆᆞᅀᆞ므로

---

25) 디니다가: 디니(지니다, 持)- + -다가(연어, 동작의 전환)

26) 헐오: 헐(헐다, 毁犯)- + -오(←-고: 연어, 나열)

27) ᄠᅥ러듀믈: ᄠᅥ러디[떨어지다, 墮: ᄠᅵᆯ(떨다, 離)- + -어(연어) + 디(지다: 보용, 피동)-]- + -움(명전) + -을(목조)

28) 두리여: 두리(두려워하다, 怖)- + -여(←-어: 연어)

29) 고ᄌᆞ기: [지극히, 골똘히, 專: 고ᄌᆞᆨ(불어) + -Ø(←-ᄒᆞ-: 형접)- + -이(부접)]

30) 당다이: [마땅히, 반드시, 必(부사): 당당(당당: 불어) + -Ø(←-ᄒᆞ-: 형접)- + -이(부접)]

31) 三惡趣: 삼악취. 악업(惡業)을 지어서 죽은 뒤에 가야 하는 괴로움의 세계이다. 지옥도(地獄道), 아귀도(餓鬼道), 축생도(畜生道)가 있다.

32) 아니ᄒᆞ리어며: 아니ᄒᆞ[아니하다, 不(보용, 부정): 아니(아니, 不: 부사, 부정) + -ᄒᆞ(동접)-]- + -리(미시)- + -어(확인)- + -며(연어, 나열)

33) 나ᄒᆞᇙ: 낳(낳다, 産)- + -ᄋᆞᇙ(관전)

34) 쩌긔: 쩍(← 적: 적, 때, 時, 의명) + -의(-에: 부조, 위치)

저 如來(여래)의 이름을 일컬어 讚嘆(찬탄)하여 恭敬(공경)·供養(공양)하면, 많은 受苦(수고)가 다 없어지고, 낳은 子息(자식)이 모습이 端正(단정)하여 본 사람이 기뻐하며, 根源(근원)이 날카로워 聰明(총명)하며 便安(편안)하여, 病(병)이 적고 귀신이 精氣(정기)를 빼앗지 아니하리라." 그때에

뎌 如_영來_링ㅅ 일후믈 일쿨ᄌᆞᄫᅡ³⁵⁾ 讚_잔嘆_탄ᄒᆞ야³⁶⁾ 恭_공敬_경 供_공養_양 ᄒᆞᅀᆞᄫᆞ면 한³⁷⁾ 受_쓩苦_콩ㅣ 다 업고³⁸⁾ 나혼³⁹⁾ 子_{ᄌᆞ}息_식이 양ᄌᆡ⁴⁰⁾ 端_돤正_졍ᄒᆞ야⁴¹⁾ 본 사ᄅᆞ미 깃거ᄒᆞ며⁴²⁾ 根_근源_원이 ᄂᆞᆯ카ᄫᅡ⁴⁴⁾ 聰_총明_명ᄒᆞ며 便_뼌安_한ᄒᆞ야 病_뼝이 젹고⁴⁵⁾ 귓거시⁴⁶⁾ 精_졍氣_킝 앗디⁴⁷⁾ 아니ᄒᆞ리라 그 ᄢᅴ

---

35) 일쿨ᄌᆞᄫᅡ: 일쿨(일컫다, 稱)- + -ᄌᆞᇦ(← -ᄌᆞᆸ-: 객높)- + -아(연어)

36) 讚嘆ᄒᆞ야: 讚嘆ᄒᆞ[찬탄하다: 讚嘆(찬탄) + -ᄒᆞ(동접)-]- + -야(← -아: 연어) ※ '讚嘆(찬탄)'은 칭찬하며 감탄하는 것이다.

37) 한: 하(많다, 衆)- + -Ø(현시)- + -ㄴ(관전)

38) 업고: 업(← 없다: 없어지다, 사라지다, 除, 동사)- + -고(연어, 나열)

39) 나혼: 낳(낳다, 産)- + -Ø(과시)- + -오(대상)- + -ㄴ(관전)

40) 양ᄌᆡ: 양ᄌᆞ(모습, 모양, 形色) + -ㅣ(← -이: 주조)

41) 端正: 단정. 옷차림새나 몸가짐 따위가 얌전하고 바른 것이다.

42) 깃거ᄒᆞ며: 깃거ᄒᆞ[기뻐하다, 歡喜: 짔(기뻐하다, 歡)- + -어(연어) + ᄒᆞ(하다: 보용)-]- + -며(연어, 나열)

43) 根源: 근원. 사물이 비롯되는 근본이나 원인이다.

44) ᄂᆞᆯ카ᄫᅡ: ᄂᆞᆯ캅[← ᄂᆞᆯ캅다, ㅂ불(날카롭다, 利): ᄂᆞᆯᄒ(날, 칼날, 刃) + -갑(형접)-]- + -아(연어) ※ 여기서 '根源이 ᄂᆞᆯ캅다'는 교법(敎法)을 받을 수 있는 중생의 능력(= 根機)이 총명한 것이다.

45) 젹고: 젹(적다, 少)- + -고(연어, 나열)

46) 귓거시: 귓것[귀신, 鬼: 귀(귀, 鬼) + -ㅅ(관조, 사잇) + 것(것, 者: 의명)] + -이(주조)

47) 앗디: 앗(앗다, 빼앗다, 奪)- + -디(-지: 연어, 부정)

世尊(세존)이 阿難(아난)이더러 이르시되, "저 약사유리광여래(藥師瑠璃光
如來)의 功德(공덕)을 내가 일컫듯 하여, 이 諸佛(제불)의 甚(심)히 깊은
행적(行績)이라서 아는 것이 어려우니, 네가 信(신)하는가 아니 信(신)하
는가?"阿難(아난)이 사뢰되, "大德(대덕)인 世尊(세존)이시여, 내가 如來
(여래)가 이르신 經(경)에 疑心(의심)을

世_솅尊_존이 阿_항難_난이드려[48] 니르샤딕[49] 뎌 藥_약師_승瑠_률璃_링光_광如_셩來_링ㅅ 功_공德_득을 내[50] 일쿹줍듯[51] ᄒᆞ야 이[52] 諸_정佛_뿛ㅅ 甚_씸히[53] 기픈 힝뎌기라[54] 아로미[55] 어려ᄫᅳ니[56] 네 信_신ᄒᆞᄂᆞᆫ다[57] 아니 信_신ᄒᆞᄂᆞᆫ다 阿_항難_난이 슬ᄫᅩ딕 大_땡德_득[58] 世_솅尊_존하 내 如_셩來_링 니르샨[59] 經_경에 疑_읭心_심을

---

48) 阿難이드려: 阿難이[아난이: 阿難(아난: 인명) + -이(명접, 어조 고름)] + -드려(-더러, -에게: 부조, 상대) ※ '阿難(아난)'은 석가모니의 십대 제자 가운데 한 사람(?~?)이다. 십육 나한(羅漢)의 한 사람으로, 석가모니 열반 후에 경전 결집(結集)에 중심이 되었으며, 여인 출가의 길을 열었다.

49) 니르샤딕: 니르(이르다, 말하다, 言)- + -샤(←-시-: 주높)- + -딕(←-오딕: -되, 연어, 설명 계속)

50) 내: 나(나, 我: 인대, 1인칭) + -ㅣ(←-이: 주조)

51) 일쿹줍듯: 일쿹(칭찬하다, 稱揚)- + -줍(객높)- + -듯(-듯: 연어, 흡사)

52) 이: 이(이것, 此: 지대, 정칭) + -Ø(←-이: 주조) ※ 여기서 지대 대명사인 '이'는 앞에서 언급한 '藥師瑠璃光如來의 功德'을 대용한다.

53) 甚히: [심히, 아주(부사): 甚(심: 불어) + -ᄒᆞ(←-ᄒᆞ-: 형접)- + -이(부접)]

54) 힝뎌기라: 힝뎍(행적, 行處) + -이(서조)- + -라(←-아: 연어)

55) 아로미: 알(알다, 解)- + -옴(명전) + -이(주조)

56) 어려ᄫᅳ니: 어렵(←어렵다, ㅂ불: 어렵다, 難)- + -으니(연어, 설명 계속)

57) 信ᄒᆞᄂᆞᆫ다: 信ᄒᆞ[신하다, 믿다: 信(신: 불어) + -ᄒᆞ(동접)-] + -ᄂᆞ(현시)- + -ㄴ다(의종, 2인칭)

58) 大德: 대덕. 비구 가운데에서 장로·부처·보살·고승 등을 높여 이르는 말이다. ※ 여기서 '大德世尊하'는 '대덕인 세존이시여'로 의역하여 옮긴다.

59) 니르샨: 니르(이르다, 말하다, 說)- + -샤(←-시-: 주높)- + -Ø(과시)- + -Ø(←-오-: 대상)- + -ㄴ(관전)

아니 하니, "어째서이냐?"라고 한다면, 一切(일체)의 如來(여래)의 몸과
말씀과 뜻으로 짓는 業(업)이 다 淸淨(청정)하시니, 世尊(세존)이시여, 이
日月(일월)도 능히 떨어지게 하며 須彌山(수미산)도 능히 기울게 하려니
와, 諸佛(제불)의 말은 끝내 다를 것이 없으십니다. 世尊(세존)이시여. 衆
生(중생)들이

아니 ᄒᆞᄉᆞᆸ노니[60] 엇뎨어뇨[61] ᄒᆞ란ᄃᆡ[62] 一ᅙᅵᇙ切촁 如ᅀᅧᆼ來ᄅᆡᆼㅅ 몸과 말ᄊᆞᆷ과[63] ᄠᅳ뎃[64] 業업[65]이 다 淸쳥淨쪙ᄒᆞ시니 世솅尊존하 이[66] 日ᅀᅵᇙ月ᅌᅯᇙ도 어루[67] ᄢᅥ러디긔[68] ᄒᆞ며 須슝彌밍山산[69]도 어루 기울의[70] ᄒᆞ려니와[71] 諸졍佛뿛ㅅ 마ᄅᆞᆫ[72] 달옳[73] 주리[74] 업스시니이다[75] 世솅尊존하 衆즁生ᄉᆡᆼ ᄃᆞᆯ히

---

60) ᄒᆞᄉᆞᆸ노니: ᄒᆞ(하다, 爲)- + -ᄉᆞᆸ(객높)- + -ㄴ(← -ᄂᆞ-: 현시)- + -오(화자)- + -니(연어, 설명 계속)

61) 엇뎨어뇨: 엇뎨(어찌해서, 何: 부사) + -Ø(← -이-: 서조)- + -Ø(현시)- + -어(← -거-: 확인)- + -뇨(-냐: 의종, 설명)

62) ᄒᆞ란ᄃᆡ: ᄒᆞ(하다, 曰)- + -란ᄃᆡ(-면: 연어, 조건)

63) 말ᄊᆞᆷ과: 말ᄊᆞᆷ[말씀, 語: 말(말, 語) + -ᄊᆞᆷ(-씀: 접미)] + -과(접조)

64) ᄠᅳ뎃: ᄠᅳᆮ(뜻, 意) + -에(부조, 위치) + -ㅅ(-의: 관조) ※ 문맥을 감안하여 'ᄠᅳ뎃'를 '뜻으로 짓는'으로 의역하여 옮긴다.

65) 業: 업. 미래에 선악의 결과를 가져오는 원인이 된다고 하는, 몸과 입과 마음으로 짓는 선악의 소행이다.

66) 이: 이(이것, 此: 지대, 정칭) + -Ø(← -이: 주조)

67) 어루: 가히, 능히, 可, 能(부사)

68) ᄢᅥ러디긔: ᄢᅥ러디[떨어지다, 墮落: ᄢᅥᆯ(떨치다, 離)- + -어(연어) + 디(지다, 落)-]- + -긔(-게: 연어, 사동)

69) 須彌山: 수미산. 불교의 우주관에서 세계의 중앙에 있다는 산이다. 꼭대기에는 제석천이, 중턱에는 사천왕이 살고 있으며, 그 높이는 물 위로 팔만 유순이고 물속으로 팔만 유순이며, 가로의 길이도 이와 같다고 한다.

70) 기울의: 기울(기울다, 傾動)- + -의(← -긔: -게, 연어, 사동)

71) ᄒᆞ려니와: ᄒᆞ(하다: 보용, 사동)- + -리(미시)- + -어니와(-거니와: 연어) ※ '-어니와'는 앞 절의 사실을 인정하면서 관련된 다른 사실을 이어 주는 연결 어미이다.

72) 마ᄅᆞᆫ: 말(말, 言) + -ᄋᆞᆫ(보조사, 주제)

73) 달옳: 달(← 다ᄅᆞ다: 다르다, 異)- + -오(대상)- + -ᇙ(관전)

74) 주리: 줄(것, 바, 所: 의명) + -이(주조)

75) 업스시니이다: 없(없다, 無)- + -으시(주높)- + -Ø(현시)- + -니(원칙)- + -이(상높, 아주 높임)- + -다(평종) ※ '달옳 주리 업스시니이다'는 '사실과 다름이 없다'의 뜻을 나타낸다.

信根(신근)이 갖추어져 있지 못하여【信根(신근)은 信(신)하는 根(근)이다. 】, 諸佛(제불)의 甚(심)히 깊은 행적을 이르시거든, 듣고 여기되 '어찌 약사유리광여래(藥師瑠璃光如來)가 한 부처의 이름을 念(염)하는 것만으로 이런 功德(공덕)이 좋은 利(이)를 얻으리오?'라고 하여, 도리어 비웃는 마음을 내어 긴 밤에 큰 利樂(이락)을

信신根근[76)이 궂디[77) 몯ᄒᆞ야【信신根근은 信신ᄒᆞᄂᆞᆫ 根근[78)이라】諸졍佛뿛
ㅅ[79) 甚씸히 기픈 ᄒᆡᆼ뎍[80) 니르거시든[81) 듣ᄌᆞᆸ고 너교ᄃᆡ[82) 어듸ᄲᅥᆫ[83)
藥약師ᄉᆞ瑠륳璃링光광如셩來ᄅᆡᆼ[84) ᄒᆞᆫ 부텻 일훔 念념홀 ᄲᅢ네[84) 이런 功
공德득 됴ᄒᆞᆫ 利링를 어드리오[85) ᄒᆞ야 도ᄅᆞ혀[86) 비우ᄂᆞᆫ[87) ᄆᆞᅀᆞᄆᆞᆯ 내
야 긴 바ᄆᆡ[88) 큰 利링樂락[89)을

---

76) 信根: 신근. 오근(五根)의 하나이다. 삼보(三寶)와 사제(四諦)의 진리를 믿는 일을 이른다. ※
    삼보(三寶)는 불법승(佛法僧)을 이른다. 그리고 사제(四諦)는 영원히 변하지 않는 네 가지 성스
    러운 진리로서, '고제(苦諦), 집제(集諦), 멸제(滅諦), 도제(道諦)'를 이른다.
77) 궂디: 궂(← 궂다: 갖추어져 있다, 具)- + -디(-지: 연어, 부정)
78) 根: 어떠한 작용을 일으키는 센 힘이다.
79) 諸佛ㅅ: 諸佛(제불) + -ㅅ(-의: 관조, 의미상 주격)
80) ᄒᆡᆼ뎍: 행적, 幸處.
81) 니르거시든: 니르(이르다, 말하다, 說)- + -시(주높)- + -거…든(-거든: 연어, 조건)
82) 너교ᄃᆡ: 너기(여기다, 思惟)- + -오ᄃᆡ(-되: 연어, 설명 계속)
83) 어듸ᄲᅥᆫ: [어찌, 何(부사): 어듸(어찌, 何: 부사) + -ᄲᅥᆫ(접미, 강조)]
84) ᄲᅢ네: ᄲᅢᆫ(뿐, 但: 의명, 한정) + -에(부조, 위치) ※ '念홀 ᄲᅢ네'는 '생각하는 것만으로'로 의역하
    여 옮길 수 있다.
85) 어드리오: 얻(얻다, 得)- + -으리(미시)- + -오(← -고: 의종, 설명)
86) 도ᄅᆞ혀: [도리어, 反(부사): 돌(돌다, 回: 자동)- + -ᄋᆞ(사접)- + -혀(강접)- + -어(연어 ▷부접)]
87) 비우ᄂᆞᆫ: 비웃[비웃다, 誹: 비(비-: 접두, 강조)- + 웃(웃다, 笑)-]- + -ㄴ(← -ᄂᆞ-: 현시)- + -오
    (대상)- + -ㄴ(관전) ※ '비-'는 '힘껏'의 뜻을 더하는 강조 접두사이다.
88) 바ᄆᆡ: 밤(밤, 夜) + -ᄋᆡ(-에: 부조, 위치, 시간)
89) 利樂: 이락. 내세의 이익과 현세의 안락을 통틀어 이르는 말이다.

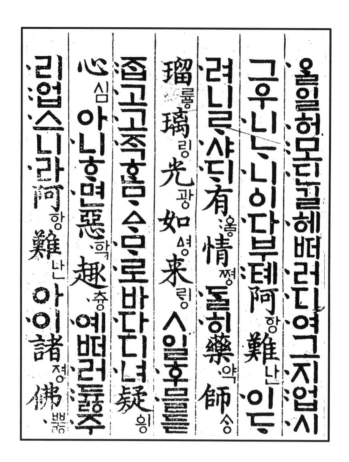

잃어, 모진 길에 떨어지어 그지없이 굴러다닙니다. 부처가 阿難(아난)이
더러 이르시되, "有情(유정)들이 약사유리광여래(藥師瑠璃光如來)의 이름
을 듣고 지극한 마음으로 받아 지녀서 疑心(의심)을 아니 하면, 惡趣(악
취)에 떨어질 것이 없으니라. 阿難(아난)아, 이것이 諸佛(제불)의

일허⁹⁰⁾ 모딘 길헤⁹¹⁾ 뻐러디여⁹²⁾ 그지업시⁹³⁾ 그우니ᄂᆞ니이다⁹⁴⁾ 부톄 阿ᇰ難난이ᄃ려 니ᄅᆞ샤ᄃᆡ 有ᅌᅮᆸ情쪙들히 藥약師ᄉᆞ瑠률璃링光광如ᅀᅧ來링ㅅ 일후믈 듣ᄌᆞᆸ고 고ᄌᆞᆨᄒᆞᆫ⁹⁵⁾ ᄆᆞᅀᆞ므로 바다⁹⁶⁾ 디녀⁹⁷⁾ 疑ᅌᅴ心심 아니 ᄒᆞ 면 惡ᅙᅡᆨ趣츙예 뻐러듫⁹⁸⁾ 주리 업스니라 阿ᇰ難난아 이⁹⁹⁾ 諸정佛뿛ㅅ

---

90) 일허: 잃(잃다, 失)- + -어(연어)

91) 모딘 길헤: '모진 길'은 '악취(惡趣)'를 직역한 말인데, 악업(惡業)을 지어서 죽은 뒤에 가야 하 는 괴로움의 세계이다. 지옥도(地獄道), 축생도(畜生道), 아귀도(餓鬼道)이다.

92) 뻐러디여: 뻐러디[떨어지다, 墮: 뻘(떨다, 離)- + -어(연어) + 디(지다, 落)-]- + -여(←-어: 연어)

93) 그지업시 : [그지없이, 끝없이, 無窮(부사) : 그지(끝, 한도, 窮) + 없(없다, 無)- + -이(부접)]

94) 그우니ᄂᆞ니이다: 그우니[굴러다니다, 流轉: 그우(← 그울다: 구르다, 轉)- + 니(가다, 다니다, 行)-]- + -ᄂᆞ(현시)- + -니(원칙)- + -이(상높, 아주 높임)- + -다(평종)

95) 고ᄌᆞᆨᄒᆞᆫ: 고ᄌᆞᆨᄒᆞ[지극하다, 극진하다, 골똘하다, 至: 고ᄌᆞᆨ(불어) + -ᄒᆞ(형접)-]- + -Ø(현시)- + -ㄴ(관전)

96) 바다: 받(받다, 受)- + -아(연어)

97) 디녀: 디니(지니다, 가지다, 持)- + -어(연어)

98) 뻐러듫: 뻐러디[떨어지다, 墮: 뻘(떨다, 離)- + -어(연어) + 디(지다, 落)-]- + -우(대상)- + -ㅭ (관전)

99) 이: 이(이것, 此: 지대, 정칭) + -Ø(←-이: 주조)

甚(심)히 깊은 행적이라서 信(신)하여 아는 것이 어렵거늘, 네가 이제 能(능)히 受(수)하나니, (이것이) 다 如來(여래)의 威力(위력)인 것을 알아라. 阿難(아난)아, 오직 一生補處菩薩(일생보처보살) 外(외)에는 一切(일체)의 聲聞(성문)이며 辟支佛(벽지불)이며 地(지)에 못 올라 있는 菩薩(보살)들이

【 地(지)는

甚_씸히¹⁾ 기픈 힝뎌기라²⁾ 信_신ᄒ야 아로미³⁾ 어렵거늘 네 이제 能_능

히 受_쓩ᄒᄂ니⁴⁾ 다 如_셩來_링ㅅ 威_휭力_륵이론⁵⁾ 고ᄃᆯ⁶⁾ 아라라⁷⁾ 阿_ᅙ難_난아 오직 一_힗生_{ᄉᆡᆼ}補_봉處_청菩_뽕薩_삻⁸⁾ 外_욍예ᄂ⁹⁾ 一_힗切_쳉 聲_셩聞_문¹⁰⁾이

며 辟_벽支_징佛_뿛¹¹⁾이며 地_띵¹²⁾예 몯 올앳ᄂ¹³⁾ 菩_뽕薩_삻ᄃᆯ히¹⁴⁾ 【 地_띵ᄂ 十

십地_띵¹⁵⁾라 】

---

1) 甚히: [심히, 아주(부사): 甚(심: 불어) + -ᄒ(←-ᄒ-: 형접)- + -이(부접)]

2) 힝뎌기라: 힝뎍(행적, 所行) + -이(서조)- + -라(←-아: 연어)

3) 아로미: 알(알다, 信解)- + -옴(명전) + -이(주조)

4) 受ᄒᄂ니: 受ᄒ[수하다, 받다: 受(수: 불어) + -ᄒ(동접)-]- + -ᄂ(현시) + -니(연어, 설명 계속)

5) 威力이론: 威力(위력) + -이(서조)- + -Ø(현시)- + -로(←-오-: 대상)- + -ㄴ(관전)

6) 고ᄃᆯ: 곧(것: 의명) + -ᄋᆯ(목조)

7) 아라라: 알(알다, 知)- + -아(확인)- + -라(명종)

8) 一生補處菩薩: 일생보처보살. 오직 한 번만 생사(生死)에 관련되고, 일생을 마치면 다음에는 부처가 될 수 있는 가장 높은 지위에 있는 보살이다.

9) 外예ᄂ: 外(외, 밖) + -예(←-에: 부조, 위치) + -ᄂ(-는: 보조사, 주제)

10) 聲聞: 성문. 불교의 교설(教說)을 듣고 스스로의 해탈을 위하여 정진하는 출가 수행자이다. 연각(緣覺)·보살(菩薩)과 함께 삼승(三乘)이라고 한다. 원래의 의미는 석가모니 당시의 제자들을 말하였다. 그러나 대승불교가 일어나고, 중생의 제도를 근본으로 삼는 보살이라는 이상적인 인간상이 부각됨에 따라, 성문은 소승(小乘)에 속하게 되었다. 이 성문은 사제(四諦)의 진리를 깨닫고 몸과 마음이 멸진(滅盡: 모두 사라짐.)한 무여열반(無餘涅槃: 남김이 없는 완전한 열반)에 들어가는 것을 목표로 삼고 있다.

11) 辟支佛: 벽지불. 스승 없이 홀로 수행하여 깨달은 자, 가르침에 의하지 않고 독자적으로 깨달은 자, 홀로 연기(緣起)의 이치를 주시하여 깨달은 자, 홀로 자신의 깨달음만을 구하는 수행자 등의 뜻으로 쓰인다.

12) 地: 지. 십지(十地) ※ '십지(十地)'는 보살이 수행하는 오십이위(五十二位) 단계 가운데 제41위에서 제50위까지의 단계이다. 부처의 지혜를 생성하고 온갖 중생을 교화하여 이롭게 하는 단계이다.

13) 올앳ᄂ: 올(←오ᄅ다: 오르다, 登)- + -아(연어) + 잇(←이시다: 있다, 보용, 완료 지속)- + -ᄂ(현시)- + -ㄴ(관전)

14) 菩薩ᄃᆯ히: 菩薩ᄃᆯᄒ[보살들: 菩薩(보살) + -ᄃᆯᄒ(-들: 복접)] + -이(주조)

15) 十地: 십지. 보살이 수행하는 오십이위(五十二位) 단계 중에서 제41위에서 제50위까지의 단계이다. 환희지(歡喜地), 이구지(離垢地), 명지(明地), 염지(焰地), 난승지(難勝地), 현전지(現前地), 원행지(遠行地), 부동지(不動地), 선혜지(善慧地), 법운지(法雲地)이다.

十地(십지)이다. 】 다 實際(실제)로 信(신)하여 아는 것을 못 하나니, 阿難
(아난)아, 사람의 몸이 되는 것이 어렵고, 三寶(삼보)를 信(신)하여 恭敬
(공경)하는 것이 또 어렵고, 약사유리광여래(藥師瑠璃光如來)의 이름을 듣
는 것이 또 倍(배)로 어려우니, 阿難(아난)아, 저 약사유리광여래(藥師瑠璃
光如來)의 그지없는

다 實_씷다히[16] 信_신ᄒ야 아로ᄆᆯ[17] 몯[18] ᄒᄂ니 阿_{ᅘᅡᆼ}難_난아 사ᄅ미

몸 ᄃ외요미[19] 어렵고 三_삼寶_{ᄫᅳᆯ}[20]ᄅᆯ 信_신ᄒ야 恭_공敬_경호미 ᄯᅩ[21] 어

렵고 藥_약師_{ᄉᆞᆼ}瑠_률璃_링光_광如_{ᅀᅧᆼ}來_{ᄅᆡᆼ}ㅅ 일훔 듣ᄌᄫᅩ미[22] ᄯᅩ 倍_뼹히[23]

어려ᄫᅳ니[24] 阿_{ᅘᅡᆼ}難_난아 뎌 藥_약師_{ᄉᆞᆼ}瑠_률璃_링光_광如_{ᅀᅧᆼ}來_{ᄅᆡᆼ}ㅅ 그지업슨[25]

---

16) 實다히: [실제로(부사): 實(실: 불어) + -다히(부접)]

17) 아로ᄆᆯ: 알(알다, 解)- + -옴(명전) + -ᄋᆯ(목조)

18) 몯: 못, 不能(부사)

19) ᄃ외요미: ᄃ외(되다, 爲)- + -욤(← -옴: 명전) + -이(주조)

20) 三寶: 삼보. 불보(佛寶), 법보(法寶), 승보(僧寶)를 아울러서 이르는 말이다.

21) ᄯᅩ: 또, 又(부사)

22) 듣ᄌᄫᅩ미: 듣(듣다, 聞)- + -ᄌᆯ(← -ᄌᆸ-: 객높)- + -옴(명전) + -이(주조)

23) 倍히: [배로, 두배로(부사): 倍(배: 불어) + -ᄒ(← -ᄒ-: 동접)- + -이(부접)]

24) 어려ᄫᅳ니: 어렵(← 어렵다, ㅂ불: 어렵다, 難)- + -ᄋᆞ니(연어, 설명 계속)

25) 그지업슨: 그지없[그지없다, 無量: 그지(끝, 한도, 限) + 없(없다, 無)-]- + -∅(현시)- + -은(관전)

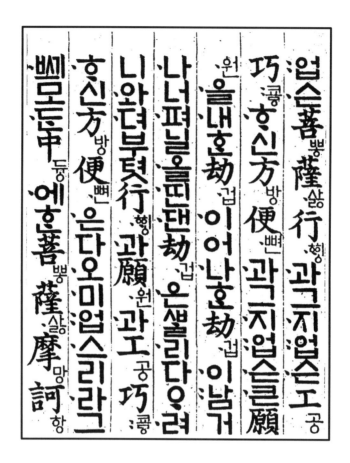

　　菩薩行(보살행)과　그지없는　工巧(공교)하신　方便(방편)과　그지없는　큰　願
(원)을　내가　한　劫(겁)이거나　한　劫(겁)이　넘거나　넓혀　이를　것이면,　劫
(겁)은　빨리　다하려니와　저　부처의　行(행)과　願(원)과　工巧(공교)하신　方便
(방편)은　다함이　없으리라."　그때에　모인　(사람들)　中(중)에　한　菩薩(보살)

摩訶薩(마하살)이

菩뽕薩삻行혱²⁶⁾과 그지업슨 工공巧콜ᄒ신²⁷⁾ 方방便뼌²⁸⁾과 그지업슨 큰 願원²⁹⁾을 내³⁰⁾ ᄒᆞᆫ 劫겁이어나³¹⁾ ᄒᆞᆫ 劫겁이 남거나³²⁾ 너펴³³⁾ 닐올³⁴⁾ ᄯᅵᆫ댄³⁵⁾ 劫겁은 ᄲᆞᆯ리³⁶⁾ 다ᄋᆞ려니와³⁷⁾ 뎌 부텻 行혱³⁸⁾과 願원과 工공巧콜ᄒ신 方방便뼌은 다오미³⁹⁾ 업스리라 그 ᄢᅴ 모ᄃᆞᆫ⁴⁰⁾ 中듕에 ᄒᆞᆫ 菩뽕薩삻 摩망訶항薩삻⁴¹⁾

---

26) 菩薩行: 보살행. 보살이 부처가 되려고 수행하는, 자기와 남을 이롭게 하는 원만한 행동이다.

27) 工巧ᄒ신: 工巧ᄒᆞ[공교하다: 工巧(공교: 명사) + -ᄒᆞ(형접)-]- + -시(주높)- + -Ø(현시)- + -ㄴ (관전) ※ '工巧(공교)'는 생각지 않았거나 뜻하지 않았던 사실이나 사건과 우연히 마주치게 된 것이 기이하다고 할 만한 것이다.

28) 方便: 방편. 보살이 중생을 구제하기 위하여 쓰는 묘한 수단과 방법이다.

29) 願: 원. 십바라밀의 하나로서, 바라는 것을 반드시 얻는 힘이다.(= 願波羅蜜)

30) 내: 나(나, 我: 인대, 1인칭) + -ㅣ(←-이: 주조)

31) 劫이어나: 劫(겁) + -이(서조)- + -어나(←-거나: 연어, 선택)

32) 남거나: 남(넘다, 餘)- + -거나(연어, 선택)

33) 너펴: 너피[넓히다, 廣: 넙(넓다, 廣: 형사)- + -히(사접)-]- + -어(연어)

34) 닐올: 닐(←니ᄅᆞ다: 이르다, 말하다, 說)- + -오(대상)- + -ㄹ(관전)

35) ᄯᅵᆫ댄: ᄯ(←ᄃᆞ: 것, 者, 의명) + -이(서조)- + -ㄴ댄(-면: 연어, 조건)

36) ᄲᆞᆯ리: [빨리, 速(부사): ᄲᆞᆯ르(←ᄲᆞ르다: 빠르다, 速, 형사)- + -이(부접)]

37) 다ᄋᆞ려니와: 다ᄋᆞ(다하다, 盡)- + -리(미시)- + -어니와(-거니와: 연어, 인정 대조)

38) 行: 행. 승려나 수행자(修行者)가 정하여진 업(業)을 닦는 일이다. 특히 고행(苦行)을 이른다.

39) 다오미: 다(←다ᄋᆞ다: 다하다, 盡)- + -옴(명전) + -이(주조)

40) 모ᄃᆞᆫ: 몯(모이다, 集)- + -Ø(과시)- + -은(관전)

41) 摩訶薩: 마하살. 보살을 높이거나 아름답게 이르는 말이다.

(그의) 이름이 救脫(구탈)이라고 하는 이가 座(좌)에서 일어나시어, 오른 어깨에 (옷을) 벗어메고 오른 무릎을 꿇어 몸을 굽혀 合掌(합장)하여 부처께 사뢰시되, "大德(대덕)인 世尊(세존)이시여. 像法(상법)이 轉(전)할 時節(시절)에 衆生(중생)들이 種種(종종) 걱정의 괴롭힘이 되어, 長常(장상, 항상) 病(병)하여 시들어서 飮食(음식)을

일후미 救_굴脫_뿷[42]이라 ᄒᆞ샤리[43] 座_쬉애셔 니르샤[44] 올ᄒᆞᆫ[45] 엇게[46] 메밧고[47] 올ᄒᆞᆫ 무릅[48] ᄭᅮ러[49] 몸 구펴[50] 合_{ᅘᅡᆸ}掌_쟝ᄒᆞ야[51] 부텨끠 ᄉᆞᆲ 보샤ᄃᆡ 大_땡德_득 世_솅尊_존하 像_쌍法_법[52] 轉_둰ᅘᆼ[53] 時_씽節_졇에 衆_즁生_{ᄉᆡᆼ} 들히 種_죵種_죵 분벼리[54] 보채요미[55] ᄃᆞ외야[56] 長_땽常_쌍[57] 病_뼝ᄒᆞ야 시드러[58] 飮_흠食_씩[59]

42) 救脫: 구탈. 救脫菩薩(구탈보살)이다. '救脫菩薩(구탈보살)'은 사람을 고통에서 구하고 어려움에서 벗어나게 해 주는 보살이다.

43) ᄒᆞ샤리: ᄒᆞ(하다, 이름하다, 名曰)- + -샤(←-시-: 주높)- + -Ø(←-오-: 대상)- + -ㄹ(관전) # 이(이, 사람, 者: 의명) + -Ø(←-이: 주조)

44) 니르샤: 닐(일어나다, 起)- + -으샤(←-으시-: 주높)- + -Ø(←-아: 연어)

45) 올ᄒᆞᆫ: [오른쪽의, 右(관사): 올ᄒᆞ(오른쪽이다, 右: 형사)- + -ㄴ(관전▷관접)]

46) 엇게: 어깨, 肩.

47) 메밧고: 메밧[벗어 메다, 偏袒: 메(메다, 負)- + 밧(←밧다: 벗다, 脫)-]- + -고(연어, 나열, 계기) ※ '메밧다'는 상대방에 대한 대한 공경의 뜻으로 한쪽 어깨를 벗어서 메는 것이다.(= 偏袒)

48) 무릅: 무릅(← 무뤂: 무릎, 膝)

49) ᄭᅮ러: ᄭᅮᆯ(꿇다, 跪)- + -어(연어)

50) 구펴: 구피[굽히다, 曲: 굽(굽다, 曲: 자동)- + -히(사접)-]- + -어(연어)

51) 合掌ᄒᆞ야: 合掌ᄒᆞ[합장하다: 合掌(합장) + -ᄒᆞ(동접)-]- + -야(←-아: 연어) ※ '合掌(합장)'은 두 손바닥을 합하여 마음이 한결같음을 나타내는 것이나, 또는 그런 예법이다.

52) 像法: 상법. 삼시법(三時法)의 하나이다. 정법시(正法時) 다음의 천 년 동안이다. 이 동안에는 교법이 있기는 하지만 믿음이 형식으로만 흘러 사찰과 탑을 세우는 데에만 힘쓰고 진실한 수행은 이루어지지 않으며, 증과(證果)를 얻는 사람도 없다.

53) 轉ᅘᆼ: 轉ᅘᆼ[전하다, 널리 퍼지다: 轉(전: 불어) + -ᅘᆼ(동접)-]- + -ᅙᆼ(관전)

54) 분벼리: 분별(걱정, 근심, 患) + -의(관조)

55) 보채요미: 보채[보채이다, 괴롭힘을 당하다, 困厄: 보차(보채다, 괴롭히다, 성가시게 하다, 逼迫)- + -ㅣ(←-이-: 피접)-]- + -욤(←-옴: 명전) + -이(보조)

56) ᄃᆞ외야: ᄃᆞ외(되다, 爲)- + -야(←-아: 연어)

57) 長常: 장상. 항상(부사)

58) 시드러: 시들(시들다, 羸瘦)- + -어(연어)

59) 飮食: 음식. 마시고 먹는 것이다.

못 하고, 목이며 입술이 아주 말라 죽을 相(상)이 一定(일정)하여, 어버이며 친척이며 벗이며 아는 이가 (죽을 중생을) 두루 둘러싸서 울거든, 제 모미 누운 채로 보되 琰魔王(염마왕)의 使者(사자)가 神識(신식)을 데려 【琰魔(염마)는 閻羅(염라)이다. 】 琰魔法王(염마법왕)의 앞에 가거든【琰魔王(염마왕)이 能(능)히 衆生(중생)들을

몬 ᄒ고 모기며[60] 입시우리[61] 내ᄆᆞ라[62] 주굼 相샹이 一ᅙᅵᆶ定뗭ᄒ야[63] 어버ᅀᅵ며[64] 아ᅀᆞ미며[65] 버디며[66] 아로리며[67] 두루[68] 에ᄒᆞ야셔[69] 울어든[70] 제[71] 모미 누ᄫᆞᆫ[72] 자히셔[73] 보ᄃᆡ 琰염魔망王왕ㄱ[74] 使ᄉᆞᆼ者쟝ㅣ 神씬識식[76]을 ᄃᆞ려[77]【琰염魔망ᄂᆞᆫ 閻염羅랑ㅣ라】琰염魔망法법王왕 알ᄑᆡ[78] 니거든[79]【琰염魔망王왕이 能ᄂᆞᆼ히 衆즁生ᄉᆡᆼ들ᄒᆞᆯ

---

60) 모기며: 목(목, 喉) + -이며(접조)

61) 입시우리: 입시울[입술, 脣: 입(입, 口) + 시울(시울, 邊)] + -이(주조)

62) 내ᄆᆞ라: 내ᄆᆞᆯ리[←내ᄆᆞᆯ다(아주 마르다, 乾燥): 내(내내, 常: 부사) + ᄆᆞᆯ리(←ᄆᆞᆯ다: 마르다, 乾)-] + -아(연어)

63) 一定ᄒ야: 一定ᄒ[일정하다, 오직 하나로 정해져 있다: 一定(일정) + -ᄒ(형접)-] + -야(←-아: 연어)

64) 어버ᅀᅵ며: 어버ᅀᅵ[어버이, 父母: 어버(←아비: 아버지, 父) + ᅀᅵ(←어ᅀᅵ: 어머니, 母)] + -며(←-이며: 접조)

65) 아ᅀᆞ미며: 아ᅀᆞᆷ(친척, 親屬) + -이며(접조)

66) 버디며: 벋(←벗: 벗, 朋友) + -이며(접조)

67) 아로리며: 알(알다, 知)- + -오(대상)- + -ㄹ(관전) # 이(이, 사람, 者: 의명) + -며(←-이며: 접조)

68) 두루: [두루, 圍(부사): 두르(←두르다: 두르다, 圍)- + -우(부접)]

69) 에ᄒᆞ야셔: 에ᄒᆞ[둘러싸다, 繞]- + -야(←-아: 연어) + -셔(-서: 보조사, 강조)

70) 울어든: 울(울다, 啼泣)- + -어든(←-거든: 연어, 조건)

71) 제: 저(저, 자신, 自身: 인대, 재귀칭) + -ㅣ(←-의: 관조)

72) 누ᄫᆞᆫ: 눟(←눕다, ㅂ불: 눕다, 臥)- + -Ø(과시)- + -은(관전)

73) 자히셔: 자히(채: 의명) + -셔(-서: 위치 강조) ※ '자히'는 있는 상태 그대로 있는 것이다.

74) 琰魔王ㄱ: 琰魔王(염마왕) + -ㄱ(-의: 관조) ※ '琰魔王(염마왕)'은 저승에서, 지옥에 떨어지는 사람이 지은 생전의 선악을 심판하는 왕이다. 지옥에 살며 십팔 장관(十八將官)과 팔만 옥졸을 거느리고 저승을 다스린다. 불상(佛像)과 비슷하고 왼손에 사람의 머리를 붙인 깃발을 들고 물소를 탄 모습이었으나, 뒤에 중국 옷을 입고 노기를 띤 모습으로 바뀌었다.(= 염라왕, 염마법왕)

75) 使者: 사자. 죽은 사람의 혼을 저승으로 잡아간다는 귀신이다.

76) 神識: 신식. 신식(神識)은 사람의 두뇌에 있을 수 있고, 사람에 따라서 있기(없기)도 하는 하나의 의식을 뜻하는 말이다. 넋(魂)이다.

77) ᄃᆞ려: ᄃᆞ리(데리다, 引)- + -어(연어)

78) 알ᄑᆡ: 앒(앞, 前) + -ᄋᆡ(-에: 부조, 위치)

79) 니거든: 니(가다, 至)- + -거든(연어, 조건)

饒益(요익)하게 하므로, 法王(법왕)이라고 하였니라. 】, 有情(유정)과 함께 나
온 神靈(신령)이 제가 지은 罪(죄)이며 福(복)을 다 써서 琰魔法王(염마법
왕)을 맡기거든, 저 王(왕)이 그 사람에게 물어서 (자기가) 지은 罪(죄)이
며 福(복)을 헤아려 재판하겠으니, 그때에 病(병)한 사람의 친적이거나
아는 이거나 病(병)한 이를 위하여 약사유리광여래(藥師瑠璃光如來)께

饒_숗益_혁게⁸⁰⁾ 홀씨 法_법王_왕이라 ᄒᆞ니라】有_{ᅌᅮᆯ}情_쪙의⁸¹⁾ 흔ᄢᅴ⁸²⁾ 나온 神_씬靈_령⁸³⁾이 제⁸⁴⁾ 지순⁸⁵⁾ 罪_쮱며 福_복을 다 써⁸⁶⁾ 琰_염魔_망法_법王_왕을⁸⁷⁾ 맛뎌든⁸⁸⁾ 뎌 王_왕이 그 사ᄅᆞᆷᄃᆞ려⁸⁹⁾ 무러⁹⁰⁾ 지순⁹¹⁾ 罪_쮱며 福_복이며 혜여⁹²⁾ 공ᄉᆞᄒᆞ리니⁹³⁾ 그 ᄢᅴ 病_뼝ᄒᆞᆫ 사ᄅᆞ미 아ᅀᆞ미어나⁹⁴⁾ 아로리어나⁹⁵⁾ 病_뼝ᄒᆞ니⁹⁶⁾ 위ᄒᆞ야 藥_약師_{ᄉᆞᆼ}瑠_륳璃_링光_광如_{ᅀᅧ}來_링씌

---

80) 饒益게: 饒益[← 饒益ᄒᆞ다(요익하다): 饒益(요익) + -ᄒᆞ(동접)-] - + -게(연어, 사동) ※ '饒益 (요익)'은 자비로운 마음으로 중생에게 넉넉하게 이익을 주는 것이다.

81) 有情의: 有情(유정) + -의(-과: 관조, 의미상 부사격) ※ '-의'는 관형격 조사인데, 여기서는 관형절 속에서 의미상 부사격 조사 '-와/-과'로 해석된다. 따라서 '有情의'는 '有情과'로 의역한다.

82) 흔ᄢᅴ: [함께, 俱(부사): 흔(한, 一: 관사, 양수) + ᄢᅳ(ᄢᅵ: 때, 時: 의명) + -의(-에: 부조, 위치)]

83) 흔ᄢᅴ 나온 神靈: '함께 나온 신령'은 구생신(俱生神)을 직역한 말이다. ※ '俱生神(구생신)'은 사람이 태어날 때부터 양어깨 위에 있으면서 그 사람의 선악을 기록한다는 인도 신화의 남녀 신이다. 남자 신은 왼쪽 어깨에서 선행을 기록하고, 여자 신은 오른쪽 어깨에서 악업을 기록하여 그 사람이 죽은 뒤에 염라대왕에게 아뢴다고 한다.

84) 제: 저(저, 자기, 其: 인대, 재귀칭) + -ㅣ(←-의: 관조, 의미상 주격)

85) 지순: 짓(← 짓다, ㅅ불: 짓다, 만들다, 作)- + -Ø(과시)- + -우(대상)- + -ㄴ(관전)

86) 써: ᄡ(← 쓰다: 쓰다, 書)- + -어(연어)

87) 琰魔法王을: 琰魔法王(염마법왕) + -을(목조, 보조사적 용법, 의미상 부사격)

88) 맛뎌든: 맛디[맡기다, 授: 맛(맡다, 任: 타동)- + -이(사접)-]- + -어든(-거든: 연어, 조건)

89) 사ᄅᆞᆷᄃᆞ려: 사ᄅᆞᆷ + -ᄃᆞ려(-더러, -에게: 부조, 상대)

90) 무러: 물(← 묻다, ㄷ불: 묻다, 聞)- + -어(연어)

91) 지순: 짓(← 짓다, ㅅ불: 짓다, 만들다, 作)- + -Ø(과시)- + -우(대상)- + -ㄴ(관전)

92) 혜여: 혜(헤아리다, 算計)- + -여(←-어: 연어)

93) 공ᄉᆞᄒᆞ리니: 공ᄉᆞᄒᆞ[재판하다, 裁判: 공ᄉᆞ(재판, 裁判: 명사) + -ᄒᆞ(동접)-]- + -리(미시)- + -니(연어, 설명 계속)

94) 아ᅀᆞ미어나: 아ᅀᆞᆷ(친척, 親屬) + -이어나(-이거나: 보조사, 선택)

95) 아로리어나: 알(알다, 知)- + -오(대상)- + -ㄹ(관전) # 이(이, 사람, 者: 의명) + -어나(←-이어나: -이거나, 보조사, 선택)

96) 病ᄒᆞ니: 病ᄒᆞ[병하다, 앓다: 病(병: 명사) + -ᄒᆞ(동접)-]- + -Ø(과시)- + -ㄴ(관전) # 이(이, 사람, 者: 의명)

歸依(귀의)하여 많은 중을 請(청)하여 이 經(경)을 읽고, 七層燈(칠층등)에
불을 켜고 五色(오색) 續命神幡(속명신번)을 달면【續命神幡(속명신번)은
목숨을 이을 神奇(신기)한 幡(번)이다. 】 혹은 病(병)한 이의 넋이 이 곳에
돌아와 꿈같이 子細(자세)히 보겠으니, 이레이거나 스물 하루이거나 서른
닷새이거나 마흔 아흐레이거나

歸_귕依_힁ᄒ야 한 즁⁹⁷⁾ 請_쳥ᄒ야 이 經_경을 닑고⁹⁸⁾ 七_칧層_쫑燈_등의⁹⁹⁾ 블¹⁾ 혀고²⁾ 五_옹色_{ᄉᆡᆨ} 續_쑉命_명神_씬幡_펀³⁾ 돌면⁴⁾ 【續_쑉命_명神_씬幡_펀은 목숨 니슬⁵⁾ 神_씬奇_킝ᄒᆞᆫ 幡_펀이라 】 시혹⁶⁾ 病_뼝ᄒᆞ니⁷⁾ 넉시⁸⁾ 이 고대⁹⁾ 도라와 ᄭᅮ믈¹⁰⁾ ᄀᆞ티¹¹⁾ 子_중細_솅히¹²⁾ 보리니 닐웨어나¹³⁾ 스믈 홀리어나¹⁴⁾ 셜흔 다쐐어나¹⁵⁾ 마ᄋᆞᆫ 아ᄒᆞ래어나¹⁶⁾

---

97) 즁: 중, 僧.

98) 닑고: 닑(읽다, 讀)- + -고(연어, 나열, 계기)

99) 七層燈의: 七層燈(칠층등) + -의(-에: 부조, 위치) ※ '七層燈(칠층등)'은 칠층탑(七層塔)의 층 층마다 매달아 놓은 등(燈)이다.

1) 블: 불, 火.

2) 혀고: 혀(켜다, 然)- + -고(연어, 나열, 계기)

3) 續命神幡: 속명신번. 사람의 수명을 연장하는 신령스러운 번(幡)이다. ※ '幡(번)'은 부처와 보 살의 성덕(盛德)을 나타내는 깃발이다. 꼭대기에 종이나 비단 따위를 가늘게 오려서 단다.

4) 돌면: 둘(달다, 縣)- + -면(연어, 조건)

5) 니슬: 닝(← 닛다, ㅅ불: 잇다, 繼)- + -읈(관전)

6) 시혹: 혹시, 或(부사)

7) 病ᄒᆞ니: 病ᄒ[병하다, 앓다: 病(병: 명사) + -ᄒ(동접)-]- + -Ø(과시)- + -ㄴ(관전) # Ø(← 이: 이, 사람, 者, 의명) + -이(-의: 관조) ※ '病ᄒᆞ니'는 '病ᄒᆞ니 + -이'에서 의존 명사인 '이'의 모 음 /이/가 탈락된 형태이다.

8) 넉시: 넋(넋, 혼, 魂) + -이(주조)

9) 고대: 곧(곳, 處) + -애(-에: 부조, 위치)

10) ᄭᅮ미: [꿈, 夢: ᄭᅮ(꾸다, 夢)- + -ㅁ(명접)]

11) ᄀᆞ티: [같이, 如(부사): ᄀᇀ(← ᄀᆞᇀᄒᆞ다: 같다, 如, 형사)- + -이(부접)]

12) 子細히: [자세히(부사): 子細(자세: 불어) + -ᄒ(← -ᄒᆞ-: 형접)- + -이(부접)]

13) 닐웨어나: 닐웨(이레, 七日: 명사) + -어나(← -이어나: -이거나, 보조사, 선택)

14) 홀리어나: 홀ᄅ(← ᄒᆞᄅᆞ: 하루, 一日) + -이어나(-이거나: 보조사, 선택)

15) 셜흔 다쐐어나: 셜흔(서른, 三十) # 다쐐(닷새, 五日) + -어나(← -이어나: -이거나, 보조사, 선택)

16) 마ᄋᆞᆫ 아ᄒᆞ래어나: 마ᄋᆞᆫ(마흔, 四十) # 아ᄒᆞ래(아흐레, 九日) + -어나(← -이어나: -이거나, 보조 사, 선택)

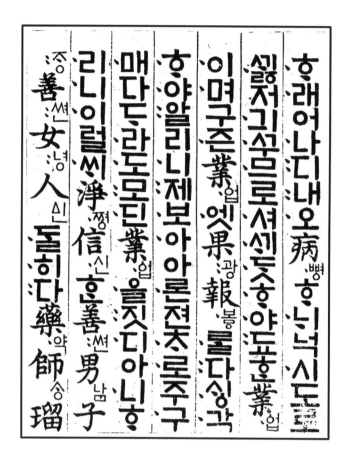

지내고, 病(병)한 이의 넋이 도로 깰 적에 꿈으로부터서 깨듯 하여, 좋은
業(업)이며 궂은 業(업)에 의한 果報(과보)를 다 생각하여 알겠으니, 제가
보아서 안 까닭으로 죽음에 다달라도 모진 罪業(죄업)을 짓디 아니하겠으
니, 이러므로 淨信(정신)한 善男子(선남자)·善女人(선여인)들이 다

디내오¹⁷⁾ 病뼝ᄒᆞ니 넉시 도로 싫¹⁸⁾ 저긔 ᄭᅮ므로셔¹⁹⁾ ᄭᆡ듯²⁰⁾ ᄒᆞ야 됴

ᄒᆞᆫ 業업²¹⁾이며 구즌²²⁾ 業업엣²³⁾ 果광報봉²⁴⁾를 다 싱각ᄒᆞ야²⁵⁾ 알리니²⁶⁾

제 보아 아론²⁷⁾ 젼ᄎᆞ로²⁸⁾ 주구매²⁹⁾ 다ᄃᆞ라도³⁰⁾ 모딘 業업을 짓디 아

니ᄒᆞ리니 이럴ᄊᆡ³¹⁾ 淨쪙信신ᄒᆞᆫ 善쎤男남子ᄌᆞ 善쎤女녕人신ᄃᆞᆯ히 다

---

17) 디내오: 디내[지나다, 經: 디나(지나다, 經: 자동)- + -ㅣ(←-이-: 사접)-]- + -오(←-고: 연어, 나열, 계기)

18) 싫: ᄭᅵ(깨다, 識)- + -ᇙ(관전)

19) ᄭᅮ므로셔: 쑴[꿈, 夢: ᄭᅮ(꾸다, 夢)- + -ㅁ(명접)] + -으로(부조, 방향) + -셔(-서: 보조사, 강조)

20) ᄭᆡ듯: ᄭᅵ(깨다, 覺)- + -듯(-듯: 연어, 흡사)

21) 業: 업. 미래에 선악의 결과를 가져오는 원인이 된다고 하는, 몸과 입과 마음으로 짓는 선악의 소행이다.

22) 구즌: 궂(궂다, 不善)- + -Ø(현시)- + -은(관전)

23) 業엣: 業(업) + -에(부조, 위치) + -ㅅ(-의: 관조) ※ '業엣'는 '業(업)에 따른'으로 의역하여 옮긴다.

24) 果報: 과보. 전생에 지은 선악에 따라 현재의 행과 불행이 있고, 현세에서 지은 선악의 결과에 따라 내세에서 행과 불행이 있는 일이다.(= 인과응보, 因果應報)

25) 싱각ᄒᆞ야: 싱각ᄒᆞ[생각하다, 憶: 싱각(생각, 憶) + -ᄒᆞ(동접)-]- + -야(←-아: 연어)

26) 알리니: 알(알다, 知)- + -리(미시)- + -니(연어, 설명 계속)

27) 아론: 알(알다, 知)- + -Ø(과시)- + -오(대상)- + -ㄴ(관전)

28) 젼ᄎᆞ로: 젼ᄎᆞ(까닭, 由: 명사) + -로(부조, 방편)

29) 주구매: 죽(죽다, 死)- + -움(명전) + -애(-에: 부조, 위치)

30) 다ᄃᆞ라도: 다ᄃᆞᆯ[←다ᄃᆞᆮ다, 至: 다(다, 悉: 부사) + ᄃᆞᆮ(닫다, 달리다, 走)-]- + -아도(연어, 양보)

31) 이럴ᄊᆡ: 이러(←이러ᄒᆞ다: 이러하다, 是故: 형사)- + -ㄹᄊᆡ(-므로: 연어, 이유)

약사유리광여래(藥師瑠璃光如來)의 이름을 지녀 제 힘에 할 양으로 恭敬(공경)하여 供養(공양)하여야 하겠습니다. 그때에 阿難(아난)이 救脫菩薩(구탈보살)께 묻되, "저 약사유리광여래(藥師瑠璃光如來)가 恭敬(공경)·供養(공양)하는 것을 어찌 하며 續命幡(속명번)과 燈(등)을 어찌

[52 앞]

藥약師ᄉᆞᆼ瑠륳璃링光광如ᅀᅧᆼ來ᄅᆡᆼㅅ 일후믈 디녀 제 히메[32] 홀[33] 야ᄋᆞ로[34] 恭공敬경ᄒᆞ야 供공養양ᄒᆞᅀᆞᄫᅡᅀᅡ[35] ᄒᆞ리로소이다[36] 그 ᄢᅴ 阿ᅙᅡ難난이 救구ᇹ脫톼ᇙ菩뽕薩사ᇙᄭᅴ 묻ᄌᆞᄫᅩᄃᆡ[37] 뎌 藥약師ᄉᆞᆼ瑠륳璃링光광如ᅀᅧᆼ來ᄅᆡᆼ 恭공敬경 供공養양ᄒᆞᅀᆞᄫᅩᄆᆞᆯ[38] 엇뎨[39] ᄒᆞ며 續쑉命명幡펀[40]과 燈등과ᄅᆞᆯ[41] 엇뎨

---

32) 히메: 힘(힘, 力) + -에(부조, 위치)

33) 홀: ᄒ(← ᄒᆞ다: 하다, 隨)- + -오(대상)- + -ㄹ(관전)

34) 야ᄋᆞ로: 양(양, 樣: 의명) + -ᄋᆞ로(부조, 방편)

35) 供養ᄒᆞᅀᆞᄫᅡᅀᅡ: 供養ᄒᆞ[공양하다: 供養(공양) + -ᄒᆞ(동접)-]- + -ᅀᆞᇦ(← -ᅀᆞᆸ-: 객높)- + -아ᅀᅡ(-아야: 연어, 필연적 조건)

36) ᄒᆞ리로소이다: ᄒᆞ(하다: 보용, 필연)- + -리(미시)- + -롯(← -돗-: 감동)- + -오이(← -ᄋᆞ이-: 상높, 아주 높임)- + -다(평종)

37) 묻ᄌᆞᄫᅩᄃᆡ: 묻(묻다, 聞)- + -ᄌᆞᇦ(← -ᄌᆞᆸ-: 객높)- + -오ᄃᆡ(-되: 연어, 설명 계속)

38) 供養ᄒᆞᅀᆞᄫᅩᄆᆞᆯ: 供養ᄒᆞ[공양하다: 供養(공양) + -ᄒᆞ(동접)-]- + -ᅀᆞᇦ(← -ᅀᆞᆸ-: 객높)- + -옴(명전) + -ᄋᆞᆯ(목조)

39) 엇뎨: 어찌, 어떻게, 何(부사)

40) 續命幡: 속명번. 사람의 수명을 연장하는 신령스러운 번(幡)이다. ※ '幡(번)'은 부처와 보살의 성덕(盛德)을 나타내는 깃발이다. 꼭대기에 종이나 비단 따위를 가늘게 오려서 단다.

41) 燈과ᄅᆞᆯ: 燈(등) + -과(접조) + -ᄅᆞᆯ(목조)

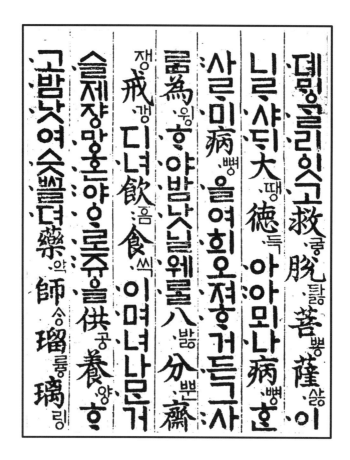

만들겠습니까?" 救脫菩薩(구탈보살)이 이르시되 "大德(대덕)아, 아무나 病 (병)한 사람이 病(병)을 떨치고자 하거든, 그 사람을 위하여 밤낮 이레를 八分齋戒(팔분재계)를 지녀, 飮食(음식)이며 다른 것을 제가 장만한 양으 로 중을 供養(공양)하고, 밤낮 여섯 때를 저 약사유리광여래(藥師瑠璃光如 來)에게

밍글리잇고[42] 救_굴脫_퇋菩_뽕薩_삻이 니르샤디 大_땡德_득아[43] 아뫼나[44] 病_뼝흔 사르미 病_뼝을 여희오져[45] 흐거든 그 사름 위흐야 밤낫[46] 닐웨룰[47] 八_밣分_분齋_쟁戒_갱[48] 디녀 飮_흠食_씩이며 녀나믄[49] 거슬 제[50] 쟝망혼[51] 야으로 쥬을[52] 供_공養_양흐고 밤낫 여슷 쁠[53] 녀 藥_약師_숭瑠_률璃_링光_광如_셩來_링룰[54]

---

42) 밍글리잇고: 밍글(만들다, 造)- + -리(미시)- + -잇(←-이-: 상높, 아주 높임)- + -고(의종, 설명)

43) 大德아: 大德(대덕) + -아(호조, 아주 낮춤) ※ '大德(대덕)'은 비구 가운데 장로·부처·보살·고 승 등을 높여 이르는 말이다.

44) 아뫼나: 아모(아무, 某: 인대, 부정칭) + -이나(보조사, 선택)

45) 여희오져: 여희(벗어나다, 떠나다, 脫)- + -오져(-고져: -고자, 연어, 의도)

46) 밤낫: 밤낫[← 밤낮(밤낮, 日夜): 밤(밤, 日) + 낫(낮, 夜)]

47) 닐웨룰: 닐웨(이레, 7일) + -룰(목조)

48) 八分齋戒: 팔분재계. 집에서 불도를 닦는 우바새(優婆塞) 및 우바니(優婆尼)가 육재일(六齋日) 에 그날 하루 밤낮 동안 지키는 여덟 계행(戒行)이다.(= 八分齋) ※ '육재일(六齋日)'은 한 달 가운데서 몸을 조심하고 마음을 깨끗이 하여 재계(齋戒)하는 여섯 날이다. 음력 8·14·15·23· 29·30일로, 이날에는 사천왕이 천하를 돌아다니며 사람의 선악을 살피는 날이라고 한다.

49) 녀나믄: [그 밖의, 다른, 餘(관사): 녀(← 녀느, 他: 관사) + 남(남다, 餘)- + -은(관전▷관접)]

50) 제: 저(저, 彼: 인대, 제귀칭) + -l(←-의: 관조, 의미상 주격)

51) 쟝망혼: 쟝망ㅎ[← 쟝망ㅎ다(장만하다, 應): 쟝망(장만: 명사) + -ㅎ(동접)-]- + -Ø(과시)- + -오(대상)- + -ㄴ(관전)

52) 쥬을: 즁(중, 僧) + -을(목조)

53) 쁠: 삐(때, 時) + -ㄹ(목조)

54) 藥師瑠璃光如來룰: 약사유리광여래(藥師瑠璃光如來) + -룰(-에게: 목조, 보조사적 용법, 강조) ※ '藥師瑠璃光如來'는 상대를 나타내는 부사어로 쓰였는데, '藥師瑠璃光如來께'나 '藥師瑠璃光 如來에게'로 의역한다. 그리고 이때의 '-룰'은 강조의 뜻을 나타내는 보조사적 용법으로 쓰였다.

절하여 供養(공양)하여, 이 經(경)을 마흔아홉 번 讀誦(독송)하고, 마흔아
홉 燈(등)에 불을 켜고, 저 如來(여래)의 像(상) 일곱을 만들고, 像(상)마다
앞에 일곱 燈(등)을 놓되 燈(등)마다 수레바퀴만큼 크게 하여 마흔 아흐
레를 光明(광명)이 끊기지 아니하게 하고, 五色(오색)

저ᅀᆞᄫᅡ⁵⁵⁾ 供_공養_양ᄒᆞᅀᆞᄫᅡ⁵⁶⁾ 이 經_경을 마ᅀᆞᆫ아홉⁵⁷⁾ 디위⁵⁸⁾ 讀_뚝誦_쑝ᄒᆞ고⁵⁹⁾ 마ᅀᆞᆫ아홉 燈_등의 블⁶⁰⁾ 혀고⁶¹⁾ 며 如_셩來_링ㅅ 像_쌍⁶²⁾ 닐구블⁶³⁾ 밍ᄀᆞᅀᆞᆸ고⁶⁴⁾ 像_쌍마다 알피⁶⁵⁾ 닐굽 燈_등을 노ᄒᆞᄃᆡ⁶⁶⁾ 燈_등마다 술위ᄢᅴ⁶⁷⁾ 만⁶⁸⁾ 크긔⁶⁹⁾ ᄒᆞ야 마ᅀᆞᆫ 아ᄒᆞ래를⁷⁰⁾ 光_광明_명이 긋디⁷¹⁾ 아니킈⁷²⁾ ᄒᆞ고 五_옹色_식

---

55) 저ᅀᆞᄫᅡ: 저술[저슬(← 저ᇫᆸ다, ㅂ불: 절하다, 拜): 저(← 절, 拜) + -Ø(← -ᄒᆞ-: 동접)- + -ᅀᆸ(객높)-]- + -아(연어)

56) 供養ᄒᆞᅀᆞᄫᅡ: 供養ᄒᆞ[공양하다: 供養(공양) + -ᄒᆞ(동접)-]- + -ᅀᆸ(← -ᅀᆸ-: 객높)- + -아(연어)

57) 마ᅀᆞᆫ아홉: 마ᅀᆞᆫ(마흔, 四十: 관사, 양수) # 아홉(아홉, 九: 관사, 양수)

58) 디위: 번, 番(의명)

59) 讀誦ᄒᆞ고: 讀誦ᄒᆞ[독송하다: 讀誦(독송) + -ᄒᆞ(동접)-]- + -고(연어, 나열, 계기)

60) 블: 불, 火.

61) 혀고: 혀(켜다, 然)- + -고(연어, 나열, 계기)

62) 像: 상. 조각이나 그림을 나타내는 말이다.

63) 닐구블: 닐굽(일곱, 七: 수사, 양수) + -을(목조)

64) 밍ᄀᆞᅀᆞᆸ고: 밍ᄀᆞ(← 밍ᄀᆞᆯ다: 만들다, 造)- + -ᅀᆸ(객높)- + -고(연어, 나열, 계기)

65) 알피: 앒(앞, 前) + -익(-에: 부조, 위치)

66) 노ᄒᆞᄃᆡ: 놓(놓다, 置)- + -오ᄃᆡ(-되: 연어, 설명 계속)

67) 술위ᄢᅴ: [수렛바퀴, 車輪: 술위(수레, 車) + ᄢᅴ(바퀴, 輪)]

68) 만: 만큼(의명, 비교)

69) 크긔: 크(크다, 大)- + -긔(-게: 연어, 사동)

70) 아ᄒᆞ래를: 아ᄒᆞ래(아흐레, 九日) + -를(목조)

71) 긋디: 긋(← 긏다: 끊어지다, 絶)- + -디(-지: 연어, 부정)

72) 아니킈: 아니ᄒᆞ[← 아니ᄒᆞ다(아니하다, 不: 보용, 부정): 아니(아니, 不: 부사, 부정) + -ᄒᆞ(동접)-]- + -긔(-게: 연어, 사동)

綵幡(채번)을 만들되 마흔아홉 揭手(계수)이요【揭手(계수)는 손을 펴는 것이니, 사람은 周尺(주척)으로 한 자이요 부처는 두 자이시니라. 】, 숨을 쉬는 雜(잡) 짐승 마흔아홉을 놓으면 어려운 厄(액)을 벗어나며 모진 귀신에게 아니 잡히리라. 또 阿難(아난)아, 만일 利帝利(찰제리)의 灌頂王(관정왕)들이 災難(재난)이 일어날 時節(시절)에

綵_칭幡_펀⁷³⁾을 밍ㄱ로딕⁷⁴⁾ 마슨아홉 揭_껋手_슣ㅣ오⁷⁵⁾ 【揭_껋手_슣는 소늘 펼씨니 사르믹 周_즣尺_쳑으로⁷⁶⁾ 흔 자히오⁷⁷⁾ 부텨는 두 자히시니라⁷⁸⁾ 】 雜_짭 숨튼⁷⁹⁾ 즁싱⁸⁰⁾ 마슨아호블 노ㅎ면⁸¹⁾ 어려븐 厄_킉⁸²⁾을 버서나며⁸³⁾ 모딘 귓거슬⁸⁴⁾ 아니 자피리라⁸⁵⁾ 또 阿_항難_난아 ᄒ다가 刹_칧帝_뎅利_링⁸⁶⁾ 灌_관頂_뎡王_왕들히⁸⁷⁾ 災_징難_난 닓⁸⁸⁾ 時_씽節_겷에

---

73) 綵幡: 채번. 비단으로 만든 번(깃발)이다. ※ '幡(번)'은 부처와 보살의 성덕(盛德)을 나타내는 깃발이다. 꼭대기에 종이나 비단 따위를 가늘게 오려서 단다.

74) 밍ㄱ로딕: 밍글(만들다, 造)-+-오딕(-되: 연어, 설명 계속)

75) 揭手ㅣ오: 揭手(게수)+-ㅣ(←-이-: 서조)-+-오(←-고: 연어, 나열) ※ '揭手(게수)'는 손을 드는 것이다.

76) 周尺으로: 周尺(주척)+-으로(부조, 방편) ※ '周尺(주척)'은 자의 하나이다. 주례(周禮)에 규정된 자로서, 한 자가 곱자의 여섯 치 육 푼, 즉 23.1cm이다.

77) 자히오: 자ㅎ(자, 척, 尺: 의명)+-이(서조)-+-오(←-고: 연어, 나열)

78) 자히시니라: 자ㅎ(자, 척, 尺: 의명)+-이(서조)-+-시(주높)-+-Ø(현시)-+-니(원칙)-+-라(←-다: 평종)

79) 숨튼: 숨튼[목숨을 받다: 숨(숨, 息: 명사)+튼(타다, 받다, 受: 동사)-]-+-Ø(과시)-+-ㄴ(관전) ※ '숨튼다'는 '숨쉬다'나 '살아 움직이다'의 뜻으로 쓰이는 동사이다.

80) 즁싱: 짐승, 獸. ※ '雜 숨튼 즁싱'은 '숨쉬는 雜 짐승'으로 의역하여서 옮긴다.

81) 노ㅎ면: 놓(놓아주다, 풀어 주다, 放)-+-ㅇ면(연어, 조건)

82) 厄: 액. 모질고 사나운 운수이다.

83) 버서나며: 버서나[벗어나다, 過度: 벗(벗다, 脫)-+-어(연어)+나(나다, 出)-]-+-며(연어, 나열)

84) 귓거슬: 귓것[귀신, 惡鬼: 鬼(귀, 귀신)+-ㅅ(관조, 사잇)+것(것, 者: 의명)]+-을(목조, 보조사적 용버, 의미상 부사격) ※ '귓거슬'에서 '-을'은 목적격 조사가 보조사적인 용법으로 쓰인 예이다. 따라서 의미상 '귓것을'은 '귀신에게'로 의역하여 옮긴다.

85) 자피리라: 자피[잡히다, 爲所持: 잡(잡다, 持)-+-히(피접)-]-+-리(미시)-+-라(←-다: 평종)

86) 利帝利: 찰제리(= 利利). 산스크리트어로 크사트리아(Ksatriya)이다. 인도 카스트 제도에서 두 번째 지위인 왕족과 무사 계급이다.

87) 灌頂王들히: 灌頂王들ㅎ[관정왕들, 灌頂王等: 灌頂王(관정왕)+-들ㅎ(-들: 복접)]+-이(주조) ※ '灌頂王(관정왕)'은 관정(灌頂)의 의식을 통해서 된 임금이다. 인도(印度)에서 임금의 즉위식이나 입태자식을 할 때 머리 정수리에 바닷물을 붓는 것을 관정(灌頂)이라 하고, 그렇게 해서 된 임금을 관정왕이라고 한다.

88) 닔: 니(←닐다: 일어나다, 起)-+-ㅭ(관전)

【難(난)은 厄(액)이다. 】, 많은 사람이 돌림병을 하는 難(난)이거나, 다른 나라가 침입하는 難(난)이거나, 자기의 나라에서 반역(反逆)하는 양 하는 難(난)이거나, 星宿(성수)의 變怪(변괴) 難(난)이거나【 星宿(성수)는 별이다. 變怪(변괴)는 常例(상례)롭지 아니한 妖怪(요괴)이다. 】, 日食(일식)·月食(월식)의 難(난)이거나, 時節(시절)에 맞지 않는 바람과 비의 難(난)이거나, 가뭄의

【難난은 厄휙이라】 한 사른미 쟝셕ᄒᄂᆫ[89] 難난이어나[90] 다른[91] 나라히[92] 보차ᄂᆫ[93] 難난이어나 ᄌᆞ갓[94] 나라해셔 거슬ᄲᅳᆫ[95] 양 ᄒᄂᆫ 難난이어나 星셩宿슣ㅅ 變변怪괭 難난[97]이어나【星셩宿슣ᄂᆫ 벼리라[98] 變변怪괭ᄂᆫ 常쌍例롕롭디[99] 아니ᄒᆞᆫ 妖횽怪괭라[1]】 日ᅀᅵᆯ食씩[2] 月ᅌᅯᆯ食씩[3] 難난이어나 時씽節졇 그른[4] ᄇᆞ름 비 難난이어나 ᄀᆞᄆᆞᆺ[5]

---

89) 쟝셕ᄒᄂᆫ: 쟝셕ᄒ[돌림병을 하다: 쟝셕(돌림병, 疾疫) + -ᄒ(동접)-] + -ᄂ(현시)- + -ㄴ(관전)

90) 難이어나: 難(난, 어려움) + -이어나(-이거나: 보조사, 선택)

91) 다른: [다른, 他(관사): 다ᄅ(다르다, 異)- + -ㄴ(관전▷관접)]

92) 나라히: 나라ᄒ(나라, 國) + -이(주조)

93) 보차ᄂᆫ: 보차(괴롭히다, 침입하다, 侵逼)- + -ᄂ(현시)- + -ㄴ(관전)

94) ᄌᆞ갸: ᄌᆞ갸(자기, 당신, 自: 인대, 재귀칭, 높임) + -ㅅ(-의: 관조)

95) 거슬ᄲᅳᆫ : 거슬ᄲᅳ[거스르다, 반역하다, 叛逆: 거슬(거스르다, 逆)- + -ᄲᅳ(강접)-] + -Ø(과시)- + -ㄴ(관전)

96) 星宿: 성수. 모든 별자리의 별들이다.

97) 變怪 難: 변괴 난. ※ '變怪(변괴)'는 이상야릇한 일이나 재변이다. 그리고 '變怪 難(변괴 난)'은 이상야릇한 일이나 재변으로 일어난 난(難)이다.

98) 벼리라: 별(별, 星) + -이(서조)- + -Ø(현시)- + -라(←-다: 평종)

99) 常例롭디: 常例롭[보통이다, 늘 있다: 常例(상례) + -롭(형접)-] + -디(-지: 연어, 부정)

1) 妖怪라: 妖怪(요괴) + -Ø(←-이-: 서조)- + Ø(현시)- + -라(←-다: 평종) ※ '妖怪(요괴)'는 요사스러운 귀신이다.

2) 日食: 일식. 달이 태양의 일부나 전부를 가려지는 현상이다.

3) 月食: 월식. 달이 지구의 그림자에 가려 일부나 전부가 가려지는 현상이다.

4) 그른: 그르(그르다, 맞지 않다, 非)- + -Ø(현시)- + -ㄴ(관전)

5) ᄀᆞᄆᆞᆺ: ᄀᆞᄆᆞᆯ(가물, 가뭄, 不雨, 투) + -ㅅ(-의: 관조)

難(난)이거나 하거든, 저 王(왕)들이 一切(일체)의 有情(유정)에게 慈悲心
(자비심)을 내어 가두어 있던 사람을 놓고, 앞에서 이르던 양대로 저 약
사유리광여래(藥師瑠璃光如來)를 供養(공양)하면, 이 좋은 根源(근원)과 저
如來(여래)의 本願力(본원력)의 까닭으로 그 나라가 즉시 便安(편안)하여,

難_난이어나 ᄒ거든 뎌 王_왕들히 一_힗切_쳉 有_욯情_쪙에 慈_쭝悲_빙心_심을⁶⁾ 내야⁷⁾ 가도앳던⁸⁾ 사ᄅᆞᆷ 노코⁹⁾ 알ᄑᆡ¹⁰⁾ 니르던¹¹⁾ 양 다히¹²⁾ 뎌 藥_약師_{ᄉᆞᆼ}瑠_률璃_링光_광如_셩來_링를 供_공養_양ᄒᆞᅀᆞᄫᆞ면¹³⁾ 이 됴ᄒᆞᆫ 根_근源_원과¹⁴⁾ 뎌 如_셩來_링ㅅ 本_본願_원力_륵을¹⁵⁾ 젼ᄎᆞ로¹⁶⁾ 그 나라히 즉자히¹⁷⁾ 便_뼌安_한ᄒᆞ야

---

6) 慈悲心: 자비심. 중생을 사랑하고 가엾게 여기는 마음이다.

7) 내야: 내[내다, 起: 나(나다, 現)- + - ㅣ(←-이-: 사접)-]- + -야(←-아: 연어)

8) 가도앳던: 가도[가두다, 繫閉: 갇(갇히다, 收: 자동)- + -오(사접)-]- + -아(연어) + 잇(←이시다: 보용, 완료 지속)- + -더(회상)- + -ㄴ(관전) ※ '가도앳던'은 '가도아 잇던'이 축약된 형태이다.

9) 노코: 놓(놓다, 놓아 주다, 敀)- + -고(연어, 나열, 계기)

10) 알ᄑᆡ: 앒(앞, 前) + -ᄋᆡ(-에: 부조, 위치)

11) 니르던: 니르(이르다, 말하다, 說)- + -더(회상)- + -ㄴ(관전)

12) 다히: 같이, 대로, 如(부사) ※ '알ᄑᆡ 니르던 양 다히'는 '앞에서 이르던 양으로'로 의역하여 옮긴다.

13) 供養ᄒᆞᅀᆞᄫᆞ면: 供養ᄒᆞ[공양하다: 供養(공양: 명사) + -ᄒᆞ(동접)-]- + -ᅀᆞᆸ(←-ᅀᆞᆸ-: 객높)- + -ᄋᆞ면(연어, 조건)

14) 根源: 근원. 사물이 비롯되는 근본이나 원인이다.

15) 本願力: 본원력. 부처가 되기 이전, 즉 보살(菩薩)로서 수행할 때에 세운 서원(誓願)의 힘이다. ※ '誓願(서원)'은 소원(所願)을 세우고, 그것을 이루고자 맹세하는 일이다.

16) 젼ᄎᆞ로: 젼ᄎᆞ(까닭, 由) + -로(부조, 방편)

17) 즉자히: 즉시, 卽(부사)

바람과 비가 時節(시절)에 맞게 하여 농사(農事)가 되어 一切(일체)의 有情
(유정)이 無病(무병)·歡樂(환락)하며【歡樂(환락)은 기뻐서 즐거운 것이다.】,
그 나라에 모진 夜叉(야차) 等(등) 神靈(신령)이 有情(유정)를 괴롭히는 것
이 없어지며, 一切(일체)의 흉(凶)한 相(상)이 다 없어지고, 利帝利(찰제리)
의 灌頂王(관정왕)들도 長壽(장수)하고 病(병)이 없어져서

ㅂ룸[18] 비[19] 時씽節젏에 마초[20] ᄒ야 녀르미[21] 드외야 一힗切쳉 有울
情쪙이 無뭉病뼝 歡환樂락[22]ᄒ며【歡환樂락ᄋᆞᆫ 깃버[23] 즐거볼[24] 씨라 】 그
나라해 모딘 夜양叉창[25] 等듕[26] 神씬靈령이 有울情쪙 보차리[27] 업스
며[28] 一힗切쳉 머즌[29] 相샹이 다 업고[30] 利칧帝뎽利링 灌관頂뎡王왕ᄃᆞᆯ
토[31] 長땽壽쓩ᄒ고 病뼝 업서

---

18) ㅂ룸: 바람. 風.

19) 비: 비(비, 雨) + -∅(← -이: 주조)

20) 마초: [맞게, 알맞추, 順(부사): 맞(맞다, 들어맞다, 當: 자동)- + -호(사접)- + -∅(부접)]

21) 녀르미: 녀름(농사, 穀稼) + -이(보조)

22) 歡樂: 환락. 아주 즐거워하거나, 또는 아주 즐거운 것이다.

23) 깃버: 깃ㅂ[← 깃브다(기쁘다, 歡): 깃(← 깄다: 기쁘하다, 歡)- + -브(형접)-]- + -어(연어)

24) 즐거볼: 즐겁[← 즐겁다, ㅂ블(즐겁다, 喜): 즑(블어)- + -업(형접)-]- + -을(관전)

25) 夜叉: 야차. 팔부의 하나로서 사람을 괴롭히거나 해친다는 사나운 귀신이다.

26) 等: 등. 들(의명)

27) 보차리: 보차(괴롭히다, 逼)- + -ㄹ(관전) # 이(것, 일, 者: 의명) + -∅(← -이: 주조)

28) 업스며: 업(← 없다: 없어지다, 沒, 자동)- + -으며(연어, 나열)

29) 머즌: 멎(흉하다, 惡)- + -∅(현시)- + -은(관전)

30) 업고: 업(← 없다: 없어지다, 沒, 자동)- + -고(연어, 나열)

31) 灌頂王ᄃᆞᆯ토: 灌頂王ᄃᆞᆯㅎ[관정왕들: 灌頂王(관정왕) + -ᄃᆞᆯㅎ(-들: 복접)] + -도(보조사, 첨가)

다 自在(자재)하리라. 阿難(아난)아, 만일 皇帝(황제)며 皇后(황후)며 妃子
(비자)며 太子(태자)며 王子(왕자)며 大臣(대신)이며 宰相(재상)이며 大闕
(대궐)의 여자며 百官(백관)이며 百姓(백성)이 病(병)을 하거나 어려운 厄
(액)이 들거든, 또 五色(오색)의 神幡(신번)을 만들며, 燈(등)을

다 自_쫑在_찡ᄒ리라³²⁾ 阿_항難_난아 ᄒ다가³³⁾ 皇_{ᅘᅪᇰ}帝_뎽며 皇_{ᅘᅪᇰ}后_{ᅘᅮᇢ}ㅣ며

妃_핑子_{ᄌᆞᆼ}³⁴⁾ㅣ며 太_탱子_{ᄌᆞᆼ}³⁵⁾ㅣ며 王_{ᅌᅪᇰ}子_{ᄌᆞᆼ}ㅣ며 大_땡臣_씬이며 宰_{ᄌᆡᆼ}相_{샤ᇰ}³⁶⁾

이며 大_땡闕_쿓ㅅ 각시며³⁷⁾ 百_빅官_관이며 百_빅姓_{셔ᇰ}이 病_{뼈ᇰ}을 ᄒ거나

어려ᄫᅳᆫ³⁸⁾ 厄_{ᅙᅴᆨ}이어든³⁹⁾ ᄯᅩ 五_{오ᇰ}色_{ᄼᆡᆨ} 神_씬幡_펀⁴⁰⁾ ᄆᆡᇰᄀᆞᆯ며 燈_등

---

32) 自在ᄒ리라: 自在ᄒ[자재하다: 自在(자재: 명사) + -ᄒ(동접)-]- + -리(미시) + -라(← -다: 평종) ※ '自在(자재)'는 속박이나 장애 없이 마음대로 하는 것이다. 혹은 저절로 갖추어져 있는 것이다.

33) ᄒ다가: 만일, 若(부사)

34) 妃子: 비자. 왕비(王妃)이다.

35) 太子: 황제국에서, 황제의 자리를 이을 황제의 아들이다.

36) 宰相: 재상. 임금을 돕고 모든 관원을 지휘하고 감독하는 일을 맡아보던 이품 이상의 벼슬이다. 또는 그 벼슬에 있던 벼슬아치이다. 본디 '재(宰)'는 요리를 하는 자, '상(相)'은 보행을 돕는 자로서 둘 다 수행하는 자를 이르던 말이었으나, 중국 진(秦)나라 이후에 최고 행정관을 뜻하게 되었다.

37) 각시며: 각시(여자, 아내, 采女) + -며(← -이며: 접조)

38) 어려ᄫᅳᆫ: 어려ᇦ(← 어렵다, ㅂ불: 어렵다, 難)- + -Ø(현시)- + -은(관전)

39) 厄이어든: 厄(액) + -이(서조)- + -어든(← -거든: 연어, 조건) ※ '厄(액)'은 모질고 사나운 운수이다. '厄이어든'은 '액이 들거든'으로 의역하여 옮긴다.

40) 神幡: 신번. 신기(神奇)한 번(幡)이다. 번(幡)은 불(佛)이나 보살(菩薩)의 위덕을 나타내는 깃발이다.

켜서 잇대어 밝게 하며, 숨을 쉬는 짐승을 놓고, 雜色(잡색) 꽃을 흩뿌리
며, 여러 가지의 이름난 香(향)을 피우면, 病(병)도 덜며 厄(액)도 벗으리
라." 그때에 阿難(아난)이 救脫菩薩(구탈보살)께 묻되, "어찌 이미 다한 목
숨이 늘어나겠습니까?" 救脫菩薩(구탈보살)이 이르시되, "大德(대덕)아,
如來(여래)가

혀아⁴¹⁾ 닛위여⁴²⁾ 븕게⁴³⁾ ᄒ며 숨튼⁴⁴⁾ 즁싱⁴⁵⁾ 노코⁴⁶⁾ 雜_짭色_{식} 고ᄌᆞᆯ⁴⁷⁾ 비ᄒ며⁴⁸⁾ 여러 가짓 일훔난⁴⁹⁾ 香_향ᄋᆞᆯ 퓌우면⁵⁰⁾ 病_뼝도 덜며⁵¹⁾ 厄_{ᅙᆡᆨ}도 다 버스리라⁵²⁾ 그 ᄢᅴ 阿_{ᅙᅡᆼ}難_난이 救_굴脫_퇋菩_뽕薩_{사ᇙ}ᄭᅴ 묻ᄌᆞᄫᅩᄃᆡ⁵³⁾ 엇뎨⁵⁴⁾ ᄒ마⁵⁵⁾ 다ᄋᆞᆫ⁵⁶⁾ 목수미 더으리잇고⁵⁷⁾ 救_굴脫_퇋菩_뽕薩_{사ᇙ}이 니ᄅᆞ샤ᄃᆡ⁵⁸⁾ 大_땡德_득아⁵⁹⁾ 如_셩來_링⁶⁰⁾

---

41) 혀아: 혀(켜다, 然)- + -아(←-어: 연어)

42) 닛위여: 닛위(잇대다, 續)- + -여(←-어: 연어)

43) 븕게: 븕(밝다, 明)- + -게(연어, 사동)

44) 숨튼: 숨튼[목숨을 받다: 숨(숨, 息: 명사) + 튼(타다, 받다, 受: 동사)]- + -Ø(과시)- + -ㄴ(관전) ※ '숨튼다'는 '숨을 쉬다'나 '살아 움직이다'의 뜻으로 쓰이는 동사이다.

45) 즁싱: 짐승, 獸.

46) 노코: 놓(놓아 주다, 풀어 주다, 放)- + -고(연어, 나열, 계기)

47) 고ᄌᆞᆯ: 곶(꽃, 花) + -ᄋᆞᆯ(목조)

48) 비ᄒ며: 빟(흩뿌리다, 散)- + -ᄋᆞ며(연어, 나열)

49) 일훔난: 일훔나[이름나다, 有名: 일훔(이름, 名) + 나(나다, 現)-]- + -Ø(과시)- + -ㄴ(관전)

50) 퓌우면: 퓌우[피우다, 燒: 푸(←프다: 피다, 發) + -ㅣ(←-이-: 사접)- + -우(사접)-]- + -면(연어, 조건)

51) 덜며: 덜(덜다, 除)- + -며(연어, 나열)

52) 버스리라: 벗(벗다, 解脫)- + -으리(미시)- + -라(←-다: 평종)

53) 묻ᄌᆞᄫᅩᄃᆡ: 묻(묻다, 問)- + -ᄌᆞᇦ(←-ᄌᆞᆸ-: 객높)- + -ᄋᆞᄃᆡ(-되: 연어, 설명 계속)

54) 엇뎨: 어찌, 何(부사)

55) ᄒ마: 이미, 已(부사)

56) 다ᄋᆞᆫ: 다ᄋᆞ(다하다, 盡)- + -Ø(과시)- + -ㄴ(관전)

57) 더으리잇고: 더으(더하다, 增益)- + -으리(미시)- + -잇(←-이-: 상높, 아주 높임)- + -고(의종, 설명) ※ '목수미 더으리잇고'는 '목숨이 늘어나겠습니까'로 의역하여 옮긴다.

58) 니ᄅᆞ샤ᄃᆡ: 니ᄅᆞ(이르다, 言)- + -샤(←-시-: 주높)- + -ᄃᆡ(←-오ᄃᆡ: -되, 설명 계속)

59) 大德아: 大德(대덕) + -아(호조) ※ '大德(대덕)'은 비구 가운데 장로·부처·보살·고승 등을 높여 이르는 말이다.

60) 如來: 如來(여래) + -Ø(←-이: 주조) ※ '여래(如來)'는 부처를 이르는 십호(十號)의 하나이다. 진리로부터 진리를 따라서 온 사람이라는 뜻으로 부처(佛)를 달리 이르는 말이다.

이르시는 아홉 橫死(횡사)를 왜 못 들었을까? 이러므로 (내가 너에게) 續命幡燈(속명번등)을 만들어 福德(복덕)을 닦는 것을 勸(권)하니, 福(복)을 닦으면 목숨이 끝나도록 受苦(수고)를 아니 지내리라." 阿難(아난)이 묻되, "아홉 橫死(횡사)는 무엇입니까?" 救脫菩薩(구탈보살)이 이르시되,

니르시논⁶¹⁾ 아홉 橫_휑死_숭⁶²⁾를 매⁶³⁾ 몯 듣즈바싫다⁶⁴⁾ 이럴씨⁶⁵⁾ 續_쑉命_명幡_펀燈_등⁶⁶⁾ 밍ᄀ라 福_복德_득⁶⁷⁾ 닷고물⁶⁸⁾ 勸_퀀ᄒ노니⁶⁹⁾ 福_복을 닷ᄀ면⁷⁰⁾ 목숨 뭇도록⁷¹⁾ 受_쓯苦_콩를 아니 디내리라⁷²⁾ 阿_항難_난이 묻즈ᄫ

디 아홉 橫_휑死_숭ᄂ 므스기잇고⁷³⁾ 救_귷脱_퇋菩_뽕薩_삻이 니ᄅ샤ᄃ

---

61) 니르시논: 니르(이르다, 說)- + -시(주높)- + -ㄴ(←-ᄂᆞ-: 현시)- + -오(대상)- + -ㄴ(관전)

62) 橫死: 횡사. 뜻밖의 재앙으로 죽는 것이다. ※ '아홉 橫死'는 뜻밖의 재앙에 걸리어 죽는 아홉 가지이다. 첫째 유정(중생)들이 병에 걸렸을 때에 고치는 의사나 좋은 약이 없어 이르는 횡사, 둘째 왕법을 입어(국법에 저촉하여) 이르는 횡사, 셋째 주색에 빠져 귀신이 정기(精氣)를 빼앗아 이르는 횡사, 넷째 불에 타서 죽는 횡사, 다섯째 물에 빠져죽는 횡사, 여섯째 사나운 짐승한테 물리어 죽는 횡사, 일곱째 산 언덕에서 떨어져 죽는 횡사, 여덟째 독약을 먹거나 저주당하거나 사곡(邪曲)한 귀신이 들거나 하여 죽는 횡사, 아홉째 굶주리어 횡사하는 것이다.

63) 매: 왜, 何(부사)

64) 듣즈바싫다: 듣(듣다, 聞)- + -즈(←-즙-: 객높)- + -아(연어) + 시(← 이시다: 있다, 보용, 완료 지속)- + -ㄹ(미시)- + -다(의종, 2인칭) ※ '듣즈바싫다'는 '듣즈바 이싫다'가 축약된 형태이다. '들었을까'로 의역하여 옮긴다. ※ 『석보상절』 9권에는 원문의 '汝其不聞如來說有九橫死耶'를 '듣즈뱃ᄂ다'로 번역하였다.

65) 이럴씨: 이러(← 이러ᄒ다: 이러하다, 是故)- + -ㄹ씨(-ᄆᆞ로: 연어, 이유)

66) 續命幡燈: 속명번등. 사람의 목숨을 이어주는 번(幡)과 燈(등)이다.

67) 福德: 복덕. 선행의 과보(果報)로 받는 복스러운 공덕(功德)이다.

68) 닷고물: 닭(닦다, 修)- + -옴(명전) + -을(목조)

69) 勸ᄒ노니: 勸ᄒ[권하다: 勸(권: 불어) + -ᄒ(동접)-]- + -ㄴ(←-ᄂᆞ-: 현시)- + -오(화자)- + -니(연어, 설명 계속)

70) 닷ᄀ면: 닭(닦다, 修)- + -ᄋᆞ면(연어, 조건)

71) 뭇도록: 뭇(← 마치다: 마치다, 다하다, 盡)- + -도록(연어, 도달)

72) 디내리라: 디내(지내다, 겪다, 經)- + -리(미시)- + -라(←-다: 평종)

73) 므스기잇고: 므슥(무엇, 何: 지대, 미지칭) + -이(서조)- + -Ø(현시)- + -잇(←-이-: 상높, 아주 높임)- + -고(의종, 설명)

有情(유정)들이 가벼운 病(병)을 얻어도 醫(의)와【醫(의)는 病(병)을 고치는 사람이다.】 藥(약)과 病(병)을 간수(看守)할 이가 없거나, 醫(의)를 만나고도 그른 藥(약)을 먹여, 아니 죽을 적에 곧 橫死(횡사)하며, 또 世間(세간)에 있는 邪魔外道(사마외도)와 妖蘗(요얼)과 같은 스승을 信(신)하여【妖蘗(요얼)은 妖怪(요괴)이다.】 망령(妄靈)된 禍福(화복)을 이르거든, 곧 두려운

有_융情_쪙들히 가비야볼⁷⁴⁾ 病_뼝을 어더도 醫_힁와【醫_힁는 病_뼝 고티는⁷⁵⁾ 사르미라 】 藥_약과 病_뼝 간슈ᄒ리⁷⁶⁾ 업거나 醫_힁를 맛나고도⁷⁷⁾ 왼⁷⁸⁾ 藥_약을 머겨⁷⁹⁾ 아니 주긂 저긔⁸⁰⁾ 곧 橫_휑死_숭ᄒ며 ᄯᅩ 世_솅間_간앳⁸¹⁾ 邪_썅魔_망外_욍道_똘앳⁸²⁾ 妖_흉蘖_얼엣⁸³⁾ 스스을⁸⁴⁾ 信_신ᄒ야【妖_흉蘖_얼은 妖_흉怪_괭라⁸⁵⁾ 】 간대옛⁸⁶⁾ 禍_횅福_복을 닐어든⁸⁷⁾ 곧⁸⁸⁾ 두리볼⁸⁹⁾

---

74) 가비야볼: 가비얍(← 가비얍다, ㅂ불: 가볍다, 輕)- + -Ø(현시)- + -은(관전)

75) 고티는: 고티[고치다, 療: 곧(곧다, 直)- + -히(사접)-]- + -ᄂ(현시)- + -ㄴ(관전)

76) 간슈ᄒ리: 간슈ᄒ[간수하다, 看: 간슈(간수, 看守: 명사) + -ᄒ(동접)-]- + -ㄹ(관전) + 이(이, 사람, 者: 의명) + -Ø(←-이: 주조)

77) 맛나고도: 맛나[만나다, 遇: 맛(← 맞다: 맞다, 迎)- + 나(나다, 出)-]- + -고도(연어, 불구)

78) 왼: 외(그르다, 非)- + -Ø(현시)- + -ㄴ(관전)

79) 머겨: 머기[먹이다, 授: 먹(먹다, 食)- + -이(사접)-]- + -어(연어)

80) 아니 주긂 저긔: '죽지 않아도 될 적에'라는 뜻으로 쓰인 표현이다.

81) 世間앳: 世間(세간, 세상) + -애(-에: 부조, 위치) + -ㅅ(-의: 관조) ※ '世間앳'는 '세간(世間)에 있는'으로 의역하여 옮긴다.

82) 邪魔外道앳: 邪魔外道(사마외도) + -애(-에: 부조, 위치) + -ㅅ(-의: 관조) ※ 사마(邪魔)는 수행을 방해하는 마귀이며, 외도(外道)는 불교 이외의 종교를 믿는 사람이다. 따라서 '邪魔外道(사마외도)'는 수행에 방해가 되는 사악한 마귀와 불교 이외의 사교(邪教)의 무리를 이르는 말이다. ※ '邪魔外道앳'은 '사마외도와'로 의역하여 옮긴다.

83) 妖蘖엣: 妖蘖(요얼) + -에(부조, 위치) + -ㅅ(-의: 관전) ※ '妖蘖(요얼)'은 요괴(妖怪)이다. ※ '妖蘖엣'은 '요얼과 같은'으로 의역하여 옮긴다.

84) 스스을: 스승(스승, 師) + -을(목조)

85) 妖怪라: 妖怪(요괴) + -Ø(←-이-: 서조)- + -Ø(현시)- + -라(←-다: 평종)

86) 간대옛: 간대(망령, 미혹, 妄) + -예(←-에: 부조, 위치) + -ㅅ(-의: 관조) ※ '간대옛'은 '망령(妄靈)된'으로 의역하여 옮긴다.

87) 닐어든: 닐(← 니르다: 이르다, 말하다, 說)- + -어든(-거든: 연어, 조건)

88) 곧: 곧, 卽(부사)

89) 두리볼: 두릴[← 두립다, ㅂ불(두렵다, 恐): 두리(두려워하다, 畏)- + -ㅂ(형접)-]- + -Ø(현시)- + -은(관전)

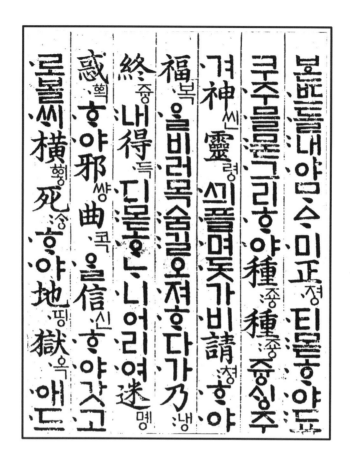

뜻을 내어, 마음이 正(정)하지 못하여 좋고 궂은 것을 무꾸리하여, 種種
(종종)의 짐승을 죽여 神靈(신령)께 풀며, 도깨비를 請(청)하여 福(복)을
빌어 목숨이 길고자 하다가, 끝내 得(득)하지 못하나니, 어리석어 迷惑
(미혹)하여 邪曲(사곡)을 信(신)하여 거꾸로 보므로, 橫死(횡사)하여 地獄
(지옥)에 들어서

뜨들[90] 내야 무슨미[91] 正정티 몯ᄒ야 됴쿠주믈[92] 묻그리ᄒ야[93] 種종
種종 즁싱[94] 주겨 神씬靈령씌 플며[95] 돗가비[96] 請쳥ᄒ야 福복을 비
러[97] 목숨 길오져[98] ᄒ다가[99] 乃냉終즁내[1] 得득디[2] 몯ᄒᄂ니[3] 어리
여[4] 미혹ᄒ야[5] 邪썅曲콕[6]을 信신ᄒ야 갓고로[7] ᄇᆞᆯ씨 橫ᅘᅰᆼ死ᄉᆞ[8]ᄒ야 地
띵獄옥[8]애 드러[9]

---

90) 뜨들: 뜯(뜻, 意) + -을(목조)

91) 무슨미: 무ᅀᅮᆷ(마음, 心) + -이(주조)

92) 됴쿠주믈: 됴쿶[좋거나 궂다, 吉凶: 둏(좋다, 吉)- + 궂(궂다, 凶)-] + -움(명전) + -을(목조)

93) 묻그리ᄒ야: 묻그리ᄒ[무꾸리하다: 묻그리(무꾸리, 占) + -ᄒ(동접)-] + -야(← -아: 연어) ※
'묻그리'는 무당이나 판수에게 가서 길흉을 알아보거나 무당이나 판수가 길흉을 점치는 것이
다. 또는 그 무당이나 판수를 이르기도 한다.

94) 즁싱: 짐승, 獸.

95) 플며: 플(풀다, 解)- + -며(연어, 나열) ※ '플다'는 『藥師瑠璃光如來 本願功德經』에는 있는 '解
奏'를 우리말로 옮긴 것인데, 이는 '(죽인 짐승을 신령께) 바치고 비는 것'이다.

96) 돗가비: 도깨비. 魍魎.

97) 비러: 빌(빌다, 구하다, 乞)- + -어(연어)

98) 길오져: 길(길다, 長: 형사)- + -오져(← -고져: -고자, 연어, 의도)

99) ᄒ다가: ᄒ(하다: 보용, 의도)- + -다가(연어, 동작의 전환)

1) 乃終내: [끝내, 終(부사): 乃終(내종, 나중: 명사) + -내(부접)]

2) 得디: 得[← 得ᄒ다(득하다, 얻다): 得(득: 불어) + -∅(← -ᄒ-: 동접)-] + -디(-지: 연어, 부정)

3) 몯ᄒᄂ니: 몯ᄒ[못하다, 不能(보용, 부정): 몯(못, 不能: 부사, 부정) + -ᄒ(동접)-] + -ᄂ(현
시)- + -니(연어, 설명 계속)

4) 어리여: 어리(어리석다, 愚)- + -여(← -어: 연어)

5) 미혹ᄒ야: 미혹ᄒ[미혹하다, 迷惑: 미혹(미혹, 迷惑: 명사) + -ᄒ(동접)-] + -야(← -아: 연어)
※ '미혹(迷惑)'은 무엇에 홀려 정신을 차리지 못하는 것이다.

6) 邪曲: 사곡. 요사스럽고 교활한 것이다.

7) 갓고로: [거꾸로, 便(부사): 갓골(거꿀: 불어)- + -오(부접)]

8) 地獄: 지옥. 죄업을 짓고 매우 심한 괴로움의 세계에 난 중생이나 그런 중생의 세계이다. 섬부
주의 땅 밑, 철위산의 바깥 변두리 어두운 곳에 있다고 한다. 팔대 지옥, 팔한 지옥 따위의
136종이 있다.

9) 드러: 들(들다, 入)- + -어(연어)

날 기약이 없으니, 이를 첫 橫死(횡사)라고 하느니라. 둘은 王法(왕법)을
입어 橫死(횡사)하는 것이요, 셋은 사냥을 하거나 놀이를 하거나 婬亂(음
란)을 맛들이거나 술을 즐기거나 경망(輕妄)하여 조심을 아니 하다가 귀
신이 精氣(정기)를 빼앗아 橫死(횡사)하는 것이요, 넷은 불에 살라져서 橫
死(횡사)하는 것이요,

낧[10] 그지[11] 업스니 이를 첫 橫_휑死_승ㅣ라 ᄒᆞᄂᆞ니라 둘흔[12] 王_왕法

_법[13]을 니버 橫_휑死_승ᄒᆞᆯ 씨오 세흔[14] 山_산行_{ᄒᆡᆼ}[15]을 ᄒᆞ거나 노ᄅᆞᆺ[16]

ᄒᆞ거나 婬_음亂_롼을 맛드러나[17] 수으를[18] 즐기거나 듧ᄢᅥ버[19] 조심 아

니 ᄒᆞ다가 귓거시 精_졍氣_킁를 아사[20] 橫_휑死_승ᄒᆞᆯ 씨오 네흔[21] 브

레[22] 술여[23] 橫_휑死_승ᄒᆞᆯ 씨오

---

10) 낧: 나(나오다, 出)- + -ᇙ(관전)

11) 그지: 그지(기한, 기약, 期) + -∅(← -이: 주조)

12) 둘흔: 둘ㅎ(둘, 二: 수사, 양수) + -은(보조사, 주제)

13) 王法: 왕법. 국왕이 제정한 법률이다.

14) 세흔: 세ㅎ(셋, 三: 수사, 양수) + -은(보조사, 주제)

15) 山行: 사냥. 獵. ※ '山行'은 고유어인 '산힝'을 한자로 표기한 형태이다.

16) 노ᄅᆞᆺ: 노릇[놀이, 장난, 戲: 놀(놀다, 遊)- + -ᄋᆞᆺ(명접)] + -올(목조)

17) 맛드러나: 맛들[맛들이다, 즐기다, 耽: 맛(맛, 味) + 들(들다, 잡다, 執)-]- + -어나(← -거나: 연
   어, 선택)

18) 수으를: 수을(술, 酒) + -을(목조)

19) 듧ᄢᅥ버: 듧ᄢᅥ(← 들뻬다, ㅂ불: 경망하다, 방정맞다, 放逸)- + -어(연어)

20) 아사: 앗(← 앗다, ㅅ불: 빼앗다, 奪)- + -아(연어)

21) 네흔: 네ㅎ(넷, 四: 수사, 양수) + -은(보조사, 주제)

22) 브레: 블(불, 火) + -에(부조, 위치)

23) 술여: 술이[살라지다, 焚: 술(사르다, 焚: 타동)- + -이(피접)-]- + -어(연어)

다섯은 물에 빠지어 橫死(횡사)하는 것이요, 여섯은 모진 짐승에게 물리어 橫死(횡사)하는 것이요, 일곱은 산언덕에 떨어지어 橫死(횡사)하는 것이요, 여덟은 厭禱(염도)와【厭(염)은 가위눌리게 하는 것이요, 禱(도)는 비는 것이다.】 毒藥(독약)과 起屍鬼(기시귀)들이 害(해)하여 橫死(횡사)하는 것이요, 아홉은 굶주리며 목말라 橫死(횡사)하는 것이니, 이것이 如來(여래)가

다ᄉᆞᆫ²⁴⁾ 므레²⁵⁾ ᄲᅡ디여²⁶⁾ 橫_{ᅘᅯᇰ}死_{ᄉᆞᆼ}ᄒᆞᆯ 씨오 여ᄉᆞᆫ²⁷⁾ 모딘²⁸⁾ 즁ᄉᆡᇰ²⁹⁾

므려³⁰⁾ 橫_{ᅘᅯᇰ}死_{ᄉᆞᆼ}ᄒᆞᆯ 씨오 닐구븐³¹⁾ 묏언혜³²⁾ ᄠᅥ디여³³⁾ 橫_{ᅘᅯᇰ}死_{ᄉᆞᆼ}ᄒᆞᆯ 씨

오 여들븐³⁴⁾ 厭_{ᅙᅧᇆ}禱_됳³⁵⁾와【厭_{ᅙᅧᇆ}은 ᄀᆞ오누를³⁶⁾ 씨오 禱_됳ᄂᆞᆫ 빌³⁷⁾ 씨라】毒

_똑藥_약과 起_킝屍_싱鬼_귕들히³⁸⁾ 害_{ᅘᆡᇰ}ᄒᆞ야 橫_{ᅘᅯᇰ}死_{ᄉᆞᆼ}ᄒᆞᆯ 씨오 아호븐³⁹⁾ 주

으리며⁴⁰⁾ 목ᄆᆞᆯ라⁴¹⁾ 橫_{ᅘᅯᇰ}死_{ᄉᆞᆼ}ᄒᆞᆯ 씨니 이⁴²⁾ 如_{ᅀᅧᇰ}來_링

---

24) 다ᄉᆞᆫ: 다ᄉᆞᆺ(다섯, 五: 수사, 양수) + -ᄋᆞᆫ(보조사, 주제)

25) 므레: 믈(물, 水) + -에(부조, 위치)

26) ᄲᅡ디여: ᄲᅡ디(빠지다, 溺)- + -여(←-어: 연어)

27) 여ᄉᆞᆫ: 여슷(여섯, 六) + -ᄋᆞᆫ(보조사, 주제)

28) 모딘: 모디(←모딜다: 모질다, 惡)- + -Ø(현시)- + -ㄴ(관전)

29) 즁ᄉᆡᇰ: 짐승, 獸.

30) 므려: 믈이[물리다, 嗷: 믈(물다, 嗷)- + -이(피접)-]- + -어(연어)

31) 닐구븐: 닐굽(일곱, 七: 수사, 양수) + -ᄋᆞᆫ(보조사, 주제)

32) 묏언혜: 묏언ᅘ[산언덕, 山崖: 뫼(산, 山) + -ㅅ(관조, 사잇) # 언ᅘ(언덕, 崖: 불어)] + -에(부조, 위치) ※ '언ᅘ'은 '언덕(崖)'의 뜻을 나타내는 명사로 추정되는데, 단독으로 쓰일 때에는 '언'의 형태로만 쓰인다. 그리고 '산언덕'은 산이 언덕처럼 낮아진 것을 이른다.

33) ᄠᅥ디여: ᄠᅥ디[떨어지다, 墮: ᄠ(←ᄠᅳ다: 뜨다, 隔)- + -어(연어) + 디(지다, 落)-]- + -여(←-어: 연어)

34) 여들븐: 여듧(여덟, 八: 수사, 양수) + -ᄋᆞᆫ(보조사, 주제)

35) 厭禱: 염도. 남이 못되게 주술(呪術)로 비는 것이다.

36) ᄀᆞ오누를: ᄀᆞ오누르[가위눌리게 하다: ᄀᆞ오(가위: 불어) + 누르(누르다)-]- + -ㄹ(관전)

37) 빌: 빌(빌다, 禱)- + -ㄹ(관전)

38) 起屍鬼들히: 起屍鬼들ᅘ[기시귀들: 起屍鬼(기시귀) + -들ᅘ(-들: 복접)] + -이(주조) ※ '起屍鬼(기시귀)'는 산스크리트어 vetāla 산스크리트어 vetāḍa의 음사이다. 시체를 일으켜 원한이 있는 사람을 죽이게 한다는 귀신이다.

39) 아호븐: 아홉(아홉, 九: 수사, 양수) + -ᄋᆞᆫ(보조사)

40) 주으리며: 주으리(굶주리다, 飢)- + -며(연어, 나열)

41) 목ᄆᆞᆯ라: 목ᄆᆞᆯㄹ[←목ᄆᆞ르다(목마르다, 渴): 목(목, 喉) + ᄆᆞ르(마르다, 乾)-]- + -아(연어)

42) 이: 이(이것, 是: 지대, 정칭) + -Ø(←-이: 주조)

대충 이르시는 아홉 가지의 橫死(횡사)이니, 또 그지없는 여러 橫死(횡사)를 못내 이르리라. 또 阿難(아난)아, 저 琰魔王(염마왕)이 世間(세간)에 있는 (유정의) 이름을 적은 글월을 주관하였으니, 만일 有情(유정)들이 不孝(불효)를 하거나 五逆(오역)을 하거나 三寶(삼보)를 헐어 辱(욕)하거나

어둘⁴³⁾ 니르시논⁴⁴⁾ 아홉 가짓 橫_횅死_숭ㅣ니 쏘 그지업슨⁴⁵⁾ 여러 橫_횅死_숭ㅣ⁴⁶⁾ 몬내⁴⁷⁾ 니르리라 쏘 阿_항難_난아 뎌⁴⁸⁾ 琰_염魔_망王_왕⁴⁹⁾이 世_솅間_간앳 일훔⁵⁰⁾ 브튼⁵¹⁾ 글와를⁵²⁾ ᄀᆞ숨아랫ᄂᆞ니⁵³⁾ ᄒᆞ다가 有_{ᅌᅮᆸ}情_쪙들히 不_붏孝_{ᅙᅭᇢ}를 ᄒᆞ거나 五_{ᅌᅩᆼ}逆_역⁵⁴⁾을 ᄒᆞ거나 三_삼寶_{ᄫᅩᇢ}⁵⁵⁾를 허러⁵⁶⁾ 辱_쇽ᄒᆞ거나⁵⁷⁾

---

43) 어둘: 대충, 대략, 略(부사)

44) 니르시논: 니르(이르다, 말하다, 說)- + -시(주높)- + -ㄴ(←-ᄂᆞ-: 현시)- + -오(대상)- + -ㄴ(관전)

45) 그지업슨: 그지없[그지없다, 無量: 그지(끝, 한도, 限) + 없(없다, 無)-]- + -Ø(현시)- + -은(관전)

46) 橫死ㅣ: 橫死(횡사) + -ㅣ(←-이: 주조)

47) 몬내: 못내, 이루 다 말할 수 없이, 難可具(부사)

48) 뎌: 저, 彼(관사, 지시, 정칭)

49) 琰魔王: 염마왕. 염라대왕. 저승에서, 지옥에 떨어지는 사람이 지은 생전의 선악을 심판하는 왕이다.

50) 일훔: 이름, 名.

51) 브튼: 븥(붙다, 적다, 籍)- + -Ø(과시)- + -은(관전)

52) 글와를: 글왈[글월, 記: 글(글, 書) + -왈(-월: 접미)] + -을(목조)

53) ᄀᆞ숨아랫ᄂᆞ니: ᄀᆞ숨알[주관하다, 主領: ᄀᆞ숨(감, 재료, 材料: 명사) + 알(알다, 知)-]- + -아(연어) + 잇(← 이시다: 있다, 완료 지속)- + -ᄂᆞ(현시)- + -니(연어, 설명 계속) ※ 'ᄀᆞ숨아랫ᄂᆞ니'는 'ᄀᆞ숨아라 잇ᄂᆞ니'가 축약된 형태이다. 여기서는 '주관하였으니'로 의역하여 옮긴다.

54) 五逆: 오역. 다섯 가지 악행이다. 대승 불교에서는 절이나 탑을 파괴하여 불경과 불상을 불태우고 삼보(三寶)를 빼앗거나 그런 짓을 시키는 일, 성문(聲聞) 따위의 법을 비방하는 일, 출가자를 죽이거나 수행을 방해하는 일, 소승 불교의 오역 가운데 하나를 범하는 일, 모든 업보는 없다고 생각하여 십악(十惡)을 행하고 다른 이에게 가르치는 일이다.

55) 三寶: 삼보. '불보(佛寶)·법보(法寶)·승보(僧寶)'를 함께 이르는 말이다.

56) 허러: 헐(헐다, 훼손하다, 毁)- + -어(연어)

57) 辱ᄒᆞ거나: 辱ᄒᆞ[욕하다: 辱(욕) + -ᄒᆞ(동접)-]- + -거나(연어, 선택)

君군臣씬ㅅ法법을헐어나 君군臣씬ㅅ法법은 님금臣씬下행ㅅ法법이라 信신戒갱를헐어나ᄒ 면琰염魔망法법王왕이罪쬥의양ᅌᆞ 로詳考ᇢᄒ야罪쬥주느니 詳考ᇢᄂᆞᆫ子ᄌᆞ細솅히마초아ᄡᅥ알씨라 이럴ᄊᆡ내이제有ᇢ情쪙을 勸퀀ᄒ야燈등혀며幡펀ᄆᆡᇰᄀᆞᆯ며 산것ᄉ노하福복ᄋᆞᆯ닷가苦콩厄ᄒᆡᆨᄋᆞᆯ버

君臣(군신)의 法(법)을 헐거나【 君臣(군신)의 法(법)은 임금과 臣下(신하)의 法(법)이다. 】信戒(신계)를 헐거나 하면, 琰魔法王(염마법왕)이 罪(죄)의 모습대로 詳考(상고)하여 罪(죄)를 주나니【 詳考(상고)는 子細(자세)히 맞추어서 따져서 아는 것이다. 】, 이러므로 내가 이제 有情(유정)에게 勸(권)하여 燈(등)을 켜며 幡(번)을 만들며, 산 것을 놓아 福(복)을 닦아 苦厄(고액)을 벗어나

君_군臣_씬ㅅ 法_법을 헐어나⁵⁸⁾【君_군臣_씬ㅅ 法_법은 님금 臣_씬下_행ㅅ 法_법이라】

信_신戒_갱⁵⁹⁾를 헐어나 ᄒ면 琰_염魔_망法_법王_왕⁶⁰⁾이 罪_쬥이 야ᄋ로⁶¹⁾ 詳_썅考_콜ᄒ야⁶²⁾ 罪_쬥⁶³⁾ 주ᄂ니【詳_썅考_콜ᄂ 子_중細_솅히⁶⁴⁾ 마초뼈⁶⁵⁾ 알 씨라】 이럴

씨 내 이제 有_울情_쪙을 勸_퀀ᄒ야 燈_등 혀며⁶⁶⁾ 幡_펀 밍글며 산 것

노하⁶⁷⁾ 福_복을 닷가⁶⁸⁾ 苦_콩厄_흭⁶⁹⁾을 버서나⁷⁰⁾

---

58) 헐어나: 헐(헐다, 훼손하다, 毀)- + -어나(←-거나: 연어, 선택)

59) 信戒: 신계. 승려가 반드시 가져야 하는 신앙심과 계율이다. 곧, 정법(正法)을 믿는 마음과 오계(五戒)를 지키는 것이다.

60) 琰魔法王: 염마법왕. 염라대왕(閻羅大王)의 딴 이름이다. 저승에서, 지옥에 떨어지는 사람이 지은 생전의 선악을 심판하는 왕이다. 지옥에 살며 십팔 장관(十八將官)과 팔만 옥졸을 거느리고 저승을 다스린다. 불상(佛像)과 비슷하고 왼손에 사람의 머리를 붙인 깃발을 들고 물소를 탄 모습이었으나, 뒤에 중국 옷을 입고 노기를 띤 모습으로 바뀌었다.

61) 야ᄋ로: 양(양, 樣: 의명, 흡사) + -ᄋ로(부조, 방편) ※ '罪이 양'은 '사람들이 죄의 모습대로'로 의역하여 옮긴다.

62) 詳考ᄒ야: 詳考ᄒ[상고하다: 詳考(상고) + -ᄒ(동접)-]- + -야(←-아: 연어) ※ '詳考(상고)'는 꼼꼼하게 따져서 검토하거나 참고하는 것이다.

63) 罪: 죄. 『약사류리광여래본원공덕경』의 한문본에는 본문의 '罪(죄)'가 '罰(벌)'로 표기되어 있다.(琰魔法王隨罪輕重考而罰之) 그리고 문맥을 감안하여도 『월인석보』 권9의 '罪'는 '罰'을 오각한 형태로 보인다.

64) 子細히: [자세히, 仔細(부사): 子細(자세: 불어) + -ᄒ(←-ᄒ-: 형접)- + -이(부접)]

65) 마초뼈: 마초뼈[←마초ᄡᅳ다(맞추어서 따지다, 詳): 맞(맞다, 調適)- + -호(사접)- + -ᄡᅳ(접미, 강조)-]- + -어(연어)

66) 혀며: 혀(켜다, 然)- + -며(연어, 나열, 계기)

67) 노하: 놓다(놓아 주다, 放)- + -아(연어) ※ '산 거 노하'는 불교 의식에서 방생(放生)하는 것이다.

68) 닷가: 닭(닦다, 修)- + -아(연어)

69) 苦厄: 고액. 괴롭고 힘든 일과 재앙으로 말미암은 불운이다.

70) 버서나: 버서나[벗어나다, 脫: 벗(벗다, 脫)- + -어(연어) + 나(나다, 出)-]- + -아(연어)

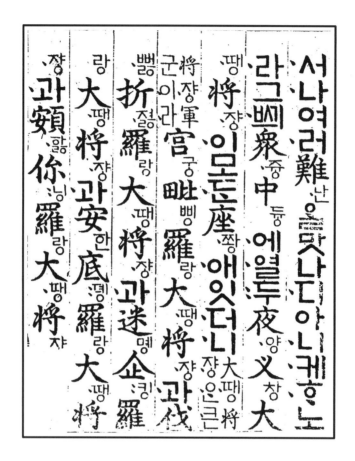

여러 難(난)을 만나지 아니하게 한다." 그때에 衆中(중중)에 열두 夜叉大
將(야차대장)이 모인 座(좌)에 있더니【 大將(대장)은 큰 將軍(장군)이다. 】
宮毗羅大將(궁비라대장)과 伐折羅大將(벌절라대장)과 迷企羅大將(미기라대
장)과

여러 難난을 맛나디⁷¹⁾ 아니케⁷²⁾ ᄒᆞ노라⁷³⁾ 그 ᄢᅴ 衆즁中듕에⁷⁴⁾ 열두 夜양叉창 大땡將쟝⁷⁵⁾이 모든 座쫭⁷⁶⁾애 잇더니【大땡將쟝ᄋᆞᆫ 큰 將쟝軍군이라】 宮궁毗삥羅랑大땡將쟝과 伐뻘折졇羅랑大땡將쟝과 迷몡企킹羅랑大땡將쟝과

---

71) 맛나디: 맛나[만나다, 遇: 맛(← 맞다: 맞다, 迎)- + 나(나다, 出)-]- + -디(-지: 연어, 부정)

72) 아니케: 아니ᄒ[← 아니ᄒᆞ다(아니하다, 無: 보용, 부정): 아니(아니, 不: 부사, 부정) + -ᄒᆞ(형접)-]- + -게(연어, 사동)

73) ᄒᆞ노라: ᄒ(하다: 보용, 사동)- + -ᄂ(←-ᄂᆞ-: 현시)- + -오(화자)- + -라(←-다: 평종)

74) 衆中에: 衆中(중중) + -에(부조, 위치) ※ '衆中(중중)'은 많은 사람의 가운데이다.

75) 夜叉大將: 야차대장. '다문천왕(多聞天王)'을 달리 이르는 말인데, 야차를 통솔하기 때문에 붙은 이름이다. '多聞天王(다문천왕)'은 사천왕(四天王)의 하나이며, 다문천을 다스려 북쪽을 수호하며 야차(夜叉)와 나찰(羅利)을 통솔한다. 분노의 상(相)으로 갑옷을 입고서 왼손에 보탑(寶塔)을 받쳐 들고 오른손에 몽둥이를 들고 있다.

76) 모든 座: 몬(모이다, 會)- + -Ø(과시)- + -은(관전) # 座(좌, 자리) ※ 『약사류리광여래본원공덕경』의 한문본에는 본문의 '모든 좌'가 '會坐'로 기술되어 있으므로, 『월인석보』 권9의 '모든 座'는 한문본의 '會坐(회자)'를 직역한 것으로 보인다. ※ '會座/會坐(회자)'는 설법을 들으려고 여러 사람이 한자리에 모인 자리이다.

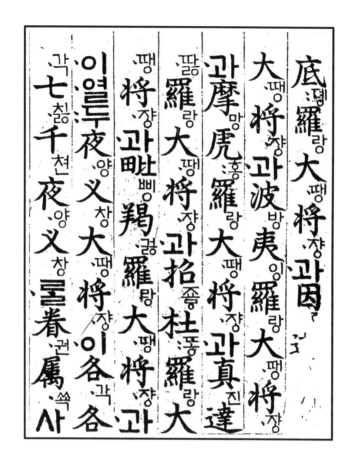

安底羅大將(안저라대장)과 因達羅大將(인달라대장)과 波夷大將(파이대장)과 摩虎羅大將(마호라대장)과 眞達羅大將(진달라대장)과 招杜羅大將(초두라대장)과 毗羯羅大將(비갈라대장)과 이 열두 夜叉大將(야차대장)이 各各(각각) 七千(칠천)의 夜叉(야차)를 眷屬(권속)으로 삼아 있더니,

安_한底_뎽羅_랑大_땡將_쟝과 因_인達_딿羅_랑大_땡將_쟝과 波_방夷_잉大_땡將_쟝과 摩_망虎_홍羅_랑大_땡將_쟝과 眞_진達_딿羅_랑大_땡將_쟝과 招_쥴杜_똥羅_랑大_땡將_쟝과 毗_삥羯_겛羅_랑大_땡將_쟝과 이 열두 夜_양叉_창大_땡將_쟝이 各_각各_각 七_칧千_천 夜_양叉_창를 眷_권屬_쏙[77] 사맷더니[78]

---

77) 眷屬: 권속. 한집에 거느리고 사는 식구이다.

78) 사맷더니: 삼(삼다, 爲)- + -아(연어) + 잇(← 이시다: 있다, 보용, 완료 지속)- + -더(회상)- + -니(연어, 설명 계속) ※ '사맷더니'는 '사마 잇더니'가 축약된 형태이다.

(그들이) 함께 소리를 내어 사뢰되, "世尊(세존)이시여, 우리가 이제 부처의 威力(위력)을 입어서 약사유리광여래(藥師瑠璃光如來)의 이름을 들으니, 다시 惡趣(악취)를 두려워함이 없으니, 우리들이 다 한 마음으로 죽도록 三寶(삼보)에 歸依(귀의)하여 盟誓(맹서)를 하되, '一切(일체)의 有情(유정)을

ᄒᆞᆭᄢᅴ[79] 소리 내야 ᄉᆞᆲ보ᄃᆡ 世솅尊존하 우리 이제[80] 부텻 威휭力륵[81]

을 닙ᄉᆞᄫᅡ[82] 藥약師ᄉᆞᆼ瑠륳璃링光광如ᅀᅧ來링ㅅ 일후믈 듣ᄌᆞᄫᆞ니[83] ᄂᆞ외

야[84] 惡ᅙ악趣츙[85] 저푸미[86] 업스니 우리ᄃᆞᆯ히[87] 다 ᄒᆞᆫ ᄆᆞᅀᆞᄆᆞ로[88] 죽

ᄃᆞ록[89] 三삼寶봏애 歸귕依ᄒᆡᆼᄒᆞᅀᆞᄫᅡ[90] 盟밍誓쎙를 호ᄃᆡ[91] 一ᅙᅵᆯ切촁 有ᅌᅮᆯ

情쪙을

---

79) ᄒᆞᆭᄢᅴ: [함께, 同時(부사): ᄒᆞᆫ(한, 一: 관사, 양수) + ᄢᅳ(←ᄢᅳ: 때, 時, 의명) + -의(-에: 부조▷부접)]

80) 이제: [이제, 今(명사): 이(이, 此: 관사, 지시, 정칭) + 제(제, 때, 時: 의명)]

81) 威力: 위력. 상대를 압도할 만큼 강력함. 또는 그런 힘이다.

82) 닙ᄉᆞᄫᅡ: 닙(입다, 당하다, 蒙)- + -ᅀᆞᆸ(←-ᅀᆞᆸ-: 객높)- + -아(연어)

83) 듣ᄌᆞᄫᆞ니: 듣(듣다, 聞)- + -ᄌᆞᆸ(←-ᄌᆞᆸ-: 객높)- + -오(화자)- + -니(연어, 설명 계속)

84) ᄂᆞ외야: [다시, 更(부사): ᄂᆞ외(거듭하다, 復: 동사)- + -야(←-아: 연어▷부접)]

85) 惡趣: 악취. 악업(惡業)을 지어서 죽은 뒤에 나는 고통(苦痛)의 세계(世界)이다. 지옥(地獄), 아귀(餓鬼), 축생(畜生)의 세 가지가 있다.

86) 저푸미: 저프[←저프다(두렵다, 怖: 형사): 젛(두려워하다, 畏: 동사)- + -브(형접)-]- + -움(명전) + -이(주조)

87) 우리ᄃᆞᆯ히: 우리ᄃᆞᆯㅎ[우리들, 我等: 우리(우리, 我: 인대, 1인칭, 복수) + -ᄃᆞᆯㅎ(-들: 복접)] + -이(주조)

88) ᄆᆞᅀᆞᄆᆞ로: ᄆᆞᅀᆞᆷ(마음, 心) + -ᄋᆞ로(부조, 방편)

89) 죽ᄃᆞ록: 죽(죽다, 死)- + -ᄃᆞ록(-도록: 연어, 도달)

90) 歸依ᄒᆞᅀᆞᄫᅡ: 歸依ᄒᆞ[귀의하다: 歸依(귀의) + -ᄒᆞ(동접)-]- + -ᅀᆞᆸ(←-ᅀᆞᆸ-: 객높)- + -아(연어)
   ※ '歸依(귀의)'는 부처와 불법(佛法)과 승가(僧伽)로 돌아가 의지하여 구원을 청하는 것이다. 불교 신앙의 근본이 되는 신조이다.

91) 호ᄃᆡ: ᄒᆞ(← ᄒᆞ다: 하다, 爲)- + -오ᄃᆡ(-되: 연어, 설명 계속)

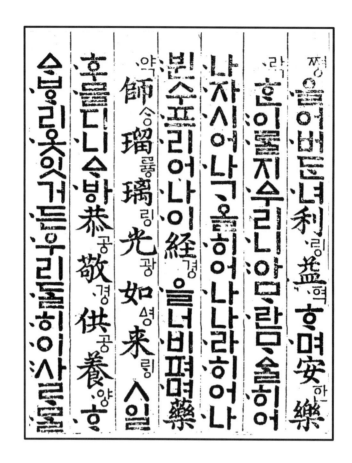

업어 다녀 利益(이익)하며, 安樂(안락)한 일을 짓겠으니, 아무런 마을이나 성(城)이나 고을이나 나라나 빈 수풀이거나 이 經(경)을 널리 펴며, 약사 유리광여래(藥師瑠璃光如來)의 이름을 지녀서 恭敬(공경)·供養(공양)할 이 (人)야말로 있거든, 우리들이 이 사람을

어버⁹²⁾ 둔녀⁹³⁾ 利_링益_혁ᄒ며⁹⁴⁾ 安_한樂_락ᄒᆫ⁹⁵⁾ 이를 지수리니⁹⁶⁾ 아ᄆ란⁹⁷⁾ ᄆᆞᅀᆞᆯ히어나⁹⁸⁾ 자시어나⁹⁹⁾ ᄀᆞ올히어나¹⁾ 나라히어나²⁾ 뷘³⁾ 수프리어나⁴⁾ 이 經_경을 너비⁵⁾ 펴며 藥_약師_{ᄉᆞᆼ}瑠_률璃_링光_광如_셩來_링ㅅ 일후믈 디니ᅀᄫᅡ⁶⁾ 恭_공敬_경 供_공養_양ᄒᅀᄫᆞ리옷⁷⁾ 잇거든 우리ᄃᆞᆯ히 이 사ᄅᆞ믈

---

92) 어버: 업(업다, 負)- + -어(연어)

93) 둔녀: 둔니[← 둔니다(다니다, 行): 둗(닫다, 달리다, 走)- + 니(가다, 行)-]- + -어(연어)

94) 利益ᄒ며: 利益ᄒ[이익하다, 이익이 되다: 利益(이익) + -ᄒ(형접)-]- + -며(연어, 나열)

95) 安樂ᄒᆫ: 安樂ᄒ[안락하다: 安樂(안락) + -ᄒ(형접)-]- + -∅(현시)- + -ㄴ(관전)

96) 지수리니: 짓(← 짓다, 作: 짓다, 作)- + -우(화자)- + -리(미시)- + -니(연어, 설명 계속)

97) 아ᄆ란: 아ᄆ라(← 아ᄆ랗다: 아무렇다, 何等)- + -∅(현시)- + -ㄴ(관전)

98) ᄆᆞᅀᆞᆯ히어나: ᄆᆞᅀᆞᆯㅎ(마을, 村) + -이어나(-이거나: 보조사, 선택)

99) 자시어나: 잣(성, 城) + -이어나(-이거나: 보조사, 선택)

1) ᄀᆞ올히어나: ᄀᆞ올ㅎ(고을, 邑) + -이어나(-이거나: 보조사, 선택)

2) 나라히어나: 나라ㅎ(나라, 國) + -이어나(-이거나: 보조사, 선택)

3) 뷘: 뷔(비다, 空)- + -∅(현시)- + -ㄴ(관전)

4) 수프리어나: 수플[수풀, 林: 숳(숲, 林) + 플(풀, 草)] + -이어나(-이거나: 보조사, 선택)

5) 너비: [널리, 廣(부사): 넙(넙다, 廣)- + -이(부접)]

6) 디니ᅀᄫᅡ: 디니(지니다, 持)- + -ᅀᆸ(← -ᅀᆸ-: 객높)- + -아(연어)

7) 供養ᄒᅀᄫᆞ리옷: 供養ᄒ[공양하다: 供養(공양) + -ᄒ(동접)-]- + -ᅀᆸ(← -ᅀᆸ-: 객높)- + -ᆞᆯ(관전) # 이(이, 사람, 者: 의명) + -옷(← -곳: 보조사, 한정 강조)

衛護(위호)하여【衛護(위호)는 둘러 더불어서 護持(호지)하는 것이다. 】, 다
一切(일체)의 苦難(고난)을 벗어나고 願(원)하는 일을 다 이루어지게 하겠
습니다. 아무나 病(병)이며 厄(액)이 있어서 벗어나고자 할 사람은 이 經
(경)을 讀誦(독송)하며 五色(오색) 실로 우리 이름을 맺어 제 願(원)을 이
룬 後(후)에 끌러야 하겠습니다." 그때에 世尊(세존)이 夜叉大將(야차대장)
들을

衛윙護ᅘᅩᆼᄒᆞ야[8]【衛윙護ᅘᅩᆼᄂᆞᆫ 들어[9] 더브러셔[10] 護ᅘᅩᆼ持띵ᄒᆞᆯ[11] 씨라】 다 一읋切쳉 苦콩難난ᄋᆞᆯ 버서나고[12] 願원ᄒᆞᄂᆞᆫ 이ᄅᆞᆯ 다 일의[13] 호리이다[14] 아뫼나[15] 病뼝이며 厄ᅙᅵᆨ이 이셔[16] 버서나고져[17] ᄒᆞᇙ 사ᄅᆞ믄 이 經경을 讀똑誦쑝ᄒᆞ며[18] 五옹色식 실로 우리 일후믈 ᄆᆡ자[19] 제[20] 願원을 일운[21] 後ᅘᅮᇢ에 글어ᅀᅡ[22] ᄒᆞ리이다 그 ᄢᅴ 世솅尊존이 夜양叉창大땡將쟝[23] ᄃᆞᆯ홀

---

8) 衛護ᄒᆞ야: 衛護ᄒᆞ[위호하다: 衛護(위호) + -ᄒᆞ(동접)-]- + -야(← -아: 연어) ※ '衛護(위호)'는 따라다니며 곁에서 보호하고 지키는 것이다.

9) 둘어: 들(↚ 둘- ← 두르다: 두르다, 둘러싸다, 衛)- + -어(연어) ※ '들어'는 '둘어'를 오기한 형태이다.

10) 더브러셔: 더블(더불다, 與)- + -어(연어) + -셔(-서: 보조사, 강조)

11) 護持ᄒᆞᆯ: 護持ᄒᆞ[호지하다: 護持(호지) + -ᄒᆞ(동접)-]- + -ㄹ(관전) ※ '護持(호지)'는 보호하여 지니는 것이다.

12) 버서나고: 버서나[벗어나다, 度脫: 벗(벗다, 脫)- + -어(연어) + 나(나다, 出)-]- + -고(연어, 나열)

13) 일의: 일(이루어지다, 成)- + -의(← -게: 연어, 사동)

14) 호리이다: ㅎ(← ᄒᆞ다: 하다, 보용, 사동)- + -오(화자)- + -리(미시)- + -이(상높, 아주 높임)- + -다(평종)

15) 아뫼나: 아모(아무, 某: 인대, 부정칭)- + -ㅣ나(← -이나: 보조사, 선택)

16) 이셔: 이시(있다, 有)- + -어(연어)

17) 버서나고져: 버서나[벗어나다, 度脫: 벗(벗다, 脫)- + 나(나다, 出)-]- + -고져(-고자: 연어, 의도)

18) 讀誦ᄒᆞ며: 讀誦ᄒᆞ[독송하다: 讀誦(독송) + -ᄒᆞ(동접)-]- + -며(연어, 나열) ※ '讀誦(독송)'은 소리 내어 읽거나 외우는 것이다.

19) ᄆᆡ자: ᄆᆡᆽ(맺다, 묶다, 結)- + -아(연어)

20) 제: 저(저, 己: 인대, 재귀칭) + -ㅣ(← -의: 관조)

21) 일운: 일우[이루다, 成: 일(이루어지다, 成: 자동)- + -우(사접)-]- + -∅(과시)- + -ㄴ(관전)

22) 글어ᅀᅡ: 글(← 그르다: 끄르다, 풀다, 解)- + -어ᅀᅡ(-어야: 연어, 필연적 조건)

23) 夜叉大將: 야차대장. '다문천왕(多聞天王)'을 달리 이르는 말인데, 야차를 통솔하기 때문에 붙은 이름이다. '多聞天王(다문천왕)'은 사천왕(四天王)의 하나이며, 다문천을 다스려 북쪽을 수호하며 야차(夜叉)와 나찰(羅刹)을 통솔한다. 분노의 상(相)으로 갑옷을 입고서 왼손에 보탑(寶塔)을 받쳐 들고 오른손에 몽둥이를 들고 있다.

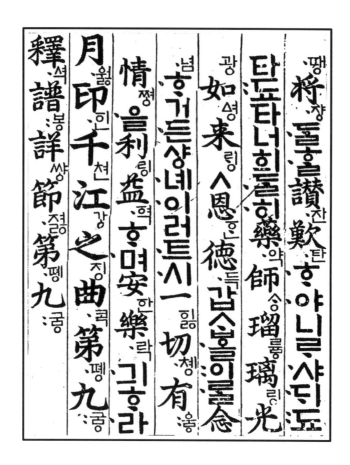

讚歎(찬탄)하여 이르시되, "좋다, 좋다. 너희들이 약사유리광여래(藥師瑠璃光如來)의 恩德(은덕)을 갚을 일을 念(염)하거든, 항상 이렇듯이 一切(일체)의 有情(유정)을 利益(이익)되며 安樂(안락)하게 하라."

月印千江之曲(월인천강지곡) 第九(제구)

釋譜詳節(석보상절) 第九(제구)

讚_찬歎_탄ᄒ야²⁴⁾ 니ᄅ샤ᄃᆡ²⁵⁾ 됴타²⁶⁾ 됴타 너희ᄃᆞᆯ히²⁷⁾ 藥_약師_{ᄉᆞ}瑠_륳璃_링光_광

如_셩來_링ㅅ 恩_{ᅙᅳᆫ}德_득²⁸⁾ 갑ᄉᄫᆞᆯ²⁹⁾ 이ᄅᆞᆯ 念_념ᄒ거든 샹녜³⁰⁾ 이러트시³¹⁾

一_{ᅙᅵᇙ}切_촁 有_{ᅌᅮᇢ}情_쪙을 利_링益_혁ᄒ며³²⁾ 安_{ᅙᅡᆫ}樂_락긔³³⁾ ᄒ라³⁴⁾

月_{ᅌᅯᇙ}印_{ᅙᅵᆫ}千_천江_강之_징曲_콕 第_똉九_굴

釋_셕譜_봉詳_쌍節_졇 第_똉九_굴

---

24) 讚歎ᄒ야: 讚歎ᄒ[찬탄하다: 讚歎(찬탄) + -ᄒ(동접)-] + -야(←-아: 연어) ※ '讚歎(찬탄)'은 칭찬하며 감탄하는 것이다.

25) 니ᄅ샤ᄃᆡ: 니ᄅ(이르다, 曰)- + -샤(←-시-: 주높)- + -ᄃᆡ(-오ᄃᆡ: -되, 연어, 설명 계속)

26) 됴타: 둏(좋다, 善哉)- + -Ø(현시)- + -다(평종)

27) 너희ᄃᆞᆯ히: 너희ᄃᆞᆯㅎ[너희들, 汝等: 너(너, 汝: 인대, 2인칭) + -희(복접) + -ᄃᆞᆯㅎ(-들: 복접)] + -이(주조)

28) 恩德: 은덕. 삼덕(三德)의 하나. 부처가 중생을 구제하려는 덕을 이른다.

29) 갑ᄉᄫᆞᆯ: 갑(← 갚다: 갚다, 報)- + -ᅀᆞ(←-ᅀᆞᇦ-: 객높)- + -을(관전)

30) 샹녜: 늘, 항상, 常(부사)

31) 이러트시: 이렇(← 이러ᄒ다: 이렇다, 此)- + -듯이(연어, 흡사)

32) 利益ᄒ며: 利益ᄒ[이익이 되다: 利益(이익) + -ᄒ(동접)-] + -며(연어, 나열)

33) 安樂긔: 安樂[← 安樂ᄒ다(안락하다): 安樂(안락) + -ᄒ(형접)-] + -긔(-게: 연어, 사동)

34) ᄒ라: ᄒ(하다: 보용, 사동)- + -라(명종)

부록

'원문과 번역문의 벼리' 및
'문법 용어의 풀이'

부록 1. 원문과 번역문의 벼리

『월인석보 제구』의 원문 벼리

『월인석보 제구』의 번역문 벼리

부록 2. 문법 용어의 풀이

1. 품사
2. 불규칙 활용
3. 어근
4. 파생 접사
5. 조사
6. 어말 어미
7. 선어말 어미

[부록 1] 원문과 번역문의 벼리

『월인석보 제구』 원문의 벼리

[1앞

月_윓印_힌千_천江_강之_징曲_콕 第_똉九_굴

釋_셕譜_봉詳_썅節_졇 第_똉九_굴

其_끵二_싱百_빅五_옹十_씹一_잃

[4앞

□□□□□□□□□□□□□□□□□□□□□□□를 글ᄒ야 니ᄅ시니

[4뒤

其_끵二_싱百_빅六_륙十_씹

藥_약師_ᄉ十_씹二_싱願_원에 淨_쪙瑠_률璃_링

[5앞] 이러커시니 往_왕生_싱 快_쾡樂_락이 달옴 이시리잇가

부톄 도녀 諸_정國_귁을 教_굘化_황ᄒ샤 廣_광嚴_엄城_쎵에 가샤 樂_악音_흠樹_쓩 아래 겨샤 굴근 比_삥丘_쿨 八_밣千_천 人_신과 ᄒ디 잇더시니 菩_뽕薩_삻 摩_망訶_항薩_삻 三_삼萬_먼 六_륙千_천과 [5뒤]國_귁王_왕과 大_땡臣_씬과 婆_뺑羅_랑門_몬과 居_겅士_쑹와 天_텬龍_룡 夜_양叉_창 人_신非_빙人_신 等_등 無_뭉量_량 大_땡衆_즁이 恭_공敬_경ᄒ야 圍_윙繞_{ᅀᅭ}ᄒᅀᄫ뱃거늘

위ᄒᆞ야 ^[6앞]說_쉃法_법ᄒᆞ더시니

그 ᄢᅴ 文_문殊_쓩師_{ᄉᆞᆼ}利_링 世_솅尊_존끠 ᄉᆞᆲᄫᅡᄃᆡ 부텻 일훔과 本_본來_{ᄅᆡᆼ}ㅅ 큰 願_원과 ᄀᆞ장 됴ᄒᆞ신 功_공德_득을 불어 니ᄅᆞ샤 듣ᄌᆞᄫᆞᆯ 사ᄅᆞ미 業_업障_쟝이 스러디게 ᄒᆞ야 ^[7앞]像_썅法_법이 轉_둰ᄒᆞᆯ 時_씽節_졇에 ^[8뒤]有_{ᅌᅮᆯ}情_쪙ᄃᆞᆯᄒᆞᆯ 利_링樂_락긔 코져 ᄒᆞ노이다 世_솅尊_존이 니ᄅᆞ샤ᄃᆡ ^[9앞]됴타 文_문殊_쓩師_{ᄉᆞᆼ}利_링여 네 大_땡悲_빙로 니ᄅᆞ고라 請_쳥ᄒᆞᄂᆞ니 子_{ᄌᆞᆼ}細_솅히 드러 이대 ᄉᆞ랑ᄒᆞ라 너 爲_윙ᄒᆞ야 닐오리라

東_동方_방ᄋᆞ로 이에서 버으로미 十_씹恒_{ᅘᅥᆼ}河_{ᅘᅡᆼ}沙_상 等_등 佛_뿛土_통 디나가 世_솅界_갱 이쇼ᄃᆡ 일후미 淨_쪙瑠_륳璃_링오 부텻 일후믄 ^[9뒤]藥_약師_{ᄉᆞᆼ}瑠_륳璃_링光_광如_셩來_링 應_{ᅙᅳᆼ}供_공 正_졍遍_변知_딩 明_명行_{ᅘᅵᆼ}足_죡 善_쎤逝_쪵 世_솅間_간解_{ᅘᅢᆼ} 無_뭉上_쌍士_쑹 調_뚷御_{ᅌᅥᆼ}丈_땽夫_붕 天_텬人_{ᅀᅵᆫ}師_{ᄉᆞᆼ} 佛_뿛世_솅尊_존이시니 ^[13뒤]뎌 藥_약師_{ᄉᆞᆼ}瑠_륳璃_링光_광如_셩來_링菩_뽕薩_삻ㅅ ^[14앞]道_똘理_링 行_{ᅘᅵᆼ}ᄒᆞ실 쩌긔 열두 大_땡願_원을 ᄒᆞ샤 有_{ᅌᅮᆯ}情_쪙ᄃᆞᆯ히 求_꿀ᄒᆞᄂᆞᆫ 이ᄅᆞᆯ 다 得_득긔 ᄒᆞ려 ᄒᆞ시니라

第_똉一_{ᅙᅵᇙ} 大_땡願_원은 내 來_{ᄅᆡᆼ}世_솅예 阿_{ᅙᅡᆼ}耨_녹多_당羅_랑三_삼藐_막三_삼菩_뽕提_똉 得_득ᄒᆞᆫ 時_씽節_졇에 내 모맷 光_광明_명이 ^[14뒤]無_뭉量_량 無_뭉數_숭 無_뭉邊_변 世_솅界_갱ᄅᆞᆯ 盛_썽히 비취여 三_삼十_씹二_{ᅀᅵᆼ}相_샹 八_밣十_씹種_죵好_{ᄒᆞᇢ}로 모ᄆᆞᆯ 莊_장嚴_엄ᄒᆞ야 一_{ᅙᅵᇙ}切_촁 有_{ᅌᅮᆯ}情_쪙이 나와 다ᄅᆞ디 아니케 호리라

第_똉二_{ᅀᅵᆼ} 大_땡願_원은 내 來_{ᄅᆡᆼ}世_솅예 菩_뽕提_똉 得_득ᄒᆞᆫ 時_씽節_졇에 모미 瑠_륳璃_링 ᄀᆞᆮᄒᆞ야 ^[15앞]안팟기 ᄉᆞᄆᆞᆺ ᄆᆞᆯ가 허므리 업고 光_광明_명이 크며 功_공德_득이 놉고 커 이대 便_뼌安_한히 住_뜡ᄒᆞ며 븘비ᄎᆞ로 莊_장嚴_엄호미 日_{ᅀᅵᇙ}月_윓라와 느러 어드ᄫᆞᆫ ᄃᆡᆺ 衆_즁生_{ᄉᆡᆼ}도 다 ᄇᆞᆯ고ᄆᆞᆯ 어더 ᄆᆞᅀᆞᆷ 조초 이ᄅᆞᆯ ᄒᆞ긔 호리라

第_똉三_삼 大_땡願_원은 내 來_{ᄅᆡᆼ}世_솅예 菩_뽕提_똉 得_득ᄒᆞᆫ ^[15뒤]時_씽節_졇에 無_뭉量_량 無_뭉邊_변 智_딩慧_휑 方_방便_뼌으로 有_{ᅌᅮᆯ}情_쪙ᄃᆞᆯ히 無_뭉盡_찐ᄒᆞᆫ 뿛 거시 다 낟븐 줄 업긔 호리라

第뗑四숭 大땡願원은 내 來링世솅예 菩뽕提똉 得득호 時씽節겷에 호다가 有율情졍이 邪썅曲콕호 道똥理링 行혱호리 잇거든 다 菩뽕提똉道똥 [16앞] 中듕에 便뼌安한히 住뜡킈 호며 호다가 聲셩聞문 辟벅支징佛뿛 乘씽을 行혱홇 사르미 잇거든 다 大땡乘씽으로 便뼌安한히 셰요리라

第뗑五옹 大땡願원은 내 來링世솅예 菩뽕提똉 得득호 時씽節겷에 호다가 無뭉量량 [16뒤] 無뭉邊변 有율情졍이 내 法법 中듕에 조호 힝뎍 닷그리 잇거든 다 이저디디 아니호 戒갱를 得득호며 三삼聚쥥戒갱를 궂게 호리라 [17뒤] 비록 허러도 내 일후믈 드르면 도로 淸청淨쪙을 得득호야 모딘 길헤 아니 뻐러디게 호리라

第뗑六륙 大땡願원은 내 來링世솅예 菩뽕提똉 得득호 時씽節겷에 호다가 有율情졍들히 모미 사오나바 諸졍根근이 궂디 몯호야 迷몡惑획호고 [18앞] 種죵種죵 受쓩苦콩르빙 病뼝호얫다가 내 일후믈 드르면 다 端돤正졍호고 智딩慧휑 잇고 諸졍根근이 궁자 病뼝이 업게 호리라

第뗑七칧 大땡願원은 내 來링世솅예 菩뽕提똉 得득호 時씽節겷에 호다가 有율情졍들히 病뼝호야 이셔 救귷호리 업고 갏 듸 업거든 [18뒤] 내 일후믈 귀예 호 번 드러도 病뼝이 다 업고 家강屬쑉이며 世솅間간애 뿛 거시 궁즈며 無뭉上썅 菩뽕提똉를 證징호매 니를의 호리라

第뗑八밣 大땡願원은 내 來링世솅예 菩뽕提똉 得득호 時씽節겷에 호다가 겨지비 겨지비 온 가짓 어려븐 이리 다와다 궁장 싀틋호야 [19앞] 겨지비 모믈 브리고져 호거든 내 일후믈 드르면 다 남지니 두외야 無뭉上썅 菩뽕提똉를 證징호매 니를의 호리라

第뗑九귷 大땡願원은 내 來링世솅예 菩뽕提똉 得득호 時씽節겷에 有율情졍들홀 魔망그므레 내야 一힔切촁 外욍道똥이 얽민요믈 버서나게 호리니 [19뒤] 호다가 種죵種죵 머즌 보매 뻐디옛거든 다 혀 거두워 正졍호 보매 두어 漸쪔漸쪔 菩뽕薩삻ㅅ 힝뎌글 닷가 無뭉上썅 正졍等둥 菩뽕提똉를 셜리 證징케 호리라 [24뒤]

第뗑十씹 大땡願원은 내 來링世솅예 [25앞] 菩뽕提똉 得득호 時씽節겷에 호다가 有율情졍

이 나랏 法법에 자피여 ᄆᆡ여 매 마자 獄옥애 가도이거나 罪쬥 니블 ᄆᆞᄃᆡ어나 녀나ᄆᆞᆫ 그지업슨 어려ᄫᅳᆫ 이리 다와댓거든 내 일후믈 드르면 내 福복德득 威휭神씬力륵으로 一힗切쳉 受쓯苦콩ᄅᆞᆯ 다 버서나긔 [25뒤 ᄒᆞ리라

第뗑十씹一힗 大땡願원은 내 來링世솅예 菩뽕提똉 得득ᄒᆞᆫ 時씽節졇에 ᄒᆞ다가 有웋情쪙이 주으려 밥 얻고져 ᄒᆞ야 모딘 業업 지슬 ᄆᆞᄃᆡ예 내 일후믈 드러 닛디 아니ᄒᆞ야 디니면 내 몬져 됴ᄒᆞᆫ 飮흠食씩ᄋᆞ로 ᄇᆡ브르긔 ᄒᆞ고ᅀᅡ 法법味밍로 乃냉終즁에 [26앞 便뼌安한코 즐겁긔 ᄒᆞ야 셰요리라

第뗑十씹二싱 大땡願원은 내 來링世솅예 菩뽕提똉 得득ᄒᆞᆫ 時씽節졇에 ᄒᆞ다가 有웋情쪙이 오시 업서 모ᄀᆡ 벌에며 더뷔 치뷔로 셜버ᄒᆞ다가 내 일후믈 드러 닛디 아니ᄒᆞ야 디니면 제 맛드논 야ᄋᆞ로 種죵種죵앳 됴ᄒᆞᆫ [26뒤 보ᄇᆡ옛 莊장嚴엄이며 花황香향 伎끵樂악ᄋᆞᆯ ᄆᆞᅀᆞᆷ 조초 ᄀᆞ초 얻긔 호리라 ᄒᆞ더시니 文문殊쓩師ᄉᆞᆼ利링여 뎌 藥약師ᄉᆞᆼ瑠륳璃링光광如ᅀᅧᆼ來링ㅅ 十씹二싱 微밍妙묳 上썅願원이시니라

ᄯᅩ 文문殊쓩師ᄉᆞᆼ利링여 뎌 藥약師ᄉᆞᆼ瑠륳璃링光광如ᅀᅧᆼ來링 [27앞 發벓ᄒᆞ산 큰 願원과 뎌 부텻 나라햇 功공德득 莊장嚴엄을 내 ᄒᆞᆫ 劫겁이며 ᄒᆞᆫ 劫겁이 남ᄃᆞ록 닐어도 몯 다 니르리어니와 그러나 뎌 부텻 ᄯᅡ히 雜짭말 업시 淸청淨쪙ᄒᆞ고 겨지비 업스며 惡학趣츙ㅣ며 受쓯苦콩ㅅ [27뒤 소리 업고 瑠륳璃링 ᄯᅡ히 ᄃᆞ외오 金금 노ᄒᆞ로 길흘 느리고 城쎵이며 지비며 軒헌窓촹 羅랑網망이 다 七칧寶볼로 이러 이쇼미 ᄯᅩ 西솅方방 極끅樂락世솅界갱와 ᄀᆞᆮᄒᆞ야 功공德득 莊장嚴엄이 ᄀᆞᆯ히요미 업고 그 나라해 [28앞 두 菩뽕薩삻 摩망訶항薩삻이 이쇼ᄃᆡ ᄒᆞᆫ 일후믄 日ᅀᅵᇙ光광遍변照죻ㅣ오 ᄒᆞᆫ 일후믄 月웛光광遍변照죻ㅣ니 뎌 無뭉量량無뭉數숭 菩뽕薩삻衆즁에 爲윙頭뚷ᄒᆞ야 이셔 뎌 藥약師ᄉᆞᆼ瑠륳璃링光광如ᅀᅧᆼ來링ㅅ 正정法법 寶볼藏짱을 다 디니ᄂᆞ니 이럴ᄊᆡ 信신心심 뒷ᄂᆞᆫ 善쎤男남子ᄌᆞᆼ [28뒤 善쎤女녕人ᅀᅵᆫ이 뎌 부텻 世솅界갱예 나고져 發벓願원ᄒᆞ야ᅀᅡ ᄒᆞ리라

그 ᄢᅴ 世솅尊존이 ᄯᅩ 文문殊쓩師ᄉᆞᆼ利링ᄃᆞ려 니ᄅᆞ샤ᄃᆡ 文문殊쓩師ᄉᆞᆼ利링여 衆즁生

싱들히 됴하며 구즌 이를 모르고 오직 貪탐하며 앗가불 ᄆᆞᅀᆞᆷ들 머거 布봉施싱홈과 布봉施싱하ᄂᆞᆫ [29앞] 果광報볼를 몰라 迷몡惑획고 信신根ᄀᆞᆫ이 업서 쳔랴ᄋᆞᆯ 만히 뫼호아 두고 受쓩苦콩르비 딕희여 이셔 빌리 잇거든 츠기 너겨 모지마라 줋 디라도 제 모맷 고기를 바혀 내논 ᄃᆞ시 너겨 ᄒᆞ며 ᄯᅩ 貪탐ᄒᆞᆫ 無뭉量량 有ᅌᆢᆸ情쪙이 쳔랴ᄋᆞᆯ 모도아 두고 제 뿜도 오히려 아니 ᄒᆞ거니 [29뒤] ᄒᆞ물며 어버ᅀᅵᆫ들 내야 주며 가시며 子중息식이며 죠인들 주며 와 비ᄂᆞᆫ 사ᄅᆞᄆᆞᆯ 주리여 이런 有ᅌᆢᆸ情쪙들ᄒᆞᆫ 이에셔 주그면 餓ᅌᅡᆼ鬼귕어나 畜흉生ᄉᆡᆼ이어나 ᄃᆞ외리니 人ᅀᅵᆫ間간애 이셔 藥약師ᄉᆞᆼ瑠륳璃링光광 [30앞] 如ᅀᅧᆼ來링ㅅ 일후믈 잠깐 듣ᄌᆞᄫᅳᆯ 젼ᄎᆞ로 惡학趣츙예 이셔도 [30앞] 뎌 如ᅀᅧᆼ來링ㅅ 일후믈 잠깐 싱각ᄒᆞ면 즉자히 뎌에셔 업서 도로 人ᅀᅵᆫ間간애 나아 宿슉命명念념을 得득ᄒᆞ야 惡학趣츙의 受쓩苦콩를 저허 貪탐欲욕을 즐기디 아니ᄒᆞ고 布봉施싱를 즐겨 뒷논 거슬 앗기디 아니ᄒᆞ야 漸쪔漸쪔 머리며 누니며 손바리며 고기며 모미라도 [30뒤] 비ᄂᆞᆫ 사ᄅᆞᄆᆞᆯ 주리어니 ᄒᆞ물며 녀나ᄆᆞᆫ 쳔랴이ᄯᆞ녀

ᄯᅩ 文문殊쓩師ᄉᆞᆼ利링여 有ᅌᆢᆸ情쪙들히 비록 如ᅀᅧᆼ來링ㅅ긔 法법을 ᄇᆡ화 尸싱羅랑를 혈며 尸싱羅랑를 아니 허러도 軌귕則즉을 헐며 尸싱羅랑 軌귕則즉을 아니 허러도 正정ᄒᆞᆫ [31앞] 보ᄆᆞᆯ 헐며 正정ᄒᆞᆫ 보ᄆᆞᆯ 아니 허러도 해 드로ᄆᆞᆯ ᄇᆞ려 부텨 니ᄅᆞ샨 經경엣 기픈 ᄠᅳ들 아디 몯ᄒᆞ며 비록 해 드러도 增증上썅慢만ᄒᆞ며 增증上썅慢만이 ᄆᆞᅀᆞᄆᆞᆯ [31뒤] ᄀᆞ리온 젼ᄎᆞ로 제 올호라 ᄒᆞ고 ᄂᆞ믈 외다 ᄒᆞ야 正정法법을 비우서 魔망이 ᄒᆞᆫ 黨당이 ᄃᆞ외리니 이런 어린 사ᄅᆞᆷ 제 邪썅曲콕ᄒᆞᆫ 보ᄆᆞᆯ ᄒᆞ고 ᄯᅩ 無뭉量량 有ᅌᆢᆸ情쪙이 큰 어려ᄫᆞᆫ 구데 ᄠᅥ러디긔 ᄒᆞᄂᆞ니 이런 有ᅌᆢᆸ情쪙들히 地띵獄옥 餓ᅌᅡᆼ鬼귕 畜흉生ᄉᆡᆼ애 그지업시 두루 [32앞] ᄃᆞ니다가 이 藥약師ᄉᆞᆼ瑠륳璃링光광如ᅀᅧᆼ來링ㅅ 일후믈 듣ᄌᆞᄫᆞ면 모딘 ᄒᆡᆼ뎌글 ᄇᆞ리고 됴ᄒᆞᆫ 法법을 닷가 惡학趣츙예 아니 디리니 비록 모딘 ᄒᆡᆼ뎍 ᄇᆞ리고 됴ᄒᆞᆫ 法법 닷고ᄆᆞᆯ 몯ᄒᆞ야 惡학趣츙예 ᄠᅥ러디고도 뎌 如ᅀᅧᆼ

來링ㅅ 本본願원 威휭力륵으로 알픽 뵈샤 일후믈 [32뒤] 들이시면 뎌에셔 주거 도로 人신間간애 나 正정히 보는 精정進진을 得득ᄒ야 이든 ᄠᅳ드로 出츓家강ᄒ야 正정ᄒᆫ 봄과 해 드로믈 허디 아니ᄒ야 甚씸히 기픈 ᄠᅳ들 알며 增즁上썅慢만을 여희여 正정 法법을 비웃디 아니ᄒ야 魔망이 버디 아니 ᄃᆞ외야 漸쪔漸쪔 [33앞] 菩뽕薩삻ㅅ 行휑을 닷가 圓원滿만을 ᄲᆞ리 得득ᄒ리라

ᄯᅩ 文문殊쓩師ᄉᆞ利링여 有ᅌᅮᆯ情쪙ᄃᆞᆯ히 貪탐ᄒ고 새옴불라 제 모믈 기리고 ᄂᆞ믈 허러 三삼惡학趣츓예 ᄠᅥ러디여 無뭉量량 千쳔歲쉥ᄅᆞᆯ 受쓩苦콩ᄒ다가 뎌에셔 주거 人신間간애 나고도 쇠어나 ᄆᆞ리어나 약대어나 [33뒤] 라귀어나 ᄃᆞ외야 長땽常썅 채 맛고 주으름과 목ᄆᆞ로ᄆᆞ로 受쓩苦콩ᄒ며 ᄯᅩ 長땽常썅 므거ᄫᅳᆫ 거슬 지여 길흘 조차 ᄃᆞ니다가 시혹 사ᄅᆞ미 ᄃᆞ외오도 ᄂᆞᆺ가ᄫᆞᆫ ᄂᆞ미 죠이 ᄃᆞ외야 ᄂᆞ미 브룐 일 ᄃᆞᆯ녀 샹녜 自쭝得득디 몯ᄒ리니 ᄒ다가 아래 人신間간애 이싫 저긔 [34앞] 藥약師ᄉᆞ瑠륭璃링光광如ᅀᅧ來링ㅅ 일후믈 듣ᄌᆞᄫᅡᆮ 디면 이 됴ᄒᆫ 因힌緣원으로 이제 와 ᄯᅩ ᄉᆡᆼ각ᄒ야 고ᄌᆞᆨᄒᆫ ᄆᆞᄉᆞᄆᆞ로 歸귕依휭ᄒ면 부텻 神씬力륵으로 한 受쓩苦콩ᄅᆞᆯ 벗어 諸정根근이 聰총明명코 ᄂᆞᆯ카ᄫᅡ 智딩慧휑ᄅ ᄫᅵᆯ며 해 드러 長땽常썅 됴ᄒᆫ 法법을 求꿀ᄒ야 어딘 [34뒤] 버들 맛나아 魔망 그므를 기리 그츠며 無뭉明명을 헐며 煩뻔惱놀ㅣ 다아 一힗 切촁 生ᄉᆡᆼ老롤病뼝死ᄉᆞ 憂ᅙᅮᆯ悲빙苦콩惱놀ᄅᆞᆯ 버서나리라

ᄯᅩ 文문殊쓩師ᄉᆞ利링여 有ᅌᅮᆯ情쪙ᄃᆞᆯ히 ᄂᆞᆷ과 달 나믈 즐겨 서르 싸화 저와 ᄂᆞᆷ과ᄅᆞᆯ 어즈려 種죵種죵앳 모던 罪쬥業업을 길워 샹녜 [35-상-앞] 有ᅌᅮᆯ益혁디 아니ᄒᆫ 이ᄅᆞᆯ ᄒ고 서르 害ᅘᆡᆼ홇 쐬ᄅᆞᆯ ᄒ야 뫼히며 수프리며 즘게며 무더멧 神씬靈령ᄃᆞᆯ히 게 니ᄅᆞ고 즁싱 주겨 夜양又ᅌᅮᆨ 羅랑利칭 等듕을 이바ᄃᆞ며 믜본 사ᄅᆞ미 일훔 쓰며 얼구를 밍ᄀᆞ라 모던 呪즇術쓣로 비러 厭혐魅밍 蠱공道똘ᄒ며 起킝屍싱鬼귕ᄅᆞᆯ 呪즇ᄒ야 [36-중-뒤] 뎌의 목수믈 긋긔 ᄒ거든 이 有ᅌᅮᆯ情쪙ᄃᆞᆯ히 藥약師ᄉᆞ瑠륭璃링光광如ᅀᅧ來링ㅅ 일

후믈 듣ᄌᆞᄫᆞ면 뎌 모딘 이리 害ᅘᆡᆼ티 몯ᄒᆞ며 서르 慈ᄍᆞᆼ心심ᄋᆞᆯ 내야 믜ᄫᅳᆫ ᄆᆞᅀᆞ미 업고 各각各각 짓거 서르 [36-하-앞 饒ᅀᅣᇢ益ᅙᅧᆨ긔 ᄒᆞ리라

또 文문殊쓩師ᄉᆞᆼ利링여 ᄒᆞ다가 比삥丘쿻 比삥丘쿻尼닝 優ᅙᅮᇢ婆빵塞싱 優ᅙᅮᇢ婆빵夷잉며 녀나ᄆᆞᆫ 淨쪙信신ᄒᆞᆫ 善쎤男남子ᄌᆞᆼ 善쎤女녕人ᅀᅵᆫ이 八밣分뿐齊쪵戒갱ᄅᆞᆯ 디녀 ᄒᆞᆫᄒᆡ 디나거나 석 ᄃᆞᆯ 만 ᄒᆞ거나 ᄒᆞ야 이 됴ᄒᆞᆫ 根ᄀᆞᆫ源원으로 [36-하-뒤 西솅方방 極끅樂락世솅界갱 無뭉量량壽쓯佛뿛ᄭᅴ 나 正졍法법 듣ᄌᆞᆸ고져 發벓願원호ᄃᆡ 一ᅙᅵᇙ定뗭 몯 ᄒᆞ야 이셔 藥약師ᄉᆞᆼ瑠륳璃링光광如ᅀᅧᆼ來링ㅅ 일후믈 듣ᄌᆞᄫᆞ면 命명終즁ᄒᆞᇙ 쩌긔 여듧 菩뽕薩삻이 虛헝空콩 타 와 [37앞 길흘 ᄀᆞᄅᆞ쳐 즉자히 뎌 나랏 種죵種죵 雜짭色ᄉᆡᆨ 衆즁 寶볼花황 中듕에 自ᄍᆞᆼ然ᅀᅧᆫ히 化황ᄒᆞ야 나며 일로브터 天텬上썅애 나리도 이시리니 비록 하ᄂᆞᆯ해 나고도 本본來링 됴ᄒᆞᆫ 根ᄀᆞᆫ源원이 [37뒤 다ᄋᆞ디 아니ᄒᆞᇙᄊᆡ 녀나ᄆᆞᆫ 惡ᅙᅡᆨ趣츙예 다시 나디 아니ᄒᆞ야 하ᄂᆞᆳ 목수미 다ᄋᆞ면 도로 人ᅀᅵᆫ間간애 나아 輪륜王왕이 ᄃᆞ외야 四ᄉᆞᆼ天텬下ᅘᅡᆼᄅᆞᆯ 거느려 威ᅙᅱᆼ嚴엄과 德득괘 自ᄍᆞᆼ在ᄍᆡᆼᄒᆞ야 無뭉量량 百ᄇᆡᆨ千쳔 有웋情쪙을 十씹善쎤 道똫애 便뻔安ᅙᅡᆫ킈 ᄒᆞ리도 이시며 刹찷帝뎅利링 [38앞 婆빵羅랑門몬居겅士ᄊᆞᆼ의 큰 지븨 나아 쳔랴이 有웋餘영ᄒᆞ고 倉창庫콩ㅣ ᄀᆞᄃᆞ기 넘ᄡᅵ고 양ᄌᆡ 端돤正졍ᄒᆞ고 眷권屬쑉이 ᄀᆞᄌᆞ며 聰총明명ᄒᆞ며 智딩慧ᅘᅰᆼᄅᆞᄫᅵ며 勇용猛ᄆᆡᆼ코 게여ᄫᅳ미 큰 力륵士ᄊᆞᆼ ᄀᆞᄐᆞ니도 [38뒤 이시며 겨지비라도 이 藥약師ᄉᆞᆼ如ᅀᅧᆼ來링ㅅ 일후믈 듣ᄌᆞ방 고죽ᄒᆞᆫ ᄆᆞᅀᆞᄆᆞ로 디니면 ᄂᆞ외야 겨지븨 모미 아니 ᄃᆞ외리라

그 ᄢᅴ 文문殊쓩師ᄉᆞᆼ利링 부텻긔 ᄉᆞᆯᄫᆞ샤ᄃᆡ 내 盟명誓쏑ᄅᆞᆯ ᄒᆞ노니 像썅法법 轉뒨ᄒᆞᇙ 時씽節젏에 種죵種죵 方방便뼌으로 淨쪙信신ᄒᆞᆫ 善쎤男남子ᄌᆞᆼ [39앞 善쎤女녕人ᅀᅵᆫᄃᆞᆯ히 이 藥약師ᄉᆞᆼ瑠륳璃링光광如ᅀᅧᆼ來링ㅅ 일후믈 듣ᄌᆞᆸ긔 ᄒᆞ며 ᄌᆞ옰 저기라도 이 부텻 일후므로 들여 ᄭᆡ돋긔 호리이다 世솅尊존하 아뫼나 이 經경을 디녀 닐거 외오며 ᄂᆞᆷᄃᆞ려 불어 닐어 여러 뵈어나 제 쓰거나 ᄂᆞᆷ 히여 쓰거나 ᄒᆞ고 恭공敬경ᄒᆞ

며 [39뒤]尊_존重_뜡히 너겨 種_죵種_죵 花_황香_향과 瓔_ᅙ珞_락과 幡_펀과 蓋_갱와 풍류로 供_공養_양ᄒ고 五_옹色_{ᄉᆡᆨ} 기브로 ᄂᆞ믓 밍ᄀᆞ라 녀허 조ᄒᆞᆫ ᄯᅡᄒᆞᆯ 믈 ᄲᅳ려 ᄡᅳ오 노ᄑᆞᆫ 座_쫭 밍ᄀᆞᆯ오 연ᄌᆞ면 그 ᄢᅴ 四_{ᄉᆞᆼ}天_텬王_왕이 眷_권屬_쑉과 無_뭉量_량 百_{ᄇᆡᆨ}千_쳔 天_텬衆_즁 ᄃᆞ리고 다 그 고대 가 [40앞]供_공養_양ᄒᆞ며 디킈리이다

世_솅尊_존하 이 經_경 流_륳行_{ᅘᅢᆼ}ᄒᆞᇙ ᄯᅡ해 뎌 藥_약師_{ᄉᆞᆼ}瑠_륳璃_링光_광如_셩來_링ㅅ 本_본願_원 功_공德_득을 디니며 일후믈 듣ᄌᆞᄫᆞ면 당다이 이 ᄯᅡ해 橫_{ᅘᅰᆼ}死_{ᄉᆞᆼ}ᄒᆞᇙ 주리 업스며 [40뒤]ᄯᅩ 모딘 귓것들히 精_졍氣_킝를 몯 아ᅀᆞ리니 비록 아ᅀᅡ도 도로 녜 ᄀᆞᆮᄒᆞ야 ᄆᆞᅀᆞ미 便_뼌安_한ᄒᆞ리이다

부톄 니ᄅᆞ샤ᄃᆡ 올타 올타 네 말 ᄀᆞᆮ니라 文_문殊_쓩師_{ᄉᆞᆼ}利_링여 ᄒᆞ다가 淨_쪙信_신ᄒᆞᆫ 善_쎤男_남子_즈 善_쎤女_녕人_신이 뎌 藥_약師_{ᄉᆞᆼ}瑠_륳璃_링光_광如_셩來_링를 [41앞]供_공養_양코져 ᄒᆞ거든 몬져 뎌 부텻 像_썅ᄋᆞᆯ 밍ᄀᆞ라 조ᄒᆞᆫ 座_쫭애 便_뼌安_한히 놋ᇢ고 種_죵種_죵ㄱ 곳 비코 種_죵種_죵ㄱ 香_향 퓌우고 種_죵種_죵ㄱ 幢_뙁幡_펀으로 그 ᄯᅡᄒᆞᆯ 莊_장嚴_엄ᄒᆞ고 밤낫 닐웨를 八_밣分_뿐齋_쟁戒_갱를 디녀 조ᄒᆞᆫ 밥 먹고 沐_목浴_욕 ᄀᆞ마 [41뒤]ᄯᅵ 업슨 ᄆᆞᅀᆞᆷ과 嗔_친心_심 업슨 ᄆᆞᅀᆞ믈 내야 一_{ᅙᅵᆯ}切_쳉 有_{ᅌᅮᇢ}情_쪙에 利_링益_혁ᄒᆞ며 安_한樂_락ᄒᆞ며 慈_쫑悲_빙 喜_휭捨_샹 平_뼝等_{ᄃᆞᆼ}ᄒᆞᆫ ᄆᆞᅀᆞ믈 니르와다 [42앞]풍류와 놀애로 讚_잔嘆_탄ᄒᆞᅀᆞᄫᅡ 佛_뿛像_썅 [42뒤]올ᄒᆞᆫ녀그로 값도ᅀᆞᆸ고 뎌 如_셩來_링ㅅ 本_본願_원 功_공德_득을 ᄯᅩ 念_념ᄒᆞ야 이 經_경을 닐거 외오며 그 ᄠᅳ들 ᄉᆞ랑ᄒᆞ야 불어 닐어 여러 뵈면 一_{ᅙᅵᆯ}切_쳉 願_원이 다 이러 長_땅壽_쓩를 求_꿀ᄒᆞ면 長_땅壽_쓩를 得_득ᄒᆞ고 가ᅀᆞ며로믈 求_꿀ᄒᆞ면 가ᅀᆞ며로믈 得_득ᄒᆞ고 벼스를 求_꿀ᄒᆞ면 [43앞]벼스를 得_득ᄒᆞ고 아ᄃᆞᆯᄯᆞᆯ 求_꿀ᄒᆞ면 아ᄃᆞᆯᄯᆞᆯ 得_득ᄒᆞ리라

아뫼나 ᄯᅩ 사ᄅᆞ미 모딘 ᄭᅮ믈 어더 구즌 相_샹ᄋᆞᆯ 보거나 妖_{ᅙᅭᇢ}怪_괭르ᄫᆡᆫ 새 오거나

잇논 ᄡᅡ해 온가짓 妖ᅙᅧᇢ怪괭 뵈어나 ᄒᆞ거든 이 사ᄅᆞ미 種죵種죵 貴귕ᄒᆞᆫ 거스로 뎌 藥약師ᄉᆞᆼ瑠륳璃링光광如ᅀᅧᆼ來ᄅᆡᆼ를 [43뒤 恭공敬경ᄒᆞ야 供공養양ᄒᆞᅀᆞᄫᆞ면 머즌 ᄭᅮ미며 믈읫 됴티 몯ᄒᆞᆫ 이리 다 업서 분벼리 아니 ᄃᆞ외며 믈와 블와 갈콰 毒똑과 어려ᄫᅳᆫ 石쎡壁벽과 모딘 象썅과 獅ᄉᆞᆼ子ᄌᆞᆼ와 범과 일히와 곰과 모딘 ᄇᆞ얌과 지네와 이 [44앞 트렛 므싀여ᄫᅳᆫ 이리 이셔도 고ᄌᆞᆨᄒᆞᆫ ᄆᆞᅀᆞ모로 뎌 부텨를 念념ᄒᆞ야 恭공敬경ᄒᆞᅀᆞᄫᆞ면 다 버서나리어며 다ᄅᆞᆫ 나라히 와 보차거나 도ᄌᆞ기 ᄀᆞᆯ외어나 ᄒᆞ야도 뎌 如ᅀᅧᆼ來ᄅᆡᆼ를 念념ᄒᆞ야 恭공敬경ᄒᆞᅀᆞᄫᆞ면 다 버서나리라

ᄯᅩ 文문殊쓩師ᄉᆞᆼ利링여 아뫼나 淨쪙信신ᄒᆞᆫ [44뒤 善쎤男남子ᄌᆞᆼ 善쎤女녕人ᅀᅵᆫᄃᆞᆯ히 죽ᄃᆞ록 녀나ᄆᆞᆫ 하ᄂᆞᆯ 셤기디 아니코 ᄒᆞᆫ ᄆᆞᅀᆞ모로 佛뿛法법僧승에 歸귕依ᅙᅴᆼᄒᆞ야 警경戒갱를 디뉴ᄃᆡ 五옹戒갱어나 十씹戒갱어나 菩뽕薩삻 四ᄉᆞᆼ百ᄇᆡᆨ戒갱어나 比삥丘쿻 二ᅀᅵᆼ百ᄇᆡᆨ五옹十씹 戒갱어나 比삥丘쿻尼닝 五옹百ᄇᆡᆨ 戒갱어나 [45앞 디니다가 혈오 惡학趣츙예 ᄠᅥ러듀믈 두리여 뎌 부텻 일후믈 고ᄌᆞ기 念념ᄒᆞ야 恭공敬경ᄒᆞ야 供공養양ᄒᆞᅀᆞᄫᆞ면 당다이 三삼惡학趣츙예 나디 아니ᄒᆞ리어며 아뫼나 겨지비 아기 나ᄒᆞᇙ 時씽節졇을 當당ᄒᆞ야 至징極끅ᄒᆞᆫ 受쓯苦콩ᄒᆞᇙ ᄢᅴ 고ᄌᆞᆨᄒᆞᆫ ᄆᆞᅀᆞ모로 [45뒤 뎌 如ᅀᅧᆼ來ᄅᆡᆼㅅ 일후믈 일ᄏᆞᄌᆞ바 讚잔嘆탄ᄒᆞ야 恭공敬경 供공養양ᄒᆞᅀᆞᄫᆞ면 한 受쓯苦콩ㅣ 다 업고 나ᄒᆞᆫ 子ᄌᆞᆼ息식이 양ᄌᆡ 端돤正졍ᄒᆞ야 본 사ᄅᆞ미 깃거ᄒᆞ며 根근源원이 ᄂᆞᆯ카ᄫᅡ 聰총明명ᄒᆞ며 便뼌安ᅙᅡᆫᄒᆞ야 病뼝이 젹고 귓거시 精졍氣킝 앗디 아니ᄒᆞ리라

그 ᄢᅴ [46앞 世솅尊존이 阿항難난이ᄃᆞ려 니ᄅᆞ샤ᄃᆡ 뎌 藥약師ᄉᆞᆼ瑠륳璃링光광如ᅀᅧᆼ來ᄅᆡᆼㅅ 功공德득을 내 일ᄏᆞᆮᄌᆞᆸᄃᆞᆺ ᄒᆞ야 이 諸졍佛뿛ㅅ 甚씸히 기픈 ᄒᆡᇰ뎌기라 아로미 어려ᄫᅳ니 네 信신ᄒᆞᄂᆞᆫ다 아니 信신ᄒᆞᄂᆞᆫ다 阿항難난이 ᄉᆞᆯ보ᄃᆡ 大땡德득 世솅尊존하 내 如ᅀᅧᆼ來ᄅᆡᆼ 니ᄅᆞ샨 經경에 疑읭心심을 [46뒤 아니 ᄒᆞᅀᆞᆸ노니 엇뎨어뇨 ᄒᆞᆫᄃᆡ 一ᅙᅵᇙ

切_쳉 如_셩來_링ㅅ 몸과 말씀과 뜨뎃 業_업이 다 淸_쳥淨_쪙ᄒᆞ시니 世_솅尊_존하 이 日_싏月_윓도 어루 뻐러디긔 ᄒᆞ며 須_슝彌_밍山_산도 어루 기울의 ᄒᆞ려니와 諸_졍佛_뿛ㅅ 마ᄅᆞᆯ 달옳 주리 업스시니이다

世_솅尊_존하 衆_즁生_{ᄉᆡᆼ}ᄃᆞᆯ히 ^[47앞] 信_신根_{ᄀᆞᆫ}이 ᄀᆞᆺ디 몯ᄒᆞ야 諸_졍佛_뿛ㅅ 甚_씸히 기픈 힝뎍 니르거시든 듣줍고 너교ᄃᆡ 어듸쩐 藥_약師_{ᄉᆞᆼ}瑠_률璃_링光_광如_셩來_링 ᄒᆞᆫ 부텻 일훔 念_념홀 ᄯᆞ녜 이런 功_공德_득 됴ᄒᆞᆫ 利_링를 어드리오 ᄒᆞ야 도ᄅᆞ혀 비웃논 ᄆᆞᅀᆞᆷ을 내야 긴 바ᄆᆡ 큰 利_링樂_락을 ^[47뒤] 일허 모딘 길헤 뻐러디여 그지업시 그우니ᄂᆞ니이다

부톄 阿_{ᅙᅡᆼ}難_난이ᄃᆞ려 니르샤ᄃᆡ 有_{ᄋᆞᆸ}情_쪙ᄃᆞᆯ히 藥_약師_{ᄉᆞᆼ}瑠_률璃_링光_광如_셩來_링ㅅ 일후믈 듣줍고 고죽ᄒᆞᆫ ᄆᆞᅀᆞᄆᆞ로 바다 디녀 疑_읭心_심 아니 ᄒᆞ면 惡_학趣_츙예 뻐러듏 주리 업스니라 阿_{ᅙᅡᆼ}難_난아 이 諸_졍佛_뿛ㅅ ^[48앞] 甚_씸히 기픈 힝뎍기라 信_신ᄒᆞ야 아로미 어렵거늘 네 이제 能_능히 受_쓩ᄒᆞᄂᆞ니 다 如_셩來_링ㅅ 威_윙力_륵이론 고ᄃᆞᆯ 아라라 阿_{ᅙᅡᆼ}難_난아 오직 一_힔生_{ᄉᆡᆼ}補_봉處_청菩_뽕薩_삻 外_욍예는 一_힔切_쳉 聲_셩聞_문이며 辟_벽支_징佛_뿛이며 地_띵예 몯 올앳는 菩_뽕薩_삻ᄃᆞᆯ히 ^[48뒤] 다 實_씷다히 信_신ᄒᆞ야 아로ᄆᆞᆯ 몯 ᄒᆞᄂᆞ니 阿_{ᅙᅡᆼ}難_난아 사ᄅᆞ미 몸 ᄃᆞ외요미 어렵고 三_삼寶_봏를 信_신ᄒᆞ야 恭_공敬_겅호미 ᄯᅩ 어렵고 藥_약師_{ᄉᆞᆼ}瑠_률璃_링光_광如_셩來_링ㅅ 일훔 듣ᄌᆞ보미 ᄯᅩ 倍_삥히 어려ᄫᅳ니 阿_{ᅙᅡᆼ}難_난아 뎌 藥_약師_{ᄉᆞᆼ}瑠_률璃_링光_광如_셩來_링ㅅ 그지업슨 ^[49앞] 菩_뽕薩_삻行_{ᅘᆡᆼ}과 그지업슨 工_공巧_콜ᄒᆞ신 方_방便_뼌과 그지업슨 큰 願_원을 내 ᄒᆞᆫ 劫_겁이어나 ᄒᆞᆫ 劫_겁이 남거나 너퍼 닐올 띤댄 劫_겁은 ᄲᆞᆯ리 다ᄋᆞ려니와 뎌 부텻 行_{ᅘᆡᆼ}과 願_원과 工_공巧_콜ᄒᆞ신 方_방便_뼌은 다오미 업스리라

그 ᄢᅴ 모든 中_듕에 ᄒᆞᆫ 菩_뽕薩_삻 摩_망訶_항薩_삻 ^[49뒤] 일후미 救_귷脫_퇋이라 ᄒᆞ샤리 座_쫭애셔 니르샤 올ᄒᆞᆫ 엇게 메밧고 올ᄒᆞᆫ 무룹 ᄭᅮ러 몸 구펴 合_{ᅘᅡᆸ}掌_쟝ᄒᆞ야 부텨ᄭᅴ

슬븅샤딕 大땡德득 世셍尊존하 像썅法법 轉뒨홀 時씽節젏에 衆즁生싱들히 種죵種죵

분벼릐 보채요미 두외야 長땽常쌍 病삥ᄒᆞ야 시드러 飮ᅙᅳᆷ食씩 [50앞]몯 ᄒᆞ고 모기며

입시우리 내물라 주굶 相샹이 一힔定뗭ᄒᆞ야 어버싀며 아ᅀᆞ미며 버디며 아로리며

두루 에ᄒᆞ야셔 울어든 제 모미 누븐 자히셔 보딕 琰염魔망王왕ㄱ 使숭者쟝ㅣ 神씬

識식을 ᄃᆞ려 琰염魔망法법王왕 알픽 니거든 [50뒤]有ᅌᅮᆯ情쪙의 ᄒᆞᆫ쁴 나온 神씬靈령이

제 지순 罪쬥며 福복을 다 써 琰염魔망法법王왕을 맛뎌든 뎌 王왕이 그 사ᄅᆞᆷᄃᆞ려

무러 지순 罪쬥며 福복이며 혜여 공ᄉᆞᄒᆞ리니 그 쁴 病삥ᄒᆞᆫ 사ᄅᆞ미 아ᅀᆞ미어나 아

로리어나 病삥ᄒᆞ니 위ᄒᆞ야 藥약師ᄉᆞ瑠륳璃링光광如셩來링씨 [51앞]歸귕依ᅙᅵᆼᄒᆞ야 한

즁 請쳥ᄒᆞ야 이 經경을 닑고 七칧層쯩燈등의 블 혀고 五옹色ᅀᆡᆨ 續쑉命명神씬幡편

ᄃᆞᆯ면 시혹 病삥ᄒᆞ닉 넉시 이 고대 도라와 ᄭᅮᆷ ᄀᆞ티 子ᄌᆞ細솅히 보리니 닐웨어나 스

믈 흘리어나 셜흔 다쐐어나 마ᅀᆞᆫ 아ᄒᆞ래어나 [51뒤]디내오 病삥ᄒᆞ닉 넉시 도로 ᄭᆡᆯ

저긔 ᄭᅮ므로셔 씨듯 ᄒᆞ야 됴ᄒᆞᆫ 業업이며 구즌 業업엣 果광報봏를 다 싱각ᄒᆞ야 알

리니 제 보아 아론 젼ᄎᆞ로 주구매 다ᄃᆞ라도 모딘 業업을 짓디 아니ᄒᆞ리니 이럴씨

淨쪙信신ᄒᆞᆫ 善쎤男남子ᄌᆞ 善쎤女녕人ᅀᅵᆫ들히 다 [52앞]藥약師ᄉᆞ瑠륳璃링光광如셩來링

ㅅ 일후믈 디녀 제 히메 홀 야ᅌᆞ로 恭공敬겅ᄒᆞ야 供공養양ᄒᆞᅀᆞᄫᅡᅀᅡ ᄒᆞ리로소이다

그 쁴 阿항難난이 救귷脫퇋菩뽕薩삻씨 묻ᄌᆞᄫᅩ디 뎌 藥약師ᄉᆞ瑠륳璃링光광如셩來

링 恭공敬겅 供공養양ᄒᆞᅀᆞᄫᅩᆯ 엇뎨 ᄒᆞ며 續쑉命명幡편과 燈등과ᄅᆞᆯ 엇뎨 [52뒤]밍ᄀᆞᆯ

리잇고 救귷脫퇋菩뽕薩삻이 니ᄅᆞ샤딕 大땡德득아 아뫼나 病삥ᄒᆞᆫ 사ᄅᆞ미 病삥을 여

희오져 ᄒᆞ거든 그 사ᄅᆞᆷ 위ᄒᆞ야 밤낫 닐웨를 八밣分분齋쟁戒갱 디녀 飮ᅙᅳᆷ食씩이며

녀나ᄆᆞᆫ 거슬 제 장망혼 야ᅌᆞ로 쥬을 供공養양ᄒᆞ고 밤낫 여슷 ᄢᅢ 뎌 藥약師ᄉᆞ瑠륳

璃링光광如셩來링를 [53앞]저ᅀᆞᄫᅡ 供공養양ᄒᆞᅀᆞᄫᅡ 이 經경을 마ᅀᆞᆫ아홉 디위 讀똑誦

쑹ᄒ고 마ᅀᆞᆫ아홉 燈등의 블 혀고 뎌 如ᅌᅧ來ᄅᆡᆼㅅ 像쌍 닐굽블 밍ᄀᆞᆸ고 像쌍마다 알ᄑᆡ 닐굽 燈등을 노ᄒᆞ되 燈등마다 술위ᄢᅴ 만 크긔 ᄒᆞ야 마ᅀᆞᆫ 아ᄒᆞ래ᄅᆞᆯ 光광明명이 긋디 아니킈 ᄒᆞ고 五ᅌᅩᆼ色ᄉᆡᆨ [53뒤] 綵ᄎᆡᆼ幡펀을 밍ᄀᆞ로ᄃᆡ 마ᅀᆞᆫ아홉 揭꼃手ᄉᆛㅣ오 雜짭 숨튼 즁ᄉᆡᆼ 마ᅀᆞᆫ아호ᄇᆞᆯ 노ᄒᆞ면 어려ᄫᅳᆫ 厄ᅙᅥᆨ을 버서나며 모딘 귓거슬 아니 자피리라

ᄯᅩ 阿ᅙᅡᆼ難난아 ᄒᆞ다가 利링帝뎅利링 灌관頂뎡王와ᇰ들히 災ᄌᆡᆼ難난 닙ᇙ 時씽節졇에 [54앞] 한 사ᄅᆞ미 뎌ᇰ셕ᄒᆞᄂᆞᆫ 難난이어나 다ᄅᆞᆫ 나라히 보차ᄂᆞᆫ 難난이어나 ᄌᆞᆺ갓 나라해셔 거슬ᄯᆞᆫ 양 ᄒᆞᄂᆞᆫ 難난이어나 星셔ᇰ宿슉ㅅ 變변怪괭 難난이어나 日ᅀᅵᇙ食씽 月ᄋᆑᇙ食씽 難난이어나 時씽節졇 그른 ᄇᆞ룸 비 難난이어나 ᄀᆞ믊 [54뒤] 難난이어나 ᄒᆞ거든 뎌 王와ᇰ들히 一ᅙᅵᇙ切촁 有ᅌᅮᇢ情쪄ᇰ에 慈ᄍᆞᆼ悲빙心심을 내야 가도앳던 사ᄅᆞᆷ 노코 알ᄑᆡ 니르던 양 다히 뎌 藥약師ᄉᆞᆼ瑠류ᇢ璃리ᇰ光광如ᅌᅧ來ᄅᆡᆼᄅᆞᆯ 供고ᇰ養야ᇰᄒᆞᅀᆞᄫᆞ면 이 됴ᄒᆞᆫ 根ᄀᆞᆫ源원과 뎌 如ᅌᅧ來ᄅᆡᆼㅅ 本본願원力륵 젼ᄎᆞ로 그 나라히 즉자히 便뼌安한ᄒᆞ야 [55앞] ᄇᆞ룸 비 時씽節졇에 마초 ᄒᆞ야 녀르미 ᄃᆞ외야 一ᅙᅵᇙ切촁 有ᅌᅮᇢ情쪄ᇰ이 無무ᇰ病뼈ᇰ 歡환樂락ᄒᆞ며 그 나라해 모딘 夜양叉창 等드ᇰ 神씬靈려ᇰ이 有ᅌᅮᇢ情쪄ᇰ 보차리 업스며 一ᅙᅵᇙ切촁 머즌 相샤ᇰ이 다 업고 利링帝뎅利링 灌관頂뎡王와ᇰ들토 長뙈ᇰ壽쓩ᄒᆞ고 病뼈ᇰ 업서 [55뒤] 다 自쭝在ᄍᆡᆼᄒᆞ리라

阿ᅙᅡᆼ難난아 ᄒᆞ다가 皇ᅘᅪᇰ帝뎅며 皇ᅘᅪᇰ后ᅘᅮᇢㅣ며 妃피ᇰ子즈ᇰㅣ며 太탱子즈ᇰㅣ며 王와ᇰ子즈ᇰㅣ며 大때ᇰ臣씬이며 宰ᄌᆡᆼ相샤ᇰ이며 大때ᇰ闕쿠ᇙㅅ 각시며 百ᄇᆡᆨ官관이며 百ᄇᆡᆨ姓셔ᇰ이 病뼈ᇰ을 ᄒᆞ거나 어려ᄫᆞᆫ 厄ᅙᅥᆨ이어든 ᄯᅩ 五ᅌᅩᆼ色ᄉᆡᆨ 神씬幡펀 밍ᄀᆞᆯ며 燈드ᇰ [56앞] 혀아 닛위여 ᄇᆞᆰ게 ᄒᆞ며 숨튼 즁ᄉᆡᆼ 노코 雜짭色ᄉᆡᆨ 고즐 비ᄒᆞ며 여러 가짓 일훔난 香햐ᇰ을 퓌우면 病뼈ᇰ도 덜며 厄ᅙᅥᆨ도 다 버스리라

그 쁴 阿ᅘᅡᆼ難난이 救구ᇢ脫ᇙ菩뽕薩삻ᄭᅴ 묻ᄌᆞᄫᅩᄃᆡ 엇뎨 ᄒᆞ마 다ᄋᆞᆫ 목수미 더으리
잇고 救구ᇢ脫ᇙ菩뽕薩삻이 니ᄅᆞ샤ᄃᆡ 大땡德득아 如ᅀᅧᆼ來링 [56뒤]니ᄅᆞ시논 아홉 橫ᅘᅱᆼ
死ᄉᆡᆼᄅᆞᆯ 매 몯 듣ᄌᆞᄫᅡ싀다 이럴ᄊᆡ 續쑉命명幡펀燈등 ᄆᆡᇰᄀᆞᆯ라 福복德득 닷고ᄆᆞᆯ 勸퀀
ᄒᆞ노니 福복ᄋᆞᆯ 닷ᄀᆞ면 목숨 ᄆᆞᆺ도록 受쓯苦콩ᄅᆞᆯ 아니 디내리라

阿ᅘᅡᆼ難난이 묻ᄌᆞᄫᅩᄃᆡ 아홉 橫ᅘᅱᆼ死ᄉᆡᆼᄂᆞᆫ 므스기잇고 救구ᇢ脫ᇙ菩뽕薩삻이 니ᄅᆞ샤ᄃᆡ
[57앞]有ᅌᅮᇢ情쪙ᄃᆞᆯᅘᅵ 가ᄇᆡ야ᄫᆞᆫ 病뼝을 어더도 醫ᅙᅴᆼ와 藥약과 病뼝 간슈ᄒᆞ리 업거나
醫ᅙᅴᆼᄅᆞᆯ 맛나고도 왼 藥약ᄋᆞᆯ 머겨 아니 주긇 저긔 곧 橫ᅘᅱᆼ死ᄉᆡᆼᄒᆞ며 ᄯᅩ 世솅間간앳
邪썅魔망外욍道뜰앳 妖ᅇᅲᇢ蘖얼앳 스스을 信신ᄒᆞ야 간대옛 禍ᅘᅪᆼ福복을 닐어든 곧 두
리ᄫᅳᆫ [58앞]ᄆᆞᅀᆞᆷ 그지 업스니 이ᄅᆞᆯ 첫 橫ᅘᅱᆼ死ᄉᆡᆼㅣ라 ᄒᆞᄂᆞ니라 둘흔 王왕法법을 니버
橫ᅘᅱᆼ死ᄉᆡᆼ홀 씨오 세흔 山산行ᅘᆡᆼ을 ᄒᆞ거나 노ᄅᆞᆺ슬 ᄒᆞ거나 婬음亂롼을 맛들어나 수
으를 즐기거나 듧뻐 조심 아니 ᄒᆞ다가 귓거시 精졍氣킝ᄅᆞᆯ 아ᅀᅡ 橫ᅘᅱᆼ死ᄉᆡᆼ홀 씨
오 네흔 브레 ᄉᆞᆯ여 橫ᅘᅱᆼ死ᄉᆡᆼ홀 씨오 [58뒤]다ᄉᆞᆺ슨 므레 ᄲᅢ디여 橫ᅘᅱᆼ死ᄉᆡᆼ홀 씨오 여
스슨 모딘 즁ᄉᆡᆼ 믈여 橫ᅘᅱᆼ死ᄉᆡᆼ홀 씨오 닐구븐 묏언헤 ᄠᅥ디여 橫ᅘᅱᆼ死ᄉᆡᆼ홀 씨오 여
들븐 厭ᅙᅧᆷ禱ᄃᆞᇢ와 毒똑藥약과 起킝屍싱鬼귕ᄃᆞᆯᅘᅵ 害ᅘᆡᆼᄒᆞ야 橫ᅘᅱᆼ死ᄉᆡᆼ홀 씨오 아호븐
주으리며 목몰라 橫ᅘᅱᆼ死ᄉᆡᆼ홀 씨니 이 如ᅀᅧᆼ來링 [59앞]어둘 니ᄅᆞ시논 아홉 가짓 橫ᅘᅱᆼ
死ᄉᆡᆼㅣ니 ᄯᅩ 그지업슨 여러 橫ᅘᅱᆼ死ᄉᆡᆼㅣ 몯내 니르리라

ᄯᅩ 阿ᅘᅡᆼ難난아 뎌 琰염魔망王왕이 世솅間간앳 일훔 브튼 글와ᄅᆞᆯ ᄀᆞᅀᅮᇝ아랫ᄂᆞ니
ᄒᆞ다가 有ᅌᅮᇢ情쪙ᄃᆞᆯᅘᅵ 不붏孝ᅘᅭᆯᄅᆞᆯ ᄒᆞ거나 五옹逆역을 ᄒᆞ거나 三삼寶봉ᄅᆞᆯ 허러 辱ᅀᅭᆨ
ᄒᆞ거나 [59뒤]君군臣씬ㅅ 法법을 헐어나 信신戒갱ᄅᆞᆯ 헐어나 ᄒᆞ면 琰염魔망法법王왕
이 罪쬥이 야ᇰ오로 詳쌰考콩ᄒᆞ야 罪쬥 주ᄂᆞ니 이럴ᄊᆡ 내 이제 有ᅌᅮᇢ情쪙을 勸퀀ᄒᆞ야
燈등 혀며 幡펀 ᄆᆡᇰᄀᆞᆯ며 산 것 노하 福복을 닷가 苦콩厄ᅙᅢᆨ을 버서나 [60앞]여러 難난

을 맛나디 아니케 ᄒᆞ노라

그 ᄢᅴ 衆_즁中_듕에 열두 夜_양叉_창 大_땡將_쟝이 모든 座_쫭애 잇더니 宮_궁毗_삥羅_랑 大_땡將_쟝과 伐_뻟折_졇羅_랑大_땡將_쟝과 迷_몡企_킹羅_랑大_땡將_쟝과 [60뒤]安_한底_뎅羅_랑大_땡將_쟝과 因_인達_딿羅_랑大_땡將_쟝과 波_방夷_잉大_땡將_쟝과 摩_망虎_홍羅_랑大_땡將_쟝과 眞_진 達_딿羅_랑大_땡將_쟝과 招_쯈杜_똥羅_랑大_땡將_쟝과 毗_삥羯_겷羅_랑大_땡將_쟝과 이 열두 夜_양 叉_창大_땡將_쟝이 各_각各_각 七_칧千_쳔 夜_양叉_창를 眷_권屬_쑉 사맷더니 [61앞]

ᄒᆞᆫᄢᅴ 소리 내야 슬ᄫᅩ되 世_솅尊_존하 우리 이제 부텻 威_{ᅙᅱᆼ}力_륵을 닙ᄉᆞᄫᅡ 藥_약師_{ᄉᆞᆼ} 瑠_륳璃_링光_광如_셩來_링ㅅ 일후믈 듣ᄌᆞᄫᅩ니 ᄂᆞ외야 惡_{ᅙᅡᆨ}趣_츙 저푸미 업스니 우리ᄃᆞᆯ 히 다 ᄒᆞᆫ ᄆᆞᅀᆞ모로 죽ᄃᆞ록 三_삼寶_볼애 歸_귕依_{ᅙᅴᆼ}ᄒᆞᅀᆞᄫᅡ 盟_명誓_쎙를 호되 一_{ᅙᅵᆯ}切_촁 有_{ᅌᅮᇢ}情_쪙을 [61뒤]어버 ᄃᆞ녀 利_링益_혁ᄒᆞ며 安_한樂_락ᄒᆞᆫ 이를 지ᅀᅮ리니 아ᄆᆞ란 ᄆᆞᅀᆞ히 어나 자시어나 ᄀᆞ올히어나 나라히어나 뷘 수프리어나 이 經_경을 너비 펴며 藥_약 師_{ᄉᆞᆼ}瑠_륳璃_링光_광如_셩來_링ㅅ 일후믈 디니ᅀᆞᄫᅡ 恭_공敬_경 供_공養_양ᄒᆞᅀᆞᄫᆞ리옷 잇거 든 우리ᄃᆞᆯ히 이 사ᄅᆞᄆᆞᆯ [62앞] 衛_{ᅌᅱᆼ}護_{ᅘᅩᆼ}ᄒᆞ야 다 一_{ᅙᅵᆯ}切_촁 苦_콩難_난ᄋᆞᆯ 버서나고 願_원 ᄒᆞ논 이를 다 일의 호리이다 아ᄆᆞ나 病_뼝이며 厄_{ᅙᅢᆨ}이 이셔 버서나고져 ᄒᆞᇙ 사ᄅᆞ믄 이 經_경을 讀_똑誦_쑁ᄒᆞ며 五_{ᅌᅩᆼ}色_{ᄉᆡᆨ} 실로 우리 일후믈 ᄆᆡ자 제 願_원을 일운 後_{ᅘᅮᇢ}에 글어ᅀᅡ ᄒᆞ리이다

그 ᄢᅴ 世_솅尊_존이 夜_양叉_창大_땡將_쟝ᄃᆞᆯ흘 [62뒤] 讚_잔歎_탄ᄒᆞ야 니ᄅᆞ샤ᄃᆡ 됴타 됴타 너희 ᄃᆞᆯ히 藥_약師_{ᄉᆞᆼ}瑠_륳璃_링光_광如_셩來_링ㅅ 恩_{ᅙᅳᆫ}德_득 갑ᄉᆞᄫᆞᆯ 이를 念_념ᄒᆞ거든 샹녜 이 러트시 一_{ᅙᅵᆯ}切_촁 有_{ᅌᅮᇢ}情_쪙을 利_링益_혁ᄒᆞ며 安_한樂_락긔 ᄒᆞ라

月_윓印_힌千_쳔江_강之_징曲_콕 第_똉九_굴
釋_셕譜_봉詳_썅節_졇 第_똉九_굴

『월인석보 제구』 번역문의 벼리

[1앞

월인천강지곡(月印千江之曲) 제구(第九)

석보상절(釋譜詳節) 제구(第九)

기이백오십일(其二百五十一)

[4앞

□□□□□□□□□□□□□□□□□□를 가리어 이르셨으니.

[4뒤

기이백육십(其二百六十)

약사십이원(藥師十二願)에 정유리(淨瑠璃)가

[5앞 이러하시니, 왕생(往生) 쾌락(快樂)이 다름이 있겠습니까?

부처가 돌아다녀 제국(諸國)을 교화(敎化)하시어, 광엄성(廣嚴城)에 가시어 악음수(樂音樹) 아래에 계시어 큰 비구(比丘) 팔천인(八千人)과 함께 있으시더니, 보살(菩薩) 마하살(摩訶薩) 삼만육천(三萬六千)과 [5뒤 국왕(國王)과 대신(大臣)과 바라문(婆羅門)과 거사(居士)와 천룡(天龍)·야차(夜叉)·인비인(人非人) 등(等), 무량(無量) 대중(大衆)이 공경(恭敬)하여 위요(圍繞)하여 있거늘, (부처가 그들을) 위(爲)하여 [6앞 설법(說法)하시더니,

그때에 문수사리(文殊師利)가 세존(世尊)께 사뢰시되 "부처의 이름과 본래(本來)의 큰 원(願)과 가장 좋으신 공덕(功德)을 퍼뜨려 이르시어, 그 말을 들을 사람의 업

장(業障)이 사라지게 하여 [7앞] 상법(像法)이 전(轉)할 시절(時節)에 [8뒤] 유정(有情)들을 이락(利樂)하게 하고자 합니다.

세존(世尊)이 이르시되, [9앞] "좋다. 문수사리(文殊師利)여. 네가 나에게 "대비(大悲)로 이르오."라고 청(請)하나니, 자세(子細)히 들어 잘 생각하라. 너를 위(爲)하여 이르리라. 동방(東方)으로 여기에서 떨어진 것이 십항하사(十恒河沙) 등(等)의 불토(佛土)를 지나가 세계(世界)가 있되 이름이 정유리(淨瑠璃)요, 부처의 이름은 [9뒤] 약사유리광여래(藥師瑠璃光如來)·응공(應供)·정변지(正遍知)·명행족(明行足)·선서(善逝)·세간해(世間解)·무상사(無上士)·조어장부(調御丈夫)·천인사(天人師)·불세존(佛世尊)이시니 [13뒤] 저 약사유리광여래보살(藥師瑠璃光如來菩薩)의 [14앞] 도리(道理)를 행(行)하실 적에 열두 대원(大願)을 하시어, 유정(有情)들이 구(求)하는 일을 다 득(得)하게 하려 하셨느니라.

제일(第一)의 대원(大願)은 내가 내세(來世)에 아뇩다나삼먁삼보리(阿耨多羅三藐三菩提)를 득(得)한 시절(時節)에 내 몸에 있는 광명(光明)이 [14뒤] 무량(無量)·무수(無數)·무변(無邊)의 세계(世界)를 성(盛)히 비추어, 삼십이상(三十二相)과 팔십종호(八十種好)로 몸을 장엄(莊嚴)하여 일체(一切)의 유정(有情)이 나와 다르지 아니하게 하리라.

제이(第二)의 대원(大願)은 내세(來世)에 보리(菩提)를 득(得)한 시절(時節)에 몸이 유리(瑠璃)와 같아서 [15앞] 안팎이 사뭇 맑아 허물이 없고, 광명(光名)이 크며 공덕(功德)이 높고 커서 몸이 좋게 편안(便安)히 주(住)하며, 불빛으로 장엄(莊嚴)하는 것이 일월(日月)보다 나아 어두운 데 있는 중생(衆生)도 다 밝음을 얻어 마음대로 일을 하게 하리라.

제삼(第三)의 대원(大願)은 내가 내세(來世)에 보리(菩提)를 득(得)한 [15뒤] 시절(時節)에 무량(無量)·무변(無邊)한 지혜(智慧)와 방편(方便)으로 유정(有情)들이 무진(無盡)한 쓸 것이 다 부족한 바가 없게 하리라.

제사(第四)의 대원(大願)은 내가 내세(來世)에 보리(菩提)를 득(得)한 時節(시절)에, 만일 유정(有情)이 사곡(邪曲)한 도리(道理)를 행(行)할 이가 있거든, 다 보리도(菩提道)의 [16앞] 중(中)에 편안(便安)히 주(住)하게 하며, 만일 성문(聲聞)과 벽지불(碧支佛)의 승(乘)을 행(行)할 이가 있거든 다 대승(大乘)으로 편안(便安)히 세우리라.

제오(第五) 대원(大願)은 내가 내세(來世)에 보살(菩薩)을 득(得)한 시절(時節)에, 만일 무량(無量) [16뒤] 무변(無邊)한 유정(有情)이 나의 법(法) 중(中)에 깨끗한 행적(行績)을 닦을 이가 있거든, 다 이지러지지 아니한 계(戒)를 득(得)하며 삼취계(三聚戒)를 갖추어져 있게 하리라. [17뒤] 비록 행적이 헐어도, 내 이름을 들으면 도로 청정(淸淨)을 득(得)하여 모진 길에 아니 떨어지게 하리라.

제육(第六)의 대원(大願)은 내가 내세(來世)에 보리(菩提)를 득(得)한 시절(時節)에, 만일 유정(有情)들이 몸이 사나워서 제근(諸根)이 갖추어져 있지 못하여 미혹(迷惑)하고 [18앞] 종종(種種)의 수고(受苦)로운 병(病)을 하여 있다가, 내 이름을 들으면 다 단정(端正)하고 지혜(智慧)가 있고 제근(諸根)이 갖추어져 있어 병(病)이 없게 하리라.

제칠(第七)의 대원(大願)은 내가 내세(來世)에 보리(菩提)를 득(得)한 시절(時節)에, 만일 유정(有情)들이 병(病)하여 있어 구(救)할 이가 없고 갈 데가 없거든, [18뒤] 내 이름을 귀에 한 번 들어도 병(病)이 다 없어지고, 가속(家屬)이며 세간(世間)에 쓸 것이 갖추어져 있으며, 무상(無上)의 보리(菩提)를 증(證)하는 것에 이르게 하리라.

제팔(第八)의 대원(大願)은 내가 내세(來世)에 보리(菩提)를 득(得)한 시절(時節)에 만일 여자가 백 가지의 어려운 일이 다그쳐서 가장 시틋하여 [19앞] 여자의 몸을 버리고자 하거든, 내가 이름을 들으면 다 남자가 되어 무상(無上)의 보리(菩提)를 증(證)하는 것에 이르게 하리라.

제구(第九)의 대원(大願)은 내가 내세(來世)에 보리(菩提)를 득(得)한 시절(時節)에 유정(有情)들을 마(魔)의 그물에서 내어서, 일체(一切)의 외도(外道)가 얽매이는 것을 벗어나게 하겠으니, [19뒤] 만일 유정들이 종종(種種)의 '흉한 봄(惡見)'에 떨어져 있으면 다 끌어당겨 거두어서 '正(정)한 봄(正見)'에 두어서, 점점(漸漸) 보살(菩薩)의 행적(行績)을 닦아 무상(無上) 정등(正等)의 보리(菩提)를 빨리 증(證)하게 하리라. [24뒤]

제십(第十)의 대원(大願)은 내가 내세(來世)에 [25앞] 보리(菩提)를 득(得)한 시절(時節)에, 만일 유정(有情)이 나라의 법(法)에 잡히어 매여 매를 맞아 옥(獄)에 가두는 것을 당하거나 죄(罪)를 입을 때이거나 다른 그지없는 어려운 일이 닥치어 있거든, 내 이름을 들으면 내 복덕(福德)과 위신력(威神力)으로 일체(一切)의 수고(受苦)를 다 벗어나게 [25뒤] 하리라.

제십일(第十一)의 대원(大願)은 내가 내세(來世)에 보리(菩提)를 득(得)한 시절(時節)

에, 만일 유정(有情)이 굶주려 밥을 얻고자 하여 모진 죄(罪)를 지을 때에, 내 이름을 들어 잊지 아니하여 지니면 내가 먼저 좋은 음식으로 배부르게 [26앞] 편안(便安)하고 즐겁게 하여 세우리라.

제십이(第十二)의 대원(大願)은 내가 내세(來世)에 보리(菩提)를 득(得)한 시절(時節)에, 만일 유정(有情)이 옷이 없어 모기의 벌레며 더위와 추위로 괴로워하다가 내 이름을 들어 잊지 아니하여 지니면, 자기가 좋아하는 양(樣)으로 종종(種種)의 좋은 [26뒤] 옷을 얻으며 또 보배로 꾸민 장엄(莊嚴)이며 화향(花香)과 기악(妓樂)을 마음대로 갖추어서 얻게 하리라.”라고 하시더니, 문수사리(文殊師利)여, 저것이 약사유리광여래(藥師琉璃光如來)의 십이(十二)의 미묘(微妙)한 상원(上願)이시니라.

또 문수사리(文殊師利)여, 저 약사유리광여래(藥師琉璃光如來)가 [27앞] 발(發)하신 큰 원(願)과 저 부처의 나라에 있는 공덕(功德)과 장엄(莊嚴)을 내가 한 겁(劫)이며 한 겁(劫)이 넘도록 일러도 못다 이르겠거니와, 그러나 저 부처의 땅이 잡(雜)말이 없이 청정(淸淨)하고, 여자가 없으며, 악취(惡趣)며 수고(受苦)의 [27뒤] 소리가 없고, 유리(瑠璃)의 땅이 되고, 금(金) 끈으로 늘어뜨려서 길의 경계로 삼고, 성(城)이며 집이며 나망(羅網)이 다 칠보(七寶)로 이루어져 있는 것이 또 서방(西方) 극락세계(極樂世界)와 같아서 차이가 없고, 그 나라에 [28앞] 두 보살(菩薩) 마하살(摩訶薩)이 있되, 한 이름은 일광변조(日光遍照)이요 한 이름은 월광변조(月光遍照)이니, 저 무량무수(無量無數) 보살(菩薩)의 중(衆)에 위두(爲頭)하여 있어, 저 약사유리광여래(藥師瑠璃光如來)의 정법(正法)과 보장(寶藏)을 다 지니나니, 이러므로 신심(信心)을 두어 있는 선남자(善男子)와 [28뒤] 선여인(善女人)이 저 부처의 세계(世界)에 나고자 발원(發願)하여야 하리라.”

그때에 세존(世尊)이 또 문수사리(文殊師利)더러 이르시되, “문수사리(文殊師利)여, 중생(衆生)들이 좋으며 궂은 일을 모르고 오직 탐(貪)하며 아까운 마음을 먹어, 보시(布施)하는 것과 보시(布施)하는 [29앞] 과보(果報)를 몰라, 미혹(迷惑)하고 신근(信根)이 없어 재물을 많이 모아 두고 수고(受苦)로이 지키어 있어서, 재물을 빌리는 이가 있거든 측은(惻隱)히 여겨 마지 못하여 주는 것이라도, 자기의 몸에 있는 고기를 베어 내는 듯이 여기며, 또 탐(貪)한 무량(無量)의 유정(有情)이 재물을 모아 두고 제가 쓰는 것도 오히려 아니 하거니와, [29뒤] 하물며 어버이에겐들 내어 주며,

처(妻)이며 자식(子息)이며 종에겐들 주며, 와서 재물을 빌리는 사람에게 주겠느냐? 이런 유정(有情)들은 여기서 죽으면 아귀(餓鬼)거나 축생(畜生)이거나 되겠으니, 인간(人間)에 있어서 약사유리광여래(藥師瑠璃光如來)의 이름을 잠깐 들은 까닭으로, 악취(惡趣)에 있어도 ^[30앞] 저 여래(如來)의 이름을 잠깐 생각하면, 즉시 저기(= 惡趣)서 없어져서 도로 인간(人間)에 나서 숙명념(宿命念)을 득(得)하여, 악취(惡趣)의 수고(受苦)를 두려워하여 탐욕(貪欲)을 즐기지 아니하고, 보시(布施)를 즐겨서 가지고 있는 것을 아끼지 아니하여, 점점(漸漸) 머리며 눈이며 손발이며 살이며 몸이라도 ^[30뒤] 빌리는 사람에게 주겠으니, 하물며 다른 재물이야?

또 문수사리(文殊師利)여, 모든 유정(有情)들이 비록 여래(如來)께 법(法)을 배우다가도 시라(尸羅)를 헐며, 시라(尸羅)를 아니 헐어도 궤칙(軌則)을 헐며, 시라(尸羅)와 궤칙(軌則)을 아니 헐어도 정(正)하게 ^[31앞] 보는 것을 헐며, 정(正)하게 보는 것을 아니 헐어도 많이 듣는 것을 버려서, 부처가 이르신 경(經)에 있는 깊은 뜻을 알지 못하며, 비록 많이 들어도 증상만(增上慢)하며, 증상만(增上慢)이 마음을 ^[31뒤] 가린 까닭으로 자기가 옳다 하고 남을 그르다 하여, 정법(正法)을 비웃어 마(魔)의 한 당(黨)이 되겠으니, 이러한 어리석은 사람은 자기가 사곡(邪曲)하게 보는 것을 하고, 또 무량(無量)한 유정(有情)이 큰 어려운 구덩이에 떨어지게 하나니, 이런 유정(有情)들이 지옥(地獄)과 아귀(餓鬼)와 축생(畜生)에 그지없이 두루 ^[32앞] 다니다가, 이 약사유리광여래(藥師瑠璃光如來)의 이름을 들으면 모진 행적(行績)을 버리고 좋은 법(法)을 닦아 악취(惡趣)에 아니 떨어지겠으니, 비록 모진 행적(行績)을 버리고 좋은 법(法)을 닦는 것을 못하여 악취(惡趣)에 떨어지고도, 저 여래(如來)의 본원(本願)과 위력(威力)으로 앞에 보이시어 이름을 잠깐 ^[32뒤] 듣게 하시면, 거기(= 惡趣)에서 죽어 도로 인간(人間)에 나서 정(正)히 보는 정진(精進)을 득(得)하여 좋은 뜻으로 출가(出家)하여, 정(正)한 봄(= 正見)을 헐지 아니하며, 많이 듣는 것을 헐지 아니하여, 심(甚)히 깊은 뜻을 알며, 증상만(增上慢)을 떠나서 정법(正法)을 비웃지 아니하여 마(魔)의 벗이 아니 되어서, 점점(漸漸) ^[33앞] 보살(菩薩)의 행(行)을 닦아 원만(圓滿)을 빨리 득(得)하리라.

또 문수사리(文殊師利)여, 모든 유정(有情)이 탐(貪)하고 샘발라서 자기의 몸을 칭찬하고 남을 헐어, 삼악취(三惡趣)에 떨어져 무량(無量) 천세(千歲)를 수고(受苦)하다가, 거기(=三惡趣)서 죽어 인간(人間)에 나고도, 소거나 말이거나 낙타거나 ^[33뒤] 나귀거나 되어, 장상(長常) 채로 맞고 굶주림과 목마름으로 수고(受苦)하며, 또 장상(長常) 무거운 것을 지어서 길을 쫓아 다니다가, 혹시 사람이 되고도 신분이 낮은 남의 종이 되어 남이 시키는 일에 다녀서 늘 자득(自得)하지 못하겠으니, 만일 예전에 인간(人間)에 있을 적에 ^[34앞] 약사유리광여래(藥師瑠璃光如來)의 이름을 들었던 것이면, 이 좋은 인연(因緣)으로 이제 와서 또 생각하여 지극한 마음으로 귀의(歸依)하면, 부처의 신력(神力)으로 많은 수고(受苦)를 벗어 제근(諸根)이 총명(聰明)하고 날카로워 지혜(智慧)로우며, 많이 들어 장상(長常) 좋은 법(法)을 구(求)하여 어진 ^[34뒤] 벗을 만나 마(魔)의 그물을 길이 끊으며, 무명(無明)을 헐며 번뇌(煩惱)가 다하여 일체(一切)의 생로병사(生老病死)와 우비고뇌(憂悲苦惱)를 벗어나리라.

또 문수사리(文殊師利)여, 모든 유정(有情)이 남과 따로 나는 것(= 괴리되는 것)을 즐겨, 서로 싸워 자기와 남을 어지럽혀 종종(種種)의 모진 죄업(罪業)을 길러서, 항상 ^[35-상-앞] 요익(饒益)하지 아니한 일을 하고, 서로 해(害)할 꾀를 하여 산이며 수풀이며 나무며 무덤에 있는 신령(神靈)에게 이르고, 짐승을 죽여 야차(夜叉)와 나찰(羅刹) 등(等)을 제사하며, 미운 사람의 이름을 쓰며, 미운 사람의 형상을 만들어 모진 주술(呪術)로 빌어 염매(厭魅)를 고도(蠱道)하며, 기시귀(起屍鬼)를 주(呪)하여 ^[36-중-하] 저(= 미운 사람)의 목숨을 끊게 하면, 이 유정(有情)들이 약사유리광여래(藥師瑠璃光如來)의 이름을 들으면, 저런 모진 일이 사람들을 해(害)하지 못하며, 서로 자비심(慈悲心)을 내어 미운 마음이 없어지고, 각각(各各) 기뻐하여 서로 ^[36-하-앞] 요익(饒益)하게 하리라.

또 문수사리(文殊師利)여, 만일 비구(比丘)·비구니(比丘尼)·우바새(優婆塞)·우바이(優婆夷)며 다른 정신(淨信)한 선남자(善男子)와 선여인(善女人)이 팔분재계(八分齋戒)를 지녀서, 한 해가 지나거나 석 달만큼 하거나 하여, 이 좋은 근원(根源)으로 ^[36-하-뒤] 서방(西方) 극락세계(極樂世界)의 무량수불(無量壽佛)께 나서 정법(正法)을 듣고자 발원(發願)하되 일정(一定)을 못 하여 있어, 약사유리광여래(藥師瑠璃光如來)의 이름을 들으면, 명종(命終)할 적에 여덟 보살(菩薩)이 허공(虛空)을 타서 와서 ^[37앞] 길을 가르쳐서, 즉시 저 나라의 종종(種種) 잡색(雜色)의 중(衆) 보화(寶花) 중(中)에 자연(自然)히 화(化)하여 나며, 이로부터 천상(天上)에 날 이도 있겠으니, 비록 하늘에 나고도 본래(本來) 좋은 근원(根源)이 ^[37뒤] 다하지 아니하므로 다른 악취(惡趣)에 다시 나지 아니하여, 하늘의 목숨이 다하면 도로 인간(人間)에 나서 윤왕(輪王)이 되어 사천하(四天下)를 거느려 위엄(威嚴)과 덕(德)이 자재(自在)하여, 무량(無量)한 백천(百千)의 유정(有情)을 십선(十善)의 도(道)에 편안(便安)하게 할 이도 있으며, 찰제리(刹帝利)·^[38앞] 바라문(婆羅門)·거사(居士)의 큰 집에 나아 재물이 유여(有餘)하고 창고(倉庫)가 가득히 넘치고 모습이 단정(端正)하고 권속(眷屬)이 갖추어져 있으며, 총명(聰明)하며 지혜(智慧)로우며 용맹(勇猛)하고 웅건(雄健)함이 큰 역사(力士)와 같은 이도 ^[38뒤] 있으며, 여자라도 이 약사여래(藥師如來)의 이름을 들어 지극한 마음으로 지니면 다시 여자의 몸이 아니 되리라.

그때에 문수사리(文殊師利)가 부처께 사뢰시되 "내가 맹서(盟誓)를 하니, 상법(像法)을 전(轉)할 시절(時節)에 종종(種種)의 방편(方便)으로 정신(淨信)한 선남자(善男子)·^[39앞] 선여인(善女人)들이 이 약사유리광여래(藥師瑠璃光如來)의 이름을 듣게 하며, 졸 적이라도 이 부처의 이름으로 듣게 하여 깨닫게 하겠습니다.

세존(世尊)이시여. 아무나 이 경(經)을 지녀 읽어 외우며, 남더러 퍼뜨려 일러서, 경을 열어 보이거나, 제가 쓰거나 남을 시켜서 쓰거나 하고, 경을 공경(恭敬)하며 ^[39뒤] 존중(尊重)히 여겨 종종(種種)의 화향(花香)과 영락(瓔珞)과 번(幡)과 개(蓋)와 풍류로 공양(供養)하고, 오색(五色) 비단으로 향주머니를 만들어 경을 넣어, 깨끗한 땅에 물을 뿌려 쓸고 높은 좌(座)를 만들고 경을 얹으면, 그때에 사천왕(四天王)이 권속(眷屬)과 무량(無量)한 백천(百千)의 천중(天衆)을 데리고 다 그 곳에 가서 ^[40앞] 공양(供養)하며 지키겠습니다.

세존(世尊)이시여, 이 경(經)이 유행(流行)하는 곳에 저 약사유리광여래(藥師瑠璃光如來)의 본원(本願)의 功德(공덕)을 지니며 이름을 들으면 마땅히 이 곳에서 횡사(橫死)하는 것이 없으며 ^[40뒤] 또 모진 귀신들이 정기(精氣)를 못 빼앗겠으니, 비록 빼앗아도 도로 옛날과 같아서 몸과 마음이 편안(便安)하겠습니다.

부처가 이르시되 "옳다. 옳다. 네 말과 같으니라. 문수사리(文殊師利)여. 만일 정신(淨信)한 선남자(善男子)·선여인(善女人)이 저 약사유리광여래(藥師瑠璃光如來)를 ^[41앞] 공양(供養)하고자 하거든, 먼저 저 부처의 상(像)을 만들어 깨끗한 좌(座)에 놓고, 종종(種種)의 꽃을 흩뿌리고 종종(種種)의 향(香)을 피우고 종종(種種)의 당번(幢幡)으로 그 곳을 장엄(莊嚴)하고, 밤낮 이레를 팔분재계(八分齋戒)를 지녀, 깨끗한 밥을 먹고 목욕(沐浴)을 감아 ^[41뒤]때가 없는 마음과 진심(嗔心)이 없는 마음을 내어, 일체(一切)의 유정(有情)에 이익(利益)하며 안락(安樂)하며 자비(慈悲)·희사(喜捨)·평등(平等)한 마음을 일으켜 ^[42앞]풍류와 노래로 찬탄(讚嘆)하여 불상(佛像)의 ^[42뒤]오른쪽으로 감돌고, 저 여래(如來)의 본원(本願) 공덕(功德)을 또 염(念)하여, 이 경(經)을 읽어 외우며 그 뜻을 생각하여 퍼뜨려 일러서 열어서 보이면, 일체(一切)의 원(願)이 다 이루어져, 장수(長壽)를 구(求)하면 장수(長壽)를 득(得)하고, 부유함을 구(求)하면 부유함을 득(得)하고, 벼슬을 구(求)하면 ^[43앞]벼슬을 득(得)하고, 아들딸을 구(求)하면 아들딸을 득(得)하리라.

아무나 또 사람이 모진 꿈을 얻어, 궂은 상(相)을 보거나 요괴(妖怪)스러운 새(鳥)가 오거나 자기가 있는 곳에 온갖 요괴(妖怪)가 보이거나 하거든, 이 사람이 종종(種種)의 귀(貴)한 것으로 저 약사유리광여래(藥師瑠璃光如來)를 ^[43뒤]공경(恭敬)하여 공양(供養)하면, 흉(凶)한 꿈이며 모든 좋지 못한 일이 다 없어져서 걱정이 아니되며, 물과 불과 칼과 독(毒)과 어려운 석벽(石壁)과 모딘 상(象)과 사자(獅子)와 범과 이리와 곰과 모진 뱀과 지네와 ^[44앞]따위의 무서운 일이 있어도, 지극한 마음으로 저 부처를 염(念)하여 恭敬(공경)하면 다 벗어나겠으며, 다른 나라가 와 침입하거나 도적이 괴롭히거나 하여도 저 여래(如來)를 염(念)하여 恭敬(공경)하면 다 벗어나리라.

또 문수사리(文殊師利)여, 아무나 정신(淨信)한 ^[44뒤]선남자(善男子)·선여인(善女人)들이 죽도록 다른 하늘을 섬기지 아니하고, 한 마음으로 불법승(佛法僧)에 귀의(歸依)하여 경계(警戒)를 지니되, 오계(五戒)이거나 십계(十戒)이거나 보살(菩薩)의 사백계(四百戒)이거나 비구(比丘)의 이백오십계(二百五十戒)이거나 비구니(比丘尼)의 오백계(五百戒)이거나 ^[45앞]지니다가 헐고, 악취(惡趣)에 떨어지는 것을 두려워하여 저 부처의 이름을 골똘하게 염(念)하여 공경(恭敬)하여 공양(供養)하면, 마땅히 삼악취(三惡趣)에 나지 아니하겠으며, 아무나 여자가 아기를 낳을 시절(時節)을 당(當)하여 지극(至極)한 수고(受苦)할 적에, 지극한 마음으로 ^[45뒤]저 여래(如來)의 이름을 일컬어 찬탄(讚嘆)하여 공경(恭敬)·공양(供養)하면, 많은 수고(受苦)가 다 없어지고, 낳은 자식(子息)이 모습이 단정(端正)하여 본 사람이 기뻐하며, 근원(根源)이 날카로워 총명(聰明)하며 편안(便安)하여, 병(病)이 적고 귀신이 정기(精氣)를 빼앗지 아니하리라.”

그때에 [46앞] 세존(世尊)이 아난(阿難)이더러 이르시되, “저 약사유리광여래(藥師瑠璃光如來)의 공덕(功德)을 내가 일컫듯 하여, 이 제불(諸佛)의 심(甚)히 깊은 행적(行績)이라서 아는 것이 어려우니, 네가 신(信)하는가 아니 신(信)하는가?” 아난(阿難)이 사뢰되, “대덕(大德)인 세존(世尊)이시여, 내가 여래(如來)가 이르신 경(經)에 의심(疑心)을 [46뒤] 아니 하니, “어째서이냐?”라고 한다면, 일체(一切)의 여래(如來)의 몸과 말씀과 뜻으로 짓는 업(業)이 다 청정(淸淨)하시니, 세존(世尊)이시여, 이 일월(日月)도 능히 떨어지게 하며 수미산(須彌山)도 능히 기울게 하려니와, 제불(諸佛)의 말은 끝내 다를 것이 없으십니다.

세존(世尊)이시여. 衆生(중생)들이 [47앞] 신근(信根)이 갖추어져 있지 못하여, 제불(諸佛)의 심(甚)히 깊은 행적을 이르시거든, 듣고 여기되 ‘어찌 약사유리광여래(藥師瑠璃光如來)가 한 부처의 이름을 염(念)하는 것만으로 이런 공덕(功德)이 좋은 利(이)를 얻으리오?’라고 하여, 도리어 비웃는 마음을 내어 긴 밤에 큰 이락(利樂)을 [47뒤] 잃어, 모진 길에 떨어지어 그지없이 굴러다닙니다.

부처가 아난(阿難)이더러 이르시되, “유정(有情)들이 약사유리광여래(藥師瑠璃光如來)의 이름을 듣고 지극한 마음으로 받아 지녀서 의심(疑心)을 아니 하면, 악취(惡趣)에 떨어질 것이 없으니라. 아난(阿難)아, 이것이 제불(諸佛)의 [48앞] 심(甚)히 깊은 행적이라서 신(信)하여 아는 것이 어렵거늘, 네가 이제 능(能)히 수(受)하나니, 이것이 다 여래(如來)의 위력(威力)인 것을 알아라. 아난(阿難)아, 오직 일생보처보살(一生補處菩薩) 외(外)에는 일체(一切)의 성문(聲聞)이며 벽지불(辟支佛)이며 지(地)에 못 올라 있는 보살(菩薩)들이 [48뒤] 다 실제(實際)로 신(信)하여 아는 것을 못 하나니, 아난(阿難)아, 사람의 몸이 되는 것이 어렵고, 삼보(三寶)를 신(信)하여 공경(恭敬)하는 것이 또 어렵고, 약사유리광여래(藥師瑠璃光如來)의 이름을 듣는 것이 또 배(倍)로 어려우니, 아난(阿難)아, 저 약사유리광여래(藥師瑠璃光如來)의 그지없는 [49앞] 보살행(菩薩行)과 그지없는 공교(工巧)하신 방편(方便)과 그지없는 큰 원(願)을 내가 한 겁(劫)이거나 한 겁(劫)이 넘거나 넓혀 이를 것이면, 겁(劫)은 빨리 다하려니와 저 부처의 행(行)과 원(願)과 공교(工巧)하신 방편(方便)은 다함이 없으리라.”

그때에 모인 사람들 中(중)에 한 보살(菩薩) 마하살(摩訶薩)이 [49뒤] 그의 이름이 구탈(救脫)이라고 하는 이가 좌(座)에서 일어나시어, 오른 어깨에 옷을 벗어메고 오른 무릎을 꿇어 몸을 굽혀 합장(合掌)하여 부처께 사뢰시되, "대덕(大德)인 세존(世尊)이시여. 상법(像法)이 전(轉)할 時節(시절)에 衆生(중생)들이 종종(種種) 걱정의 괴롭힘이 되어, 장상(長常) 병(病)하여 시들어서 음식(飮食)을 [50앞] 못 하고, 목이며 입술이 아주 말라 죽을 상(相)이 일정(一定)하여, 어버이며 친척이며 벗이며 아는 이가 죽을 중생을 두루 둘러싸서 울거든, 제 모미 누운 채로 보되 염마왕(琰魔王)의 사자(使者)가 신식(神識)을 데려 염마법왕(琰魔法王)의 앞에 가거든, 유정(有情)과 함께 나온 신령(神靈)이 제가 지은 죄(罪)이며 복(福)을 다 써서 염마법왕(琰魔法王)을 맡기거든, 저 王(왕)이 그 사람에게 물어서 자기가 지은 죄(罪)이며 복(福)을 헤아려 재판하겠으니, 그때에 병(病)한 사람의 친척이거나 아는 이거나 병(病)한 이를 위하여 약사유리광여래(藥師瑠璃光如來)께 [51앞] 귀의(歸依)하여 많은 중을 청(請)하여 이 경(經)을 읽고, 칠층등(七層燈)에 불을 켜고 오색(五色) 속명신번(續命神幡)을 달면 혹은 병(病)한 이의 넋이 이곳에 돌아와 꿈같이 자세(子細)히 보겠으니, 이레이거나 스물 하루이거나 서른 닷새이거나 마흔 아흐레이거나 [51뒤] 지내고, 병(病)한 이의 넋이 도로 깰 적에 꿈으로부터서 깨듯 하여, 좋은 업(業)이며 궂은 업(業)에 의한 과보(果報)를 다 생각하여 알겠으니, 제가 보아서 안 까닭으로 죽음에 다달아도 모진 罪業(죄업)을 짓디 아니하겠으니, 이러므로 정신(淨信)한 선남자(善男子)·선여인(善女人)들이 다 [52앞] 약사유리광여래(藥師瑠璃光如來)의 이름을 지녀 제 힘에 할 양(樣)으로 공경(恭敬)·공양(供養)하여야 하겠습니다.

그때에 아난(阿難)이 구탈보살(救脫菩薩)께 묻되, "저 약사유리광여래(藥師瑠璃光如來)가 공경(恭敬)·공양(供養)하는 것을 어찌 하며 續命幡(속명번)과 燈(등)을 어찌 [52뒤] 만들겠습니까?" 구탈보살(救脫菩薩)이 이르시되 "대덕(大德)아, 아무나 병(病)한 사람이 병(病)을 떨치고자 하거든, 그 사람을 위하여 밤낮 이레를 八分齋戒(팔분재계)를 지녀, 음식(飮食)이며 다른 것을 제가 장만한 양(樣)으로 중을 공양(供養)하고, 밤낮 여섯 때를 저 약사유리광여래(藥師瑠璃光如來)에게 [53앞] 절하여 공양(供養)하여, 이 경(經)을 마흔아홉 번 독송(讀誦)하고, 마흔아홉 등(燈)에 불을 켜고, 저 여래(如來)의 像(상) 일곱을 만들고, 像(상)마다 앞에 일곱 등(燈)을 놓되 등(燈)마다 수레바퀴만큼 크게 하여 마흔 아흐레를 光明(광명)이 끊기지 아니하게 하고, 오색(五色)

[53뒤] 채번(綵幡)을 만들되 마흔아홉 게수(揭手)이요, 숨을 쉬는 잡(雜) 짐승 마흔아홉을 놓으면 어려운 액(厄)을 벗어나며 모진 귀신에게 아니 잡히리라.

또 아난(阿難)아, 만일 찰제리(利帝利)의 관정왕(灌頂王)들이 재난(災難)이 일어날 시절(時節)에, [54앞] 많은 사람이 돌림병을 하는 난(難)이거나, 다른 나라가 침입하는 난(難)이거나, 자기의 나라에서 반역(反逆)하는 양 하는 난(難)이거나, 성수(星宿)의 변괴(變怪) 난(難)이거나, 일식(日食)·월식(月食)의 난(難)이거나, 시절(時節)에 맞지 않는 바람과 비의 난(難)이거나, 가뭄의 [54뒤] 난(難)이거나 하거든, 저 왕(王)들이 일체(一切)의 유정(有情)에게 자비심(慈悲心)을 내어 가두어 있던 사람을 놓고, 앞에서 이르던 양대로 저 약사유리광여래(藥師瑠璃光如來)를 공양(供養)하면, 이 좋은 근원(根源)과 저 여래(如來)의 본원력(本願力)의 까닭으로 그 나라가 즉시 便安(편안)하여, [55앞] 바람과 비가 시절(時節)에 맞게 하여 농사(農事)가 되어 일체(一切)의 유정(有情)이 무병(無病)·환락(歡樂)하며, 그 나라에 모진 야차(夜叉) 등(等) 신령(神靈)이 유정(有情)를 괴롭히는 것이 없어지며, 일체(一切)의 흉(凶)한 상(相)이 다 없어지고, 찰제리(利帝利)의 관정왕(灌頂王)들도 장수(長壽)하고 병(病)이 없어져서 [55뒤] 다 자재(自在)하리라.

아난(阿難)아, 만일 황제(皇帝)며 황후(皇后)며 비자(妃子)며 태자(太子)며 왕자(王子)며 대신(大臣)이며 재상(宰相)이며 대궐(大闕)의 여자며 백관(百官)이며 백성(百姓)이 병(病)을 하거나 어려운 액(厄)이 들거든, 또 오색(五色)의 신번(神幡)을 만들며, 등(燈)을 [56앞] 켜서 잇대어 밝게 하며, 숨을 쉬는 짐승을 놓고, 잡색(雜色) 꽃을 흩뿌리며, 여러 가지의 이름난 향(香)을 피우면, 病(병)도 덜며 액(厄)도 벗으리라."

그때에 아난(阿難)이 구탈보살(救脫菩薩)께 묻되, "어찌 이미 다한 목숨이 늘어나겠습니까?" 구탈보살(救脫菩薩)이 이르시되, "대덕(大德)아, 여래(如來)가 [56뒤] 이르시는 아홉 횡사(橫死)를 왜 못 들었을까? 이러므로 내가 너에게 속명번등(續命幡燈)을 만들어 복덕(福德)을 닦는 것을 권(勸)하니, 복(福)을 닦으면 목숨이 끝나도록 수고(受苦)를 아니 지내리라."

아난(阿難)이 묻되, "아홉 횡사(橫死)는 무엇입니까?" 구탈보살(救脫菩薩)이 이르시되, [57앞] 유정(有情)들이 가벼운 병(病)을 얻어도 의(醫)와 약(藥)과 병(病)을 간수(看守)할 이가 없거나, 의(醫)를 만나고도 그른 약(藥)을 먹여, 아니 죽을 적에 곧 횡사(橫死)하며, 또 세간(世間)에 있는 사마외도(邪魔外道)와 요얼(妖孽)과 같은 스승을 신(信)하여 망령(妄靈)된 화복(禍福)을 이르거든, 곧 두려운 [57뒤] 뜻을 내어, 마음이 정(正)하지 못하여 좋고 궂은 것을 무꾸리하여, 종종(種種)의 짐승을 죽여 신령(神靈)께 풀며, 도깨비를 청(請)하여 복(福)을 빌어 목숨이 길고자 하다가, 끝내 득(得)하지 못하나니, 어리석어 미혹(迷惑)하여 사곡(邪曲)을 신(信)하여 거꾸로 보므로, 횡사(橫死)하여 지옥(地獄)에 들어서 [58앞] 날 기약이 없으니, 이를 첫 횡사(橫死)라고 하느니라. 둘은 왕법(王法)을 입어 횡사(橫死)하는 것이요, 셋은 사냥을 하거나 놀이를 하거나 음란(婬亂)을 맞들이거나 술을 즐기거나 경망(輕妄)하여 조심을 아니 하다가 귀신이 정기(精氣)를 빼앗아 횡사(橫死)하는 것이요, 넷은 불에 살라져서 횡사(橫死)하는 것이요, [58뒤] 다섯은 물에 빠지어 횡사(橫死)하는 것이요, 여섯은 모진 짐승에게 물리어 횡사(橫死)하는 것이요, 일곱은 산언덕에 떨어지어 횡사(橫死)하는 것이요, 여덟은 염도(厭禱)와 독약(毒藥)과 기시귀(起屍鬼)들이 해(害)하여 횡사(橫死)하는 것이요, 아홉은 굶주리며 목말라 횡사(橫死)하는 것이니, 이것이 여래(如來)가 [59앞] 대충 이르시는 아홉 가지의 횡사(橫死)이니, 또 그지없는 여러 횡사(橫死)를 못내 이르리라.

또 아난(阿難)아, 저 염마왕(琰魔王)이 세간(世間)에 있는 유정의 이름을 적은 글월을 주관하였으니, 만일 유정(有情)들이 불효(不孝)를 하거나 오역(五逆)을 하거나 삼보(三寶)를 헐어 욕(辱)하거나 [59뒤] 군신(君臣)의 법(法)을 헐거나 信戒(신계)를 헐거나 하면, 琰魔法王(염마법왕)이 죄(罪)의 모습대로 상고(詳考)하여 죄(罪)를 주나니, 이러므로 내가 이제 유정(有情)에게 권(勸)하여 등(燈)을 켜며 幡(번)을 만들며, 산 것을 놓아 복(福)을 닦아 고액(苦厄)을 벗어나 [60앞] 여러 난(難)을 만나지 아니하게 한다.”

그때에 衆中(중중)에 열두 夜叉大將(야차대장)이 모인 座(좌)에 있더니 궁비라대장(宮毗羅大將)과 벌절라대장(伐折羅大將)과 미기라대장(迷企羅大將)과 [60뒤] 안저라대장(安底羅大將)과 인달라대장(因達羅大將)과 파이대장(波夷大將)과 마호라대장(摩虎羅大將)과 진달라대장(眞達羅大將)과 초두라대장(招杜羅大將)과 비갈라대장(毗羯羅大將)과 이 열두 야차대장(夜叉大將)이 각각(各各) 칠천(七千)의 야차(夜叉)를 권속(眷屬)으로 삼아 있더니, [61앞]

그들이 함께 소리를 내어 사뢰되, "세존(世尊)이시여, 우리가 이제 부처의 위력(威力)을 입어서 약사유리광여래(藥師瑠璃光如來)의 이름을 들으니, 다시 악취(惡趣)를 두려워함이 없으니, 우리들이 다 한 마음으로 죽도록 삼보(三寶)에 귀의(歸依)하여 맹서(盟誓)를 하되, '일체(一切)의 유정(有情)을 [61뒤] 업어 다녀 이익(利益)하며, 안락(安樂)한 일을 짓겠으니, 아무런 마을이나 성(城)이나 고을이나 나라나 빈 수풀이거나 이 경(經)을 널리 펴며, 약사유리광여래(藥師瑠璃光如來)의 이름을 지녀서 공경(恭敬)·공양(供養)할 이(人)야말로 있거든, 우리들이 이 사람을 [62앞] 위호(衛護)하여, 다 일체(一切)의 苦難(고난)을 벗어나고 원(願)하는 일을 다 이루어지게 하겠습니다. 아무나 병(病)이며 액(厄)이 있어서 벗어나고자 할 사람은 이 經(경)을 독송(讀誦)하며 오색(五色) 실로 우리 이름을 맺어 제 원(願)을 이룬 후(後)에 끌러야 하겠습니다."

그때에 세존(世尊)이 夜叉大將(야차대장)들을 [62뒤] 찬탄(讚歎)하여 이르시되, "좋다, 좋다. 너희들이 약사유리광여래(藥師瑠璃光如來)의 은덕(恩德)을 갚을 일을 염(念)하거든, 항상 이렇듯이 일체(一切)의 유정(有情)을 이익(利益)되며 安樂(안락)하게 하라."

月印千江之曲(월인천강지곡) 第九(제구)

釋譜詳節(석보상절) 第九(제구)

[부록 2] 문법 용어의 풀이

1. 품사

한 언어에 속하는 수많은 단어를 문법적인 특징에 따라서 갈래지어서 그 범주를 설정한 것이다.

가. 체언

'체언(體言, 임자씨)'은 어떠한 대상의 이름이나 수량(순서)을 나타내거나 명사를 대신하는 단어들의 부류들이다. 이러한 체언에는 '명사', '대명사', '수사'가 있다.

① 명사(명사): 어떠한 '대상, 일, 상황' 등의 이름을 나타내는 단어이다.
  - 자립 명사: 문장 내에서 관형어의 도움 없이 홀로 쓰일 수 있는 명사이다.

    (1) ㄱ. 國은 <u>나라</u>히라 (<u>나라ㅎ</u> + -이- + -다)   [훈언 2]
        ㄴ. 國(국)은 나라이다.
  - 의존 명사(의명): 홀로 쓰일 수 없어서 반드시 관형어와 함께 쓰이는 명사이다.

    (2) ㄱ. 어린 百姓이 니르고져 홇 <u>배</u> 이셔도 (<u>바</u> + -이)   [훈언 2]
        ㄴ. 어리석은 百姓(백성)이 이르고자 할 바가 있어도…

② 인칭 대명사(인대): 사람을 직시하거나 대용하는 대명사이다.

    (3) ㄱ. <u>내</u> 太子를 셤기ᅀᆞᄫᅩ디 (<u>나</u> + -이)   [석상 6:4]
        ㄴ. 내가 太子(태자)를 섬기되…

③ 지시 대명사(지대): 명사를 직접 가리키거나 대용하는 말이다.

    (4) ㄱ. 내 <u>이</u>를 爲ᄒᆞ야 어엿비 너겨 (<u>이</u> + -를)   [훈언 2]
        ㄴ. 내가 이를 위하여 불쌍히 여겨…

---

* 이 책에서 사용된 문법 용어와 약어에 대하여는 '경진출판'에서 간행한 『학교 문법의 이해』와
  『중세 국어의 이해』, 『중세 근대 국어의 강독』의 내용을 참조하기 바란다.

④ 수사(수사): 사람이나 사물의 수량이나 차례를 나타내는 체언이다.

  (5) ㄱ. 點이 둘히면 上聲이오 (둘ㅎ + -이- + -면)   [훈언 14]

    ㄴ. 點(점)이 둘이면 上聲(상성)이고…

나. 용언

'용언(用言, 풀이씨)'은 문장 속에서 서술어로 쓰여서 주어로 표현되는 대상(주체)의 움직임이나 상태, 혹은 존재의 유무(有無)를 풀이한다. 이러한 용언에는 문법적 특징에 따라서 '동사'와 '형용사', '보조 용언' 등으로 분류한다.

① 동사(동사): 주어로 쓰인 대상의 움직임을 표현하는 용언이다. 동사에는 목적어를 취하는 타동사(= 타동)와 목적어를 취하지 않는 자동사(= 자동)가 있다.

  (6) ㄱ. 衆生이 福이 다ᄋ거다 (다ᄋ- + -거- + -다)   [석상 23:28]

    ㄴ. 衆生(중생)이 福(복)이 다했다.

  (7) ㄱ. 어마님이 毘藍園을 보라 가시니 (보- + -라)   [월천 기17]

    ㄴ. 어머님이 毘藍園(비람원)을 보러 가셨으니.

② 형용사(형사): 주어로 표현되는 대상의 성질이나 상태를 풀이하는 용언이다.

  (8) ㄱ. 이 東山ᄋᆞᆫ 남기 됴ᄒᆞᆯ씨 (둏- + -ᄋᆞᆯ씨)   [석상 6:24]

    ㄴ. 이 東山(동산)은 나무가 좋으므로…

③ 보조 용언(보용): 문장 안에서 홀로 설 수 없어서 반드시 그 앞의 다른 용언에 붙어서 문법적인 뜻을 더해 주는 기능을 하는 용언이다.

  (9) ㄱ. 勞度差ㅣ 쏘 ᄒᆞᆫ 쇼ᄅᆞᆯ 지서 내니 (내- + -니)   [석상 6:32]

    ㄴ. 勞度差(노도차)가 또 한 소(牛)를 지어 내니…

다. 수식언

'수식언(修飾言, 꾸밈씨)'은 체언이나 용언 등을 수식(修飾)하면서 그 의미를 한정(限定)한다. 이러한 수식언으로는 '관형사'와 '부사'가 있다.

① 관형사(관사): 체언을 수식하면서 체언의 의미를 제한(한정)하는 단어이다.

(10) ㄱ. 녯 대예 새 竹筍이 나며   [금삼 3:23]

ㄴ. 옛날의 대(竹)에 새 竹筍(죽순)이 나며…

② 부사(부사): 특정한 용언이나 부사, 관형사, 체언, 절, 문장 등 여러 가지 문법적인
단위를 수식하여, 그들 문법적 단위의 의미를 한정하거나 특정한 말을 다른 말에
이어 준다.

(11) ㄱ. 이거시 <u>더듸</u> 뼈러딜ᄉᆡ   [두언 18:10]

ㄴ. 이것이 더디게 떨어지므로

(12) ㄱ. <u>반ᄃᆞ기</u> 甘雨ㅣ ᄂᆞ리리라   [월석 10:122]

ㄴ. 반드시 甘雨(감우)가 내리리라.

(13) ㄱ. <u>ᄒᆞ다가</u> 술옷 몯 먹거든 너덧 번에 ᄂᆞ화 머기라   [구언 1:4]

ㄴ. 만일 술을 못 먹거든 너덧 번에 나누어 먹이라.

(14) ㄱ. 道國王과 <u>믿</u> 舒國王은 實로 親ᄒᆞᆫ 兄弟니라   [두언 8:5]

ㄴ. 道國王(도국왕) 및 舒國王(서국왕)은 實(실)로 親(친)한 兄弟(형제)이니라.

라. 독립언

감탄사(감사): 문장 속의 다른 말과 문법적인 관계를 맺지 않고 독립적으로 쓰인다.

(15) ㄱ. <u>의</u> 丈夫ㅣ여 엇뎨 衣食 爲ᄒᆞ야 이 ᄀᆞᆮᄒᆞ매 니르뇨   [법언 4:39]

ㄴ. 아아, 丈夫여, 어찌 衣食(의식)을 爲(위)하여 이와 같음에 이르렀느냐?

(16) ㄱ. 舍利佛이 ᄉᆞᆯᄫᅩᄃᆡ <u>엥</u> 올ᄒᆞ시이다   [석상 13:47]

ㄴ. 舍利佛(사리불)이 사뢰되, "예, 옳으십니다."

2. 불규칙 용언

용언의 활용에는 어간이나 어미가 불규칙적(개별적)으로 바뀌어서 교체되어) 일반적
인 변동 규칙으로는 설명할 수 없는 것이 있다. 이처럼 불규칙하게 활용하는 용언을
'불규칙 용언'이라고 한다. 여기서는 'ㄷ 불규칙 용언, ㅂ 불규칙 용언, ㅅ 불규칙 용언'만
별도로 밝힌다.

① 'ㄷ' 불규칙 용언(ㄷ불): 어간이 /ㄷ/으로 끝나는 용언 중에서, 어간에 모음으로 시작하는 어미가 붙어서 활용할 때에, 어간의 끝 소리 /ㄷ/이 /ㄹ/로 바뀌는 용언이다.

    (1) ㄱ. 瓶의 므를 <u>기러</u> 두고사 가리라 (긷- + -어)   [월석 7:9]

        ㄴ. 瓶(병)에 물을 길어 두고야 가겠다.

② 'ㅂ' 불규칙 용언(ㅂ불): 어간이 /ㅂ/으로 끝나는 용언 중에서, 어간에 모음으로 시작하는 어미가 붙어서 활용할 때에, 어간의 끝 소리 /ㅂ/이 /ㅸ/으로 바뀌는 용언이다.

    (2) ㄱ. 太子ㅣ 性 <u>고ᄫᆞ샤</u> (곱- + -ᄋᆞ시- + -아)   [월석 21:211]

        ㄴ. 太子(태자)가 性(성)이 고우시어…

    (3) ㄱ. 벼개 노피 벼여 <u>누우니</u> (눕- + -으니)   [두언 15:11]

        ㄴ. 베개를 높이 베어 누우니…

③ 'ㅅ' 불규칙 용언(ㅅ불): 어간이 /ㅅ/으로 끝나는 용언 중에서, 어간에 모음으로 시작하는 어미가 붙어서 활용할 때에, 어간의 끝 소리인 /ㅅ/이 /ㅿ/으로 바뀌는 용언이다.

    (4) ㄱ. (道士들히)… 表 <u>지석</u> 엳즈ᄫᆞ니 (짓- + -어)   [월석 2:69]

        ㄴ. 道士(도사)들이 … 表(표)를 지어 여쭈니…

3. 어근

어근은 단어 속에서 중심적이면서 실질적인 의미를 나타내는 실질 형태소이다.

    (1) ㄱ. 글가마괴 (글- + <u>ᄀᆞ마괴</u>), 싀어미 (싀- + <u>어미</u>)

        ㄴ. 무덤 (<u>묻-</u> + -엄), 늘개 (<u>늘-</u> + -개)

    (2) ㄱ. 밤낮 (밤 + 낮), ᄡᆞᆯ밥 (ᄡᆞᆯ + 밥), 불뭇골 (불무 + -ㅅ + 골)

        ㄴ. 검븕다 (검- + 븕-), 오ᄅᆞᄂᆞ리다 (오ᄅᆞ- + ᄂᆞ리-), 도라오다 (돌- + -아 + <u>오-</u>)

- 불완전 어근(불어): 품사가 불분명하며 단독으로 쓰이는 일이 없고, 다른 말과의 통합에 제약이 많은 특수한 어근이다(= 특수 어근, 불규칙 어근).

    (3) ㄱ. 功德이 이러 <u>당다이</u> 부톄 ᄃᆞ외리러라 (<u>당당 + -이</u>)   [석상 19:34]

        ㄴ. 功德(공덕)이 이루어져 마땅히 부처가 되겠더라.

(4) ㄱ. 그 부텨 住ㅎ신 짜히 … 常寂光이라 (住+ -ㅎ- + -시- + -ㄴ) [월석 서:5]

　　 ㄴ. 그 부처가 住(주)하신 땅이 이름이 常寂光(상적광)이다.

4. 파생 접사

접사 중에서 어근에 새로운 의미를 더하거나 단어의 품사를 바꿈으로써, 새로운 단어를 만들어 주는 것을 '파생 접사'라고 한다.

가. 접두사(접두)

접두사는 어근의 앞에 붙어서 새로운 단어를 형성하는 파생 접사이다.

(1) ㄱ. 아ᅀᆞ와 아촌아들왜 비록 이시나 (아촌- + 아들)　　　　　[두언 11:13]

　　 ㄴ. 아우와 조카가 비록 있으나 …

나. 접미사(접미)

접미사는 어근의 뒤에 붙어서 새로운 단어를 형성하는 파생 접사이다.

① 명사 파생 접미사(명접): 어근에 뒤에 붙어서 명사를 파생하는 접미사이다.

(2) ㄱ. ᄇᆞᄅᆞᆷ가비(ᄇᆞᄅᆞᆷ + -가비), 무덤(묻- + -음), 노픠(높- + -의)

　　 ㄴ. 바람개비, 무덤, 높이

② 동사 파생 접미사(동접): 어근의 뒤에 붙어서 동사를 파생하는 접미사이다.

(3) ㄱ. 풍류ㅎ다(풍류 + -ㅎ- + -다), 그르ㅎ다(그르 + -ㅎ- + -다), ᄀᆞᄆᆞᆯ다(ᄀᆞᄆᆞᆯ + -∅- + -다)

　　 ㄴ. 열치다, 벗기다 ; 넓히다 ; 풍류하다 ; 잘못하다 ; 가물다

③ 형용사 파생 접미사(형접): 어근의 뒤에 붙어서 형용사를 파생하는 접미사이다.

(4) ㄱ. 녇갑다(녙- + -갑- + -다), 골ᄑᆞ다(곯- + -ᄇᆞ- + -다), 受苦룹다(受苦 + -룹- + -다), 외룹다(외 + -룹- + -다), 이러ㅎ다(이러 + -ㅎ- + -다)

　　 ㄴ. 얕다, 고프다, 수고롭다, 외롭다

④ 사동사 파생 접미사(사접): 어근의 뒤에 붙어서 사동사를 파생하는 접미사이다.

    (5) ㄱ. 밧기다(밧- + -기- + -다), 너피다(넙- + -히- + -다)
        ㄴ. 벗기다, 넓히다

⑤ 피동사 파생 접미사(피접): 어근의 뒤에 붙어서 피동사를 파생하는 접미사이다.

    (6) ㄱ. 두피다(둪- + -이- + -다), 다티다(닫- + -히- + -다), 담기다(담- + -기- + -다), 둠기다(둠- + -기- + -다)
        ㄴ. 덮이다, 닫히다, 담기다, 잠기다

⑥ 관형사 파생 접미사(관접): 어근의 뒤에 붙어서 부사를 파생하는 접미사이다.

    (7) ㄱ. 모든(몬- + -은), 오은(오올- + -ㄴ), 이런(이러- + -ㄴ)
        ㄴ. 모든, 온, 이런

⑦ 부사 파생 접미사(부접): 어근의 뒤에 붙어서 부사를 파생하는 접미사이다.

    (8) ㄱ. 몯내(몯 + -내), 비르서(비릇- + -어), 기리(길- + -이), 그르(그르- + -∅)
        ㄴ. 못내, 비로소, 길이, 그릇

⑧ 조사 파생 접미사(조접): 어근의 뒤에 붙어서 조사를 파생하는 접미사이다.

    (9) ㄱ. 阿鼻地獄브터 有頂天에 니르시니 (븥- + -어)   [석상 13:16]
        ㄴ. 阿鼻地獄(아비지옥)부터 有頂天(유정천)에 이르시니…

⑨ 강조 접미사(강접): 어근의 뒤에 붙어서 강조의 뜻을 더하면서 새로운 단어를 파생하는 접미사이다.

    (10) ㄱ. 니르완다(니르- + -완- + -다), 열티다(열- + -티- + -다), 니르혀다(니르- + -혀- + -다)
        ㄴ. 받아일으키다, 열치다, 일으키다

⑩ 높임 접미사(높접): 어근의 뒤에 붙어서 높임의 뜻을 더하면서 새로운 단어를 파생하는 접미사이다.

    (11) ㄱ. 아바님(아비 + -님), 어마님(어미 + -님), 그듸(그+ -듸), 어마님내(어미 +

-님 + -내), 아기씨(아기 + -씨)

　ㄴ. 아버님, 어머님, 그대, 어머님들, 아기씨

5. 조사

'조사(助詞, 관계언)'는 주로 체언에 결합하여, 그 체언이 문장 속의 다른 단어와 맺는 관계를 나타내거나 특별한 뜻을 더해 주는 단어이다.

가. 격조사

그 앞에 오는 말이 문장 안에서 일정한 문장 성분으로서의 기능함을 나타내는 조사이다.

① 주격 조사(주조): 주어로서 기능하는 것을 나타내는 격조사이다.

　(1) ㄱ. 부텻 모미 여러 가짓 相이 ㄱᄌ샤 (몸 + -이)　　　　　[석상 6:41]
　　　ㄴ. 부처의 몸이 여러 가지의 相(상)이 갖추어져 있으시어…

② 서술격 조사(서조): 서술어로서 기능하는 것을 나타내는 격조사이다.

　(2) ㄱ. 國은 나라히라 (나라ㅎ + -이- + -다)　　　　　　　[훈언 1]
　　　ㄴ. 國(국)은 나라이다.

③ 목적격 조사(목조): 목적어로서 기능하는 것을 나타내는 격조사이다.

　(3) ㄱ. 太子ᄅᆞᆯ 하ᄂᆞᆯ히 ᄀᆞᆯᄒᆡ샤 (太子 + -ᄅᆞᆯ)　　　　[용가 8장]
　　　ㄴ. 太子(태자)를 하늘이 가리시어…

④ 보격 조사(보조): 보어로서 기능하는 것을 나타내는 격조사이다.

　(4) ㄱ. 色界 諸天도 ᄂᆞ려 仙人이 ᄃᆞ외더라 (仙人 + -이)　　[월석 2:24]
　　　ㄴ. 色界(색계) 諸天(제천)도 내려 仙人(선인)이 되더라.

⑤ 관형격 조사(관조): 관형어로서 기능하는 것을 나타내는 격조사이다.

　(5) ㄱ. 네 性이 … 죵의 서리예 淸淨ᄒᆞ도다 (죵 + -의)　　　[두언 25:7]

ㄴ. 네 性(성: 성품)이 … 종(從僕) 중에서 淸淨(청정)하구나.

(6) ㄱ. 나랏 말쓰미 中國에 달아 (나라 + -ㅅ)   [훈언 1]

ㄴ. 나라의 말이 中國과 달라…

⑥ 부사격 조사(부조): 부사어로서 기능하는 것을 나타내는 격조사이다.

(7) ㄱ. 世尊이 象頭山애 가샤 (象頭山 + -애)   [석상 6:1]

ㄴ. 世尊(세존)이 象頭山(상두산)에 가시어…

⑦ 호격 조사(호조): 독립어로서 기능하는 것을 나타내는 격조사이다.

(8) ㄱ. 彌勒아 아라라 (彌勒 + -아)   [석상 13:26]

ㄴ. 彌勒(미륵)아 알아라.

나. 접속 조사(접조)

체언과 체언을 이어서 명사구를 형성하는 조사이다.

(9) ㄱ. 입시울와 혀와 엄과 니왜 다 됴ᄒ며 (혀 + -와)   [석상 19:7]

ㄴ. 입술과 혀와 어금니와 이가 다 좋으며…

다. 보조사(보조사)

체언에 화용론적인 특별한 뜻을 덧보태는 조사이다.

(10) ㄱ. 나ᄂ 어버ᅀ 여희오 (나 + -ᄂ)   [석상 6:5]

ㄴ. 나는 어버이를 여의고…

(11) ㄱ. 어미도 아ᄃᆞᆯ 모ᄅ며 (어미 + -도)   [석상 6:3]

ㄴ. 어머니도 아들을 모르며…

6. 어말 어미

'어말 어미(語末語尾, 맺음씨끝)'는 용언의 끝자리에 실현되는 어미인데, 그 기능에 따라서 '종결 어미, 연결 어미, 전성 어미'로 나누어진다.

가. 종결 어미

① 평서형 종결 어미(평종): 말하는 이가 자신의 생각을 듣는 이에게 단순하게 진술하는 평서문에 실현된다.

> (1) ㄱ. 네 아비 ᄒ마 주그니라 (죽- + -Ø(과시)- + -으니- + -다) [월석 17:21]
>
> ㄴ. 너의 아버지가 이미 죽었느니라.

② 의문형 종결 어미(의종): 말하는 이가 듣는 이에게 대답을 요구하는 의문문에 실현된다.

> (2) ㄱ. 엇뎨 겨르리 업스리오 (없- + -으리- + -고)　　　[월석 서:17]
>
> ㄴ. 어찌 겨를이 없겠느냐?

③ 명령형 종결 어미(명종): 말하는 이가 듣는 이에게 어떠한 행동을 하도록 요구하는 명령문에 실현된다.

> (3) ㄱ. 너희들히 … 부텻 마ᄅᆞᆯ 바다 디니라 (디니- + -라)　　　[석상 13:62]
>
> ㄴ. 너희들이 … 부처의 말을 받아 지녀라.

④ 청유형 종결 어미(청종): 말하는 이가 듣는 이에게 어떠한 행동을 함께 하도록 요구하는 청유문에 실현된다.

> (4) ㄱ. 世世예 妻眷이 ᄃᆞ외져 (ᄃᆞ외- + -져)　　　[석상 6:8]
>
> ㄴ. 世世(세세)에 妻眷(처권)이 되자.

⑤ 감탄형 종결 어미(감종): 말하는 이가 듣는 이를 의식하지 않고 자신의 감정을 표출하는 감탄문에 실현된다.

> (5) ㄱ. 義ᄂᆞᆫ 그 큰뎌 (크- + -Ø(현시)- + -ㄴ뎌)　　　[내훈 3:54]
>
> ㄴ. 義(의)는 그것이 크구나.

나. 전성 어미

용언이 본래의 서술 기능을 유지하면서도 다른 품사처럼 쓰이도록 문법적인 기능을 바꾸는 어미이다.

① 명사형 전성 어미(명전): 특정한 절 속의 서술어에 실현되어서, 그 절을 명사처럼 쓰이게 하는 어미이다.

(6) ㄱ. 됴흔 法 닷고믈 몯ᄒᆞ야 (닭- + -옴 + -을)　　　　　 [석상 9:14]

ㄴ. 좋은 法(법)을 닦는 것을 못하여…

② 관형사형 전성 어미(관전): 특정한 절 속의 용언에 실현되어서, 그 절을 관형사처럼 쓰이게 하는 어미이다.

(7) ㄱ. 어미 주근 後에 부텨씌 와 묻ᄌᆞᄫᆞ면(죽- + -Ø- + -ㄴ)　 [월석 21:21]

ㄴ. 어미 죽은 後(후)에 부처께 와 물으면…

다. 연결 어미(연어)

이어진 문장의 앞절과 뒷절을 잇거나, 본용언과 보조 용언을 잇는 어미이다. 연결 어미에는 '대등적 연결 어미, 종속적 연결 어미, 보조적 연결 어미'가 있다.

① 대등적 연결 어미: 앞절과 뒷절을 대등한 관계로 잇는 연결 어미이다.

(8) ㄱ. 子ᄂᆞᆫ 아ᄃᆞ리오 孫은 孫子ㅣ니 (아들 + -이- + -고)　　 [월석 1:7]

ㄴ. 子(자)는 아들이고 孫(손)은 孫子(손자)이니…

② 종속적 연결 어미: 앞절을 뒷절에 이끌리는 관계로 잇는 연결 어미이다.

(9) ㄱ. 모딘 길헤 ᄠᅥ러디면 恩愛ᄅᆞᆯ 머리 여희여 (ᄠᅥ러디- + -면) [석상 6:3]

ㄴ. 모진 길에 떨어지면 恩愛(은애)를 멀리 떠나…

③ 보조적 연결 어미: 본용언과 보조 용언을 잇는 연결 어미이다.

(10) ㄱ. 赤眞珠ㅣ ᄃᆞ외야 잇ᄂᆞ니라 (ᄃᆞ외야: ᄃᆞ외- + -아)　　 [월석 1:23]

ㄴ. 赤眞珠(적진주)가 되어 있느니라.

7. 선어말 어미

'선어말 어미(先語末語尾, 안맺음 씨끝)'는 용언의 끝에 실현되지 못하고, 어간과 어말 어미 사이에 실현되어서 문법적인 기능을 나타내는 어미이다.

① 상대 높임의 선어말 어미(상높): 말을 듣는 '상대(相對)'를 높여서 표현하는 선어말 어미이다.

    (1) ㄱ. 이런 고디 업스이다 (없- + -∅(현시)- + -<u>으이</u>- + -다)　[능언 1:50]

        ㄴ. 이런 곳이 없습니다.

② 주체 높임의 선어말 어미(주높): 문장에서 주어로 실현되는 대상인 '주체(主體)'를 높여서 표현하는 선어말 어미이다.

    (2) ㄱ. 王이 그 蓮花를 브리라 ᄒ시다　　　　　　　　[석상 11:31]

        (ᄒ- + -<u>시</u>- + -∅(과시)- + -다)

        ㄴ. 王(왕)이 "그 蓮花(연화)를 버리라." 하셨다.

③ 객체 높임의 선어말 어미(객높): 문장에서 목적어나 부사어로 표현되는 대상인 '객체(客體)'를 높여서 표현하는 선어말 어미이다.

    (3) ㄱ. 벼슬 노ᄑᆫ 臣下ㅣ 님그믈 돕ᄉᆞᄫᅡ (돕- + -<u>ᄉᆞ</u>- + -아)　[석상 9:34]

        ㄴ. 벼슬 높은 臣下(신하)가 임금을 도와…

④ 과거 시제의 선어말 어미(과시): 동사에 실현되어서 발화시 이전에 어떠한 일이 일어났음을 무형의 선어말 어미인 '-∅-'이다.

    (4) ㄱ. 이 ᄢᅴ 아ᄃᆞᆯ들히 아비 죽다 듣고(죽- + -<u>∅</u>(과시)- + -다) [월석 17:21]

        ㄴ. 이때에 아들들이 "아버지가 죽었다." 듣고…

⑤ 현재 시제의 선어말 어미(현시): 발화시에 어떠한 일이 일어나고 있음을 나타내는 선어말 어미이다. 동사에는 선어말 어미인 '-ᄂ-'가 실현되어서, 형용사에는 무형의 선어말 어미인 '-∅-'가 현재 시제를 나타낸다.

    (5) ㄱ. 네 이제 ᄯᅩ 묻ᄂ다 (묻- + -<u>ᄂ</u>- + -다)　　　　[월석 23:97]

        ㄴ. 네 이제 또 묻는다.

    (6) ㄱ. 이런 고디 업스이다 (없- + -<u>∅</u>(현시)- + -으이- + -다)　[능언 1:50]

        ㄴ. 이런 곳이 없습니다.

⑥ 미래 시제의 선어말 어미(미시): 발화시 이후에 어떠한 일이 일어날 것임을 나타내

는 선어말 어미이다.

   (7) ㄱ. 아들ᄯᆞ를 求ᄒᆞ면 아들ᄯᆞ를 得ᄒᆞ리라 (得ᄒᆞ- + -<u>리</u>- + -다) [석상 9:23]

      ㄴ. 아들딸을 求(구)하면 아들딸을 得(득)하리라.

⑦ 회상 표현의 선어말 어미(회상): 말하는 이가 발화시 이전에 직접 경험한 어떤 때 (경험시)로 자신의 생각을 돌이켜서, 그때를 기준으로 해서 일이 일어난 시간을 나타내는 선어말 어미이다.

   (8) ㄱ. ᄠᅳ데 몯 마즌 이리 다 願 ᄀᆞ티 ᄃᆞ외더라   [월석 10:30]

      (ᄃᆞ외- + -<u>더</u>- + -다)

      ㄴ. 뜻에 못 맞은 일이 다 願(원)같이 되더라.

⑧ 확인 표현의 선어말 어미(확인): 심증(心證)과 같은 말하는 이의 주관적인 믿음에 근거하여, 어떤 일을 확정된 것으로 표현하는 선어말 어미이다.

   (9) ㄱ. 安樂國이ᄂᆞᆫ 시르미 더욱 깁거다   [월석 8:101]

      (깊- + -∅(현시)- + -<u>거</u>- + -다)

      ㄴ. 安樂國(안락국)이는… 시름이 더욱 깊다.

⑨ 원칙 표현의 선어말 어미(원칙): 말하는 이가 객관적인 믿음에 근거하여, 어떤 일을 확정된 것으로 표현하는 선어말 어미이다.

   (10) ㄱ. 사ᄅᆞ미 살면… 모로매 늙ᄂᆞ니라   [석상 11:36]

      (늙- + -ᄂᆞ- + -<u>니</u>- + -다)

      ㄴ. 사람이 살면… 반드시 늙느니라.

⑩ 감동 표현의 선어말 어미(감동): 말하는 이의 '느낌(감동, 영탄)'의 뜻을 나타내는 태도 표현의 선어말 어미이다.

   (11) ㄱ. 그듸내 貪心이 하도다   [석상 23:46]

      (하- + -∅(현시)- + -<u>도</u>- + -다)

      ㄴ. 그대들이 貪心(탐심)이 크구나.

⑪ 화자 표현의 선어말 어미(화자): 주로 종결형이나 연결형에서 실현되어서, 문장의

주어가 말하는 사람(화자, 話者)임을 나타내는 선어말 어미이다.

(12) ㄱ. ᄒᆞ오사 내 尊ᄒᆞ오라 (尊ᄒᆞ- + -Ø(현시)- + -오- + -다)　　[월석 2:34]

　　　ㄴ. 오직(혼자) 내가 존귀하다.

⑫ 대상 표현의 선어말 어미(대상): 관형절이 수식하는 체언(피한정 체언)이, 관형절
에서 서술어로 표현되는 용언에 대하여 의미상으로 객체(목적어나 부사어로 쓰인
대상)일 때에 실현되는 선어말 어미이다.

(13) ㄱ. 須達이 지순 精舍마다 드르시며　　　　　　　[석상 6:38]
　　　　(짓- + -Ø(과시)- + -우- + -ㄴ)

　　　ㄴ. 須達(수달)이 지은 精舍(정사)마다 드시며…

(14) ㄱ. 王이 … 누분 자리예 겨샤 (눕- + -Ø(과시)- + -우- + -은) [월석 10:9]

　　　ㄴ. 王(왕)이 … 누운 자리에 계시어…

〈 인용된 약어의 정보 〉

약어	문헌 이름		발간 연대	
	한자 이름	한글 이름		
용가	龍飛御天歌	용비어천가	1445년	세종
석상	釋譜詳節	석보상절	1447년	세종
월천	月印千江之曲	월인천강지곡	1448년	세종
훈언	訓民正音諺解 (世宗御製訓民正音)	훈민정음 언해본 (세종 어제 훈민정음)	1450년경	세종
월석	月印釋譜	월인석보	1459년	세조
능언	愣嚴經諺解	능엄경 언해	1462년	세조
법언	妙法蓮華經諺解(法華經諺解)	묘법연화경 언해(법화경 언해)	1463년	세조
구언	救急方諺解	구급방 언해	1466년	세조
내훈	內訓(일본 蓬左文庫 판)	내훈(일본 봉좌문고 판)	1475년	성종
두언	分類杜工部詩諺解 初刊本	분류두공부시 언해 초간본	1481년	성종
금삼	金剛經三家解	금강경 삼가해	1482년	성종

▌참고 문헌

〈 중세 국어의 참고 문헌 〉

강성일(1972), 「중세국어 조어론 연구」, 『동아논총』 9, 동아대학교.

강신항(1990), 『훈민정음연구』(증보판), 성균관대학교 출판부.

강인선(1977), 「15세기 국어의 인용구조 연구」, 석사학위 논문, 서울대학교.

고성환(1993), 「중세국어 의문사의 의미와 용법」, 『국어학논집』 1, 태학사.

고영근(1981), 『중세국어의 시상과 서법』, 탑출판사.

고영근(1995), 「중세어의 동사형태부에 나타나는 모음동화」, 『국어사와 차자표기 – 소곡 남
　　　풍현 선생 화갑 기념 논총』, 태학사.

고영근(2010), 『제3판 표준 중세국어 문법론』, 집문당.

곽용주(1986), 「'동사 어간 –다' 부정법의 역사적 고찰」, 『국어연구』 138, 국어연구회.

교육인적자원부(2010), 『고등학교 교사용 지도서 문법』, (주)두산동아.

교육인적자원부(2010), 『고등학교 문법』, (주)두산동아.

구본관(1996), 「15세기 국어 파생법에 대한 연구」, 박사학위 논문, 서울대학교.

국립국어원, 『표준 국어 대사전』, 인터넷판.

권용경(1990), 「15세기 국어 서법의 선어말어미에 대한 연구」, 『국어연구』 101, 국어연구회.

김문기(1999), 「중세국어 매인풀이씨 연구」, 석사학위 논문, 부산대학교.

김소희(1996), 「16세기 국어의 '거/어'의 교체에 대한 연구」, 『국어연구』 142, 국어연구회.

김송원(1988), 「15세기 중기 국어의 접속월 연구」, 박사학위 논문, 건국대학교.

김영배(2010), 『역주 월인석보 4』, 세종대왕기념사업회.

김영욱(1990), 「중세국어 관형격조사 '이/의, ㅅ'의 기술과 관련된 문제 해결을 위하여」, 『주
　　　시경학보』 8, 탑출판사.

김영욱(1995), 『문법형태의 역사적 연구』, 박이정.

김정아(1985), 「15세기 국어의 '-ㄴ가' 의문문에 대하여」, 『국어국문학』 94.

김정아(1993), 「15세기 국어의 비교구문 연구」, 박사학위 논문, 서울대학교.

김진형(1995), 「중세국어 보조사에 대한 연구」, 『국어연구』 136, 국어연구회.

김차균(1986), 「월인천강지곡에 나타나는 표기체계와 음운」, 『한글』 182, 한글학회.

김충회(1972), 「15세기 국어의 서법체계 시론」, 『국어학논총』 5, 6, 단국대학교.

나진석(1971), 『우리말 때매김 연구』, 과학사.

나찬연(2011), 『수정판 옛글 읽기』, 도서출판 월인.

나찬연(2013ㄴ), 제2판 『언어·국어·문화』, 도서출판 월인.

나찬연(2013ㄷ), 제2판 『훈민정음의 이해』, 도서출판 월인.

나찬연(2017), 제5판 『현대 국어 문법의 이해』, 도서출판 월인.

나찬연(2018ㄱ), 제2판 『학교 문법의 이해』 1, 경진출판.

나찬연(2018ㄴ), 제2판 『학교 문법의 이해』 2, 경진출판.

나찬연(2019ㄱ), 『국어 어문 규정의 이해』, 도서출판 월인.

나찬연(2019ㄴ), 『현대 국어 의미론의 이해』, 경진출판.

나찬연(2020ㄱ), 『국어 교사를 위한 고등학교 문법』, 경진출판.

나찬연(2020ㄴ), 『중세 국어의 이해』, 경진출판.

나찬연(2020ㄷ), 『중세 근대 국어의 강독』, 경진출판.

남광우(2009), 『교학 고어사전』, (주)교학사.

남윤진(1989), 「15세기 국어의 접속어미에 대한 연구」, 『국어연구』 93, 국어연구회.

노동헌(1993), 「선어말어미 '-오-'의 분포와 기능 연구」, 『국어연구』 114, 국어연구회.

류광식(1990), 「15세기 국어 부정법의 연구」, 박사학위 논문, 건국대학교.

리의도(1989), 「15세기 우리말의 이음씨끝」, 『한글』 206, 한글학회

민현식(1988), 「중세국어 어간형 부사에 대하여」, 『선청어문』 16, 17집, 서울대학교 국어교육과.

박태영(1993), 「15세기 국어의 사동법 연구」, 석사학위 논문, 단국대학교.

박희식(1984), 「중세국어의 부사에 대한 연구」, 『국어연구』 63, 국어연구회

배석범(1994), 「용비어천가의 문제에 대한 일고찰」, 『국어학』 24, 국어학회.

성기철(1979), 「15세기 국어의 화계 문제」, 『논문집』 13, 서울산업대학교.

손세모돌(1992), 「중세국어의 '브리다'와 '디다'에 대한 연구」, 『주시경학보』 9, 탑출판사.

안병희·이광호(1993), 『중세국어문법론』, 학연사.

양정호(1991), 「중세국어의 파생접미사 연구」, 『국어연구』 105, 국어연구회.

유동석(1987), 「15세기 국어 계사의 형태 교체에 대하여」, 『우해 이병선 박사 회갑 기념 논총』.

이광정(1983), 「15세기 국어의 부사형어미」, 『국어교육』 44, 45.

이광호(1972), 「중세국어 '사이시옷' 문제와 그 해석 방안」, 『국어사 연구와 국어학 연구－안병희 선생 회갑 기념 논총』, 문학과지성사.

이광호(1972), 「중세국어의 대격 연구」, 『국어연구』 29, 국어연구회.

이광호(1995), 「후음 'ㅇ'과 중세국어 분철표기의 신해석」, 『국어사와 차자표기 – 남풍현 선생 회갑기념』, 태학사.

이기문(1963), 『국어표기법의 역사적 연구 – 신정판』, 한국연구원.

이기문(1998), 『국어사개설 – 신정판』, 태학사.

이숭녕(1981), 『중세국어문법 – 개정 증보판』, 을유문화사.

이승희(1996), 「중세국어 감동법 연구」, 『국어연구』 139, 국어연구회.

이정택(1994), 「15세기 국어의 입음법과 하임법」, 『한글』 223, 한글학회.

이주행(1993), 「후기 중세국어의 사동법」, 『국어학』 23, 국어학회.

이태욱(1995), 「중세국어의 부정법 연구」, 박사학위 논문, 성균관대학교.

이현규(1984), 「명사형어미 '-기'의 변화」, 『목천 유창돈 박사 회갑 기념 논문집』, 계명대학교 출판부.

이홍식(1993), 「'-오-'의 기능 구명을 위한 서설」, 『국어학논집』 1, 태학사.

임동훈(1996), 「어미 '시'의 문법」, 박사학위 논문, 서울대학교.

전정례(995), 「새로운 '-오-' 연구」, 한국문화사.

정 철(1954), 「원본 훈민정음의 보존 경위에 대하여」, 『국어국문학』 제9호, 국어국문학회.

정재영(1996), 「중세국어 의존명사 'ᄃᆞ'에 대한 연구」, 『국어학총서』 23, 태학사.

최동주(1995), 「국어 시상체계의 통시적 변화에 관한 연구」, 박사학위 논문, 서울대학교.

최현배(1961), 『고친 한글갈』, 정음사.

최현배(1980=1937), 『우리말본』, 정음사.

한글학회(1985), 『訓民正音』, 영인본.

한재영(1984), 「중세국어 피동구문의 특성에 대한 연구」, 『국어연구』 61, 국어연구회.

한재영(1986), 「중세국어 시제체계에 관한 관견」, 『언어』 11-2, 한국언어학회.

한재영(1990), 「선어말어미 '-오/우-'」, 『국어 연구 어디까지 왔나』, 동아출판사.

한재영(1992), 「중세국어의 대우체계 연구」, 『울산어문논집』 8, 울산대학교 국어국문학과.

허웅(1975=1981), 『우리 옛말본』, 샘문화사.

허웅(1981), 『언어학』, 샘문화사.

허웅(1986), 『국어 음운학』, 샘문화사.

허웅(1989), 『16세기 우리 옛말본』, 샘문화사.

허웅(1992), 『15·16세기 우리 옛말본의 역사』, 탑출판사.

허웅(1999), 『20세기 우리말의 통어론』, 샘문화사.

허웅(2000), 『20세기 우리말의 형태론(고침판)』, 샘문화사.

허웅·이강로(1999), 『주해 월인천강지곡』, 신구문화사.

홍윤표(1969), 「15세기 국어의 격연구」, 『국어연구』 21, 국어연구회.

홍윤표(1994), 「중세국어의 수사에 대하여」, 『국문학논집』, 단국대학교 국어국문학과.

홍종선(1983), 「명사화어미의 변천」, 『국어국문학』 89, 국어국문학회.

황선엽(1995), 「15세기 국어의 '-(으)니'의 용법과 기원」, 『국어연구』 135, 국어연구회.

〈불교 용어의 참고 문헌〉

곽철환(2003), 『시공불교사전』, 시공사.

국립국어원(2016), 인터넷판 『표준국어대사전』(http://stdweb2.korean.go.kr/main.jsp).

두산동아(2016), 인터넷판 『두산백과사전』(http://www.doopedia.co.kr/).

운허·용하(2008), 『불교사전』, 불천.

원광대학교 종교문제연구소(1974), 인터넷판 『원불교사전』, 원광대학교 출판부.

한국불교대사전 편찬위원회(1982), 『한국불교대사전』, 보련각.

한국학중앙연구원(2016), 인터넷판 『한국민족문화대백과』(http://encykorea.aks.ac.kr/).

홍사성(1993), 『불교상식백과』, 불교시대사.

〈불교 경전〉

『佛說觀佛三昧海經』(불설관불삼매해경) 卷 第七

『雜寶藏經』(잡보장경) 卷 第八

『佛說阿彌陁經』(불설아미타경)

『藥師如來本願功德經』(약사여래본원공덕경)